HEYNE ‹

KATHERINE ARDEN

DER BÄR
UND DIE
NACHTIGALL

ROMAN

Aus dem Amerikanischen übersetzt
von Michael Pfingstl

WILHELM HEYNE VERLAG
MÜNCHEN

Titel der amerikanischen Originalausgabe:
THE BEAR AND THE NIGHTINGALE

Sollte diese Publikation Links auf Webseiten Dritter enthalten,
so übernehmen wir für deren Inhalte keine Haftung, da wir uns diese
nicht zu eigen machen, sondern lediglich auf deren Stand
zum Zeitpunkt der Erstveröffentlichung verweisen.

Auszug aus *Ruslan und Ludmila,* übersetzt von Martin Remané; in:
Puschkin, Alexander Sergejewitsch: *Poeme und Märchen,*
(Puschkin: Alexander Sergejewitsch: *Gesammelte Werke in sechs Bänden,*
Band 2, hrsg. von Harald Raab, Aufbau Verlag: Berlin und Weimar 1966)

Penguin Random House Verlagsgruppe FSC® N001967

5. Auflage
Deutsche Erstausgabe 11/2019
Redaktion: Martina Vogl
Copyright © 2017 by Katherine Arden
Copyright © 2019 der deutschsprachigen Ausgabe und der Übersetzung
by Wilhelm Heyne Verlag, München,
in der Penguin Random House Verlagsgruppe GmbH,
Neumarkter Straße 28, 81673 München
Printed in Germany
Umschlaggestaltung: DAS ILLUSTRAT, München,
unter Verwendung mehrerer Motive von Shutterstock
Satz: Leingärtner, Nabburg
Druck und Bindung: CPI books GmbH, Leck

ISBN: 978-3-453-32003-1
www.heyne.de

Für meine Mutter.
In Liebe.

Ein Eichbaum ragt am Meeresstrande.
An goldner Kette festgemacht,
Kreist rund um seinen Stamm im Sande
Ein weiser Kater Tag und Nacht.
Geht's rechts, hört man ein Lied ihn surren,
Geht's linksherum – ein Märchen schnurren.

A. S. PUSCHKIN

ERSTER TEIL

1

Frost

Es war Spätwinter in Nord-Rus und der Himmel düster vom Niederschlag, der weder Regen noch Schnee war. Die strahlende Februarlandschaft war vom trostlosen Grau des Monats März verdrängt worden, die Nasen in Pjotr Wladimirowitschs Haushalt trieften, und alle waren abgemagert nach sechs Wochen mit kargem Schwarzbrot und eingelegtem Kohl. Doch niemand dachte an Frostbeulen oder Schnupfen, ja nicht einmal an Haferbrei und gebratenes Fleisch, denn Dunja würde gleich eine Geschichte erzählen.

Die alte Frau hatte sich den besten Platz dafür ausgesucht: die Holzbank neben dem Ofen in der Küche. Bei dem Ofen handelte es sich um eine riesige Konstruktion aus gebranntem Ton, er war mehr als mannshoch und so groß, dass Pjotr Wladimirowitschs vier Kinder leicht hineingepasst hätten. Die flache Oberseite diente als Schlafgelegenheit; die Hitze im Inneren kochte die Speisen, beheizte die Küche und bereitete Dampfbäder für die Kranken vor.

»Was wollt ihr heute Abend hören?«, erkundigte sich Dunja und genoss die Wärme in ihrem Rücken. Pjotrs Kinder saßen kerzengerade auf ihren Schemeln vor ihr. Sie alle liebten Geschichten, selbst Sascha, der Zweitgeborene. Hätte jemand ihn gefragt, hätte er – ernst und fromm wie er war – zwar vehement behauptet, er würde den Abend lieber mit Gebeten verbringen, doch in der Kirche war es kalt und der Schneeregen draußen war erbarmungslos. Sascha hatte kurz zur Tür hinausgeschaut, sich einen nassen Kopf geholt und sich schließlich mit einer Miene gottesfürchtiger Gleichmut ein Stückchen abseits der kleinen Gruppe auf einen Stuhl gesetzt.

Die anderen riefen auf Dunjas Frage hin alle durcheinander:

»Finist der Falke!«

»Iwan und der graue Wolf!«

»Feuervogel! Feuervogel!«

Der kleine Aljoscha stellte sich auf seinen Schemel und fuchtelte mit den Armen, um sich unter seinen älteren Geschwistern Gehör zu verschaffen. Pjotrs Dogge hob den großen, vernarbten Kopf ob des Tumults.

Noch bevor Dunja etwas sagen konnte, wurde die Eingangstür aufgestoßen, sodass das Brüllen des Sturms hereinfuhr. Eine Frau stand im Türrahmen und schüttelte sich die langen, nassen Haare aus. Ihr Gesicht glühte wegen der Kälte, und sie war sogar noch dünner als ihre eigenen Kinder. Ihre tief liegenden Augen reflektierten den Feuerschein, Schatten tanzten über ihre hohlen Wangen, den kantigen Kehlkopf und die Schläfen. Sie hob Aljoscha hoch und drückte ihn an sich.

Der Kleine quiekte vor Entzücken. »Mutter!«, rief er, »Matjuschka!«

Marina Iwanowna ließ sich mit Aljoscha auf einen Stuhl sinken und rückte näher ans Feuer. Der Kleine grub die Hände in ihren Zopf. Sie zitterte, auch wenn es unter ihrer dicken Kleidung nicht zu sehen war. »Betet, dass die arme Aue heute Nacht lammt«, sagte sie. »Sonst sehen wir euren Vater nie wieder, fürchte ich. Erzählst du gerade eine Geschichte, Dunja?«

»Sobald endlich alle still sind«, antwortete die alte Frau knapp. Sie war auch Marinas Kindermädchen gewesen, vor langer Zeit.

»Ich wüsste eine«, sagte Marina sogleich. Ihr Ton war leicht, ihr Blick jedoch dunkel. Dunja musterte sie, draußen seufzte der Wind. »Erzähl uns die Geschichte von Väterchen Frost, Dunjaschka. Erzähl uns vom Frostdämon, dem Winterkönig Karatschun. Er streift draußen umher und ist wütend über das Tauwetter.«

Dunja zögerte, die älteren Kinder schauten einander an. Der heutige Name für Väterchen Frost lautete Morosko, der Winterdämon. Doch vor langer Zeit nannten die Menschen ihn Karatschun, den Todesgott. Damals war er der König des schwärzesten Winters, der sich nachts die bösen Kinder holte. Der Name stand unter keinem guten Stern. Es brachte Unglück, wenn man ihn aussprach, solange der Dämon das Land noch in seinem eisigen Griff hielt. Marina drückte ihren Sohn so fest, dass er sich wand und an ihrem Zopf zog.

»Na gut«, sagte Dunja schließlich. »Ich erzähle euch die Geschichte von Morosko, von seiner Güte und seiner Grausamkeit.« Sie betonte den Namen ganz leicht, den harmlosen, der kein Unglück bringen würde. Marina lächelte spöttisch und nahm Aljoschas Hände von ihrem Zopf. Die Geschichte von Väterchen Frost war alt, alle hatten sie schon viele Male gehört, doch niemand protestierte. Mit Dunjas voller, artikulierter Stimme war sie jedes Mal aufs Neue ein Vergnügen.

»In einem alten Fürstentum …«, begann sie und verstummte sogleich wieder, als Aljoscha begann, quiekend wie eine Fledermaus auf dem Schoß seiner Mutter herumzurutschen.

»Still«, sagte Marina und gab ihm wieder das Ende ihres Zopfes, damit er etwas zum Spielen hatte.

»In einem alten Fürstentum«, wiederholte Dunja würdevoll, »lebte ein Bauer mit einer schönen Tochter.«

»Wie hieß sie?«, fragte Aljoscha. Er war inzwischen alt genug, um eine Geschichte auf ihre Glaubwürdigkeit zu prüfen, indem er gezielt nach Einzelheiten fragte.

»Sie hieß Marfa«, antwortete Dunja. »Die kleine Marfa war so schön wie der Sonnenschein im Juni, außerdem war sie mutig und herzensgut. Doch Marfa hatte keine Mutter. Sie war gestorben, als Marfa noch ein Kind war. Ihr Vater hatte wieder geheiratet, trotzdem war Marfa immer noch so mutterlos wie eine Waise. Denn ihre Stiefmutter war zwar hübsch, wie es heißt, sie buk köstliche Kuchen, wob die feinsten Stoffe und braute schmackhaften Kwas, aber ihr Herz war kalt und grausam. Sie hasste Marfa wegen ihrer Schönheit und Gutherzigkeit und bevorzugte ihre eigene, hässliche und faule Tochter in allem. Zunächst versuchte sie, Marfa genauso hässlich zu machen, indem sie ihr nur die schwersten Arbeiten gab, damit ihre Hände knorrig, der Rücken krumm und das Gesicht faltig werde. Doch Marfa war stark, und vielleicht besaß sie auch ein bisschen Magie, denn sie erledigte alle Arbeiten klaglos und wurde im Lauf der Jahre nur immer noch schöner.

Als sie das bemerkte, fasste die Stiefmutter – Daria Nikolajewna war ihr Name –«, fügte Dunja ein, als sie sah, wie Aljoscha schon wieder den Mund öffnete, »einen Plan, um das Mädchen loszuwerden. Eines Tages im tiefsten Winter sagte Daria zu ihrem Mann: ›Mein Gatte, ich glaube, es ist Zeit, dass unsere Marfa heiratet.‹

Marfa machte gerade Pfannkuchen und blickte erstaunt auf. Ihre Stiefmutter hatte nie Interesse an ihr gezeigt, außer es ging darum, ihr etwas anzukreiden. Doch Marfas Freude schlug sogleich in Furcht um, als Daria weitersprach: ›Und ich habe gerade den rechten Mann für sie. Pack sie auf den Schlitten und bring sie in den Wald. Wir werden sie mit Morosko verheiraten, dem Wintergott. Könnte eine Maid sich einen besseren, reicheren Bräutigam wünschen als den Herrscher über den weißen Schnee, die schwarzen Tannen und den silbernen Frost?‹

Der Vater – sein Name war Boris Borisowitsch – starrte seine Frau entsetzt an. Boris liebte seine Tochter und wusste, dass die kalte Umarmung des Wintergottes nichts für Sterbliche ist. Doch auch Daria konnte ein wenig zaubern, und Boris konnte ihr nie etwas abschlagen. Weinend fuhr er mit seiner Tochter tief in den Wald und ließ sie dort am Fuß einer Tanne zurück.

So saß das Mädchen lange alleine da, bebte und zitterte, während ihm immer kälter wurde. Schließlich hörte sie ein Knacken. Sie blickte auf und sah Väterchen Frost zwischen den Bäumen, wie er mit langen Sätzen und mit den Fingern schnippend auf sie zukam.«

»Und wie hat er ausgesehen?«, wollte Olga wissen.

Dunja zuckte die Achseln. »Was das betrifft, sagen alle etwas anderes. Manche behaupten, er wäre eine Brise, die zwischen den Tannen flüstert. Andere sagen, er sei ein alter Mann auf einem Schlitten, mit leuchtenden Augen und kalten Händen. Wieder andere behaupten, er sei ein vor Kraft strotzender Krieger mit weißer Rüstung und Waffen aus Eis. Niemand weiß es. Jedenfalls, etwas näherte sich Marfa, als sie so dasaß. Ein eisiger Windstoß fuhr ihr ins Gesicht, und ihr wurde noch kälter. Dann sprach Väterchen Frost zu ihr, mit der Stimme des Winterwinds und des fallenden Schnees:

›Ist dir auch schön warm, meine Schöne?‹

15

Marfa war ein wohlerzogenes Mädchen, das seine Last klaglos ertrug, und so antwortete sie: ›Ja, danke, liebes Väterchen Frost.‹ Der Dämon lachte nur, und der Wind blies stärker denn je. Die Baumkronen über ihnen stöhnten, da fragte Väterchen Frost noch einmal: ›Und jetzt, Kleine? Warm genug?‹ Marfa konnte kaum noch sprechen vor Kälte, trotzdem antwortete sie: ›Warm, mir ist immer noch warm, danke.‹ Ein Sturm brach los, der Wind heulte und mahlte mit den Zähnen, bis die arme Marfa sicher war, er würde ihr die Haut von den Knochen reißen. Jetzt lachte Väterchen Frost nicht mehr, und als er ein drittes Mal fragte: ›Ist dir warm, Herzchen?‹, tanzten schon schwarze Flecken vor ihren Augen, und sie antwortete mit steifgefrorenen Lippen: ›Ja … warm. Mir ist warm, liebes Väterchen Frost.‹

Da konnte er nicht mehr anders, als ihren Mut zu bewundern, und hatte Erbarmen. Er wickelte sie in seinen Mantel aus blauem Brokat und legte sie auf seinen Schlitten. Als er Marfa vor ihrem Haus absetzte, trug sie den kostbaren Mantel immer noch und außerdem eine kleine Truhe voller Gold- und Silberschmuck. Marfas Vater weinte vor Freude, als er das Mädchen wiederhatte, doch Daria und ihre Tochter waren außer sich, Marfa in einem so wertvollen Mantel und obendrein noch fürstlich beschenkt zu sehen. Also wandte sich Daria an ihren Mann und sagte: ›Mein Gatte, schnell! Setz meine Tochter Lisa auf deinen Schlitten. Marfas Geschenke sind nichts gegen das, was Väterchen Frost *meinem* Mädchen geben wird.‹

Obwohl sein Herz gegen diese Torheit rebellierte, nahm er Lisa mit auf seinen Schlitten. Sie trug ihr feinstes Gewand und einen dicken Fellmantel. So brachte Boris sie tief in den Wald, zu derselben Tanne. Lisa wartete lange. Trotz des Mantels war ihr bitterkalt, als Väterchen Frost endlich schnippend und lachend herankam. Mit einem letzten Satz blieb er direkt vor Lisa stehen und blies ihr ins Gesicht. Sein Atem war wie der Wind aus dem Norden, der Haut und Knochen gefrieren lässt. Er lächelte und fragte: ›Ist dir warm genug, Liebes?‹ Lisa antwortete schaudernd: ›Natürlich nicht, du Narr! Siehst du nicht, dass ich schon halb tot bin vor Kälte?‹

Der Wind wurde stärker denn je, er heulte und peitschte, und über das Getöse hinweg fragte Frost: ›Und jetzt? Ist dir schön warm?‹ Das Mädchen schrie zurück: ›Selbstverständlich nicht, Idiot! Ich friere! Mir war in meinem ganzen Leben noch nicht so kalt! Ich warte auf meinen Bräutigam, Väterchen Frost, aber der Esel kommt nicht.‹ Als er ihre Worte hörte, wurden Frosts Augen hart wie Adamant. Er legte seine Finger um Lisas Hals, beugte sich heran und flüsterte ihr ins Ohr: ›Wird dir nun warm, meine Taube?‹ Doch Lisa konnte nicht antworten, denn sie war in dem Moment gestorben, als er sie berührte, und lag erfroren im Schnee.

Im Haus wartete Daria und lief ruhelos auf und ab. ›Mindestens zwei Kisten voller Gold‹, sagte sie und rieb sich die Hände. ›Ein Brautkleid aus Samt und Seide und eine Hochzeitsdecke aus feinster Wolle.‹ Ihr Mann erwiderte nichts. Die Schatten wurden immer länger, und ihre Tochter war immer noch nicht zurück. Schließlich schickte Daria ihren Gatten, um Lisa zu holen, und schärfte ihm ein, ja vorsichtig mit den reichen Gaben zu sein. Doch als Boris zu der Tanne kam, wo er seine Tochter am Morgen abgesetzt hatte, fand er keine Schätze, sondern nur das tote Mädchen im Schnee.

Mit schwerem Herzen hob er sie auf und brachte sie nach Hause. Die Mutter kam ihm schon vor dem Haus entgegen. ›Lisa!‹, rief sie. ›Geliebte Tochter!‹

Dann sah sie ihr Kind, steif auf dem Schlitten liegend. In

diesem Moment berührte Väterchen Frost Darias Herz, und auch sie fiel auf der Stelle tot um.«

Es herrschte eine kurze, ergriffene Stille in der Küche.

Dann fragte Olga traurig: »Aber was ist mit Marfa passiert? Hat Väterchen Frost sie geheiratet?«

»Seine Finger müssen wirklich kalt sein«, murmelte Kolja grinsend.

Dunja bedachte ihn mit einem strafenden Blick, ließ sich aber nicht zu einer Erwiderung herab.

»Nun, Olga«, sagte sie stattdessen zu dem Mädchen, »ich glaube nicht. Welche Verwendung hätte der Winter für eine Sterbliche? Sie hat wohl eher einen reichen Bauern geheiratet und ihm die größte Mitgift in ganz Rus beschert.«

Olga wollte gerade gegen den unromantischen Schluss protestieren, doch Dunja hatte sich bereits mit ächzenden Knochen erhoben. Sie würde sich nun zurückziehen. Das Dach des Ofens war so lang und breit wie ein großes Bett, die Alten, die Jungen und die Kranken schliefen darauf, so auch Dunja und Aljoscha.

Die Kinder gaben ihrer Mutter einen Gutenachtkuss und schlüpften davon, bevor Marina sich als Letzte erhob. Trotz der dicken Winterkleidung fiel Dunja erneut auf, wie dünn sie geworden war, und das bedrückte ihr Herz. *Bald ist Frühling*, tröstete sie sich. *Die Wälder werden wieder grün, und die Tiere geben ihre nahrhafte Milch. Ich werde ihr einen Auflauf mit Eiern, Quark und Fasan kochen, und die Sonne wird sie wieder gesund machen.*

Doch der Ausdruck in Marinas Augen erfüllte das greise Kindermädchen mit einer dunklen Vorahnung.

2

Die Enkelin der Hexe

Das Lamm kam endlich, schmutzig, dürr und so schwarz wie ein toter Baum im Regen. Doch die Aue leckte das Neugeborene entschlossen ab, und nach einer Weile stand es, wenn auch wacklig, auf seinen winzigen Hufen. »Braves Mädchen«, sagte Pjotr Wladimirowitsch zu der Aue und erhob sich ebenfalls. Sein schmerzender Rücken protestierte, als er sich streckte. »Aber du hättest dir eine bessere Nacht aussuchen können.« Draußen mahlte der Wind mit den Zähnen, die Aue wackelte gleichgültig mit dem Schwanz. Pjotr grinste und ging. Ein gesunder Bock, geboren in einem spätwinterlichen Sturm. Ein gutes Omen.

Pjotr Wladimirowitsch war ein Fürst: ein Bojar mit reichen Ländereien und vielen Untergebenen. Wenn er die Nacht bei seinem Vieh verbrachte, dann nur, weil er es wollte. Und er war jedes Mal dabei, wenn in einer seiner Herden ein neues Tier geboren wurde. Oft holte er sie mit den eigenen blutigen Händen ans Licht der Welt.

Der Schneeregen hatte aufgehört, und die Nacht klarte auf. Ein paar wackere Sterne zeigten sich zwischen den Wolken, als Pjotr den Vorgarten betrat und die Stalltür hinter sich zuzog. Nach dem langen Winter lag sein Haus trotz der Nässe fast bis zur Regenrinne unter Schnee begraben. Nur das Giebeldach und die Kamine waren frei geblieben, außerdem der Dwor, den Pjotrs Männer mit ihren Schaufeln in mühsamer Arbeit frei hielten.

Die Sommerhälfte des großen Hauses hatte breite Fenster und einen offenen Kamin, doch wenn der Winter kam, wurde dieser Teil geschlossen. Er sah verlassen aus, vom Schnee verschüttet und vom Frost versiegelt. Die Winterhälfte hatte große Öfen und hohe, schmale Fenster. Über den Kaminen kräuselte sich Tag und Nacht dünner Rauch, und während der kältesten Monate kleidete Pjotr die Fensterscheiben mit Eisplatten aus, um die Kälte draußenzuhalten und die Sonne dennoch hereinzulassen. Jetzt warf Kaminfeuer aus dem Zimmer seiner Frau zuckend-goldene Lichtstrahlen auf den Schnee.

Pjotr dachte an seine Frau und ging weiter. Marina würde sich freuen über das Lämmchen.

Die Wege zwischen den Außengebäuden waren überdacht und mit Holzstäben gepflastert, als Schutz gegen Regen, Schnee und Matsch. Aber mit der Dämmerung war ein peitschender Schneeregen gekommen, der alles mit einer Eisschicht überzogen hatte. Der Boden war gefährlich glatt, die mannshohen Schneeverwehungen vom Niederschlag durchlöchert, doch die Sohlen von Pjotrs mit Fell gefütterten Filzstiefeln griffen gut auf dem Eis. In der dämmrigen Küche blieb er stehen und schöpfte Wasser über seine verschmierten Hände. Oben auf dem Ofen wälzte sich Aljoscha im Schlaf hin und her und wimmerte leise.

Das Zimmer seiner Frau war klein, um dem Frost zu trotzen, aber es war hell und – zumindest für den Norden – luxuriös. Die hölzernen Wände waren mit gewobenen Tüchern behängt, der prächtige Teppich hatte zu Marinas Mitgift gehört und war über unwegsame Straßen direkt aus Zargrad zu ihnen gekommen. Fantastische Schnitzereien zierten die Stühle, überall lagen Decken aus weichem Wolfs- und Kaninchenfell.

Der kleine Ofen in der Ecke glühte hell. Marina war noch nicht schlafen gegangen, sie saß in ein weißes Wollgewand gehüllt vor dem Feuer und kämmte sich das Haar. Selbst nach vier Geburten war es noch dicht und kräftig und reichte ihr fast bis zu den Knien. Im schmeichelhaften Feuerschein sah sie beinahe genauso aus wie die junge Braut, die Pjotr vor so langer Zeit mit nach Hause gebracht hatte.

»Ist es da?«, fragte Marina. Sie legte den Kamm weg und begann ihren Zopf zu flechten, ohne den Blick vom Feuer zu nehmen.

»Ja«, sagte Pjotr geistesabwesend und zog seinen Kaftan aus, dankbar für die Wärme. »Ein hübscher Bock, und seiner Mutter geht es gut. Ein gutes Omen.«

Marina lächelte.

»Da bin ich froh, denn wir können ein gutes Omen gebrauchen«, sagte sie. »Ich bekomme ein Kind.«

Pjotr hatte sein Hemd halb ausgezogen und hielt mitten in der Bewegung inne. Er öffnete den Mund und schloss ihn wieder. Möglich war es natürlich. Marina war zwar schon etwas alt dafür und hatte viel Gewicht verloren in diesem Winter …

»Noch eines?«, fragte er, richtete sich auf und legte sein Hemd weg.

Marina hörte die Anspannung in seiner Stimme, ein trauriges Lächeln huschte über ihre Lippen. Sie band das Ende ihres Zopfes mit einer Lederschnur zusammen, bevor sie antwortete. »Ja«, sagte sie und warf sich den Zopf über die Schulter. »Ein Mädchen. Sie wird im Herbst zur Welt kommen.«

»Marina …«

Sie hörte die unausgesprochene Frage. »Ich wollte sie«, erwiderte Marina, »und ich will sie immer noch.« Und dann, leiser: »Ich möchte eine Tochter, die so ist, wie meine Mutter war.«

Pjotr runzelte die Stirn. Marina sprach nie von ihrer Mutter. Auch Dunja erwähnte sie nur selten.

Zur Regierungszeit von Iwan I., so heißt es, ritt ein zerlumptes Mädchen durch die Tore des Kreml, nur begleitet von seinem großen grauen Pferd. Die junge Frau war müde, verdreckt und hungrig, Gerüchte rankten sich um sie. Sie war wunderschön, sagten die Leute, und hatte Augen wie eine Schwanenjungfrau aus einem Märchen. Schließlich kamen die Gerüchte dem Großfürsten zu Ohren. »Bringt sie zu mir«, sagte Iwan ein wenig amüsiert. »Ich habe noch nie eine Schwanenjungfrau gesehen.«

Iwan Kalita war kein freundlicher Fürst, er war vom Ehrgeiz zerfressen, kalt und gerissen und habgierig. Anders hätte er auch nicht überlebt, denn oft ereilte Moskaus Fürsten ein früher Tod. Doch als Iwan die Maid zum ersten Mal sah, so berichteten die Bojaren später, blieb er volle zehn Minuten lang reglos sitzen. Die mit etwas mehr Fantasie schworen sogar, seine Augen seien feucht gewesen, als er schließlich aufstand und ihre Hand nahm.

Iwan war damals zweimal verwitwet und seine neue Geliebte jünger als sein ältester Sohn, trotzdem heiratete er das geheimnisvolle Mädchen. Doch nicht einmal der Großfürst von Moskau konnte die Gerüchte um sie zum Verstummen bringen. Die neue Fürstin verriet niemandem, woher sie kam, damals nicht und auch nicht später. Die Dienerinnen tuschelten, sie könne Tiere zähmen, in ihren Träumen die Zukunft sehen und den Regen herbeirufen.

Pjotr nahm seine Überkleider und hängte sie vor dem Ofen auf. Er war ein praktisch veranlagter Mann und gab nichts auf Gerüchte, doch seine Frau saß außergewöhnlich still und schaute ins Feuer. Nur die Flammen bewegten sich, tauchten ihre Hände und den Hals in einen goldenen Schimmer. Ihr Verhalten machte Pjotr unruhig. Er begann auf und ab zu gehen.

Seit Wladimir ganz Kiew im Dnjepr getauft und die alten Götter vertrieben hatte, war Rus christlich. Trotzdem war es ein riesiges Land, in dem sich die Dinge nur langsam änderten. Fünfhundert Jahre, nachdem die Mönche nach Kiew gekommen waren, gab es in Rus immer noch unbekannte Mächte. Einige davon hatten sich in den wissenden Augen der fremden Fürstin widergespiegelt. Der Kirche gefiel das nicht, weshalb der Bischof darauf bestand, Marina, ihr einziges Kind, an einen Bojaren draußen in der Wildnis zu verheiraten, viele Tagesreisen von Moskau entfernt.

Pjotr beglückwünschte sich oft zu seinem Glück. Seine Frau war genauso weise wie schön, er liebte sie, und sie liebte ihn. Doch Marina sprach nie über ihre Mutter. Olga, ihre Tochter, war ein ganz normales Mädchen, hübsch und folgsam. Sie brauchten keine weitere, und bestimmt keine, die die angeblichen Kräfte ihrer Großmutter erben würde.

»Bist du sicher, dass du stark genug dafür bist?«, fragte er schließlich. »Schon Aljoscha war eine Überraschung, und das ist jetzt drei Jahre her.«

»Ja«, antwortete Marina und drehte ihm den Kopf zu. Sie ballte die Hand ganz langsam zu einer Faust, doch Pjotr sah es nicht. »Ich werde sie zur Welt bringen.«

Es entstand eine Stille.

»Marina, deine Mutter war …«

Sie nahm seine Hand und stand auf.

Pjotr legte ihr einen Arm um die Hüfte; sie fühlte sich steif an unter seiner Berührung.

»Ich weiß nicht, was meine Mutter war«, erwiderte Marina. »Sie hatte Gaben, die ich nicht habe. Ich erinnere mich noch gut, wie sie am Hof von Moskau getuschelt haben. Die Nachfahrinnen meiner Mutter haben starkes Blut, und Olga ist mehr deine Tochter als meine, aber diesmal« – Marina verschränkte die Arme, als wiege sie ein Baby – »dieses Kind ist anders.«

Pjotr zog seine Frau enger an sich, und mit einem Mal klammerte sie sich regelrecht an ihn. Er konnte ihren Herzschlag auf seiner Brust spüren. Sie fühlte sich warm an in seinen Armen. Der Duft ihres Haars stieg ihm in die Nase, frisch gewaschen im Badehaus. *Es ist spät,* überlegte er. *Wozu einen Streit vom Zaun brechen?* Die Aufgabe der Frauen war, Kinder zu gebären. Seine hatte ihm bereits vier geschenkt, bestimmt würde sie noch ein weiteres verkraften. Falls das Kind sich als irgendwie anders herausstellen sollte … Nun, dieses Problem ließ sich lösen, falls nötig.

»Bleib gesund, Marina Iwanowna«, sagte er schließlich, und seine Frau lächelte. Sie saß jetzt wieder, mit dem Rücken zum Feuer, sodass er ihre feuchten Augen nicht sehen konnte. Pjotr hob ihr Kinn an und küsste sie. Sie war so dünn, zerbrechlich wie ein Vogel unter ihrem schweren Gewand. »Komm ins Bett. Morgen gibt es Milch. Die Aue kann ein bisschen davon entbehren, Dunja wird sie für dich backen. Du musst an das Kind denken.«

Marina drückte sich an ihn, Pjotr hob sie hoch wie in den Tagen, als er sie noch umworben hatte, und wirbelte sie herum, und sie schlang ihm lachend die Arme um den Hals. Doch einen Moment lang schaute sie an ihm vorbei in die Flammen, als könnte sie dort die Zukunft sehen.

»Werd es los«, sagte Dunja am nächsten Tag. »Es ist mir egal, ob es ein Mädchen wird, ein Prinz oder ein Prophet.« Mit der Morgendämmerung war der Schneeregen zurückgekehrt, nun tobte er wieder draußen. Die beiden Frauen saßen dicht vor dem Ofen – wegen der Wärme und wegen des Lichts, das sie zum Stopfen brauchten. Dunja stach die Nadel mit Nachdruck in den Stoff. »Je früher, desto besser. Du hast weder das Gewicht noch die Kraft, ein Kind auszutragen. Und sollte es wie durch ein Wunder doch gelingen, wird dich die Geburt umbringen. Du hast deinem Mann schon drei Söhne geschenkt, und du hast deine Tochter – wozu brauchst du noch eine?« Dunja war schon in Moskau Marinas Kindermädchen gewesen, sie war mit ihr in Pjotrs Haushalt gekommen und hatte alle ihre vier Kinder großgezogen. Sie nahm kein Blatt vor den Mund.

Marina lächelte mit leichtem Spott. »Welch harsche Worte, Dunjaschka. Was würde Vater Semjon wohl dazu sagen?«

»Vater Semjon wird kaum im Kindbett sterben, oder? Aber du, Maruschka ...«

Marina schaute auf das Stück Stoff in ihren Händen hinab und sagte nichts. Doch als sie den Blick zu den zusammengekniffenen Augen ihres Kindermädchens hob, war ihr Gesicht durchsichtig wie Wasser. Und Dunja schien es, als könne sie das Blut ihre Kehle hinabkriechen sehen.

Dunja erschauerte. »Kind, was hast du gesehen?«

»Es spielt keine Rolle«, erwiderte Marina.

»Werd es los«, wiederholte Dunja beinahe flehend.

»Ich muss dieses Mädchen bekommen, Dunja. Sie wird sein wie meine Mutter.«

»Deine Mutter! Das zerlumpte Mädchen, das allein auf einem Pferd aus dem Wald geritten kam? Das zu einem bloßen Schatten seiner selbst verblasst ist, weil sie das Leben hinter byzantinischen Wandschirmen nicht ertragen konnte? Hast du vergessen, zu welch grauem alten Weib sie wurde? Wie sie verschleiert zur Kirche stolperte. Sich in ihren Gemächern versteckte und aß, bis sie dick, ihre Haut fettig und ihr Blick leer wurde? Deine Mutter. Wünschst du einem deiner Kinder so ein Leben?«

Dunja krächzte beinahe wie ein Rabe, denn zu ihrem eigenen Leidwesen erinnerte sie sich noch gut daran, wie das Mädchen mit dem wundersamen Ruf damals vor Iwan Kalita getreten war – verloren und zerbrechlich und so schön, dass es wehtat. Iwan war betört gewesen. Die Fürstin – nun, vielleicht hatte sie bei ihm für eine Weile Frieden gefunden. Doch dann steckte man sie in den Frauenflügel, kleidete sie in schweren Brokat, gab ihr Heiligenbilder, Diener und reichlich zu essen. Stück für Stück war ihr Feuer, das Licht in ihren Augen, das jedem den Atem verschlagen hatte, verblasst. Dunja hatte ihren Tod schon lange betrauert, bevor man sie in die Erde gebettet hatte.

Marina lächelte bitter. »Nein«, antwortete sie. »Aber erinnerst du dich noch an die Zeit davor? An die Geschichten, die du mir erzählt hast?«

»Und was haben all die Magie und die Wunder ihr gebracht?«, brummte Dunja.

»Ich habe nur wenig von ihrer Gabe«, fuhr Marina fort, als hätte sie den Einwand überhört, doch Dunja kannte sie gut genug, um die Trauer in ihrer Stimme zu bemerken. »Aber bei meiner Tochter wird es mehr sein.«

»Und das genügt dir, um den anderen vier die Mutter zu nehmen?«

Marina senkte den Blick. »Ich … Nein. Ja. Wenn es sein muss.« Sie sprach so leise, dass Dunja sie kaum hörte. »Aber vielleicht überstehe ich es ja.« Sie hob den Kopf. »Du versprichst mir doch, für sie alle zu sorgen?«

»Maruschka, ich bin alt. Ich gebe dir mein Versprechen, aber wenn ich sterbe …«

»Sie werden zurechtkommen … sie müssen. Dunja, ich kann nicht in die Zukunft sehen, aber ich werde diese Tochter zur Welt bringen.«

Dunja bekreuzigte sich und sagte nichts mehr.

3

Der Bettler und der Fremde

Als Marinas Wehen kamen, rüttelten die ersten Novemberwinde an den kahlen Bäumen; der Schrei des Neugeborenen vermischte sich mit dem Heulen der Böen. Marina lachte, als sie ihre Tochter erblickte. »Sie heißt Wasilisa«, sagte sie zu Pjotr. »Meine Wasja.«

Im Morgengrauen hörte der Wind auf. In der darauffolgenden Stille blies Marina sanft ihren letzten Atem aus und starb.

Der Schnee stürzte vom Himmel wie Tränen, als Pjotr seine Frau mit versteinertem Gesicht zu Grabe trug. Seine neugeborene Tochter weinte während der gesamten Beerdigung – ein Dämonenheulen anstelle des erstorbenen Windes.

Den ganzen Winter hindurch hallte das Haus vom Geschrei des Babys wider. Mehr als einmal waren Dunja und Olga am Verzweifeln, denn die Kleine war ein dürres, blasses, ständig zappelndes Bündel, und mehr als einmal drohte Kolja halb im Ernst, sie vor die Tür zu setzen.

Doch der Winter verging, und Wasja überlebte. Sie hörte auf zu schreien und gedieh mit der Milch der Bauersfrauen.

Die Jahre verflogen wie fallendes Laub.

An einem Tag kurz vor Wintereinbruch, beinahe wie der, an dem sie zur Welt gekommen war, schlüpfte Marinas schwarzhaarige Tochter in die beheizte Küche. Sie stützte die Hände auf die Kaminplatte und spähte über die Kante. Ihre Augen glänzten. Dunja nahm gerade Kuchen aus der Asche. Im ganzen Haus roch es nach Honig.

»Sind sie schon fertig, Dunjaschka?«, fragte Wasja und streckte den Kopf in den Ofen.

»Fast«, antwortete Dunja und schob die Kleine weg, bevor sie sich noch die Haare vom Kopf sengte. »Setz dich auf deinen Stuhl, Wasotschka, und flick deine Bluse. Danach bekommst du ein Stück.«

Wasja konnte an nichts anderes mehr denken und setzte sich brav. Ein ganzer Berg Gebäck stand bereits zum Abkühlen auf dem Tisch, braun gebacken und mit schwarzen Ascheflecken darauf. Und während sie die Kuchen musterte, brach von einem eine Ecke ab. Das Innere war golden wie der Hochsommer und dampfte. Wasja schluckte. Ihr Frühstück schien ein Jahr zurückzuliegen.

Dunja warf ihr einen warnenden Blick zu. Wasja spitzte züchtig die Lippen und begann zu flicken. Doch der Riss in der Bluse war lang, Wasjas Hunger groß und ihre Geduld von Natur aus gering. Ihre Stiche wurden immer breiter wie die Lücken im Gebiss eines Greises. Schließlich hielt sie es nicht mehr aus. Sie legte die Bluse weg und schlich sich zu der dampfenden Platte, die gerade außerhalb ihrer Reichweite auf dem Tisch stand. Dunja saß mit dem Rücken zu ihr und beugte sich über den Kamin.

Lautlos wie eine junge Katze auf der Jagd nach Grashüpfern pirschte Wasja sich an, dann schlug sie zu. Drei Kuchen verschwanden in ihrem Ärmel.

Dunja wirbelte herum. »Wasja…!«, rief sie streng, doch Wasja war schon durch die Tür und lief, lachend und erschrocken zugleich, hinaus in den trüben Tag.

Die Jahreszeiten wechselten gerade, die Felder waren voller Stoppeln und mit Schnee gesprenkelt. Wasja schluckte und überlegte sich ein Versteck, lief über den Dwor, vorbei an den Bauernhütten und dann durchs Tor. Es war kalt, doch das machte ihr nichts aus. Sie war in der Kälte geboren.

Wasilisa Petrowna war ein hässliches kleines Mädchen: dürr wie Schilfrohr, mit langen Fingern und riesigen Füßen. Ihre Augen und der Mund waren zu groß für den Rest des Körpers. Olga hatte ihr den Kosenamen »Frosch« gegeben, ohne sich etwas dabei zu denken. Doch Wasjas Augen hatten die Farbe des Waldes während eines Sommergewitters, und ihr Mund war rot wie eine Kirsche. Wenn sie wollte, konnte sie vernünftig sein. Und klug. So klug, dass die anderen Familienmitglieder oft aus allen Wolken fielen, wenn Wasja sich wieder einmal etwas in den Kopf gesetzt hatte und alle Vernunft über Bord warf.

Am Rand eines abgeernteten Roggenfeldes entdeckte Wasja einen Haufen aufgewühlter Erde in der löchrigen Schneedecke. Gestern war der Haufen noch nicht da gewesen. Wasja ging nachsehen. Im Näherkommen roch sie den Wind und wusste, dass es in der Nacht schneien würde. Die Wolken lagen über den Bäumen wie nasse Wolle.

Ein kleiner Junge, er war neun Jahre alt und sah aus wie eine Miniaturausgabe von Pjotr Wladimirowitsch, stand auf dem Boden des gar nicht mal so kleinen Lochs und grub.

Wasja trat an den Rand und spähte nach unten. »Was machst du da, Ljoschka?«, fragte sie mit vollem Mund.

Aljoscha lehnte sich auf seinen Spaten und schaute nach oben.

»Was geht's dich an?« Er mochte Wasja, denn sie war für jeden Spaß zu haben und damit beinahe genauso gut wie ein kleiner Bruder. Aber er war fast drei Jahre älter und musste ihr zeigen, wo ihr Platz war.

»Weiß nicht«, erwiderte Wasja kauend. »Willst du Kuchen?« Mit ein wenig Bedauern hielt sie ihm die Hälfte des letzten Stücks hin. Es war das saftigste und hatte kaum Ascheflecken.

»Gib her.« Aljoscha ließ den Spaten los und streckte die verschmierte Hand aus.

Wasja machte einen Schritt zurück. »Sag mir erst, was du da tust.«

Aljoscha funkelte sie an.

Wasja kniff die Augen zusammen und machte Anstalten, das letzte Stück zu verspeisen, da gab ihr Bruder nach. »Ich baue eine Festung«, erklärte er. »Damit ich mich, wenn die Tataren kommen, verstecken und sie mit Pfeilen beschießen kann.«

Wasja hatte noch nie einen Tataren gesehen und wusste nicht genau, wie groß eine Festung sein musste, damit sie als Schutz vor ihnen taugte. Sie beäugte das Loch skeptisch. »Deine Festung ist aber nicht sehr groß.«

Aljoscha verdrehte die Augen. »Deshalb grabe ich ja, du Spatzenhirn. Damit sie größer wird. Und jetzt gib her.«

Wasja streckte den Arm, dann zögerte sie. »Ich will mitgraben und auch auf die Tataren schießen.«

»Das kannst du nicht. Du hast weder einen Bogen noch eine Schaufel.«

Wasjas Mine verfinsterte sich. Aljoscha hatte an seinem siebten Namenstag ein eigenes Messer und einen Bogen bekommen. Sie selbst hatte ein Jahr lang umsonst darum gebettelt. »Spielt keine Rolle«, erwiderte sie. »Ich kann mit einem Stock graben, und Vater wird mir später einen Bogen geben.«

»Wird er nicht.« Doch Aljoscha machte keine weiteren Einwände, als Wasja ihm das halbe Stück Kuchen gab und einen geeigneten Stock suchen ging. Eine Weile arbeiteten sie still in geselligem Einvernehmen.

Doch Graben mit einem Stock wird schnell langweilig, selbst wenn man alle paar Momente in die Höhe springt, um nach nahenden Tataren Ausschau zu halten. Wasja begann sich zu fragen, ob sie Aljoscha überreden könnte, die Arbeiten an der Festung bleiben zu lassen und stattdessen auf Bäume zu klettern, als plötzlich ein Schatten über die Grube fiel. Vor ihnen stand Olga, ihre ältere Schwester, außer Atem und wütend, weil sie vom Ofen aufgescheucht worden war, um ihre pflichtvergessenen Geschwister zu suchen. Grimmig schaute sie zu ihnen hinunter. »Bis oben hin voller Dreck, was wird Dunja wohl dazu sagen? Und Vater erst …« An dieser Stelle verstummte sie und packte den langsameren Aljoscha an der Jacke, gerade als die beiden wie aufgescheuchtes Wild die Flucht ergreifen wollten.

Wasilisa hatte lange Beine für ein Mädchen, und sie war schnell. Die Gelegenheit, ihre letzten Krümel in Ruhe zu verspeisen, war durchaus eine Standpauke wert. Ohne sich noch einmal umzusehen, rannte sie wie ein Hase über das kahle Feld und jauchzend um Baumstümpfe herum, bis der nachmittägliche Wald sie verschluckt hatte. Olga schaute keuchend hinterher und hielt Aljoscha am Kragen fest.

»Warum erwischst du *sie* nie?«, fragte Aljoscha grollend, als Olga ihn zurück zum Haus schleifte. »Sie ist erst sechs.«

»Weil ich nicht Koschtschei der Unsterbliche bin«, erwiderte Olga gereizt. »Und weil ich kein Pferd habe, das schneller ist als der Wind.«

Sie traten in die Küche, Olga stellte Aljoscha neben dem Ofen ab. »Ich konnte Wasja nicht einfangen«, sagte sie zu Dunja.

Die alte Frau hob den Blick zum Himmel. Wasja war äußerst schwer zu fangen, wenn sie nicht gefangen werden wollte. Der Einzige, dem das ab und zu gelang, war Sascha. Dunja richtete ihren Zorn auf den bibbernden Aljoscha. Sie zog ihn direkt neben dem Ofen aus, rieb ihn mit einem Lappen ab – den sie zuvor in Nesselsud getränkt hatte, wie Aljoscha später Stein und Bein schwor – und zog ihm schließlich ein sauberes Hemd an.

»Solche Herumtreiber«, murmelte Dunja und schrubbte. »Das nächste Mal sag ich es deinem Vater. Dann wird er dich den Rest des Winters Holz hacken und die Ställe ausmisten lassen. *Solche* Herumtreiber – Löcher graben und voller Dreck…«

Doch sie wurde mitten in ihrer Tirade unterbrochen, als Aljoschas ältere Brüder in die Küche getrampelt kamen. Sie rochen nach Vieh und Rauch. Im Gegensatz zu Wasja stürzten sie sich ohne Umschweife auf den Kuchen und schoben sich jeder ein ganzes Stück in den Mund. »Von Süden kommt Wind auf«, sagte der Älteste, Nikolai Petrowitsch, genannt Kolja, zu seiner Schwester. Mit seinem vollen Mund war er kaum zu verstehen. Olga hatte ihre gewohnte Fassung wiedergefunden und saß strickend neben dem Ofen. »Es wird Schnee geben heute Nacht. Gut, dass wir das Vieh in den Stall gebracht haben und das Dach fertig ist.« Er stellte seine triefend nassen Stiefel neben dem Feuer ab und ließ sich in einen Stuhl sinken. Im Vorbeigehen nahm er sich den nächsten Kuchen.

Olga und Dunja musterten die Stiefel missbilligend. Der saubere Ofen war von Schlammspritzern gesprenkelt. »Wenn das Wetter umschlägt, ist morgen das halbe Dorf krank«, sagte Olga und bekreuzigte sich. »Ich hoffe, Vater kommt vor dem Schnee nach Hause.« Sie runzelte die Stirn und zählte die Maschen.

Der andere junge Mann sagte nichts. Er legte das Feuerholz, das er mitgebracht hatte, neben dem Ofen ab und verdrückte seinen Kuchen, dann kniete er sich vor die Heiligenbilder gegenüber der Tür und bekreuzigte sich ebenfalls. Schließlich stand er auf und küsste das Bild der Jungfrau Maria.

»Betest du wieder, Sascha?«, fragte Kolja mit heiterer Bosheit. »Bete, dass der Schnee noch wartet und Vater sich keine Erkältung holt.«

Der junge Mann zuckte die Achseln. Er hatte große, ernste Augen mit langen Wimpern wie ein Mädchen. »Tue ich«, erwiderte er. »Solltest du auch mal versuchen, Kolja.« Er tappte zum Ofen und zog seine feuchten Socken aus. Der Geruch nasser Wolle vermischte sich mit dem von Schlamm, Weißkraut und Tieren. Sascha hatte den ganzen Tag bei den Pferden verbracht. Olga rümpfte die Nase.

Kolja ging nicht auf die Stichelei ein. Er untersuchte gerade einen seiner durchnässten Stiefel. Eine Naht im Fell hatte sich gelöst. Mit einem ungehaltenen Schnauben ließ er den Stiefel wieder fallen. Kurz darauf begannen beide Stiefel in der Hitze des großen Ofens zu dampfen. Dunja hatte das Abendessen bereits hineingeschoben, Aljoscha beäugte den Topf wie eine Katze ein Mauseloch.

»Wer hat sich denn herumgetrieben, Dunja?«, erkundigte sich Sascha. Er hatte den Schluss der Tirade beim Hereinkommen mitgehört.

»Wasja«, sagte Olga. Sie berichtete von dem entwendeten Kuchen und von Wasjas Flucht in den Wald. Währenddessen strickte sie. Ein etwas betrübtes Lächeln ließ Grübchen auf ihre Wangen treten. Sie war immer noch wohlgenährt vom Sommer, rundlich und hübsch.

Sascha lachte. »Nun ja, sie kommt zurück, sobald sie Hunger hat«, erklärte er und wandte sich wichtigeren Dingen zu. »Ist Hecht in dem Eintopf, Dunja?«

»Schleie«, berichtigte Dunja sachlich. »Oleg hat am Morgen vier gefangen. Deine eigenwillige Schwester ist noch zu klein, um allein im Wald herumzustreunen.«

Sascha und Olga tauschten einen Blick aus, zuckten die Achseln und sagten nichts. Schon seit sie laufen konnte, stahl sich Wasja allein in den Wald. Sie würde rechtzeitig zum Abendessen wieder zurück sein wie jedes Mal. Mit hochrotem Gesicht, einer Handvoll Pinienkerne als Entschuldigung und so lautlos wie eine Katze auf Samtpfoten.

Doch diesmal täuschten sie sich. Die schwache Sonne glitt über den Himmel, und die Schatten der Bäume wurden unheimlich lang. Schließlich kam Pjotr Wladimirowitsch zurück, eine Fasanenhenne mit gebrochenem Genick unterm Arm. Wasja war immer noch nicht da.

Es war still im frühwinterlichen Wald, zwischen den Bäumen lag der Schnee dichter. Wasilisa Petrowna schämte sich halb, halb genoss sie ihre Freiheit. Sie setzte sich auf einen kalten Ast, aß ihre letzte Hälfte Honigkuchen und lauschte den sanften Geräuschen des schlummernden Waldes. »Ich weiß ja, dass du schläfst, wenn der Schnee kommt«, sagte sie laut. »Aber könntest du nicht aufwachen? Sieh her, ich hab Kuchen dabei.«

Sie streckte das Beweisstück vor, inzwischen kaum mehr als ein paar Krümel, und wartete auf eine Antwort. Aber es kam keine außer einem leise durch die Bäume raschelnden Wind.

Wasja zuckte die Achseln, verspeiste die letzten Krümel und machte sich auf die Suche nach Pinienkernen. Doch die Eichhörnchen hatten alle gefressen, und es war kalt, selbst für ein Mädchen, das hier geboren war. Schließlich klopfte Wasja Eis und Rinde von ihrem Mantel und machte sich auf den Heimweg. Ihr schlechtes Gewissen begann sich endlich zu melden. Die Schatten zwischen den Bäumen waren dunkel, der kurze Tag wurde schnell zur Nacht, und Wasja beschleunigte ihren Schritt. Sie bekam bestimmt mächtig Ärger, aber Dunja würde mit dem Abendessen warten.

Sie lief und lief, bis sie stirnrunzelnd stehen blieb. An der grauen Erle links, dann um die abgebrochene alte Ulme herum, dahinter lagen schon die Felder ihres Vaters. Sie war den Weg tausendmal gegangen. Doch diesmal sah sie keine Erle und keine Ulme, nur eine Ansammlung schwarzer Fichten und eine kleine verschneite Wiese. Wasja machte kehrt und versuchte es in einer anderen Richtung. Nein, hier standen nur Birken, weiß wie Jungfrauen und nackt vom Winter. Plötzlich wurde Wasja mulmig. Sie konnte sich nicht verirrt haben; sie verirrte sich nie. Genauso gut könnte sie sich in ihrem eigenen Haus verlaufen. Ein Wind kam auf und brachte die Bäume um sie herum zum Zittern. Bäume, die sie nicht kannte.

Verirrt, dachte Wasja. Sie hatte sich in der Dämmerung verirrt, es war Winteranfang und würde bald zu schneien beginnen. Sie machte noch einmal kehrt, versuchte noch eine Richtung, aber sie fand nicht einen Baum in dem wogenden Wald, den sie schon einmal gesehen hatte. Plötzlich traten ihr Tränen in die Augen. *Verirrt, ich habe mich verirrt.* Sie wollte zu Olja oder Dunja, wollte zu Vater und Sascha. Sie wollte ihre Suppe, eine Decke und sogar ihr Nähzeug.

Vor ihr ragte eine Eiche auf. Wasja blieb stehen. Dieser Baum war nicht wie die anderen. Er war größer und dunkler und knorrig wie ein böses altes Weib. Der Wind schüttelte seine mächtigen schwarzen Äste.

Wasja begann zu zittern und ging vorsichtig darauf zu. Sie legte eine Hand auf die Rinde. Er fühlte sich an wie jeder andere Baum, rau und kalt, selbst durch ihre Fellhandschuhe. Sie ging um den Stamm herum und musterte die Äste. Dann schaute sie nach unten und wäre beinahe gestolpert.

Ein Mann lag zusammengerollt am Fuß der Eiche, er schlief tief und fest. Sein Gesicht konnte Wasja nicht sehen, es war zwischen seinen Armen verborgen. Durch die Risse seiner Kleidung sah sie kalte weiße Haut. Er rührte sich nicht, als sie sich ihm näherte. Er konnte nicht einfach hier liegen bleiben, nicht wenn von Süden Schnee kam. Der Mann würde sterben. Vielleicht wusste er ja, in welche Richtung das Haus ihres Vaters lag. Sie machte Anstalten, ihn wachzurütteln, besann sich aber eines Besseren und sagte stattdessen: »Großväterchen, wach auf! Es wird Schnee geben, noch bevor es dunkel ist. *Wach auf!*«

Der Mann bewegte sich nicht. Gerade als Wasja all ihren Mut zusammennahm, um ihm eine Hand auf die Schulter zu legen, hörte sie ein Schnüffeln und Grunzen. Der Mann hob den Kopf und blinzelte sie mit einem Auge an.

Wasja zuckte zurück. Die eine Hälfte seines Gesichts war von einer rauen Schönheit, doch in der anderen fehlte das Auge. Die leere Höhle war zugenäht, und die Haut darum herum von bläulichen, knotigen Narben übersät.

Das gesunde Auge blinzelte Wasja mürrisch an, dann setzte der Mann sich auf, um sie genauer zu betrachten. Er war dünn, zerlumpt und dreckig. Durch die Risse in seinem Hemd konnte Wasja seine Rippen sehen. Doch als er sprach, klang seine Stimme voll und tief.

»Nun«, sagte er. »Es ist lange her, seit ich das letzte Mal ein russisches Mädchen gesehen habe.«

Wasja verstand nicht, wovon er redete. »Weißt du, wo wir sind?«, fragte sie. »Ich habe mich verlaufen. Mein Vater ist Pjotr Wladimirowitsch. Wenn du mich nach Hause bringst, gibt er dir zu essen und einen Platz neben dem Ofen. Es wird bald schneien.«

Plötzlich lächelte der Einäugige. Er hatte zwei Hundezähne, sie waren länger als die anderen und ragten bis über seine Unterlippen. Dann stand er auf. Erst jetzt sah Wasja, wie groß er war, mit langen, grobschlächtigen Knochen. »Ob ich weiß, wo wir sind?«, wiederholte er. »Natürlich, Dewotschka, kleines Mädchen. Ich bringe dich nach Hause. Aber zuerst musst du herkommen und mir helfen.«

Wasja war ihr Leben lang gut behandelt worden und hatte keinen Grund, Erwachsenen gegenüber misstrauisch zu sein. Trotzdem rührte sie sich nicht von der Stelle.

Das graue Auge verengte sich. »Was bist du für ein Mädchen, das ganz allein hierherkommt?« Dann, leiser: »Aber diese Augen. Sie erinnern mich beinahe … Komm her.« Seine Stimme war jetzt ganz sanft. »Dein Vater wird sich schon Sorgen machen.« Das graue Auge ließ sie nicht mehr los.

Wasja machte langsam einen Schritt auf ihn zu, dann noch einen.

Der Mann streckte die Hand aus.

Plötzlich hörte sie das Knirschen von Hufen im Schnee, das Schnauben eines Pferdes, und der Einäugige zuckte zusammen. Wasja taumelte rückwärts, weg von der Hand, und der Mann warf sich unterwürfig zu Boden. Ein Reiter auf einer prächtigen Schimmelstute kam auf die Lichtung. Als er abstieg, sah Wasja seinen schlanken Körperbau, den straffen Hals und die hohen Wangenknochen. Er trug einen dicken Fellmantel, seine Augen schimmerten blau.

»Was geht hier vor?«, fragte er.

Der Lumpenmann zog den Kopf ein. »Geht dich nichts an. Sie ist zu mir gekommen – sie gehört mir.«

Der Neuankömmling musterte ihn mit kalten, klaren Augen. »Was du nicht sagst, Medwed«, hallte seine Stimme über die Lichtung. »Es ist Winter, schlaf.«

Noch während der Angesprochene protestierte, wurde der Blick seines grauen Auges glasig, dann rührte er sich nicht mehr.

Der Reiter wandte sich an Wasja. Sie machte noch einen Schritt zurück, bereit, jeden Moment die Flucht zu ergreifen. »Wie bist du hierhergekommen, Dewotschka?«, fragte er ernst.

Tränen der Verwirrung strömten über Wasjas Wangen. Der Einäugige hatte ihr Angst gemacht mit seinem gierigen Blick, genauso wie ihr dieser Reiter jetzt Angst machte mit seiner düsteren Dringlichkeit. Doch etwas an seinem Blick brachte ihre Tränen zum Versiegen. Sie hob den Kopf und schaute ihm ins Gesicht. »Ich bin Wasilisa Petrowna. Mein Vater ist der Bojar von Lesnaja Semlja.«

Sie blickten einander eine Weile an, dann verließ Wasja der Mut. Sie wirbelte herum und rannte, so schnell sie konnte. Der Fremde machte keine Anstalten, ihr zu folgen, aber er stieg auch nicht auf, als seine Stute neben ihn trat. Die beiden tauschten einen Blick aus.

»Er wird stärker«, sagte der Mann.

Die Stute wackelte mit einem Ohr.

Ihr Reiter sagte nichts mehr, schaute aber noch einmal in die Richtung, in der das Mädchen verschwunden war.

Wasja konnte nicht fassen, wie schnell es dunkel geworden war. Gerade eben noch hatte es gedämmert, nun war es stockfinstere Nacht, die Luft ringsum roch bereits nach Schnee. Der Wald war erfüllt von Fackelschein und lauten Männerstimmen, doch das kümmerte Wasja nicht. Plötzlich erkannte sie die Bäume ringsum wieder, sie wollte nur noch in Olgas und Dunjas Arme.

Ein Pferd kam aus der Dunkelheit galoppiert. Der Reiter hatte keine Fackel bei sich. Seine Stute sah das Kind einen Moment vor ihm, sie kam schlitternd zum Stehen und bäumte sich auf. Wasja unterdrückte einen Schrei und stürzte, schürfte sich die Hand auf, der Reiter fluchte. Wasja kannte seine Stimme, und einen Wimpernschlag später fand sie sich in den Armen ihres Bruders wieder. »Saschka«, schluchzte sie und vergrub das Gesicht an seinem Hals. »Ich habe mich verlaufen. Da war ein Mann im Wald. Zwei Männer. Und ein weißes Pferd und ein schwarzer Baum, ich hatte solche Angst.«

»Was für Männer?«, fuhr Sascha auf. »Wo, Kind? Bist du verletzt?« Er schob Wasja ein Stück von sich weg und tastete sie ab.

»Nein«, sagte Wasja zitternd. »Nein, aber mir ist kalt.«

Als Sascha nichts erwiderte, wusste Wasja, dass er wütend auf sie war. Trotzdem legte er ihr seinen Mantel um und setzte sie ganz sanft auf sein Pferd. Dann schwang er sich hinter ihr in den Sattel. Sie war endlich in Sicherheit. Wasja schmiegte die Wange an das weiche Leder seines Wamses und hörte allmählich auf zu weinen.

Normalerweise machten Sascha Wasjas Eskapaden nichts aus, wenn sie versuchte, an sein Schwert zu kommen, oder an der Sehne seines Bogens zupfte. Er verzieh ihr jedes Mal, schenkte ihr sogar ab und zu einen Kerzenstumpf oder eine Handvoll Haselnüsse. Doch diesmal hatte seine Angst ihn wütend gemacht. Er sprach kein Wort mit ihr, sondern schrie, zuerst in die eine

Richtung, dann in die andere, bis die Kunde von Wasjas Rettung alle Männer erreicht hatte. Wenn sie Wasja nicht, bevor es zu schneien begann, entdeckt hätten, wäre sie im Wald erfroren. Dann hätte man sie, wenn überhaupt, erst im Frühling gefunden, nachdem die Sonne das blasse Leichentuch von ihrem Leichnam geschmolzen hatte.

»Dura«, knurrte Sascha, als er genug geschrien hatte. »Was ist bloß in dich gefahren, du kleine Närrin? Vor Olga wegzulaufen und dich im Wald zu verstecken! Hältst du dich für einen Waldgeist, oder hast du vergessen, welche Jahreszeit wir haben?«

Wasja schüttelte den Kopf. Sie zitterte am ganzen Körper, und ihre Zähne schlugen klappernd aufeinander. »Ich wollte nur in Ruhe meinen Kuchen essen, aber dann habe ich mich verlaufen. Ich konnte die abgebrochene Ulme nicht finden. Dann habe ich bei einer Eiche einen Mann gesehen. Und ein Pferd. Und es war dunkel.«

Saschas Stirn legte sich in tiefe Falten. »Was war das für eine Eiche?«

»Eine sehr alte. Mit dicken Wurzeln und nur einem Auge. Der Mann, meine ich, nicht die Eiche.« Sie zitterte immer heftiger.

»Nun, denk jetzt nicht mehr daran«, erwiderte Sascha und trieb sein erschöpftes Pferd an.

Olga und Dunja warteten bereits auf der Türschwelle. Das Gesicht der herzensguten alten Frau war voller Tränen, und Olga war so blass wie eine Frostjungfer aus einem Märchen. Aus dem Ofen hinter ihnen stieg heißer Dampf. Sie hatten alle Kohlen herausgeschaufelt und Wasser hineingegossen. Nun rissen sie Wasja die Kleider vom Leib und setzten sie vor die dampfende Öffnung.

Die Standpauke bekam sie danach.

»Kuchen stehlen«, begann Dunja, »und vor deiner Schwester

weglaufen. Wie konntest du uns einen solchen Schrecken einjagen, Wasotschka?« Sie weinte, noch während sie schimpfte.

Wasjas Lider wurden schwer, und sie hatte ein entsetzlich schlechtes Gewissen. »Entschuldige, Dunja. Es tut mir so so leid«, murmelte sie.

Sie wurde mit Senfkörnern eingerieben und mit Birkenzweigen geschlagen, um ihren Blutkreislauf in Schwung zu bringen. Danach verband Dunja ihre aufgeschürfte Hand, wickelte sie in eine dicke Decke und flößte ihr Suppe ein.

»Das war sehr unartig von dir«, sagte Olga und wiegte ihre kleine Schwester auf dem Schoß. Wasja schlief bereits tief und fest. »Genug für heute, Dunja«, fügte sie hinzu. »Wir können auch morgen mit ihr sprechen.«

Sie bettete Wasja auf den Ofen, Dunja legte sich neben sie, dann ließ Olga sich kraftlos neben den Ofen sinken.

Ihr Vater und ihre Brüder saßen bei Tisch und löffelten ihren Eintopf, alle mit den gleichen mürrischen Gesichtern. »Ihr fehlt nichts«, sagte Olga. »Ich glaube nicht, dass sie krank wird.«

»Aber die Männer, die nach ihr gesucht haben«, bellte Pjotr.

»Oder *ich*«, warf Kolja ein. »Wenn ein Mann den ganzen Tag lang das Dach seines Vaters repariert hat, braucht er ein Abendessen, nicht einen Fackelritt durch die Nacht. Morgen versohle ich ihr den Hintern.«

»Und dann?«, sagte Sascha unbeeindruckt. »Sie ist schon öfter versohlt worden. Es ist nicht die Aufgabe eines Mannes, ein kleines Mädchen zurechtzuweisen. Dazu braucht es eine Frau. Dunja ist alt, und Olja wird bald heiraten. Dann muss die alte Frau das Gör allein erziehen.«

Pjotr sagte nichts. Sechs Jahre waren vergangen, seit er seine Frau beerdigt hatte. Er hatte nie daran gedacht, noch einmal zu heiraten, obwohl es viele gab, die sein Werben erhört hätten. Doch jetzt hatte seine Tochter ihm einen gehörigen Schrecken eingejagt.

Als Kolja zu Bett gegangen war, saß er allein mit Sascha im Halbdunkel. Die Kerze vor dem Marienbild brannte allmählich herunter, da sagte Pjotr: »Soll das Andenken deiner Mutter etwa in Vergessenheit geraten?«

»Wasja hat sie nicht einmal kennengelernt«, entgegnete Sascha. »Eine Frau mit Verstand – nicht eine Schwester oder ein gutherziges altes Kindermädchen – würde ihr guttun. Sie wird zu widerspenstig, Vater.«

Eine lange Pause.

»Es ist nicht ihre Schuld, dass Mutter gestorben ist«, fügte Sascha leise hinzu.

Pjotr blieb stumm.

Sascha stand auf, verneigte sich vor seinem Vater und blies die Kerze aus.

4

Der Großfürst von Moskau

Am nächsten Tag verabreichte Pjotr seiner Tochter eine Tracht Prügel – nicht zu fest, trotzdem weinte sie. Er verbot ihr, das Dorf zu verlassen, was dieses eine Mal keine Strafe war, denn Wasja hatte sich doch erkältet. Nachts plagten sie Albträume von dem einäugigen Mann, von einem Pferd und einem Fremden auf einer Lichtung.

Sascha erzählte niemandem davon, aber er durchkämmte den in westlicher Richtung gelegenen Wald und suchte nach einem Einäugigen und einer Eiche mit eigenartigen Beulen an den Wurzeln. Er fand keines von beidem. Dann fiel der Schnee, drei Tage lang, so heftig und dicht, dass niemand mehr das Haus verließ.

Das Leben verlagerte sich nach drinnen wie immer im Winter. Essen, Schlafen und kleinere, in halb wachem Zustand verrichtete Arbeiten wechselten einander ab. Während sich draußen der Schnee türmte, saß Pjotr eines bitterkalten Abends auf seinem Stuhl und polierte ein Stück Eschenholz, das er als Axtstiel verwenden wollte. Seine Miene war hart wie Stein, denn er dachte an Dinge, die er bisher lieber vergessen hatte. *Kümmere dich um sie*, hatte Marina vor so vielen Jahren gesagt, als der Schatten des

Todes sich über ihr schönes Gesicht ausbreitete. *Ich habe mich für sie entschieden, sie ist wichtig. Petja, versprich es mir.*

Der trauernde Pjotr versprach es, Marina ließ seine Hand los und sank in ihre Kissen zurück. Ihre Augen blickten durch ihn hindurch, dann lächelte sie, sanft und voll Freude, doch Pjotr hatte das Gefühl, dass sie nicht ihn damit meinte. Danach sagte sie nichts mehr, Marina starb in der grauen Stunde vor Sonnenaufgang. *Und dann ... Sie haben ein Loch für sie ausgehoben, und ich habe die Frauen angeschrien, als sie mich aus dem Sterbezimmer scheuchen wollten. Marinas Leichnam stank immer noch nach Blut. Ich habe ihn mit meinen eigenen Händen in das Tuch gewickelt und sie zu Grabe getragen.*

Den ganzen Winter hindurch hatte seine neugeborene Tochter geschrien. Und Pjotr hatte ihr nicht ins Gesicht sehen können, weil Marina sich für sie entschieden hatte anstatt für ihn.

Nun, er hatte etwas gutzumachen.

Pjotr betrachtete den Axtstiel. »Sobald die Flüsse zugefroren sind, reite ich nach Moskau«, sagte er in die Stille.

Alle in der Küche riefen durcheinander. Die dösende Wasja, benebelt vom Fieber und dem heißen Honigwein, stieß ein Fiepen aus und hob den Kopf über den Rand des Ofens.

»Nach Moskau?«, fragte Kolja. »Noch einmal?«

Pjotr presste die Lippen aufeinander. In jenem ersten, bitteren Winter nach Marinas Tod war er ebenfalls dort gewesen. Iwan Iwanowitsch, Marinas Halbbruder, war Großfürst. Um seiner Familie willen hatte Pjotr die verwandtschaftlichen Bande bestmöglich ausgenutzt, sich aber keine neue Frau genommen. Weder damals noch später.

»Du willst heiraten«, sagte Sascha.

Pjotr spürte die Blicke seiner Familie auf sich und nickte knapp.

Es gab genug Frauen in den Provinzen, aber eine Hochzeit mit einer Adligen aus Moskau würde Verbindungen und Geld mit sich bringen. Iwans Nachsicht mit dem Witwer seiner verstorbenen Schwester würde nicht ewig anhalten. Er brauchte eine neue Frau, schon allein um seiner kleinen Tochter willen. Aber ... *Marina, was bin ich für ein Narr. Zu denken, ich könnte es nicht ertragen.*

»Sascha und Kolja, ihr werdet mich begleiten«, sagte er laut.

An die Stelle der Entrüstung auf den Gesichtern der beiden trat Freude. »Nach Moskau, Vater?«, fragte Kolja.

»Selbst wenn alles gut geht, dauert die Reise zwei Wochen«, erwiderte Pjotr. »Ich brauche euch unterwegs. Und ihr wart noch nie am Hof. Der Großfürst sollte euch endlich kennenlernen.«

In der Küche brach Chaos aus. Sascha und Kolja riefen begeistert durcheinander, Wasja und Aljoscha bettelten, ebenfalls mitkommen zu dürfen, Olga wünschte sich Schmuck und erlesene Stoffe, ihre beiden Brüder zogen sie schadenfroh auf, und mit Streit, Flehen und Spekulationen verging der Abend.

Nach der Wintersonnenwende fiel noch dreimal Schnee, tief und fest, dann setzte ein strenger Frost ein, der den Atem noch in der Nase gefrieren ließ und nachts alle Schwachen und Gebrechlichen hinwegraffte. Das bedeutete, dass die Schlittenwege endlich frei waren. Die schneebedeckten Flüsse waren glatt wie Glas, die im Sommer nur aus Schlamm und Schlaglöchern bestehenden Straßen fest. Pjotrs Söhne fühlten die Kälte und wurden unruhig. Tag für Tag beobachteten sie den Himmel, fetteten ihre Stiefel und polierten die glänzenden Spitzen ihrer Speere.

Dann war es so weit. Pjotr und seine Söhne standen im Dunkeln auf und traten noch vor den ersten Sonnenstrahlen auf den Dwor. Die Knechte standen bereits versammelt, die Gesichter rot von der eisigen Dämmerung. Die Zugtiere stampften mit den Hufen und bliesen weiße Atemwolken in die Luft. Ein Knecht hielt Buran, Pjotrs schlecht gelaunten mongolischen Hengst, am Halfter. Seine Knöchel waren weiß.

Pjotr versetzte Buran einen Klaps auf die Flanke, wich den schnappenden Zähnen aus und schwang sich in den Sattel. Der Knecht atmete auf und zog sich erleichtert zurück. Mit einem halben Auge behielt Pjotr seinen unberechenbaren Hengst im Blick, mit dem Rest musterte er das Chaos um ihn herum: Vor dem Stall wimmelte es nur so von Menschen, Tieren und Schlitten. Pelze stapelten sich neben Kisten voller Bienenwachs und Kerzen. Krüge mit Met und Honig stritten sich mit Proviantkörben um einen Platz. Kolja leitete die Knechte an, die gerade einen weiteren Schlitten beluden, seine Nase rot von der morgendlichen Kälte. Er hatte die dunklen Augen seiner Mutter, und die Dienerinnen kicherten, als er an ihnen vorbeiging.

Ein Korb fiel herunter und landete mit einem dumpfen Knall direkt vor einem der Schlittenpferde. Schnee stob auf, das Pferd scheute und machte einen Satz nach vorn. Kolja konnte gerade noch rechtzeitig zur Seite springen, und Pjotr stürzte los, doch Sascha kam ihm zuvor. Flink wie eine Katze war er aus dem Sattel gesprungen und packte das scheuende Tier am Zaumzeug. Als er ihm ins Ohr flüsterte, beruhigte es sich sofort, wirkte sogar beinahe verlegen. Sascha rief etwas, die Knechte eilten herbei, übernahmen das Pferd und räumten den Korb aus dem Weg. Dann fügte er grinsend noch etwas hinzu, alle lachten, und schließlich schwang er sich wieder auf seine Stute. Sascha saß besser im Sattel als sein Bruder, er hatte ein Händchen für Pferde und trug sein Schwert mit Anmut. *Ein geborener Krieger und Anführer*, dachte Pjotr. *Ich habe Glück mit meinen Söhnen, Marina.*

Olga kam aus der Küche gelaufen, Wasja schleppte sich hinter ihr her. Die kräftigen Farben ihrer Sarafane hoben sich vom Weiß des Schnees ab. Olga hielt ihre Schürze leicht angehoben, in der Kuhle lagen dunkle Brotlaibe, noch dampfend vom Ofen. Kolja und Sascha eilten ihr bereits entgegen, und Wasja nutzte die Gelegenheit.

»Warum darf ich nicht mitkommen, Saschka?«, fragte sie. »Ich koche euch Abendessen. Dunja hat es mir gezeigt. Ich könnte auf deinem Pferd mitreiten, ich bin klein genug.« Sie hielt sich mit beiden Händen an seinem Mantel fest.

»Dieses Jahr noch nicht, mein Frosch«, erwiderte Sascha. »Du bist klein, *zu* klein.« Als er ihren traurigen Blick sah, kniete er sich neben Wasja und gab ihr den Rest seines frischen Brotes. »Iss und wachse, kleine Schwester, damit du bald reisen kannst. Gott beschütze dich.« Er legte ihr eine Hand auf den Kopf, dann sprang er wieder auf Myschs Rücken.

»Saschka!«, rief Wasja ihm hinterher, doch er war schon mehrere Meter weit weg und rief den Männern, die den letzten Schlitten beluden, Befehle zu.

Olga nahm ihre Hand. »Komm schon, Wasotschka«, sagte sie, als die Kleine sich nur schlurfend in Bewegung setzte, dann liefen sie zu Pjotr. Der letzte Laib wurde bereits kühl.

»Gute Reise, Vater«, sagte Olga.

Wie anders als ihre Mutter sie ist, überlegte Pjotr. *Nur das Gesicht hat sie von ihr. Auch gut. Marina war wie ein Falke in einem Käfig, Olja ist sanfter. Wenn ich in Moskau bin, werde ich ihr einen Mann aussuchen.* Er lächelte seinen Töchtern zu. »Gott behüte euch beide. Vielleicht bringe ich dir einen Bräutigam mit, Olja.«

Wasja stieß ein leises Knurren aus, Olga wurde rot und lachte.

Beinahe wäre ihr das Brot aus der Schürze gefallen, doch Pjotr fing es gerade noch rechtzeitig auf. Und er war froh darüber: Olga hatte die Rinde eingeritzt und die Ritzen mit Honig gefüllt. Er biss ein großes Stück ab – seine Zähne waren noch vollkommen gesund – und kaute genüsslich.

»Und du, Wasja«, fügte er in strengem Ton hinzu, »gehorche deiner Schwester und bleib immer in der Nähe des Hauses.«

»Ja, Vater«, erwiderte Wasja und schaute sehnsüchtig zu den Reitpferden hinüber.

Pjotr wischte sich mit dem Handrücken den Mund ab. Aus dem Chaos war so etwas Ähnliches wie Ordnung geworden. »Lebt wohl, meine Töchter. Wir brechen auf. Gebt auf die Schlitten acht, wenn sie losfahren.«

Olga nickte etwas wehmütig, Wasja reagierte nicht. Sie schaute nur aufmüpfig drein. Rufe erschallten, Peitschen knallten, dann waren sie fort.

Die beiden Schwestern blieben allein auf dem Dwor zurück und lauschten den Glöckchen der Schlitten, bis die Morgenluft das Geräusch verschlang.

Zwei Wochen nach ihrem Aufbruch, nach vielen Verzögerungen, aber ohne größere Katastrophen, erreichten Pjotr und seine Söhne die Außenbezirke Moskaus, jenes brodelnden, aufstrebenden Handelspostens an den Ufern der Moskwa. Sie rochen den Rauch der unzähligen Feuerstellen schon lange, bevor die grün, scharlachrot und kobaltblau glitzernden Kuppeln unter der Rauchglocke zu erahnen waren. Schließlich kam die Stadt selbst in Sicht, verführerisch und schmutzig wie eine schöne Frau mit nackten Füßen. Die Spitzen der Türme erhoben sich stolz über die Verzweiflung der Armen, mit Blattgold verzierte Ikonen blickten gleichmütig herab auf Fürsten und Bauersfrauen, die vor ihnen knieten und beteten.

Die Straßen waren voller Schnee und Schlamm, aufgewühlt von unzähligen Stiefeln. Bettler mit erfrorenen Nasen kamen heran und umklammerten die Steigbügel der Pferde. Kolja verscheuchte sie mit einem Tritt, Sascha drückte ihnen die schmutzigen Hände. Die gewundene Straße bog mal hierhin, mal dorthin ab, und sie kamen nur langsam voran. Die rote Wintersonne neigte sich bereits gen Westen, als sie endlich müde und verdreckt ein großes, mit Bronze beschlagenes Holztor erreichten. Mit Speeren bewaffnete Männer bewachten die Straße, auf den Türmen standen Bogenschützen. Sie musterten Pjotr, seine Söhne und die Schlitten kühl. Als er ihrem Hauptmann einen Krug voll Met überreichte, hellten sich ihre finsteren Mienen sogleich auf. Pjotr verneigte sich, zuerst vor dem Hauptmann, dann vor seinen Soldaten. Die Wachen grüßten und winkten sie durchs Tor.

Der Kreml war selbst eine kleine Stadt, mit eigenen Palästen, Hütten, Ställen, Schmieden und zahllosen erst halb fertigen Kirchen. Die alte Stadtmauer bestand aus zwei Reihen Eichenpalisaden, doch der Zahn der Zeit hatte dem Holz mittlerweile arg zugesetzt, weshalb Marinas Halbbruder, der Großfürst Iwan Iwanowitsch, einen sogar noch massiveren Neubau in Auftrag gegeben hatte. Die Luft stank nach dem Lehm, mit dem das Holz als notdürftigem Feuerschutz bestrichen war. Tischler riefen durcheinander und schüttelten den Sägestaub aus ihren Bärten. Diener, Priester, Bojaren, Wachsoldaten und Händler liefen umher und schimpften. Tataren auf prächtigen Pferden tummelten sich zwischen russischen Kaufleuten mit ihren voll beladenen Schlitten. Schon beim kleinsten Anlass brach Streit aus. Kolja bestaunte das Gedränge mit großen Augen. Seine Anspannung überspielte er mit einem hocherhobenen Haupt, doch sein Pferd tänzelte jedes Mal nervös, wenn er mit den Zügeln ein Kommando gab.

Pjotr war nicht das erste Mal in Moskau. Mit gebieterischen Worten verschaffte er ihnen Stellplätze für ihre Tiere und Schlitten. »Kümmer dich um die Pferde«, sagte er zu Oleg, dem zuverlässigsten seiner Knechte. »Lass sie nicht aus den Augen.« Sie waren umringt von müßigen Bediensteten, scharfäugigen Kaufleuten und in fremdländischen Trachten herausgeputzten Bojaren. Ein Pferd konnte hier schnell auf Nimmerwiedersehen verschwinden. Oleg nickte und berührte mit rauen Fingern den Griff seines langen Messers.

Vor den Ställen stieß ein Bote zu ihnen. »Ihr werdet erwartet, Herr«, sagte er zu Pjotr. »Der Großfürst weilt an der Tafel und grüßt seinen Bruder aus dem Norden.«

Die Reise von Lesnaja Semlja war lang gewesen, Pjotr war ungewaschen, müde und wund. Ihn fror. »Gut«, erwiderte er knapp. »Wir kommen. Lass das.« Die letzten beiden Worte waren an Sascha gerichtet, der seinem Pferd gerade das Eis aus den Hufen kratzte.

Sie spritzten sich kaltes Wasser in die verschmierten Gesichter, zogen frische Kaftane aus dicker Wolle an, setzten sich Mützen aus schimmerndem Zobel auf und legten ihre Schwerter ab. Der Kreml war ein Irrgarten aus Kirchen und hölzernen Palästen, die Wege und Straßen waren zu Matsch zerwühlt, die Luft von stechendem Rauch erfüllt. Pjotr folgte dem Boten mit schnellem Schritt, während Sascha aus dem Augenwinkel die goldenen Kuppeln und bemalten Türme inspizierte. Kolja widmete seine Aufmerksamkeit eher den prächtigen Pferden und Waffen der Reiter.

Durch eine schwere Doppeltür gelangten sie in einen voll besetzten Saal mit einer reich gedeckten Tafel. Überall liefen Hunde umher. Am gegenüberliegenden Ende des Saals saß ein Mann mit auffällig hellem Haar auf einem Podest und grub die Zähne in ein saftiges Stück Braten.

Iwan II., genannt Iwan Krasni oder Iwan der Sanfte, war nicht mehr jung, etwa um die dreißig. Vor ihm hatte sein älterer Bruder Semjon in Moskau geherrscht, doch Semjon und all seine Nachkommen waren eines bitteren Sommers von der Pest dahingerafft worden.

Der Großfürst von Moskau hatte in der Tat sehr helles Haar, es glänzte wie durchsichtiger Honig, und die Frauen umschwärmten ihn. Er war außerdem ein geschickter Jäger, Hundeführer und Reiter. Die Tafel stöhnte unter dem Gewicht eines Wildschweinbratens mit Kräutern.

Sascha und Kolja schluckten. Sie waren zwei Wochen auf winterlichen Straßen unterwegs gewesen und sehr hungrig.

Pjotr durchquerte den Saal, seine Söhne folgten ihm. Berechnende oder vielleicht auch nur neugierige Blicke folgten ihnen, nur Iwan blickte nicht von seiner Keule auf. In den Kamin hinter seinem Podest hätte ein ausgewachsener Ochse gepasst, der Feuerschein hüllte sein Antlitz in Schatten und tauchte die Gesichter der Gäste in einen goldenen Schimmer. Pjotr und seine Söhne erreichten das Podest und verbeugten sich.

Iwan spießte mit seinem Messer ein Stück Braten auf. Blut sprenkelte seinen gelben Bart. »Pjotr Wladimirowitsch, nicht wahr?«, sagte er und kaute langsam. Seine im Schatten des Feuers liegenden Augen musterten Pjotr von oben bis unten. »Der Mann meiner Halbschwester.« Er nahm einen Schluck Honigwein, dann fügte er hinzu: »Möge sie in Frieden ruhen.«

»Ja, Iwan Iwanowitsch«, erwiderte Pjotr.

»Willkommen, Bruder.« Iwan warf dem Hund unter seinem

Stuhl einen Knochen zu. »Was führt dich den weiten Weg hierher?«

»Ich möchte Euch meine Söhne vorstellen, Gosudar, Eure Neffen. Sie sind alt genug, um bald zu heiraten. Und so Gott will, wünsche ich, auch für mich eine Frau zu finden, damit meine jüngeren Kinder nicht länger ohne Mutter sind.«

»Eine ehrenvolle Absicht«, sagte Iwan. »Sind das deine Söhne?« Sein Blick wanderte zu Kolja und Sascha.

»Ja. Nikolai Petrowitsch, mein ältester, und Alexander, mein Zweitgeborener.«

Kolja und Sascha traten vor, der Großfürst musterte sie wie zuvor Pjotr. Sein Blick blieb an Sascha hängen. Sascha hatte noch kaum Bart und den knochigen Körperbau eines Halbwüchsigen, aber sein Gang war federnd und der Blick seiner grauen Augen fest.

»Seid mir willkommen, Vettern«, sagte Iwan, ohne Sascha aus den Augen zu lassen. »Du, Junge, du bist wie deine Mutter.«

Sascha erschrak. Er verbeugte sich und erwiderte nichts.

Einen Moment lang herrschte Stille, dann fügte Iwan etwas lauter hinzu: »Pjotr Wladimirowitsch, sei Gast in meinem Haus und an meiner Tafel, bis deine Angelegenheiten erledigt sind.« Der Großfürst nickte knapp, dann widmete er sich wieder seinem Braten.

Als sie entlassen waren, konnten die drei endlich die eilig für sie frei gemachten Plätze an der Tafel einnehmen. Kolja brauchte keine weitere Einladung. Die Flanken des Wildschweins dampften noch, die Pasteten quollen über von Käse und getrockneten Pilzen, und in der Mitte der Tafel lag ein großer Laib Brot mit einem Teller voll bestem grauen Salz.

Kolja machte sich sofort über alles her, doch Sascha zögerte.

»Wie der Großfürst mich angesehen hat, Vater«, sagte er. »Als wüsste er besser, was ich denke, als ich selbst.«

»Sie sind alle so – die lebenden Fürsten«, erklärte Pjotr und nahm sich ein Stück Pastete. »Sie alle haben zu viele Brüder, jeder will die nächste Stadt erobern und noch reichere Beute machen. Fürsten sind entweder gute Menschenkenner oder bald tot. Sie sind gefährlich, Sohn. Nimm dich vor ihnen in acht.« Dann konzentrierte er sich voll und ganz aufs Essen.

Sascha runzelte die Stirn, doch schließlich ließ auch er sich den Teller füllen. Unterwegs hatte es bis auf zwei Ausnahmen, als sie eingeladen wurden, ausschließlich schlecht gewürzte Eintöpfe und trockene Fladen gegeben. Der Großfürst unterhielt eine reich gedeckte Tafel, und sie alle speisten, bis sie nicht mehr konnten.

Danach bekamen sie ihre Gemächer zugewiesen. Die Zimmer waren kalt und voller Ungeziefer, doch sie waren zu müde, um es zu bemerken. Pjotr vergewisserte sich, dass die Gespanne und seine Männer gut untergebracht waren, dann ließ er sich auf sein Bett fallen und sank in einen traumlosen Schlaf.

5

Der Heilige vom Makovets-Hügel

»Vater«, begann Sascha zitternd vor Aufregung, »der Priester sagt, nördlich von Moskau, auf dem Makovets-Hügel, lebt ein Heiliger. Er hat ein Kloster gegründet und schon sieben Schüler. Es heißt, er kann mit Engeln sprechen. Jeden Tag strömen die Menschen zu ihm und lassen sich segnen.«

Pjotr schnaubte. Er war schon seit einer ganzen Woche hier und plagte sich damit ab, Schmeicheleien zu verteilen. Gerade kam er von seinem letzten Versuch beim Baskak, dem Tataren-Abgesandten, zurück. Ein Mann aus der Stadt Sarai, der Schatztruhe der Goldenen Horde, war kaum geneigt, sich von den bescheidenen Gaben eines Adligen aus dem Norden beeindrucken zu lassen. Pjotr hatte es dennoch versucht – mit Bergen von Fuchs und Hermelin, Kaninchen und Zobel, bis der berechnende Blick des Abgesandten etwas weniger herablassend geworden war und er sich schließlich halbwegs wohlwollend bei Pjotr bedankt hatte. Am Hof des Khan würden die Pelze viel Gold einbringen, genauso wie im Süden bei den Fürsten von Byzanz. *Es hat sich gelohnt*, sagte sich Pjotr. *Eines Tages bin ich vielleicht froh, einen Freund unter den Eroberern zu haben.*

Pjotr schwitzte in seinem mit Gold durchwirkten Gewand, und er war müde, trotzdem konnte er sich nicht ausruhen, weil sein Zweitgeborener vor ihm stand und mit glühendem Eifer von Heiligen und Wundern erzählte.

»Heilige gibt es überall«, erwiderte Pjotr. Ein plötzliches Verlangen nach Ruhe und einfachem Essen überkam ihn; die Moskauer mochten die byzantinische Küche, doch Pjotrs Magen vertrug diese Mischung aus orientalischen und heimischen Zutaten nicht. Schon am heutigen Abend wartete das nächste Gelage – und das nächste Ränkespiel: Er brauchte immer noch eine Frau für sich und einen Bräutigam für Olga.

»Vater«, sprach Sascha weiter, »ich würde das Kloster gerne besuchen, wenn du es mir erlaubst.«

»Saschka, in dieser Stadt steht an jeder Straßenecke eine Kirche«, entgegnete Pjotr. »Warum willst du für diese eine drei ganze Tage vergeuden?«

Saschas Mundwinkel zuckten. »Die Priester hier in Moskau nutzen ihr Ansehen aus und schlagen sich die Bäuche mit Fleisch voll, während sie den Bedürftigen von Armut predigen.«

Sein Sohn hatte recht, doch auch wenn Pjotr seinen Untergebenen ein guter Herr war, über Saschas Sinn für höhere Gerechtigkeit verfügte er nicht. Er zuckte gleichgültig die Achseln. »Vielleicht ist dein Heiliger genauso.«

»Ich möchte sein Kloster sehen. Bitte, Vater.«

Sascha hatte graue Augen, doch die schwarzen Brauen und langen Wimpern stammten von seiner Mutter. Wenn er mit seinem schmalen Gesicht so zu Boden schaute, wirkte er eigenartig zerbrechlich. Pjotr überlegte. Die Straßen um Moskau waren gefährlich, aber die, die Sascha nehmen würde, wurde viel benutzt. Außerdem hatte er nichts davon, wenn er seinen Sohn zum Angsthasen erzog. »Nimm fünf Männer mit. Und zwei Dutzend Kerzen; das sollte genügen, damit du empfangen wirst.«

Sascha strahlte, und Pjotr presste die Lippen aufeinander. Er kannte diesen Gesichtsausdruck. Marina war für immer unter der Erde, aber wenn ihre Seele ihr Gesicht erhellte wie ein Feuerschein, hatte sie genauso ausgesehen.

»Danke, Vater«, sagte Sascha und rannte nach draußen wie ein Wiesel.

Pjotr hörte, wie der Junge auf dem Palasthof die Männer zusammenrief und nach seinem Pferd verlangte. »Marina«, sagte er leise, »ich danke dir für meine Söhne.«

Das Dreifaltigkeitskloster lag mitten in der Wildnis. Die Pilger hatten zwar einen Trampelpfad in dem verschneiten Wald hinterlassen, doch der Weg zwischen den Bäumen, die den Glockenturm der schlichten Holzkirche weit überragten, war schmal. Sascha fühlte sich an sein eigenes Dorf in der Lesnaja Semlja erinnert. Das Klostergelände bestand hauptsächlich aus kleinen Hütten und war von einer Palisade umgeben. Es roch nach Rauch und frisch gebackenem Brot.

Sascha ließ sein Pferd anhalten. »Wir können nicht alle reingehen«, sagte er zu Oleg, der mit ihm geritten war und den kleinen Begleittrupp anführte.

Oleg nickte. Alle stiegen ab; die Zaumzeuge klimperten.

»Du und du«, sagte Oleg, »ihr behaltet die Straße im Auge.«

Die Angesprochenen lockerten die Sattelgurte ihrer Pferde und machten sich auf die Suche nach Feuerholz, die anderen gingen durch das schmale, unverschlossene Tor.

Die mächtigen Bäume warfen dunkle Schatten auf das derbe Holz der kleinen Kirche. Ein schlanker Mann kam aus einer der

Hütten und klopfte sich das Mehl von den Händen. Er war weder besonders groß gewachsen noch besonders alt. Seine breite Nase saß zwischen großen, wässrigen Augen, grünbraun wie ein Teich im Wald. Seine Mönchskutte war weiß von Mehlspritzern.

Sascha erkannte ihn sofort. Der Mönch hätte die Lumpen eines Bettlers oder eine Bischofsrobe tragen können, Sascha, hätte ihn dennoch erkannt. Er sank auf die Knie.

Der Mönch blieb stehen. »Was führt dich her, Sohn?«

Sascha konnte kaum den Blick heben. »Ich möchte um Euren Segen bitten, Batjuschka«, brachte er schließlich heraus.

Der Mönch hob die Augenbrauen. »Du brauchst mich nicht so zu nennen, ich habe keine Weihen. Wir sind alle Kinder Gottes.«

»Wir bringen Kerzen für den Altar«, stammelte Sascha immer noch auf den Knien.

Eine dünne braune, von harter Arbeit gezeichnete Hand schob sich unter Saschas Ellenbogen und zog ihn auf die Beine. Die beiden waren beinahe gleich groß, doch Sascha hatte breitere Schultern, obwohl er noch nicht ausgewachsen und schlaksig wie ein Fohlen war.

»Wir knien hier nur vor Gott nieder«, sagte der Mönch und musterte Sascha einen Moment lang. »Ich backe gerade das Abendmahlbrot für den Gottesdienst«, fügte er unvermittelt hinzu. »Komm und hilf mir.«

Sascha nickte wortlos und schickte seine Männer weg.

Die Küche war einfach und heiß vom Ofen. Mehl, Wasser und Salz warteten darauf, vermischt, geknetet und dann in der Asche gebacken zu werden. Eine Zeit lang arbeiteten sie schweigend nebeneinander, aber die Stille war angenehm. Ein tiefer Frieden lag auf diesem Ort. Der Mönch fragte so unaufdringlich, dass Sascha kaum merkte, wie er befragt wurde. Er war diese Arbeit nicht gewohnt und rollte ungeschickt den Teig aus, dann erzählte er seine Geschichte: von der Stellung seines Vaters, dem Tod seiner Mutter und der Reise nach Moskau.

»Und schließlich bist du hierhergekommen«, beschloss der Mönch die Erzählung. »Wonach suchst du, mein Sohn?«

Sascha öffnete den Mund und schloss ihn wieder. »Ich ... Ich weiß es nicht«, gestand er beschämt. »Etwas.«

Zu seiner Überraschung lachte der Mönch. »Dann möchtest du also bleiben?«

Sascha starrte ihn wortlos an.

»Es ist ein hartes Leben, das wir hier führen«, fuhr der Mönch etwas ernster fort. »Du musst dir eine Hütte bauen, deinen Garten bepflanzen, dein eigenes Brot backen und deinen Brüdern helfen, wo immer es nötig ist. Dafür gibt es hier Frieden, unvorstellbaren Frieden. Ich sehe, dass du es gefühlt hast.« Als Sascha ihn weiter stumm ansah, fügte er hinzu: »Ja, ja, viele kommen als Suchende hierher, und viele von ihnen wollen bleiben. Aber wir nehmen nur die auf, die nicht wissen, wonach sie suchen.«

»Ja«, sagte Sascha schließlich. »Ja, ich würde gerne bleiben. Sehr gerne.«

»Gut«, erwiderte Sergius von Radonesch und kümmerte sich wieder um das Brot.

Auf dem Rückweg nach Moskau trieben sie die Pferde hart an. Oleg gefiel der feurige Blick seines jungen Herrn nicht. Er ritt direkt neben ihm und beschloss, mit Pjotr zu sprechen, doch der junge Herr war schneller.

Sie erreichten die Stadt inmitten des kurzen, flammenden Sonnenuntergangs. Die Türme der Kirchen und Paläste hoben sich als dunkle Umrisse vor dem violetten Himmel ab. Sascha stieg von seinem dampfenden Pferd und rannte sofort die Treppen zu dem Zimmer des Vaters hinauf. Pjotr und sein Bruder Kolja kleideten sich gerade an.

»Na, kleiner Bruder«, sagte Kolja, als Sascha hereinplatzte. »Genug Kirchen gesehen?« Er warf Sascha einen kurzen, nachsichtigen Blick zu, dann widmete er sich wieder seinen Gewändern. Mit der Zunge zwischen den Lippen setzte er sich keck eine schwarze Zobelmütze auf das schwarze Haar. »Du kommst gerade rechtzeitig. Wasch dich, heute Abend gibt es ein Bankett, kann sein, dass wir dort auf die Frau treffen, die Vater heiraten wird. Sie hat noch alle Zähne, wie ich aus zuverlässiger Quelle gehört habe, und eine angenehme … Was hast du gerade gesagt, Sascha?«

»Sergius von Radonesch hat mich in sein Kloster auf dem Makovets-Hügel eingeladen«, wiederholte Sascha, lauter diesmal.

Kolja blinzelte verdutzt.

»Ich möchte Mönch werden«, sprach Sascha weiter.

Nun hörten beide aufmerksam zu. Pjotr zog gerade die Stiefel mit den roten Absätzen an und wäre beinahe hingefallen, als er sich zu seinem Sohn herumdrehte.

»*Aber warum?!*«, rief Kolja entsetzt.

Sascha verkniff sich eine unfreundliche Erwiderung – sein Bruder hatte sich bereits einen beachtlichen Ruf bei der weiblichen Palast-Dienerschaft erarbeitet. »Um mein Leben Gott zu widmen«, antwortete er Kolja leicht überheblich.

»Wie ich sehe, hat dein Heiliger dich tief beeindruckt«, sagte Pjotr, noch bevor der verblüffte Kolja sich erholt hatte. Er hatte sein Gleichgewicht wiedergefunden und zog – mit vielleicht etwas mehr Kraft als nötig – den zweiten Stiefel an.

»Ich … Ja, hat er, Vater.«

»Schön, ich erlaube es dir«, erwiderte Pjotr.

Kolja riss den Mund auf. Pjotr setzte seinen Fuß ab und richtete sich auf. Sein Kaftan war ockerfarben und rostbraun, die goldenen Ringe an seinen Fingern schimmerten im Kerzenlicht, Haar und Bart glänzten von Duftöl. Er sah beeindruckend aus, gleichzeitig schien ihm unwohl zu sein.

Sascha hatte mit einem langen Streit gerechnet und schaute seinen Vater verwundert an.

»Unter zwei Bedingungen«, fügte Pjotr hinzu.

»Welche?«

»Erstens: Du wirst deinen Heiligen erst wiedersehen, wenn du seinem Kloster beitrittst. Das wird nicht vor der Ernte im nächsten Jahr sein, nachdem du ein Jahr Zeit gehabt hast, dir deine Entscheidung gut zu überlegen. Zweitens solltest du bedenken, dass dein Erbanteil auf deine Brüder übergeht, wenn du Mönch wirst. Du wirst von deinen Gebeten leben müssen.«

Sascha schluckte schwer. »Aber, Vater, darf ich ihn nicht wenigstens ein Mal…«

»Nein.« Pjotrs Tonfall erlaubte keinen Widerspruch. »Du darfst Mönch werden, wenn du möchtest, aber du wirst deine Entscheidung bei klarem Verstand treffen, nicht nachdem die Worte eines Einsiedlers dir den Kopf verdreht haben.«

Sascha nickte zögerlich. »Wie du wünschst, Vater.«

Pjotr drehte sich wortlos um und ging, das Gesicht ein wenig grimmiger als sonst, die Treppe hinunter zu den im schwindenden Abendlicht dösenden Pferden.

6

Dämonen

Iwan Krasni hatte nur einen Sohn: den kleinen, blonden Hitzkopf Dmitri Iwanowitsch. Alexej, Metropolit von Moskau und damit der höchste Priester in ganz Rus, geweiht vom Patriarchen in Konstantinopel persönlich, war mit der Aufgabe betraut, dem Jungen Lesen und Schreiben sowie die Staatskunst beizubringen. Manchmal fragte sich Alexej, ob es für die Aufgabe nicht einen Wunderwirker brauchte.

Bereits seit drei Stunden mühten Dmitri und sein älterer Cousin, Wladimir Andrejewitsch, der junge Prinz von Serpuchow, sich mit der Birkenrinde ab. Immer wieder rauften sie und stießen alles Mögliche um. *Genauso gut könnte ich sie von den Palastkatzen unterrichten lassen*, überlegte Alexej.

»Vater!«, rief Dmitri. »Vater!«

Iwan Iwanowitsch trat durch die Tür. Die beiden Jungen sprangen auf, rangelten um den besten Platz und verneigten sich vor ihm.

»Verschwindet, Kinder«, sagte der Großfürst. »Ich muss mit dem Heiligen Vater sprechen.« Die Jungen gehorchten sofort.

Alexej ließ sich auf einen Stuhl neben dem Ofen sinken und goss sich einen großen Becher Met ein.

»Wie macht sich mein Sohn?«, fragte Iwan und setzte sich Alexej gegenüber. Der Großfürst und der Metropolit kannten sich schon lange. Alexej war ihm stets treu ergeben gewesen. Selbst vor Semjons Tod, durch den Iwan erst auf den Thron gelangt war.

»Er ist mutig, gerecht, charmant und flatterhaft wie ein Schmetterling«, antwortete Alexej. »Ein guter Prinz, wenn er lange genug lebt. Was führt Euch zu mir, Iwan Iwanowitsch?«

»Anna«, erwiderte Iwan unumwunden.

Der Metropolit runzelte die Stirn. »Verschlechtert sich ihr Zustand?«

»Nein, aber er wird auch nicht besser. Sie ist zu alt, um noch länger im Palast herumzulungern und die Leute nervös zu machen.« Anna Iwanowna war Iwans einziges Kind aus erster Ehe. Ihre leibliche Mutter lebte nicht mehr, und die Stiefmutter konnte Anna auf den Tod nicht ausstehen. Die Leute tuschelten über Anna und bekreuzigten sich hinter ihrem Rücken.

»Es gibt genügend Klöster«, sagte Alexej. »Die Lösung ist einfach.«

»Keines in Moskau«, entgegnete Iwan. »Meine Frau erlaubt es nicht. Sie sagt, das Getuschel wird nicht aufhören, solange Anna hier ist. Wahnsinn ist eine Schande für jedes Fürstengeschlecht, sie muss fort.«

»Wenn Ihr wünscht, werde ich es arrangieren«, erklärte Alexej müde. Er arrangierte schon so vieles für seinen Fürsten. »Sie kann nach Süden. Wenn Ihr der Äbtissin genug Gold gebt, wird sie Anna aufnehmen und niemandem verraten, wer sie ist.«

»Ich danke Euch, Vater«, sagte Iwan und füllte die Becher nach.

»Ich fürchte allerdings, dass Ihr ein noch größeres Problem habt«, fügte Alexej hinzu.

»Mehrere«, bestätigte der Großfürst. Er nahm einen Schluck

und wischte sich mit der Hand den Mund ab. »Welches meint Ihr?«

Der Metropolit deutete mit dem Kinn in Richtung der Tür, durch die die beiden Prinzen verschwunden waren. »Der junge Wladimir Andrejewitsch, der Prinz von Serpuchow. Seine Familie möchte ihn verheiraten.«

Iwan blieb unbeeindruckt. »Er ist erst dreizehn. Es bleibt noch genug Zeit.«

Alexej schüttelte den Kopf. »Sie haben an die Prinzessin von Litauen gedacht, die zweitgeborene Tochter des Herzogs. Wladimir ist ein Enkel Iwan Kalitas, vergesst das nicht, und er ist älter als Euer Dmitri. Wenn er erwachsen und vorteilhaft verheiratet ist, hätte er einen höheren Anspruch auf Moskau als Euer eigener Sohn, solltet Ihr frühzeitig versterben.«

Iwan wurde blass vor Zorn. »Das wagen sie nicht. Ich bin der Großfürst, und Dimitri ist mein Sohn.«

»Und?«, fragte Alexej. »Der Khan vergibt den Thron, wie es ihm gefällt. Der Stärkste bekommt das Zepter, so sichert die Goldene Horde den Frieden in ihren Territorien.«

Iwan überlegte. »Und was jetzt?«

»Verheiratet Wladimir mit einer anderen Frau«, antwortete Alexej sofort. »Nicht mit einer Prinzessin, aber auch nicht mit einer zu niedrig Geborenen. Er ist noch jung, solange sie nur schön ist, wird er zufrieden sein.«

Iwan nahm einen weiteren Schluck und kaute auf seinen Fingern herum. »Pjotr Wladimirowitsch hat reiche Ländereien und eine Tochter«, sagte er schließlich. »Sie ist meine Nichte und würde eine große Aussteuer mitbringen. Bestimmt ist sie schön. Meine Schwester war es, und *ihre* Mutter wiederum hat meinem Vater den Kopf verdreht, obwohl sie als Bettlerin nach Moskau kam.«

Alexejs Augen blitzten. »Ja«, sagte er und zupfte sich den braunen Bart. »Ich habe gehört, dass Pjotr Wladimirowitsch in Moskau ist und eine Frau sucht.«

»Ganz recht«, bestätigte Iwan. »Alle waren überrascht. Meine Schwester ist jetzt seit sieben Jahren tot. Niemand hat geglaubt, dass er je wieder heiraten würde.«

»Nun dann«, meinte Alexej, »wenn er schon eine Frau sucht, warum gebt Ihr ihm nicht Anna?«

Iwan stellte überrascht seinen Becher ab.

»Sie wäre gut versteckt im Norden«, fuhr Alexej fort. »Und würde Wladimir Andrejewitsch es dann noch wagen, die Hochzeit mit Pjotrs Tochter abzulehnen? Ein Mädchen mit einer so engen Verbindung zum Thron? Das wäre ein Affront gegenüber Euch.«

Iwan hob den Kopf. »Anna möchte ausdrücklich in ein Kloster.«

Alexej zuckte die Achseln. »Und wenn schon? Pjotr Wladimirowitsch ist ein guter Mann. Er wird ihr nichts tun. Denkt an Euren Sohn, Iwan Iwanowitsch.«

Ein Dämon saß nähend in der Ecke, und Anna Iwanowna war die Einzige, die ihn sah. Sie umklammerte das Kreuz zwischen ihren Brüsten, dann schloss sie die Augen und flüsterte: »Geh weg, *bitte* geh weg.« Als sie die Augen wieder öffnete, war der Dämon immer noch da, dafür starrten zwei Frauen sie an. Alle anderen widmeten sich betont interessiert den Näharbeiten auf ihrem Schoß. Anna versuchte, den Blick von der Ecke abzuwenden, doch es half nichts. Der Dämon blieb sitzen, als wäre nichts. Anna erschauerte. Das schwere Leinenhemd lag auf ihrem Schoß wie etwas Totes. Sie schob die Hände zwischen die geschmeidigen Falten, damit niemand merkte, wie sie zitterten.

Eine Dienerin schlüpfte in den Raum. Anna nahm hastig ihre

Nadel zur Hand und sah überrascht, wie die abgetragenen Bastschuhe direkt vor ihr stehen blieben. »Anna Iwanowna, Euer Vater ruft Euch.«

Anna blinzelte. Ihr Vater hatte sie seit über einem halben Jahr nicht mehr zu sich gerufen. Einen Moment lang blieb sie verwirrt sitzen, dann sprang sie auf. Sie zog ihren schlichten Sarafan aus, streifte sich einen purpurroten und ockerfarbenen über die ungewaschene Haut und versuchte, den muffigen Geruch ihres langen braunen Zopfes auszublenden.

Die Rus wuschen sich gern. Im Winter verging kaum eine Woche, in der Annas Halbschwestern nicht das Badehaus aufsuchten, doch dort hauste ein kleiner, dickbäuchiger Teufel, der Anna frech durch den Dampf angrinste. Sie hatte versucht, die anderen auf den Dämon aufmerksam zu machen, doch die sahen nichts. Anfangs schrieben sie es Annas lebhafter Fantasie zu, dann ihrer Dummheit, bis sie schließlich dazu übergingen, ihr versteckte Blicke zuzuwerfen und gar nichts mehr zu sagen. So hatte Anna gelernt, die Augen im Badehaus nicht mehr zu erwähnen, genauso wie sie das glatzköpfige Geschöpf nicht erwähnte, das nähend in der Ecke saß. Manchmal schaute sie hin, sie konnte nicht anders, aber sie ging nie ins Badehaus, außer ihre Stiefmutter schleifte sie dorthin oder setzte ihr lange genug zu.

Anna löste und flocht ihren fettigen Zopf neu und berührte das Kreuz an ihrer Brust. Sie war die gläubigste von ihren Schwestern, das sagten alle. Was sie nicht wussten, war, dass Anna in der Kirche allein sein konnte. Dort gab es nur die überirdischen Gesichter der Heiligen, keine Dämonen plagten sie dort. Wenn sie gekonnt hätte, hätte sie in der Kirche *gewohnt*, geschützt durch Räucherwerk und die Augen der Heiligenbilder.

Im Nähzimmer ihrer Stiefmutter war es heiß, der Großfürst

stand schwitzend in seinen Wintergewändern neben dem Ofen. Er trug seine übliche säuerliche Miene zur Schau, doch seine Augen funkelten. Seine Frau saß neben dem Feuer, unter der hohen Kopfbedeckung lugte ihr dünner Zopf hervor. Die Nähnadeln lagen vergessen auf ihrem Schoß. Anna blieb ein paar Schritte vor den beiden stehen und neigte den Kopf.

Vater und Stiefmutter musterten sie schweigend, dann sagte Iwan zu seiner Frau: »Gütiger Gott, Weib.« Er schien verärgert. »Kannst du das Mädchen nicht dazu bringen, sich zu waschen? Sie sieht aus, als hauste sie im Schweinestall.«

»Was spielt das für eine Rolle«, erwiderte die Stiefmutter, »wenn sie bereits versprochen ist?«

Anna hatte zu Boden geblickt wie ein wohlerzogenes Mädchen, doch jetzt hob sie den Kopf. »Versprochen?«, flüsterte sie und hasste sich dafür, wie dünn und hoch ihre Stimme klang.

»Du wirst heiraten«, sagte ihr Vater. »Pjotr Wladimirowitsch, einen Bojaren aus dem Norden. Er ist reich und wird dich gut behandeln.«

»Heiraten? Aber ich dachte … Ich hatte gehofft … Ich wollte doch ins Kloster. Ich würde für Eure Seele beten, Vater. Ich wünsche mir nichts sehnlicher.« Anna rang die Hände.

»Unsinn«, entgegnete Iwan barsch. »Es wird dir gefallen, Söhne zur Welt zu bringen, und Pjotr Wladimirowitsch ist ein guter Mann. Ein Kloster ist ein kalter Ort für ein Mädchen.«

Kalt? Aber nein, im Kloster wäre sie sicher. Sicher an einem Ort der frommen Glückseligkeit und sicher vor ihrem Wahnsinn. Seit sie denken konnte, wollte Anna die Gelübde ablegen. Nun war ihr kalt vor Entsetzen. Sie warf sich zu Boden und umklammerte die Füße ihres Vaters. »Nein, Vater! Bitte, ich möchte nicht heiraten!«

Iwan zog sie nicht unfreundlich wieder auf die Beine. »Genug davon. Ich habe meine Entscheidung getroffen, und sie ist zu deinem Besten. Du wirst eine stattliche Aussteuer bekommen und mir gesunde Enkel schenken.«

Anna war ein kleines, dünnes Mädchen, und so, wie ihre Stiefmutter sie anschaute, bezweifelte sie Iwans Worte.

»Aber ... bitte«, flüsterte Anna. »Wie ist er?«

»Frag deine Zofen«, erwiderte Iwan milde. »Ich bin sicher, sie haben das ein oder andere gehört. Weib, kümmere dich um alles und sieh um Himmels willen zu, dass sie vor der Hochzeit badet.«

Anna wurde entlassen und schlich zurück zu ihrer Näharbeit. Sie kämpfte mit den Tränen. Heiraten! Nicht Gott, um sich von der Welt zurückzuziehen, sondern als Mätresse eines Bojaren. Kein Leben in einem sicheren Kloster, sondern als Zuchtstute. Die Adligen aus dem Norden waren Lustmolche, das sagten alle ihre Dienerinnen. Sie kleideten sich in Tierhäute und hatten Hunderte von Kindern. Sie waren derb und kriegerisch, und – wie nicht wenige behaupteten – sie spuckten auf Christus und beteten den Teufel an.

Anna zog ihren schönen Sarafan über den Kopf und zitterte. Wenn ihre verderbte Fantasie schon hier, im vergleichsweise sicheren Moskau, Dämonen heraufbeschwor, was würde sie dann erst in der Wildnis im hohen Norden sehen? In den Wäldern dort spukte es, sagten ihre Zofen, und der Winter dauerte acht Monate. Allein die Vorstellung war ihr unerträglich. Als Anna ihre Arbeit wieder aufnahm, zitterten ihre Hände so sehr, dass sie keine gerade Naht mehr zustande brachte. Stille Tränen fielen auf den Leinenstoff.

7

Eine Begegnung auf dem Marktplatz

Am nächsten Morgen stand Pjotr Wladimirowitsch früh auf und machte sich auf den Weg zum Marktplatz, ohne etwas von der Zukunft zu ahnen, die der Großfürst und der Metropolit für ihn arrangiert hatten. Er hatte den Geschmack von alten Pilzen im Mund, sein Schädel pochte von den vielen weingeschwängerten Gesprächen. Und – *was für ein törichter alter Mann ich bin, dem Jungen seinen Willen zu lassen* – sein Sohn wollte Mönch werden. Pjotr hatte große Pläne für Sascha. Er war klüger als sein älterer Bruder, er hatte den kühleren Kopf, konnte besser mit Pferden umgehen und mit Waffen ebenso. Pjotr konnte sich keine größere Verschwendung vorstellen, als Sascha in einer armseligen Hütte hausen zu sehen, um für den Rest seines Lebens Gott zu preisen.

Aber, tröstete er sich, *er ist erst fünfzehn*. Sascha würde schon noch zur Vernunft kommen. Frömmigkeit war das eine, Familie und Erbanteil gegen ein kaltes Bett und ein karges Leben einzutauschen, etwas ganz anderes.

Ein vielstimmiges Geschrei riss ihn aus seinen Gedanken. Pjotr schüttelte sich. Die Luft war kalt, es stank nach Pferden und Feuerstellen, nach Ruß und Honigwein. Männer mit Blechtassen an den Gürteln standen vor klebrigen Fässern und priesen die Vorzüge des von ihnen feilgebotenen Getränks. Pastetenverkäufer liefen mit dampfenden Tabletts umher, Tuch-, Schmuck-, Wachs- und Holzhändler wetteiferten mit Imkern, Kesselmachern und Goldschmieden um die besten Plätze. Ihre Stimmen waren so laut, dass selbst die Morgensonne erzitterte. *Dabei ist der Markt von Moskau noch klein*, überlegte Pjotr.

Der Khan residierte in Sarai, dort fuhren die Händler hin, um an einem seit dreihundert Jahren durch Eroberungen verwöhnten Hof ihre Wunder zu verkaufen. Selbst im Süden, in Wladimir, oder im Westen, in Nowgorod, waren die Märkte größer als hier. Trotzdem kamen die Kaufleute aus Byzanz und von noch weiter östlich nach Moskau, angelockt von den Preisen, die ihre Waren hier bei den Barbaren erzielen würden – und von den sogar noch höheren Preisen, die die Fürsten in Zargrad für Pelze aus dem Norden zu zahlen bereit waren.

Pjotr konnte nicht mit leeren Händen nach Hause kommen. Olgas Wunsch war einfach zu erfüllen. Er kaufte ihr einen seidenen und mit Perlen bestickten Kokoschnik, der sich wunderschön von ihrem dunklen Haar abheben würde. Für seine drei Söhne kaufte er Dolche, kurz, aber schwer und mit reich verzierten Griffen. Doch sosehr er sich auch bemühte, für Wasilisa fiel ihm nichts ein. Sie machte sich nichts aus Schmuck, Perlen oder Kleidern. Aber einen Dolch konnte er ihr auch nicht mitbringen. Seine Stirn legte sich in tiefe Falten, doch er suchte weiter. Er drehte gerade eine silberne Halskette zwischen den Fingern hin und her, als ihm ein sonderbarer Mann auffiel.

Pjotr konnte nicht genau sagen, was so sonderbar an ihm war, außer vielleicht, dass er … sich so auffallend gelassen in all dem Chaos bewegte. Seine Kleider waren einem Fürsten angemessen, ebenso die reich bestickten Stiefel. An seinem Gürtel hing ein Messer mit juwelenbesetztem Griff, die schwarzen Locken trug er offen. Das war ungewöhnlich für einen Mann – zumal im Winter, wenn die Luft vor Eiskristallen funkelte. Außerdem war er glatt rasiert, was in Rus ganz und gar unerhört war. Und sosehr Pjotr sich auch anstrengte, er konnte nicht sagen, wie alt der Kerl sein mochte.

Er merkte, wie er den Fremden anstarrte, und drehte sich weg. Doch er war neugierig geworden.

»Ihr wundert Euch über diesen Mann?«, fragte der Schmuckhändler vertraulich. »Damit seid Ihr nicht allein. Er kommt ab und zu her, aber niemand weiß, woher.«

Pjotr hob eine Augenbraue, der Händler grinste. »Es ist wahr, Gospodin. Man sieht ihn nie in der Kirche. Der Bischof würde ihn gerne wegen Götzenanbetung steinigen lassen, aber er ist reich und verkauft die erlesensten Waren. Deshalb hält der Großfürst den Bischof zurück, und der Fremde kommt und geht. Vielleicht ist er ein Dämon.« Den letzten Satz tat der Händler mit einem halblauten Lacher ab. Er beugte sich näher heran. »Ich habe ihn noch nicht einmal im Frühling gesehen. Er kommt immer nur im Winter, zum Jahreswechsel, niemals sonst.«

Pjotr schnaubte. Er konnte sich durchaus vorstellen, dass Dämonen existierten, aber er bezweifelte, dass sie in den Gewändern eines Fürsten auf Märkten herumliefen – sei es nun Sommer oder Winter. Er schüttelte den Kopf und deutete auf die Halskette. »Das ist schlechte Qualität. An den Rändern läuft das Silber schon jetzt an.«

Der Händler protestierte, sie begannen zu feilschen und vergaßen den dunkelhaarigen Fremden.

Der fragliche Fremde blieb keine zehn Schritte von Pjotr entfernt vor einem Marktstand stehen und ließ die schmalen Finger über einen Ballen Seidenbrokat gleiten. Er schaute den Stoff kaum an, die Berührung verriet ihm genug über die Qualität. Der Blick seiner hellen Augen sprang von hier nach dort, über den gesamten überfüllten Marktplatz.

Der Tuchhändler beobachtete ihn mit unterwürfiger Vorsicht. Alle Kaufleute hier kannten ihn. Manche glaubten, er sei einer von ihnen. Mehr als einmal war er mit wahren Schätzen nach Moskau gekommen: mit Waffen aus Byzanz und Porzellan, so leicht und dünn wie Morgenluft. So etwas vergaß ein Kaufmann nicht. Doch diesmal diente der Besuch des Fremden einem anderen Zweck. Er mochte keine Städte und reiste nicht gerne in den Süden. Die Wolga zu überqueren war riskant.

Mit einem Mal langweilten ihn die satten Farben und das sinnliche Gewicht des Stoffes. Er ließ von dem Ballen ab und ging mit langen Schritten zum Südende des Platzes, wo sein Pferd an einem Heubüschel kaute. Ein Greis mit wässrigen Augen stand neben dem Kopf der Stute, blass und dünn und beinahe durchsichtig. Die Menschen auf dem Platz warfen der Schimmelstute mit dem silberbeschlagenen Zaumzeug im Vorbeigehen bewundernde Blicke zu. Ihr Fell strahlte weiß wie ein Gletscher, und sie wackelte kokett mit den Ohren. Der Fremde blieb stehen und lächelte.

Da löste sich ein bulliger Kerl mit brüchigen Fingernägeln aus der Menge und packte die Zügel. Der Blick des Fremden verfinsterte sich, doch er beschleunigte seinen Schritt nicht – es war nicht nötig. Eine eisige Böe fegte über den Platz, die Händler hielten ihre Hüte fest und die flatternden Stoffe. Der Dieb sprang in den Sattel und schlug die Hacken in die Flanken der Stute.

Doch das Tier bewegte sich nicht. Genauso wenig der Fremde, was erstaunlich war. Er rief nicht, hob nicht einmal die Hand, er schaute nur mit tief liegenden, unergründlichen Augen zu.

Der Dieb schlug der Stute mit dem Zügel auf die Flanke, doch sie rührte immer noch keinen Huf und schlug nur sachte mit dem Schweif. Der Dieb blickte sich verwirrt um, dann war es zu spät: Der Fremde kam heran und zog ihn aus dem Sattel. Der Dieb wollte schreien, doch seine Kehle war wie zugeschnürt. Keuchend tastete er nach dem hölzernen Kreuz an seiner Halskette.

Der Fremde lächelte ohne jeglichen Humor. »Du vergreifst dich an etwas, das mir gehört. Denkst du, dein Glaube wird dich retten?«

»Gosudar«, stammelte der Dieb. »Ich wusste nicht … ich dachte …«

»Dass meinesgleichen nicht unter euch Menschen wandelt? Nun, ich wandle, wo ich will.«

»Bitte«, krächzte der Dieb. »Gosudar, ich flehe Euch …«

»Lass das Gewimmer«, sagte der Fremde mit einem kalten Lachen. »Ich verschone dich, für eine Weile.« Seine Stimme wurde leiser, und das Lachen verschwand daraus wie Wasser aus einem geborstenen Krug. »Du trägst jetzt mein Zeichen, du gehörst mir, wenn ich dich eines Tages erneut berühre, wirst du sterben.«

Der Dieb röchelte und schluchzte, dann war er plötzlich allein. Nur sein Hals und das Handgelenk brannten wie Feuer.

Niemand hatte ihn aufsteigen sehen, doch der Fremde saß bereits im Sattel und galoppierte davon. Der greise Knecht verneigte sich und verschwand in der Menge.

Der leichtfüßige Galopp der Stute ließ den Zorn ihres Reiters verfliegen. »Die Omen haben mich hergeführt«, sagte er zu seinem Pferd. »Hierher, in diese stinkende Stadt, jetzt, da ich meine eigenen Ländereien nicht im Stich lassen darf.« Er war bereits seit einem Monat in Moskau und suchte unermüdlich nach dem einen, ganz bestimmten Gesicht. »Doch Omen sind nicht unfehlbar, und es war ohnehin nur ein flüchtiger Blick. Vielleicht ist der richtige Moment bereits vorbei, vielleicht kommt er auch nie.«

Die Stute drehte ihm ein Ohr zu, seine Lippen wurden fest. »Nein«, sagte er. »So leicht bin ich nicht zu besiegen.«

Das Pferd wurde langsamer, und der Mann schüttelte den Kopf. Er war noch nicht geschlagen. Der Zauber lag zitternd auf seiner Brust, in seinen Händen, bereit. Was er suchte, war irgendwo in dieser armseligen Stadt, und er würde es finden.

Er wandte die Stute nach Westen und ließ sie in gestrecktem Galopp fallen. Die kühle Waldluft würde seinen Kopf wieder klar machen. Er war nicht besiegt.

Noch nicht.

Der Gestank von Honigwein und Hunden, Staub und Menschen schlug dem Fremden entgegen, als er den Festsaal des Großfürsten betrat. Iwans Bojaren waren groß gewachsene, kampferprobte Männer, daran gewöhnt, dem gefrorenen Boden ihren Lebensunterhalt abzuringen. Der Fremde war nicht einmal so groß wie die kleinsten von ihnen. Viele reckten den Hals nach ihm, als er den Saal betrat, aber keiner, nicht einmal der mutigste – oder betrunkenste – blickte ihm in die Augen oder forderte ihn sonst irgendwie heraus. Der Fremde setzte sich an die Tafel und trank unbehelligt seinen Honigwein. Die silbernen Stickereien auf seinem Kaftan schimmerten im Kerzenlicht. Eine Hofdame saß neben ihm und schaute ihn unter langen Wimpern hervor an.

Iwan hatte seine Geschenke zögernd angenommen, nun gewährte er ihm seine Gastfreundschaft. Die Fastenzeit nahte, und das Bankett war üppig. *Überall das Gleiche*, dachte der Fremde. *All diese trüben, geschäftigen Gesichter.* Inmitten des Lärms und des Gestanks verspürte er zum ersten Mal nicht direkt Verzweiflung, aber eine beginnende Resignation.

Ein Mann mit zwei halbwüchsigen Söhnen kam herein, die drei nahmen an der Tafel Platz. Der Vater war unauffällig, seine Kleider von guter Qualität. Der ältere Sohn stolzierte protzig einher, der jüngere ging auf leisen Sohlen, sein Blick war kühl und ernst. Alles vollkommen gewöhnlich.

Und doch.

Die Miene des Fremden veränderte sich. Mit den dreien kam ein flüsternder Wind aus dem Norden, zwischen zwei Atemzügen erzählte er dem Fremden ihre Geschichte, eine Geschichte von Leben und Tod und einem im ausklingenden Jahr geborenen Kind. Dann hörte er, leise und weit weg wie ein Echo, das Krachen einer Welle, die gegen Fels schlägt. Einen kurzen Moment lang roch er Sonne und Salz auf nassem Stein.

»Ihr Blut ist stark«, flüsterte er. »Sie lebt, Bruder. Ich habe mich nicht getäuscht.« Ein Ausdruck des Triumphs trat auf sein Gesicht. Er wandte sich wieder der Tafel zu und lächelte die Frau neben ihm in plötzlicher Freude an.

Pjotr hatte den Fremden vom Marktplatz schon fast vergessen. Doch als er am Abend an die Tafel des Großfürsten kam, wurde er rasch wieder daran erinnert, denn derselbe Fremde saß nun mitten unter den Bojaren. Die Hofdame direkt neben ihm blinzelte ihn an, ihre bemalten Lider flackerten wie die Flügel eines verletzten Vogels.

Pjotr und seine Söhne saßen links von der Dame. Kolja hatte ihr während der letzten Tage ausgiebig den Hof gemacht, doch sie würdigte ihn keines Blickes. Darüber erbost, verweigerte er das Essen und funkelte sie an (was sie ignorierte), spielte mit seinem Gürtelmesser (was sie ebenfalls ignorierte) und schwärmte Sascha von der Schönheit einer gewissen Kaufmannstochter vor (was die hingerissene Hofdame nicht hörte). Sascha gab sich so teilnahmslos wie möglich und hoffte, wenn er sich taub stellte, würde das ungebührliche Gerede schon irgendwann aufhören.

Jemand hüstelte. Pjotr wandte den Blick von der interessanten Szene ab und drehte sich um. Ein Diener stand hinter ihm. »Der Großfürst wünscht Euch zu sprechen.«

Pjotr runzelte die Stirn, dann nickte er. Er hatte seinen ehemaligen Schwager seit seiner Ankunft kaum gesehen. Dafür hatte er mit zahllosen Adligen gesprochen und großzügige Bestechungsgelder verteilt, damit die Steuereintreiber ihn in Ruhe ließen. Seine Verhandlungen um die Hand einer bescheidenen, anständigen Frau als Oberhaupt seines Haushalts und als Mutter für seine Kinder waren weit fortgeschritten. Alles lief wie geplant. Was mochte Iwan von ihm wollen? Pjotr stand auf und ging die Tafel entlang.

Ein Hund lag zu Iwans Füßen, seine Zähne blitzten im Feuerschein. Der Fürst kam ohne Umschweife zur Sache. »Mein Neffe, Wladimir Andrejewitsch von Serpuchow, wünscht deine Tochter zur Frau zu nehmen«, erklärte er.

Hätte Iwan gesagt, Wladimir wolle Minnesänger werden und mit einer Gusle durch die Straßen ziehen, wäre Pjotr kein bisschen weniger erstaunt gewesen. Sein Blick sprang kurz zu dem fraglichen Neffen, der mit seinem Becher nur ein paar Stühle weiter an der Tafel saß. Wladimir war ein Junge von dreizehn Jahren, an der Schwelle zum Mannwerden, seine Glieder waren dünn, und er hatte Pickel im Gesicht. Er war außerdem der Enkel Iwan

Kalitas und konnte sich bestimmt eine höhergestellte Braut aussuchen. Alle ehrgeizigen Familien bei Hofe versuchten, ihm ihre jungfräulichen Töchter zuzuschanzen. Irgendeine würde er schon nehmen, sagten sie sich. Warum ihn also an die Tochter eines – wenn auch reichen – Mannes von bescheidener Abstammung verschwenden? An ein Mädchen, das Wladimir noch nie gesehen hatte und das außerdem denkbar weit weg von Moskau lebte?

Oh. Pjotrs Erstaunen verpuffte. Olga lebte weit weg. Bestimmt wollte Iwan keine Braut mit einer ganzen Horde Verwandten an seinem Hof. Wenn große Häuser sich vereinten, entwickelten die Nachkommen oft herrschaftliche Ambitionen. Dmitris Anspruch auf den Thron war kaum größer als Wladimirs, außerdem war er drei Jahre jünger, und wer Iwan schließlich beerben würde, entschied der Khan allein. Olga würde Iwan eine fette Mitgift einbringen und keinen Ärger. Mit dieser Heirat verwies er die Moskauer Bojaren bestmöglich in die Schranken, und Pjotr profitierte sogar noch davon.

»Iwan Iwanowitsch …«, begann er erfreut, doch der Fürst war noch nicht fertig.

»Wenn du meinem Vetter deine Tochter gibst, bin ich gewillt, dir meine eigene Tochter, Anna Iwanowna, zur Frau zu geben. Sie ist ein braves Mädchen und folgsam wie eine Taube. Sie kann dir sicherlich noch weitere Söhne gebären.«

Pjotr war zum zweiten Mal an diesem Abend zutiefst verblüfft, wenn auch etwas weniger erfreut als beim ersten Mal. Er hatte bereits drei Söhne, unter denen er seinen Besitz aufteilen musste, und brauchte keinen weiteren. Warum vergeudete der Fürst seine jungfräuliche Tochter an einen so unwichtigen Mann wie ihn, der lediglich eine brauchbare Frau für seinen Haushalt suchte?

Der Fürst hob eine Augenbraue.

Pjotr zögerte. Nun, Anna Iwanowna war Marinas Nichte, sie war die Tochter des Großfürsten und außerdem die Cousine von Pjotrs Kindern – er konnte Iwan schlecht fragen, was mit ihr nicht stimmte. Selbst wenn sie eine Krankheit hätte, die Trunksucht, wenn sie mannstoll wäre oder … Sie wäre in jedem Fall eine hervorragende Partie für Pjotr.

»Wie könnte ich ablehnen, Iwan Iwanowitsch?«, sagte er schließlich.

Der Großfürst nickte. »Morgen schicke ich dir jemanden, um den Ehevertrag auszuhandeln«, erwiderte er, dann wandte er sich wieder seinem Kelch und seinen Hunden zu.

Damit war Pjotr entlassen. Er machte sich auf den Rückweg, um seinen Söhnen die Neuigkeiten zu berichten. Kolja saß schmollend vor seinem Becher. Der dunkelhaarige Fremde war nicht mehr da. Die Hofdame, neben der er gesessen hatte, starrte derart entsetzt und voll gequälter Sehnsucht in die Richtung, in die er verschwunden war, dass Pjotr unwillkürlich nach dem Schwert griff, das er nicht bei sich trug.

8

Das Wort des Pjotr Wladimirowitsch

Pjotr Wladimirowitsch nahm die kalte Hand seiner Braut. Er musterte ihr kleines, verkniffenes Gesicht und überlegte, ob er sich vielleicht getäuscht hatte. Der Vertrag war binnen einer Woche eilig ausgehandelt worden, damit die Hochzeit noch vor Beginn der Fastenzeit stattfinden konnte. Kolja hatte währenddessen mit der Hälfte der weiblichen Dienerschaft im Kreml geschäkert, um etwas über die zukünftige Braut seines Vaters in Erfahrung zu bringen. Es schien keine einhellige Meinung zu geben: Manche sagten, sie sei hübsch, andere behaupteten, sie habe eine Warze auf dem Kinn und nur noch die Hälfte ihrer Zähne. Es hieß, ihr Vater sperre sie ein, oder sie verstecke sich in ihren Gemächern und käme niemals heraus. Es hieß, sie sei krank oder verrückt oder schwermütig oder vielleicht auch nur schüchtern. Pjotr hatte daraus gefolgert, dass das, was auch immer mit ihr nicht stimmte, schlimmer war, als er befürchtet hatte.

Doch jetzt, von Angesicht zu Angesicht mit seiner unverschleierten Braut, kam er ins Überlegen. Sie war sehr klein und ungefähr in Koljas Alter, doch ihr Auftreten ließ sie jünger wirken. Ihre

Stimme klang leise und atemlos, ihr Benehmen war unterwürfig, ihre Lippen aufreizend voll. Sie hatte nichts von Marina, obwohl sie denselben Großvater hatten, und dafür war Pjotr dankbar. Ein kastanienbrauner Zopf umrahmte ihr rundes Gesicht. Aus der Nähe glaubte Pjotr, einen Hauch von Enge um die Augen zu erkennen, als würde ihr Gesicht sich im Alter in kleine Fältchen legen wie eine geballte Faust. Sie fingerte ohne Unterlass an ihrem Kreuz herum und hielt den Blick stets gesenkt, selbst wenn Pjotr sie direkt anschaute. Aber so sehr er sich auch anstrengte, er konnte nichts entdecken, das offenkundig falsch wäre, außer vielleicht eine gewisse Übellaunigkeit. Sie war nicht betrunken, hatte nicht den Aussatz, und verrückt war das Mädchen auch nicht. Vielleicht war sie einfach nur scheu und zurückhaltend. Vielleicht hatte der Großfürst ihm mit dieser Hochzeit tatsächlich einen Gefallen getan.

Pjotr berührte die sinnlichen Lippen seiner Braut und wünschte, es wäre so.

Das Hochzeitsbankett fand im Fürstenpalast statt. Die Tafel ächzte unter dem Gewicht von Fisch und Brot, Pasteten und Käse. Pjotrs Gefolgschaft feierte und sang und trank auf seine Gesundheit. Der Großfürst und seine Familie lächelten mehr oder weniger aufrichtig und wünschten dem Paar viele Kinder. Kolja und Sascha sagten wenig und beäugten ihre neue Stiefmutter – eine Cousine, die kaum älter war als sie selbst – mit einem gewissen Misstrauen.

Pjotr gab seiner neuen Frau reichlich Met, um ihr die Nervosität zu nehmen. Er tat sein Bestes, nicht an Marina zu denken. Marina war sechzehn gewesen, als sie heirateten, und sie hatte ihm beim Hochzeitsschwur fest in die Augen geschaut. Während des anschließenden Banketts lachte und sang sie und aß kräftig.

Zwischenzeitlich warf sie Pjotr Blicke zu, die sagten: Sieh her, ich habe keine Angst vor dir. Als sie zu Bett gingen, war Pjotr halb verrückt vor Verlangen und küsste Marina so lange, bis ihr Trotz in Leidenschaft umschlug. Als sie am nächsten Morgen aufstanden, waren sie trunken von Schlafentzug und gemeinsamem Entzücken gewesen.

Aber das Geschöpf an seiner Seite schien nicht zu Trotz fähig, vielleicht nicht einmal zu Leidenschaft. Anna saß gebeugt da, als wäre ihr der Kokoschnik auf ihrem Kopf zu schwer; sie beantwortete seine Fragen mit Ja oder Nein und zerrupfte dabei ein Stück Brot zwischen ihren Fingern. Schließlich ließ Pjotr seufzend von ihr ab und schickte seine Gedanken auf die Reise durch die winterdunklen Wälder ins verschneite Lesnaja Semlja, zu einem einfachen Leben, das aus Jagen und Flicken bestand, weit weg von dieser Stadt voll lächelnder Feinde und zweifelhafter Gefälligkeiten.

Sechs Wochen später bereitete Pjotrs Gefolge die Abreise vor. Die Tage wurden länger und der Schnee in der Hauptstadt weicher. Pjotr und seine Söhne sahen es und beschleunigten die Vorbereitungen. Wenn das Eis dünner wurde, bevor sie die Wolga überschritten hatten, würden sie ihre Schlitten gegen Wagen eintauschen und dann eine Ewigkeit warten müssen, bis sie den Fluss mit einem Floß überqueren konnten.

Pjotr war voller Sorge wegen seiner Ländereien. Er wollte wieder auf die Jagd gehen und nach dem Vieh sehen. Und er überlegte, zumindest ansatzweise, ob die saubere Luft im Norden seiner Frau vielleicht die Angst nehmen würde. Anna war still und gehorsam, blickte sich ständig mit großen Augen um und befühlte das Kreuz zwischen ihren Brüsten. Manchmal hatte Pjotr den

Eindruck, als spreche sie leise zu jemandem, den nur sie sehen konnte. Sie hatte Pjotr noch immer nicht ins Gesicht geschaut, obwohl er seit der Hochzeit jede Nacht das Bett mit ihr geteilt hatte – zugegeben eher aus Pflichtgefühl denn zum Vergnügen. Nachts, wenn sie glaubte, er schliefe, hörte er Anna leise weinen.

Durch Anna Iwanownas Gepäck und Gefolgschaft war der Tross um einiges größer geworden. Die Schlitten füllten den gesamten Innenhof aus, viele Diener führten Packpferde an den Zügeln. Pjotrs Söhne saßen bereits im Sattel. Saschas Stute hob einen Huf, dann den anderen, und schüttelte das dunkle Haupt. Koljas Pferd stand vollkommen still, sein Reiter hing schlaff im Sattel und kniff die blutunterlaufenen Augen vor der Morgensonne zusammen. Kolja hatte die Zeit unter den Bojaren-Söhnen Moskaus bestmöglich genutzt: Im Ringen hatte er sie alle geschlagen, beim Bogenschießen die meisten. Er hatte fast jeden von ihnen unter den Tisch getrunken und mit zahllosen Hofdamen geschäkert. Kurz gesagt: Er hatte sich köstlich amüsiert und war nicht erpicht auf eine lange Reise, an deren Ende nur harte Arbeit auf ihn wartete.

Was Pjotr betraf, er war zufrieden. Olga war mit einem weit bedeutenderen Mann verlobt, als er sich je hätte träumen lassen. Nun ja, einem Jungen eher. Und er selbst war wieder verheiratet, mit einer etwas seltsamen Dame zwar, aber sie war immerhin weder mannstoll noch krank und außerdem die Tochter des Großfürsten. Als alles zum Aufbruch bereit war, war Pjotr bester Stimmung. Er musste nur noch auf seinen grauen Hengst steigen, dann konnten sie von hier verschwinden.

Ein Fremder stand bei seinem Pferd, es war der Mann vom Markt, der am selben Abend auch bei Iwans Bankett gewesen war. Pjotr hatte ihn wegen all der Aufregung um seine Hochzeit ganz vergessen, doch hier war er, musterte Buran mit wissendem Blick und strich über seine Nase. Pjotr wartete nicht ohne eine gewisse Vorfreude darauf, dass Buran ihm ein bis zwei Finger abbiss, denn der Hengst duldete solche Vertraulichkeiten nicht. Doch wie Pjotr zu seinem Erstaunen feststellen musste, hielt Buran vollkommen still und legte die Ohren an wie ein braver, alter Esel.

Verblüfft und verärgert machte Pjotr einen langen Schritt auf die beiden zu, doch Kolja kam ihm zuvor. Endlich hatte der Junge jemanden gefunden, an dem er seine Wut, seine Kopfschmerzen und seine allgemeine Unzufriedenheit abreagieren konnte. Kolja gab seinem Wallach die Sporen und hielt so dicht vor dem Fremden an, dass die Hufe seinen blauen Mantel mit Dreck bespritzten. Schweiß trat auf die braunen Flanken des Wallachs, er verdrehte die Augen und stieg.

»Was machst du da?«, fuhr Kolja auf und riss an den Zügeln. »Wie kannst du es wagen, den Hengst meines Vaters anzufassen?«

Der Fremde wischte sich einen Dreckspritzer von der Wange. »Er ist ein sehr schönes Tier«, erwiderte er ruhig. »Ich überlege, ihn zu kaufen.«

»Das geht nicht.« Kolja sprang aus dem Sattel. Er war so breit und muskulös wie ein sibirischer Ochse. Eigentlich hätte der Fremde, der sowohl kleiner als auch schmaler war, im Vergleich schwächlich wirken müssen, aber das tat er nicht. Möglicherweise lag es an etwas in seinem Blick.

Beunruhigt beschleunigte Pjotr seinen Schritt. Vielleicht war Kolja immer noch betrunken, vielleicht war er einfach nur unvorsichtig, aber er missdeutete die Gelassenheit des Fremden als Kapitulation.

»Und wie willst du ein Pferd wie dieses reiten, kleiner Mann?«, fragte er verächtlich. »Lauf zurück zu deiner Geliebten und überlass die Streitrösser denen, die die Kraft dazu haben!« Er machte noch einen Schritt, bis die beiden Nasenspitze an Nasenspitze standen, und legte eine Hand auf seinen Dolch.

Der Fremde lächelte ironisch-bescheiden. Pjotr wollte Kolja eine Warnung zurufen, doch die Worte gefroren in seiner Kehle. Einen kurzen Augenblick lang hielt der Fremde vollkommen still. Dann bewegte er sich.

Zumindest vermutete Pjotr, dass er sich bewegt hatte, denn gesehen hatte er es nicht. Es war eher ein Flackern gewesen, wie ein Lichtreflex auf dem Gefieder eines Vogels. Kolja schrie auf und umklammerte sein Handgelenk, da stand der Fremde bereits neben ihm, einen Arm um seinen Hals und den Dolch an Koljas Kehle gepresst. Das alles war so schnell gegangen, dass nicht einmal die Pferde Zeit gehabt hatten zu scheuen.

Pjotr stürzte vor, die Hand auf seinem Schwertgriff, da hob der Fremde den Blick, und Pjotr blieb abrupt stehen. Der Mann hatte die sonderbarsten Augen, die Pjotr je gesehen hatte, wie ein sehr heller, wolkenloser Winterhimmel. Seine Hände waren geschmeidig und fest.

»Dein Sohn hat mich beleidigt, Pjotr Wladimirowitsch«, sagte der Fremde. »Soll ich sein Leben fordern?« Das Messer bewegte sich, ein dünner Schnitt öffnete sich an Koljas Hals und färbte seinen frischen Bart rot. Der Junge schnappte schluchzend nach Luft.

Pjotr würdigte ihn keines Blickes. »Es ist dein Recht«, erwiderte er. »Aber ich flehe dich an, erlaube meinem Sohn, Wiedergutmachung zu leisten.«

Der Fremde musterte Kolja verächtlich. »Ein betrunkener Junge«, sagte er und legte seine Finger fester um das Messer.

»Nein!«, rief Pjotr. »Vielleicht kann ich die Wiedergutmachung leisten. Ich habe Gold, oder, wenn es dein Wunsch ist ... mein Pferd.« Pjotr versuchte mit aller Macht, seinen wunderschönen grauen Hengst nicht anzusehen.

Eine kaum wahrnehmbare Belustigung trat in die eisigen Augen des Fremden. »Großzügig«, sagte er. »Aber, nein. Ich verschone das Leben deines Sohnes, Pjotr Wladimirowitsch, im Austausch für einen Dienst.«

»Welcher Dienst?«

»Hast du Töchter?«

Das kam unerwartet. »Ja«, antwortete Pjotr zögernd, »aber ...«

Die Belustigung auf dem Gesicht des Fremden wurde deutlicher. »Ich habe nicht vor, eine davon zur Konkubine zu nehmen oder sie hinter einer Schneebank zu vergewaltigen. Du bringst deinen Kindern Geschenke mit, nicht wahr? Nun, ich habe ein Geschenk für deine jüngere Tochter. Du wirst sie schwören lassen, dass sie es immer bei sich trägt. Und du selbst wirst schwören, nie einer Menschenseele von unserer Begegnung zu erzählen. Unter diesen, und nur unter diesen Bedingungen verschone ich das Leben deines Sohnes.«

Pjotr überlegte einen Moment. *Ein Geschenk? Was für eine Art Geschenk ist das, das unter Drohungen gegen das Leben meines Sohnes gemacht wird?* »Ich werde meine Tochter nicht in Gefahr bringen«, sagte er schließlich. »Nicht einmal für meinen Sohn. Wasja ist noch ein Kind, sie war die Letztgeborene meiner Frau.« Er schluckte schwer. Koljas Blut tropfte in einem langsamen roten Rinnsal.

Der Mann blickte Pjotr mit zusammengekniffenen Augen an. Einen langen Moment herrschte Stille, dann sagte er: »Ihr wird nichts geschehen. Ich schwöre es. Bei Eis und Schnee und tausend Menschenleben.«

»Was ist das für ein Geschenk?«, fragte Pjotr.

Der Fremde ließ Kolja los, der mit eigenartig leerem Blick wie ein Schlafwandler stehen blieb. Dann ging der Fremde zu Pjotr und zog etwas aus seiner Gürteltasche.

In seinen wildesten Träumen hätte Pjotr sich das Schmuckstück nicht vorstellen können, das der Mann ihm unter die Nase hielt: An einer Kette, fein wie ein Seidenfaden, hing ein bläulich-silbern glänzender Saphir, eingefasst in ein Gespinst aus einem hellen Metall, das einen Stern darstellen mochte oder vielleicht auch eine Schneeflocke.

Pjotr blickte auf, eine Frage auf den Lippen, doch der Fremde schnitt ihm das Wort ab. »Hier ist es«, sagte er. »Ein Anhänger, nichts weiter. Und jetzt zu deinem Versprechen. Du wirst ihn deiner Tochter geben und niemandem von unserer Begegnung erzählen. Brichst du dein Wort, komme ich und töte deinen Sohn.«

Pjotrs Blick sprang zu seinen Männern. Alle hatten den gleichen leeren Blick, selbst Saschas Kopf hing müde vornüber. Pjotr wurde eiskalt. Er fürchtete keinen Menschen unter dem Himmel, doch dieser unheimliche Fremde hatte seine Leute verhext, ja selbst seine tapferen Söhne. Die Kette hing kalt und schwer an seinen Fingern.

»Ich schwöre es«, sagte er.

Der Mann nickte, dann drehte er sich um und schritt über den schlammigen Hof davon. Sobald er außer Sichtweite war, rührte sich Pjotrs Gefolge wieder. Eilig steckte er das glänzende Ding in seine Gürteltasche.

»Vater?«, fragte Kolja. »Stimmt etwas nicht? Alles ist bereit, wir warten nur noch auf dein Wort zum Aufbruch.«

Pjotr schaute seinen Sohn ungläubig an. Der Schnitt auf Koljas

Hals war verschwunden, seine blutunterlaufenen Augen blinzelten gelassen, als erinnerte er sich an nichts.

»Aber ...«, begann Pjotr und verstummte wieder, als er sich an seinen Schwur erinnerte.

»Vater, was ist mit dir?«

»Nichts«, antwortete Pjotr. Er stieg auf, trieb Buran vorwärts und beschloss, die eigenartige Begegnung aus seinen Gedanken zu verbannen. Doch zwei Dinge machten ihm das unmöglich: Zum einen entdeckte Kolja fünf lange weiße Male auf seinem Hals, als sie das Nachtlager aufschlugen. Sie sahen aus wie Erfrierungen, dabei war sein Bart dicht und sein Hals dick eingewickelt gewesen. Zum anderen hörte Pjotr, egal wie aufmerksam er lauschte, seine Bediensteten nicht ein Wort über die seltsamen Ereignisse auf dem Dwor verlieren. Zögernd gelangte er zu dem Schluss, dass er der Einzige war, der sich überhaupt daran erinnerte.

9

Die Verrückte in der Kirche

Der Rückweg schien länger als die Hinreise. Anna war das Reisen nicht gewöhnt, sie hielten oft an und kamen kaum schneller voran als zu Fuß. Trotzdem war die Reise bei Weitem nicht so beschwerlich, wie sie hätte sein können. Sie hatten Moskau mit köstlichen Vorräten beladen verlassen und nahmen unterwegs oft die Gastfreundschaft der Dörfer und Bojaren an.

Sie hatten die Stadt kaum verlassen, da erinnerte sich Pjotr wieder an die weichen Lippen seiner jungen Frau, ihren seidig-geschmeidigen Körper, und er suchte ihr Bett mit neuem Eifer auf. Doch jedes Mal begegnete sie ihm – nicht mit Zorn oder Klagen, damit wäre er vielleicht noch zurechtgekommen – mit stummen Tränen, die ihr über die rundlichen Wangen liefen. Eine Woche lang ging das so, dann hatte er genug und zog sich, halb wütend, halb verwirrt, wieder zurück. Pjotr fing an, sich tags immer weiter vom Tross zu entfernen. Er ging zu Fuß auf die Jagd oder ritt mit Buran tief in die Wälder, bis Mann und Pferd vollkommen erschöpft und zerkratzt waren und Pjotr nur noch ans Schlafen dachte. Doch auch der Schlaf brachte kaum Erholung, denn in seinen Träumen sah er eine Saphirkette und dünne weiße Finger am Hals seines Erstgeborenen. Oft wachte er im Dunkeln auf und rief Kolja zu, er solle fliehen.

Pjotr sehnte sich nach seinem Zuhause, aber er konnte die Reise nicht beschleunigen. Egal was er versuchte, Anna wurde immer blasser und matter von den Anstrengungen und bettelte jeden Tag früher darum, die Zelte und Feuerschalen aufzustellen, damit die Diener ihr eine heiße Suppe auftragen und ihre tauben Finger wärmen konnten.

Dann überquerten sie endlich den Fluss. Als Lesnaja Semlja weniger als eine Tagesreise entfernt war, dirigierte er Buran auf den verschneiten Pfad und gab ihm die Sporen. Der Tross würde mit den Schlitten folgen, während er und Kolja der Heimat entgegenjagten wie Windgeister. Mit unglaublicher Erleichterung brach Pjotr schließlich zwischen den Bäumen hervor und sah sein Haus – unbeschadet und silbrig schimmerte es im Licht des klaren Wintertags.

Jeden Tag seit Pjotrs Abreise war Wasja aus dem Haus geschlüpft, um auf ihren Lieblingsbaum zu klettern: den mit dem langen Ast, der über die Straße wuchs, die von Süden nach Lesnaja Semlja führte. Manchmal kam Aljoscha mit, aber er war schwerer als sie und weniger geschickt beim Klettern. So war Wasja allein, als sie eines Tages in der Ferne beschlagene Hufe und Zaumzeug aufblitzen sah. Wie eine Katze glitt sie von dem Baum herunter, rannte zurück zur Palisade und rief:»Vater, Vater! Es ist Vater!«

Als sie das Dorf erreichte, war es allerdings schon längst keine Neuigkeit mehr, denn die beiden Reiter preschten bereits in Sichtweite der Dörfler über die Felder. Die Männer und Frauen sahen sich an und fragten sich, wo der Rest des Trosses war, ob ihren Angehörigen womöglich etwas passiert war, da kamen Pjotr und Kolja schon auf den Dwor gefegt und brachten ihre schnaubenden Pferde zum Stehen. Dunja versuchte, Wasja zu packen – für ihren Kletterausflug hatte sie wieder einmal Aljoschas Kleider gestohlen und war von oben bis unten verdreckt –, doch Wasja riss sich los. »Vater!«, rief sie. »Kolja!« Sie lachte, als die beiden sie einer nach dem anderen hochhoben. »Vater, du bist wieder da!«

»Ich habe eine Mutter für dich mitgebracht, Wasotschka«, sagte Pjotr und musterte sie mit einer nach oben gezogenen Augenbraue. Wasja war voller Zweige und Nadeln. »Allerdings habe ich ihr nicht verraten, dass sie keine kleine Tochter bekommt, sondern einen Waldgeist.« Er küsste ihre schmutzige Wange, und Wasja kicherte.

»Oh, aber wo ist Sascha?«, fragte sie und sah sich erschrocken um. »Wo sind die Schlitten?«

»Keine Angst, sie sind hinter uns auf der Straße«, antwortete Pjotr, dann fügte er so laut, dass alle ihn hören konnten, hinzu: »Sie werden noch vor Einbruch der Nacht hier sein, wir müssen alles vorbereiten, um sie zu empfangen. Und du« – an dieser Stelle senkte er seine Stimme wieder – »sieh zu, dass du in die Küche kommst, und lass dir von Dunja etwas Anständiges anziehen. Ich möchte, dass meine Frau ein Mädchen sieht, kein Wesen aus dem Wald.« Er setzte Wasja ab und gab ihr einen kleinen Schubs, dann zog Olga sie hinter sich her in die Küche.

Im Licht der untergehenden Sonne kamen die Gespanne. Vorsichtig fuhren sie über die Felder und durchs Tor, und alle bestaunten und bejubelten den noblen überdachten Schlitten, in dem die neue Ehefrau des Pjotr Wladimirowitsch saß. Beinahe das gesamte Dorf war zusammengekommen, um sie zu sehen.

Anna Iwanowna kletterte aus der Kabine, steif und blass wie Eis. Wasja fand, dass sie kaum älter aussah als Olja und nicht annähernd so alt wie Vater. *Nun ja, umso besser,* sagte sie sich. *Vielleicht spielt sie mit mir.* Sie setzte ihr freundlichstes Lächeln auf. Doch Anna reagierte nicht, weder mit der Stimme noch mit einer Geste, sondern schreckte zurück vor all den neugierigen Blicken. Zu spät fiel Pjotr wieder ein, dass die Frauen in Moskau getrennt von den Männern lebten.

»Ich bin müde«, flüsterte sie nur und verkroch sich, auf Olgas Arm gestützt, ins Haus.

Die Dörfler schauten einander verwirrt an. »Hm«, sagten sie, »es war eine lange Reise. Es wird ihr bald wieder gut gehen. Sie ist die Tochter eines Großfürsten, genau wie Marina Iwanowna.« Sie waren stolz darauf, dass nun wieder eine so hochgestellte Frau unter ihnen lebte. Dann kehrten sie zu ihren Hütten zurück und entzündeten ihre Feuer, um die Dunkelheit zu vertreiben und wässrige Suppe zu kochen.

Im Haus des Pjotr Wladimirowitsch hingegen wurde getafelt, was die Speisekammern hergaben, jetzt, da der Winter alt und tatterig geworden war und die Fastenzeit kurz bevorstand. Sie vertilgten Fisch und Haferbrei, dann berichteten Pjotr und seine Söhne von ihrer Reise, während Aljoscha mit seinem prächtigen neuen Dolch umhersprang und dabei eine nicht zu unterschätzende Gefahr für die Finger der Dienerschaft darstellte.

Pjotr persönlich setzte Olga den Kokoschnik auf das schwarze Haar und sagte: »Ich hoffe, du trägst ihn bei deiner Hochzeit, Olja.« Olga wurde zuerst rot, dann blass, während Wasja ihren Vater nur stumm und mit großen Augen anschaute.

Pjotr hob die Stimme. »Sie wird die Prinzessin von Serpuchow«, sagte er so laut, dass alle es hörten. »Der Großfürst persönlich hat die Verlobung verkündet.« Dann küsste er seine Tochter. Olga lächelte halb verzückt, halb verängstigt. In dem Sturm von

Beglückwünschungen, der nun losbrach, verhallte Wasjas dünner Verzweiflungsschrei ungehört.

Die Wiedersehensfeier neigte sich dem Ende zu, und Anna ging früh zu Bett. Olga half ihr, und Wasja trottete hinterher. Allmählich leerte sich die Küche, die Dämmerung wurde zur Nacht, das Feuer brannte zu einem Glimmen herunter, und die Luft im Raum wurde kalt und drückend.

Schließlich waren nur noch Pjotr und Dunja in der Küche. Die alte Frau saß weinend auf ihrem Platz neben dem Ofen. »Ich habe gewusst, dass es passieren würde, Pjotr Wladimirowitsch«, begann sie. »Und wenn je ein Mädchen gelebt hat, das es verdient, Prinzessin zu werden, dann meine Olja. Trotzdem ist es hart. Sie wird in einem Palast in Moskau leben wie ihre Großmutter, und ich werde sie nie wiedersehen. Ich bin zu alt für Reisen.«

Pjotr saß vor dem Feuer und spielte mit dem Anhänger in seiner Tasche. »So geht es allen Frauen irgendwann«, erwiderte er.

Dunja sagte nichts.

»Hier, Dunjaschka.« Pjotrs Stimme klang so seltsam, dass das alte Kindermädchen verdutzt aufblickte. »Ich habe ein Geschenk für Wasja.«

Dunja runzelte die Stirn. Er hatte ihr schon eine Bahn feinsten grünen Stoffs geschenkt, aus dem sie sich einen Sarafan nähen sollte. »Noch eines, Pjotr Wladimirowitsch? Du verziehst sie.«

»Das spielt keine Rolle.«

Dunja musterte ihn, der Ausdruck auf seinem Gesicht verwirrte sie.

Pjotr hielt ihr die Kette hin, als wäre er froh, sie endlich los zu sein. »Gib du sie ihr. Sorg dafür, dass Wasja sie stets bei sich trägt. Lass sie es schwören.«

Dunja war verwirrter denn je. Sie nahm das kalte, blaue Ding und inspizierte es.

Pjotrs Stirn legte sich in tiefe Falten. Er streckte den Arm, als wollte er die Kette zurücknehmen, dann schloss er die Finger wieder, stand ruckartig auf und ging zu Bett.

Dunja saß allein in der schummrigen Küche und starrte den Anhänger an, drehte ihn mal in die eine, mal in die andere Richtung. »Schön, Pjotr Wladimirowitsch«, murmelte sie kopfschüttelnd, »und wo in Moskau bekommt man einen solchen Edelstein?« Sie steckte die Kette ein und beschloss sie aufzuheben, bis Wasja alt genug war, um ihr eine solche Kostbarkeit anzuvertrauen.

Drei Nächte später träumte sie.

In ihrem Traum war Dunja wieder jung, und sie ging allein durch den winterlichen Wald. Von der Straße drang der helle Klang von Schlittenglöckchen heran. Sie liebte Pferdeschlitten und drehte sich um. Ein weißes Pferd kam auf sie zu, der Fahrer hatte schwarzes Haar. Als er sie erreichte, wurde er nicht langsamer, sondern packte Dunja am Arm und zog sie grob auf den Schlitten, ohne den Blick von der verschneiten Straße abzuwenden. Die Wintersonne stand hoch am Himmel, doch von dem Mann ging ein eiskalter Hauch aus wie ein Januarsturm.

Plötzlich hatte Dunja Angst.

»Du hast etwas genommen, das nicht für dich bestimmt war«, sagte der Mann. Dunja hörte das Heulen von Winterstürmen in seiner Stimme und erschauerte. »Warum?« Ihre Zähne klapperten so sehr, dass sie kein Wort herausbrachte. Der Mann drehte ihr ruckartig den Kopf zu, umrahmt von grellem Winterlicht. »Diese Kette ist nicht für dich«, zischte er. »Warum hast du sie genommen?«

»Ihr Vater hat sie Wasilisa mitgebracht, aber sie ist noch ein Kind. Ich habe den Anhänger gesehen und sofort gewusst, dass es sich um ein Amulett handelt«, stammelte Dunja. »Ich habe die Kette nicht gestohlen, ich habe Angst ... um des Mädchens willen. Bitte, sie ist noch zu jung ... zu jung für die Zauberei der alten Götter.«

Der Mann lachte; Dunja hörte eine mahlende Bitterkeit darin. »Götter? Heutzutage gibt es nur noch einen Gott, Kind, und ich bin nichts weiter als ein Wind, der durch die kahlen Äste fährt.«

Als er verstummte, schmeckte Dunja Blut in ihrem Mund, so fest hatte sie sich auf die Lippe gebissen.

Schließlich nickte er. »Gut, bewahre sie für sie auf, bis sie erwachsen ist – aber nicht länger. Ich glaube, ich brauche dir nicht zu sagen, was geschieht, wenn du falsches Spiel mit mir treibst.«

Dunja merkte, wie sie eifrig nickte. Sie zitterte heftiger denn je. Der Fahrer ließ seine Peitsche knallen, und das Pferd preschte los, immer schneller über den gleißenden Schnee. Dunja spürte, wie sie den Halt verlor. Sie klammerte sich verzweifelt an ihrem Sitz fest, dann fiel sie und stürzte nach hinten ...

Dunja wachte keuchend auf ihrer Pritsche in der Küche auf. Sie lag zitternd im Dunkeln, und es dauerte noch lange, bis ihr wieder warm wurde.

Anna wachte langsam auf und blinzelte die Träume aus ihren Augen. Es waren schöne Träume gewesen, der letzte zumindest. Sie hatte von warmem Brot geträumt und von jemandem mit einer sanften Stimme. Doch als sie ihn festhalten wollte, war der Traum verschwunden. Anna fühlte sich leer und zog die Decke enger um sich, um die morgendliche Kälte zu verscheuchen.

Sie hörte ein Rascheln und hob den Kopf: Ein Dämon saß auf ihrem Stuhl und flickte eines von Pjotrs Hemden. Das graue

Winterlicht malte schwarze Schattenstreifen auf das knorrige Geschöpf. Anna erschauerte. Pjotr lag schnarchend neben ihr und bekam nicht das Geringste mit. Anna versuchte, den Geist zu ignorieren, wie sie es jeden Tag tat, seit sie vor einer Woche zum ersten Mal an diesem schrecklichen Ort aufgewacht war. Sie drehte sich weg und vergrub das Gesicht in der Bettdecke. Doch ihr wurde einfach nicht warm. Ihr Mann hatte seine Decke weggeschoben, doch Anna fror ständig. Wenn sie darum bat, dass das Feuer nachgeschürt wurde, schauten die Dienerinnen sie mit höflicher Verwunderung an. Anna überlegte, näher an ihren Mann heranzukriechen und sich an ihm zu wärmen, aber dann käme er vielleicht auf die Idee, sie noch einmal zu besteigen. Er versuchte zwar, sanft zu sein, aber er war hartnäckig, und Anna wollte in Ruhe gelassen werden.

Sie riskierte einen weiteren Blick zu dem Stuhl. Das Ding starrte sie unverwandt an.

Anna ertrug es nicht länger. Sie setzte die Füße auf den Boden, zog an, was gerade greifbar war, wickelte sich ein Tuch um ihre halb gelösten Zöpfe und rannte durch die Küche nach draußen, was ihr einen fragenden Blick von Dunja einbrachte, die immer früh auf den Beinen war, um das Brot in den Ofen zu schieben. Das fahle Morgenlicht verfärbte sich allmählich rosa, und der schneebedeckte Boden glitzerte, als wäre er von Juwelen übersät, doch dafür hatte Anna keinen Blick. Sie sah nur die kleine hölzerne Kirche, die keine zwanzig Schritte vom Haus entfernt stand. Ohne auf irgendetwas anderes zu achten, rannte sie darauf zu, riss die Eingangstür auf und schlüpfte nach drinnen. Am liebsten hätte sie geweint, aber sie biss die Zähne zusammen, ballte ihre Fäuste und brachte die Tränen zum Versiegen. Sie weinte zu viel. Hier im Norden war ihr Wahnsinn schlimmer geworden – viel,

viel schlimmer. In Pjotrs Haus wimmelte es von Teufeln. Im Ofen versteckte sich eine Kreatur mit Augen wie glühende Kohlen, im dampfenden Badehaus zwinkerte ihr ein kleines Männlein zu, und auf dem Dwor schlurfte ein Dämon herum, der aussah wie ein Bündel Reisig.

In Moskau hatten die Dämonen Anna nie angesehen, sie nicht einmal eines Blickes gewürdigt, aber hier *starrten* sie. Manche kamen sogar ganz nahe heran, als wollten sie etwas sagen. Anna musste jedes Mal weglaufen, und sie hasste die verwunderten Blicke, die Pjotr und die Stiefkinder ihr dann hinterherwarfen. Die Dämonen hier waren immer und überall – außer in der Kirche.

In der Kirche war es still. Im Vergleich zu denen in Moskau war sie ein Nichts. Nicht einmal Blattgold gab es hier und außerdem nur einen einzigen Priester. Die Ikonen waren klein und schlecht gemalt. Doch wenigstens sah Anna hier nur Boden und Wände, Ikonen und Kerzen. Keine Gesichter, die in den Schatten lauerten.

Sie blieb lange, betete abwechselnd oder starrte ins Leere. Es war bereits mitten am Vormittag, als sie zurück ins Haus schlich. Die Küche war voll, der Ofen brüllte. In Pjotrs Haus wurde rund um die Uhr gebacken, gekocht, gewaschen und getrocknet, von Sonnenaufgang bis -untergang. Die anwesenden Frauen reagierten nicht, als sie hereinkam, niemand hob auch nur den Kopf. Anna nahm es vor allem als Kommentar zu ihrer Schwäche.

Olga blickte als Erste auf. »Wollt Ihr etwas Brot, Anna Iwanowna?«, fragte sie. Sie mochte das blasse Geschöpf nicht, das den Platz ihrer Mutter eingenommen hatte, doch Olga war ein freundliches Mädchen und hatte Mitleid.

Anna hatte Hunger, aber in der Öffnung des Ofens saß ein kleines, grauhaariges Geschöpf. Sein Bart glühte von der Hitze, während es auf einer verkohlten Kruste herumkaute. Annas Mund bewegte sich, doch sie konnte einfach nicht antworten. Das Geschöpf blickte von seiner Kruste auf und neigte den Kopf. Neugier stand in seinen leuchtenden Augen.

»Nein«, flüsterte sie schließlich. »Nein … ich möchte kein Brot.« Dann drehte sie sich um und floh in die trügerische Sicherheit ihres Zimmers, während die Frauen in der Küche einander anblickten und langsam die Köpfe schüttelten.

10

Die Prinzessin von Serpuchow

Im darauffolgenden Herbst heiratete Kolja die Tochter eines benachbarten Bojaren. Sie war ein dralles Mädchen mit gelben Haaren, Pjotr baute den beiden ein solides Haus mit einem soliden Lehmofen.

Doch es war die andere Hochzeit, die Olga Petrowna zur Prinzessin von Serpuchow machen würde, auf die alle warteten. Die Verhandlungen hatten beinahe ein Jahr gedauert. Der Strom von Geschenken aus Moskau hatte rechtzeitig begonnen, bevor der Schlamm die Straßen unpassierbar machte, die Details dauerten etwas länger. Die Reise von Lesnaja Semlja nach Moskau war beschwerlich, Boten verspäteten sich oder verschwanden ganz, sie brachen sich den Schädel, wurden ausgeraubt, oder ihre Pferde lahmten, aber schließlich war alles geregelt. Der junge Prinz von Serpuchow würde persönlich mit seinem Gefolge anreisen, um Olga in Lesnaja Semlja zu heiraten und sie dann mit nach Moskau zu nehmen.

»Es ist besser für sie, wenn die Hochzeit vor der Reise stattfindet«, erklärte der Bote. »Hier hat sie weniger Angst.« Außerdem, wie der Bote hätte hinzufügen können, wünschte der Metropolit von Moskau, dass die Ehe geschlossen und vollzogen wurde, bevor Olga die Stadt betrat.

Der Prinz traf ein, als der zarte Frühling von einem grellen Sommer mit launischem Himmel verdrängt wurde und üppige Gräser die verwelkenden Wiesenblumen überwucherten. Wladimir war gereift im letzten Jahr. Seine Pickel waren verschwunden, eine Schönheit war er trotzdem immer noch nicht. Seine Schüchternheit verbarg er hinter einem ausgelassen fröhlichen Temperament.

Mit dem Prinzen kam sein Vetter, der blonde Dmitri Iwanowitsch, und rief Grüße in die Menge. Die jungen Fürsten brachten ihre Falken mit, ihre Jagdhunde und Pferde und außerdem viele Geschenke. Frauen in reich verzierten Kutschen waren ebenfalls dabei und außerdem ein Beschützer: ein Mönch mit klaren Augen, noch nicht allzu alt und eher schweigsam als redselig. Das Eintreffen des Trosses erregte großes Aufsehen, das ganze Dorf kam zusammen und glotzte. Viele boten den Neuankömmlingen ihre Gastfreundschaft an und den erschöpften Pferden ihre Wiesen. Der junge Wladimir steckte Olga schüchtern einen grünen Beryllring an, und der gesamte Haushalt feierte, wie er es seit Marinas letztem Atemzug nicht mehr getan hatte.

»Wenigstens ist er ein freundlicher Junge«, sagte Dunja in einem der wenigen stillen Momente zu Olga. Sie saßen gemeinsam beim großen Fenster in der Sommerküche. Wasja saß lauschend zu Olgas Füßen und stocherte an ihrer Flickarbeit herum.

»Ja«, erwiderte Olga. »Und Sascha begleitet mich nach Moskau. Er bringt mich zum Haus meines Gatten, bevor er ins Kloster geht. Das hat er versprochen.« Der Beryllring an ihrem Finger leuchtete; Olgas Verlobter hatte ihr außerdem eine Kette aus ungeschliffenem Bernstein umgehängt und ihr einen Ballen feinsten

Stoffs mitgebracht, feuerrot wie Mohn. Dunja säumte ihn gerade ein, um einen Sarafan daraus zu machen. Wasja tat nur so, als nähte sie; ihre kleinen Hände lagen zu Fäusten geballt auf ihrem Schoß.

»Es wird dir sehr gut gehen dort«, erklärte Dunja entschlossen und biss ein Stück Faden ab. »Wladimir Andrejewitsch ist reich und noch jung genug, um auf den Rat seiner Frau zu hören. Es war sehr großzügig von ihm, herzukommen und dich hier zu heiraten, in deinem eigenen Haus.«

»Er ist hergekommen, weil der Metropolit es wollte«, entgegnete Olga.

»Er steht in der Gunst des Großfürsten, außerdem ist er Dmitris bester Freund, wie man sieht. Er wird eine hohe Position bekleiden, wenn Iwan Krasni eines Tages stirbt, und du wirst eine hohe Dame, meine Olga. Du hättest es nicht besser treffen können.«

»J... ja«, antwortete Olga langsam. Als Wasja traurig den Kopf hängen ließ, beugte sie sich zu ihr hinab und streichelte ihr übers Haar. »Ich glaube auch, dass er freundlich ist. Aber ich ...«

Dunja lächelte spöttisch. »Hast du etwa auf einen Rabenprinzen gehofft, der dich holt wie Iwans Schwester in dem Märchen?«

Olga wurde rot und lachte, doch sie erwiderte nichts. Stattdessen hob sie Wasilisa, die eigentlich schon viel zu alt dafür war, auf ihren Schoß und wiegte sie wie ein Kind. Wasja rollte sich in ihren Armen zusammen, am ganzen Körper steif. »Schon gut, kleiner Frosch«, flüsterte Olga wie zu einem Baby. »Alles wird gut.«

»Olga Petrowna«, begann Dunja, »meine Olja, Märchen sind etwas für Kinder, aber du bist erwachsen und wirst schon bald eine Ehefrau sein. Du bekommst einen anständigen Mann, in dessen Haus du sicher bist. Du wirst Gott ehren und gesunde Söhne zur Welt bringen – so ist das Leben, und so ist es richtig. Es ist an der Zeit, das Träumen sein zu lassen. Märchen sind gut für lange Winternächte, nichts weiter.«

Plötzlich musste Dunja an kalte Augen und noch viel kältere Hände denken. Sie erschauerte. *Schön, bis sie erwachsen ist, aber keinen Tag länger.* Sie schaute Wasja an und fügte etwas leiser hinzu: »Selbst die Jungfrauen in den Märchen erwartet nicht immer ein glückliches Ende. Alenuschka wurde in eine Ente verwandelt und musste zusehen, wie die böse Hexe ihre Küken verspeist hat.«

Als sie sah, wie Olga immer noch niedergeschlagen Wasjas Kopf streichelte, fügte sie etwas strenger hinzu: »Kind, das ist nun mal das Los der Frauen. Ich glaube nicht, dass du lieber eine Nonne wärst. Vielleicht lernst du ja, ihn zu lieben. Deine Mutter kannte Pjotr Wladimirowitsch vor ihrer Hochzeit auch nicht. Ich erinnere mich noch, wie viel Angst sie hatte, obwohl sie tapfer genug gewesen wäre, der Baba Jaga persönlich gegenüberzutreten. Und dann liebten sie einander von der ersten Nacht an.«

»Mutter ist tot«, entgegnete Olga tonlos. »Eine andere hat ihren Platz eingenommen. Und ich gehe für immer fort.«

Wasja stieß einen unterdrückten Schluchzer aus.

»Sie wird niemals sterben«, widersprach Dunja entschlossen. »Weil du lebst. Du bist genauso schön, wie sie es war, und du wirst Prinzen gebären. Sei tapfer. Moskau ist eine schöne Stadt, und deine Brüder werden dich besuchen kommen.«

Als es Nacht wurde, kroch Wasja zu Olga ins Bett und sagte in beschwörendem Ton: »Geh nicht, Olja. Ab jetzt bin ich immer brav. Ich werde sogar nie wieder auf Bäume klettern.« Sie zitterte und schaute ihre Schwester mit großen Eulenaugen an.

Olga konnte sich ein Lachen nicht verkneifen, auch wenn es am Ende eher wie ein Krächzen klang. »Ich muss, kleiner Frosch. Er ist ein Prinz, und er ist reich und nett. Ich muss ihn heiraten oder in ein Kloster gehen, und ich wollte schon immer eigene Kinder. Zehn kleine Frösche wie dich.«

»Du hast doch mich«, flüsterte Wasja.

Olja drückte sie fest an sich. »Eines Tages wirst du kein Kind mehr sein und wirst selbst zur Frau. Was für eine Verwendung hättest du dann für deine gebrechliche alte Schwester?«

»Immer!«, rief Wasja inbrünstig. »Immer! Lass uns zusammen weglaufen und in den Wäldern leben.«

»Ich weiß nicht, ob du wirklich dort leben möchtest«, entgegnete Olga. »Baba Jaga könnte uns fressen.«

»Nein«, widersprach Wasja mit felsenfester Überzeugung. »In den Wäldern gibt es nur den einäugigen Mann. Solange wir uns von der Eiche fernhalten, kann uns nichts passieren.«

Olja wusste nicht, was sie mit Wasjas Worten anfangen sollte.

»Wir bauen uns eine Isba zwischen den Bäumen«, sprach Wasja weiter. »Ich sammle Nüsse und Pilze und bringe sie dir.«

»Ich habe eine bessere Idee«, erklärte Olja. »Du bist jetzt schon ein so großes Mädchen, nicht mehr lange, dann bist du eine Frau. Wenn es so weit ist, schicke ich nach dir. Dann leben wir als Prinzessinnen gemeinsam in einem Palast in Moskau, und du bekommst deinen eigenen Prinzen. Wie findest du das?«

»Aber ich bin schon erwachsen, Olja!« Wasja schluckte ihre Tränen hinunter und setzte sich auf. »Schau, wie groß ich bin!«

»Noch nicht, kleine Schwester«, widersprach Olga sanft. »Sei geduldig, hör auf Dunja und iss immer viel Haferbrei. Wenn Vater sagt, dass du groß genug bist, hole ich dich zu mir.«

»Ich frage ihn gleich«, erwiderte Wasja selbstbewusst. »Vielleicht sagt er dir dann, dass ich jetzt schon groß genug bin.«

Sascha erkannte den Mönch sofort. Inmitten des Chaos aus Willkommenswünschen, Brautgeschenken und Vorbereitungen für das Festessen rannte er los, umklammerte seine Hand und küsste sie. »Vater«, sagte er, »Ihr seid gekommen.«

»Wie du siehst, mein Sohn«, erwiderte der Mönch lächelnd.

»Aber die Reise ist so weit.«

»Ganz und gar nicht. Als ich noch jünger war, habe ich ganz Rus durchwandert. Das Wort war mein Weg und mein Schild, mein Brot und mein Salz. Jetzt bin ich alt und lebe in der Lawra, aber die Welt behandelt mich immer noch gut, vor allem im Sommer hier im Norden. Es ist schön, dich zu sehen.«

Was er nicht sagte – zumindest nicht jetzt –, war, dass der Großfürst krank war und Wladimir Andrejewitschs Hochzeit daher umso dringender. Der Thronerbe Dmitri war gerade einmal elf und ein verzogenes Kind mit einem Gesicht voller Sommersprossen. Seine Mutter schlief neben seinem Bett und ließ ihn nicht aus den Augen. Kleine Prinzen wie er verschwanden leicht, wenn der Vater zur Unzeit starb.

Im Frühling hatte Alexej den heiligen Sergius von Radonesch zu sich gerufen. Sergius und Alexej kannten einander schon lange. »Ich schicke Wladimir Andrejewitsch nach Norden, er wird dort heiraten und zwar so bald wie möglich«, erklärte Alexej. »Die Hochzeit muss stattfinden, bevor Iwan stirbt. Der junge Dmitri wird ebenfalls zum Hochzeitsgefolge gehören, dort ist er sicher; seine Mutter fürchtet um sein Leben, wenn er in Moskau bleibt.«

Der Einsiedler und der Metropolit saßen im Küchengarten und tranken mit viel Wasser verdünnten Honigwein.

»Ist Iwan Iwanowitsch so krank?«, fragte Sergius.

»Seine Haut ist gelb und grau zugleich, er schwitzt und stinkt, und seine Augen sind glasig«, erwiderte der Metropolit. »So Gott will, überlebt er, tut er es nicht, will ich bereit sein. Ich kann die Stadt nicht verlassen, und Dimitri ist noch so jung. Ich möchte dich bitten, dich dem Hochzeitsgefolge anzuschließen. Pass auf ihn auf, und sorge dafür, dass Wladimir heiratet.«

»Er soll Pjotr Wladimirowitschs Tochter zur Frau nehmen, ist es nicht so?«, fragte Sergius. »Ich bin einmal seinem Sohn begegnet, Sascha heißt er. Er kam zu mir in die Lawra. Ich habe noch nie solche Augen gesehen. Er wird entweder Mönch oder ein Heiliger oder ein Held. Vor einem Jahr wollte er seine Gelübde ablegen; ich hoffe, er will es noch. Das Kloster kann einen Bruder wie ihn gut gebrauchen.«

»Fahr hin und finde es heraus«, sagte Alexej. »Überzeuge Pjotrs Sohn, mit dir zu kommen. Solange er noch minderjährig ist, wird Dmitri ebenfalls bei dir in der Lawra leben. Umso besser, wenn Alexander Petrowitsch bei ihm ist, ein Mann von Dmitris Geblüt und obendrein ein gottesfürchtiger. Wenn Dmitri erst die Krone trägt, wird er jeden Verbündeten brauchen.«

»Genau wie du«, erwiderte Sergius. Die Bienen summten, und die Blumen verströmten in der kurzen Zeit, die sie blühten, einen umso betörenderen Duft. Zögernd fügte er hinzu: »Dann wirst du so lange sein Regent sein? Wenn der Kronprinz getötet wird, hat meist auch der Regent nicht mehr lange zu leben.«

»Bin ich ein solcher Feigling, dass ich mich nicht zwischen den Jungen und die Attentäter stellen würde?«, fragte Alexej. »Nein, das bin ich nicht. Und wenn es mich das Leben kostet. Gott ist mit uns. Sollte ich dennoch sterben, musst du der neue Metropolit werden.«

Sergius lachte. »Eher werde ich in Gottes Antlitz schauen und vom Glanz seines Ruhms erblinden, als nach Moskau zu kommen und zu versuchen, deine Bischöfe zu bändigen, Bruder. Aber ich werde den Prinzen von Serpuchow in den Norden begleiten. Die Tage meiner Wanderungen sind lange her, ich möchte den Hochwald noch einmal sehen.«

Pjotrs Miene verfinsterte sich, als er den Mönch entdeckte, trotzdem hatte er bis zum folgenden Tag nur freundliche Worte für alle. An diesem Abend aßen alle gemeinsam, erst als die Fackeln der Sattgegessenen sich Richtung Dorf entfernten und ihr Gelächter leiser wurde, ging Pjotr im Dämmerlicht zu Sergius und fasste ihn an der Schulter. Am Ufer des kleinen Flusses standen die beiden einander gegenüber.

»So bist du endlich gekommen, Mann Gottes, um mir meinen Sohn zu stehlen?«, sagte er zu Sergius.

»Dein Sohn ist kein Pferd, das man stehlen könnte.«

»Nein, ist er nicht«, knurrte Pjotr. »Er ist noch schlimmer. Ein Pferd hört auf die Vernunft.«

»Er ist ein geborener Krieger und ein Mann Gottes«, erwiderte Sergius. Seine Stimme war so sanft wie immer, was Pjotrs Zorn nur noch mehr anstachelte, so sehr, dass ihm die Worte im Halse stecken blieben.

Der Mönch runzelte die Stirn, als überlege er, dann sagte er: »Höre mich an, Pjotr Wladimirowitsch. Iwan Iwanowitsch liegt im Sterben. Vielleicht ist er inzwischen sogar schon tot.«

Das hatte Pjotr nicht gewusst. Er zuckte zusammen und machte einen Schritt zurück.

»Sein Sohn Dimitri ist Gast in deinem Haus«, fuhr Sergius fort. »Wenn er wieder aufbricht, wird er direkt zu meinem Kloster reiten und sich dort verstecken. Manchen Thronanwärtern bedeutet das Leben eines kleinen Jungen nicht das Geringste. Ein Prinz braucht Männer von seinem eigenen Blut, die ihn unterweisen und beschützen, und dein Sohn ist Dmitris Vetter.«

Pjotr hüllte sich in überraschtes Schweigen. Die Fledermäuse kamen allmählich heraus. In seiner Jugend waren die Nächte erfüllt gewesen von ihren Schreien, doch jetzt waren sie so stumm wie die herannahende Nacht.

»Meine Männer und ich, wir tun mehr als nur beten und singen«, sprach Sergius weiter. »Du bist hier in Sicherheit, in diesen Wäldern, die eine ganze Armee verschlingen könnten. Aber dieses Glück haben nur wenige. Wir backen Brot für die Hungrigen und verteidigen sie mit unseren Schwertern. Das ist eine edle Aufgabe.«

»Mein Sohn wird seine eigene Familie verteidigen, Schlange«, blaffte Pjotr, ohne nachzudenken. Er war verunsichert, und das machte ihn noch wütender.

»Das wird er in der Tat«, bestätigte Sergius. »Seinen Vetter, einen Jungen, der eines Tages die Verantwortung für ganz Moskau auf seinen Schultern tragen wird.«

Pjotr schwieg wieder, doch sein Zorn war gebrochen.

Sergius sah seinen Kummer und neigte den Kopf. »Es tut mir leid. Es ist nicht leicht für dich. Ich werde für dich beten«, sagte er und verschwand zwischen den Bäumen. Der Fluss verschlang das Geräusch seiner Schritte.

Pjotr rührte sich nicht. Es war Vollmond, der Rand der silbrigen Scheibe erhob sich gerade erst über die Baumwipfel. »Du hättest die richtigen Worte gefunden«, flüsterte er. »Ich weiß sie nicht. Hilf mir, Marina. Ich will meinen Sohn nicht verlieren, nicht einmal an den Erben des Großfürsten.«

»Als ich hörte, dass du meine Schwester so weit weg verkauft hast, war ich wütend«, sagte Sascha zu seinem Vater. Er sprach abgehackt und brach immer wieder ab, denn er ritt gerade ein junges Pferd ein. Pjotr saß auf Buran, der etwas erstaunt auf das bockig umherspringende Ding neben ihm blickte. »Wladimir mag noch sehr jung sein, aber er ist anständig und behandelt seine Pferde gut.«

»Und darüber bin ich froh, um Oljas willen. Aber selbst wenn er ein betrunkener Lüstling und steinalt wäre, könnte ich nichts tun«, erwiderte Pjotr. »Der Großfürst hat mich nicht *gefragt*.«

Plötzlich musste Sascha an seine Stiefmutter denken, eine Frau, die Pjotr sich niemals ausgesucht hätte, die schnell weinte, ständig betete und vor allem und jedem erschrak. »Du hattest ebenfalls keine Wahl, Vater.«

Ich muss alt geworden sein, überlegte Pjotr, *wenn mein Sohn so mild mit mir spricht*. »Es spielt keine Rolle«, sagt er schließlich. Zwischen den schlanken Birken fielen gelbe Sonnenstrahlen hindurch, ihre Blätter zitterten und schimmerten silbrig. Saschas Pferd schien Anstoß an diesem Schimmern zu nehmen und stieg. Sascha zog an den Zügeln, bis es die Vorderhufe wieder absetzte, und Buran trabte heran, als wollte er zeigen, wie sich ein richtiges Pferd benahm.

»Du hast gehört, was der Mönch gesagt hat«, begann Pjotr zögernd. »Der Großfürst und sein Sohn sind unsere Verwandten, Sascha, aber ich bitte dich, es dir noch einmal zu überlegen. Es ist ein hartes Leben, das eines Mönches. Immer allein, arm, immer am Beten und nachts ein kaltes Bett. Du wirst hier gebraucht.«

Sascha schaute seinen Vater von der Seite an. Sein sonnengebräuntes Gesicht sah mit einem Mal viel jünger aus. »Ich habe Brüder«, entgegnete er. »Ich muss hinaus in die Welt und mich in ihr bewähren. Die Bäume hier ersticken mich. Ich werde fortgehen und für Gott kämpfen. Dafür wurde ich geboren, Vater. Außerdem, der Prinz – mein Vetter Dmitri –, er braucht mich.«

»Wenn die eigenen Söhne dich im Stich lassen, ist das bitter«, knurrte Pjotr. »Aber genauso bitter ist es, wenn man keine Söhne hat, die deinen Tod betrauern.«

»Ich werde Brüder in Christus haben, die um mich trauern«, entgegnete Sascha. »Und du hast Kolja und Aljoscha.«

»Wenn du gehst, Sascha, dann ohne alles«, bellte Pjotr. »Ein Sack auf deinem Rücken, dein Schwert und ein Pferd deiner Wahl – aber du wirst nicht mehr mein Sohn sein.«

Sascha sah jünger aus denn je. Unter der Bräune war sein Gesicht blass. »Ich muss gehen, Vater. Hasse mich nicht dafür.«

Pjotr antwortete nichts und trieb Buran so hart an, dass Saschas junges Pferd weit hinter ihm zurückfiel.

Wasja schlich in den Stall, wo Sascha gerade einen groß gewachsenen jungen Wallach inspizierte. »Mysch ist traurig«, sagte sie. »Sie möchte mit dir kommen.« Die braune Stute stand nur eine Armeslänge weit weg und ließ den Kopf hängen.

Sascha lächelte seiner Schwester zu. »Sie wird zu alt für solche Reisen«, erklärte er und streichelte Myschs Hals. »Außerdem gibt es in einem Kloster kaum Verwendung für eine Zuchtstute. Der hier ist gerade recht.« Er schlug dem Wallach auf die Flanke, der prompt die spitzen Ohren aufstellte.

»Ich kann auch Mönch werden«, erklärte Wasja.

Sascha sah, dass sie schon wieder die Kleider ihres Bruders gestohlen hatte. In der einen Hand hielt sie einen kleinen Lederbeutel. »Das glaube ich dir«, erwiderte er, »aber normalerweise sind Mönche größer.«

»Immer bin ich zu klein!«, rief Wasja aufgebracht. »Aber ich wachse doch! Geh noch nicht, Saschka. Ein Jahr noch.«

»Und was ist mit Olja?«, fragte er. »Ich habe ihr versprochen, sie sicher zum Haus ihres Mannes zu bringen. Und danach ruft mich Gott, Wasotschka, daran lässt sich nichts ändern.«

Wasja überlegte einen Moment. »Wenn ich verspreche, Olja zu beschützen, könnte ich dann mitkommen?«

Sascha erwiderte nichts.

Wasja blickte zu Boden und scharrte mit dem Fuß. »Anna Iwanowna würde mich gehen lassen«, erklärte sie eilig. »Sie hasst mich und möchte mich loswerden. Ich bin ihr zu klein und zu schmutzig.«

»Gib ihr ein bisschen Zeit«, entgegnete Sascha. »Sie ist in der Stadt aufgewachsen. Sie ist das Leben in den Wäldern nicht gewöhnt.«

Wasjas Blick verfinsterte sich. »Sie ist schon eine Ewigkeit hier. Ich wünschte, *sie* würde zurück nach Moskau gehen.«

»Komm, kleine Schwester«, sagte Sascha und schaute Wasja ins blasse Gesicht. »Komm reiten mit mir.«

Als Wasja noch kleiner gewesen war, liebte sie nichts mehr, als vor ihm auf dem Sattel zu sitzen, das Gesicht im Wind, sicher vom Arm ihres Bruders gehalten. Auch jetzt hellte ihre Miene sich sofort auf. Sascha setzte sie auf seinen Wallach, führte sie auf den Dwor hinaus und sprang auf. Wasja beugte sich nach vorn, ihr Atem beschleunigte, dann galoppierten sie mit donnernden Hufen davon.

»Weiter, weiter!«, rief Wasja, als Sascha den Wallach kehrtmachen ließ. »Lass uns bis nach Sarai reiten, Saschka!« Sie drehte ihm das Gesicht zu. »Oder nach Zargrad oder nach Bujan, wo der Meereskönig mit seiner Tochter, der Schwanenjungfrau, wohnt. Es ist gar nicht weit. Östlich der Sonne, westlich vom Mond.« Sie spähte in den Himmel, als wollte sie die Richtung überprüfen.

»Ein bisschen weit wohl doch, nur für einen Ausflug«, entgegnete Sascha. »Du musst jetzt tapfer sein, kleiner Frosch. Hör auf Dunja. Eines Tages komme ich zurück.«

»Bald?«, flüsterte Wasja. »Schon ganz bald?«

Sascha antwortete nicht, aber das musste er auch nicht, denn sie waren wieder beim Haus. Er ließ den Wallach anhalten und setzte seine Schwester vor dem Stall ab.

11

Domowoi

Als Sascha und Olga fort waren, bemerkte Dunja eine Veränderung in Wasja. Zum einen verschwand sie öfter denn je. Zum anderen redete sie viel weniger, und wenn sie redete, dann wirres Zeug. Wasja wurde allmählich zu alt für dieses kindische Geplapper, und doch ...

»Dunja?«, fragte Wasja eines Tages nicht allzu lange nach Olgas Hochzeit, als die Hitze über den Feldern lag wie eine schwere Hand. »Was lebt im Fluss?« Sie nahm einen großen Schluck Saft und schaute Dunja erwartungsvoll an.

»Fische, Wasotschka, und wenn du dich benimmst, gibt es morgen frisch gefangene mit Kräutern und Sahne.«

Wasja liebte Fisch, trotzdem schüttelte sie den Kopf. »Nein, Dunja, was lebt sonst noch im Fluss? Etwas mit Augen wie ein Frosch, Haaren wie Wasserkraut und einer Nase, von der immer der Schlamm tropft?«

Dunja warf der Kleinen einen strengen Blick zu, aber Wasja war so sehr mit den letzten Stücken Kohl in ihrer Suppenschale beschäftigt, dass sie es gar nicht mitbekam. »Hast du wieder die Bauern belauscht?«, fragte sie. »Das ist der Wodianoj, der Flusskönig, der immer nach kleinen Mädchen Ausschau hält, die er mit in sein Schloss unter dem Flussbett nehmen kann.«

Wasja kratzte ihre Schüssel aus. »Es ist kein Schloss«, sagte sie und leckte sich die Finger. »Sondern nur ein Loch in der Uferböschung. Aber jetzt weiß ich endlich, wie er heißt.«

»Wasja …«, begann Dunja und blickte der Kleinen in die leuchtenden Augen.

»Hmmm?«, machte Wasja, stellte die leere Schüssel ab und stand auf.

Dunja war drauf und dran, sie zu warnen, die Worte lagen ihr schon auf der Zunge – aber wovor eigentlich? Nicht ständig von Märchen zu sprechen? Sie verkniff sich die Bemerkung und hielt Wasja einen mit einem Tuch bedeckten Korb hin. »Hier. Bring das zu Vater Semjon. Er ist krank.«

Wasja nickte. Das Zimmer des Priesters lag innerhalb des Hauses, hatte aber einen separaten Eingang an der Südseite. Wasja schnappte sich einen Knödel und stopfte ihn in den Mund, noch bevor Dunja protestieren konnte, dann schlüpfte sie aus der Küche. Dabei summte sie laut – und falsch – vor sich hin, wie ihr Vater es früher so gern getan hatte.

Ganz langsam, wie gegen ihren Willen, griff Dunja in die kleine Tasche auf der Innenseite ihres Rocks. Der Stern, in den der Saphir gefasst war, schimmerte wie eine Schneeflocke. Der Stein selbst fühlte sich eiskalt an, und das, obwohl Dunja den ganzen Vormittag vor dem brüllend heißen Ofen geschuftet hatte.

»Noch nicht«, flüsterte sie. »Sie ist noch ein kleines Mädchen. Bitte, noch nicht.« Der Anhänger lag schimmernd auf ihrer faltigen Hand. Zornig steckte Dunja ihn wieder ein, dann begann sie die Suppe mit einer für sie vollkommen untypischen Heftigkeit zu rühren, so schnell, dass sie über den Rand schwappte und zischend auf die heißen Ofensteine tropfte.

Einige Zeit später sah Kolja, wie seine Schwester aus dem hohen Gras zu ihm hinüberschaute. Er schürzte die Lippen. Niemand in den umliegenden Dörfern schaffte es, so viel unterwegs zu sein wie Wasja. »Solltest du nicht in der Küche sein?«, fragte er etwas gereizt. Es war ein heißer Tag, seine Frau schwitzte und hatte schlechte Laune. Sein kleiner Sohn bekam gerade Zähne und schrie ohne Unterbrechung. Schließlich hatte Kolja genug gehabt und sich mit Angelleine und Korb zum Fluss davongemacht. Doch jetzt war seine kleine Schwester hier und störte seine Ruhe.

Wasja streckte den Kopf noch etwas höher über die Gräser, kam aber nicht aus ihrem Versteck. »Ich konnte nicht anders, Bruder«, sagte sie in ihrem liebenswürdigsten Ton. »Anna Iwanowna und Dunja haben sich die ganze Zeit angebrüllt, und Irina hat *schon wieder* geweint.« Irina war ihre Halbschwester und nur kurz vor Koljas Sohn geboren. »Wenn Anna Iwanowna in der Nähe ist, kann ich sowieso nicht nähen. Ich vergesse einfach, wie es geht.«

Kolja schnaubte.

Das Gras um Wasja raschelte. »Kann ich dir beim Fischen helfen?«, fragte sie.

»Nein.«

»Darf ich *zusehen?*«

Kolja öffnete den Mund, um zu widersprechen, dann überlegte er. Solange sie am Ufer saß, konnte Wasja zumindest nicht anderswo etwas anstellen. »Na gut«, sagte er. »Setz dich da drüben hin. *Leise.* Und pass auf, dass dein Schatten nicht aufs Wasser fällt.«

Wasja schlich kleinlaut zu dem ihr zugewiesenen Fleckchen. Kolja beachtete sie nicht mehr, er konzentrierte sich auf den Fluss und den Zug an der Leine in seinen Fingern.

Eine Stunde später saß Wasja immer noch dort, und Kolja hatte sechs prächtige Fische in seinem Korb. Vielleicht würde seine Frau ihm sein Verschwinden verzeihen, überlegte er und schaute zu seiner Schwester hinüber. Er konnte sich nicht erklären, wie sie es geschafft hatte, so lange still zu sitzen. Der verzückte Gesichtsausdruck, mit dem Wasja das Wasser anstarrte, beunruhigte ihn. Was gab es da schon zu sehen? Die Wellen plätscherten flüsternd dahin wie immer, die Kresse zu beiden Seiten des Ufers wogte sanft in der Strömung.

Ein heftiges Ziehen an der Leine ließ ihn Wasja wieder vergessen. Kolja holte die Leine ein, doch bevor er den Fisch herausziehen konnte, brach der hölzerne Angelhaken ab. Fluchend wickelte Kolja die Leine auf und befestigte einen neuen Haken daran. Er wollte ihn gerade wieder ins Wasser werfen und sah sich nach einer geeigneten Stelle um, da merkte er, dass der Korb nicht mehr da war. Er fluchte noch einmal, lauter diesmal, und drehte sich zu Wasja um. Doch die saß immer noch zehn Schritte entfernt auf ihrem Felsen.

»Was ist passiert?«, fragte sie.

»Meine Fische sind weg! Irgendein Durak aus dem Dorf muss sich den Korb ...« Doch Wasja hörte gar nicht zu. Sie war aufgesprungen und ans Wasser gelaufen.

»Er gehört dir nicht«, brüllte sie. »Gib ihn zurück!«

Kolja glaubte, einen eigenartigen Unterton im Plätschern der Wellen zu hören, beinahe als sagten sie etwas.

Wasja stampfte mit dem Fuß. »Sofort! Fang deine Fische selber!«

Im Wasser ertönte ein tiefes Ächzen wie von mahlenden Steinen, dann kam der Korb angeflogen und traf Wasja mit solcher Wucht auf der Brust, dass sie hintenüberfiel. Grinsend lag sie da, den Korb in den Händen. »Da sind deine Fische wieder! Der gierige alte Schuft wollte …«

Wasja sah den Gesichtsausdruck ihres Bruders und verstummte. Wortlos hielt sie ihm den Korb hin.

Am liebsten wäre Kolja sofort zurück zum Haus gegangen – ohne den Korb und seine merkwürdige Schwester. Aber er war ein erwachsener Mann und außerdem der Sohn eines Bojaren, also ging er mit steifen Schritten zu ihr und nahm seinen Fang zurück. Sein Mund bewegte sich, als wollte er etwas sagen, doch es kam kein Laut heraus – als wäre er selbst zum Fisch geworden. Schließlich machte er auf dem Absatz kehrt und zog wortlos von dannen.

Der Herbst kam und breitete seine kalten Finger über das trockene Sommergras. Das Licht verblasste von golden zu grau, die Wolken am Himmel waren feucht und weich. Wenn Wasja noch um ihre fortgegangenen Geschwister weinte, dann nur, wenn die Familie es nicht sah. Außerdem hatte sie aufgehört, ihren Vater jeden Tag zu fragen, ob sie schon groß genug für die Reise nach Moskau war. Ihren Haferbrei aß sie mit dem Hunger eines Wolfes und erkundigte sich oft bei Dunja, ob sie nicht schon gewachsen war. Die Näharbeiten und ihre Stiefmutter mied sie, so gut es ging. Anna Iwanowna stampfte mit dem Fuß und erteilte mit schriller Stimme Kommandos, doch Wasja gehorchte nicht.

Während des Sommers war sie bis in die Nacht durch die Wälder gestreift. Sascha, der sie als Einziger hätte fangen können, war nicht mehr da, und das nutzte sie aus, da konnte Dunja schimpfen, wie sie wollte. Doch nun wurden die Tage kürzer und das Wetter schlechter, sodass Wasja die windigen Nachmittage manchmal drinnen verbrachte. Sie saß auf einem Stuhl, aß ihr Brot und redete mit dem Domowoi. Der Domowoi war klein und dick und braun. Er hatte einen langen Bart und glänzende Augen. Nachts kam er aus dem Ofen gekrochen, säuberte die Teller und kratzte den Ruß ab. Er machte auch die unerledigten Flickarbeiten, doch Anna zeterte jedes Mal, wenn sie irgendwo ein Hemd herumliegen sah, und nur wenige Bedienstete des Hauses wollten ihren Zorn riskieren. Als Wasjas Stiefmutter noch nicht hier lebte, hatten sie immer Gaben für ihn aufgestellt: eine Schale Milch hier, ein Stück Brot da. Doch auch darüber schimpfte Anna, also hatten Dunja und die Dienstmädchen sich darauf verlegt, die Gaben in abgelegenen Winkeln zu verstecken, wo Anna selten hinkam.

Wasja sprach mit vollem Mund und ließ ihre Füße gegen die Stuhlbeine baumeln. Der Domowoi nähte gerade – sie hatte ihm das kaputte Hemd heimlich zugesteckt. Seine kleinen Finger bewegten sich flink wie Mücken im Sommer. Wie immer war ihre Unterhaltung eher einseitig.

»Woher kommst du?«, erkundigte sie sich schmatzend. Wasja hatte ihm diese Frage schon öfter gestellt, doch die Antwort fiel nicht jedes Mal gleich aus.

Der Domowoi schaute sie nicht an und flickte weiter. »Von hier«, antwortete er.

»Du meinst, es gibt noch mehr von deiner Sorte?«, fragte Wasja und blickte sich um.

Allein die Vorstellung schien den Domowoi zu beunruhigen. »Nein.«

»Aber wenn du der Einzige bist, musst du doch irgendwo hergekommen sein.«

Derart philosophische Fragen gehörten nicht zu den Stärken des Domowoi. Die Falten auf seiner Stirn wurden noch tiefer, und sogar seine Hände schienen einen Moment lang innezuhalten. »Ich bin hier, weil das Haus hier ist. Ohne das Haus wäre auch ich nicht da.«

Wasilisa konnte nichts mit dieser Antwort anfangen. »Also«, begann sie, »wenn die Tataren das Haus niederbrennen, stirbst du dann?«

Der Domowoi sah aus, als versuche er, etwas zu verstehen, das weit außerhalb seiner Vorstellungskraft lag. »Nein.«

»Aber du hast gerade gesagt ...«

Mit einer ruppigen Geste machte der Domowoi unmissverständlich klar, dass er nicht daran interessiert war, das Thema weiter zu vertiefen. Wasja hatte ihr Brot ohnehin aufgegessen. Immer noch rätselnd glitt sie von ihrem Stuhl und verstreute dabei überall Krümel auf dem Boden. Als der Domowoi ihr einen strafenden Blick zuwarf, versuchte sie, die Krümel aufzusammeln und verstreute sie nur noch weiter. Schließlich gab sie es auf und wollte gerade aus der Küche laufen, da stolperte sie über eine lose Diele und krachte gegen Anna Iwanowna, die im Türrahmen stand und sie mit halb offenem Mund anstarrte.

Wasja hatte nicht vorgehabt, ihre Stiefmutter über den Haufen zu rennen, doch sie war sehr stark und schnell für ihr Alter. Sie warf Anna eilig einen entschuldigenden Blick zu – und blieb wie angewurzelt stehen. Ihre Stiefmutter war weiß wie die Wand, nur auf ihren Wangen brannten zwei kleine rote Flecken. Ihre Brust pumpte wie ein Blasebalg. Wasja machte einen Schritt zurück.

»Wasja«, krächzte Anna. »Mit wem hast du da gerade gesprochen?«

Wasja zuckte zusammen und erwiderte nichts.

»Antworte, Kind! Mit wem hast du gesprochen?«

Sie entschied sich für die sicherste Antwort. »Mit niemandem.«
Annas Blick sprang von Wasja zur Küche, dann holte sie ruckartig aus und gab ihr eine Ohrfeige.

Wasja presste sich verblüfft eine Hand auf die Wange, brennende Wut kochte in ihr hoch, dann stiegen ihr Tränen in die Augen. Ihr Vater schlug sie oft genug, doch stets als gerechte Strafe für etwas und nie im Zorn.

»Ich frage dich nicht noch einmal«, sagte Anna.

»Nur mit dem Domowoi«, flüsterte Wasja mit riesigen Augen. »Nur mit dem Domowoi.«

»Und was für eine Teufelei ist das schon wieder?«, keifte Anna. »Ein Domowoi?«

Wasja war verwirrt, außerdem kostete es sie alle Kraft, nicht in Tränen auszubrechen, also blieb sie stumm.

Anna hob erneut die Hand.

»Er hilft bei der Hausarbeit«, antwortete sie hastig. »Er tut niemandem was.«

Anna lief dunkelrot an, ihre Augen schweiften blitzend durch die Küche. »Fort mit dir, du!«, kreischte sie, und der Domowoi blickte auf, traurig und verwirrt. Anna wandte sich wieder an Wasja und zischte: »Ein Domowoi?« Sie machte einen Schritt auf ihre Stieftochter zu. »Domowoi? Es *gibt* keine Domowoi!«

Die fassungslose Wasja öffnete den Mund zu einer Erwiderung, da erblickte sie das Gesicht ihrer Stiefmutter und schloss ihn eilig wieder. Sie hatte noch nie einen derart verängstigten Menschen gesehen.

»Verschwinde!«, schrie Anna. »Raus, *raus*!« Das letzte Wort war ein schrilles Krächzen.

Wasja drehte sich um und rannte.

Von unten stieg die heiße Stallluft herauf und wärmte Wasjas süß duftendes Versteck. Zitternd und ratlos vergrub sie sich in einem Haufen Stroh.

Es gab keinen Domowoi? Natürlich gab es ihn. Sie sahen ihn jeden Tag. Er war direkt vor ihren Augen.

Aber *sahen* sie ihn auch? Wasja hatte nie erlebt, dass jemand außer ihr mit ihm sprach. Und Anna Iwanowna … natürlich hatte sie den Domowoi gesehen. *Fort mit dir!*, hatte sie gerufen, oder etwa nicht? Vielleicht … vielleicht gab es ihn *wirklich* nicht. Vielleicht war Wasja verrückt. Vielleicht war es ihr bestimmt, als Gottesnärrin bettelnd von Dorf zu Dorf zu ziehen. Nein. Gottesnarren waren von Christus berührt und niemals so verdorben wie Wasja.

Ihr Kopf schmerzte, so angestrengt dachte sie nach. Wenn der Domowoi nicht echt war, was war dann mit den anderen? Mit dem Wodianoj im Fluss, dem Zweigmännlein in den Bäumen? Der Rusalka, dem Polewik und dem Dwornik? Bildete sich Wasja das alles nur ein? War sie tatsächlich verrückt? Oder war es Anna Iwanowna? Sie wünschte, sie könnte Olja oder Sascha fragen. Die würden es wissen, und keiner von beiden würde sie jemals schlagen. Aber beide waren weit weg.

Wasja vergrub das Gesicht in der Armbeuge. Sie wusste nicht, wie lange sie so dort lag und döste, während die Schatten durch den schummrigen Stall wanderten. Als sie wieder aufwachte, war das Licht auf dem Heuboden noch schwächer und ihr Bauch entsetzlich leer.

Sie reckte die steifen Glieder und öffnete die Augen – und schaute direkt in das Gesicht eines seltsamen kleinen Geschöpfs. Wasja stöhnte erschrocken auf und hielt sich die Hände vors Gesicht, doch als sie wieder hinsah, war das Geschöpf immer noch da und schaute sie ruhig mit seinen großen braunen Augen an. Es hatte einen breiten Kopf mit einer roten Nase in der Mitte und einem langen, weißen Bart. Es war ziemlich klein, nicht größer als Wasja selbst, und beobachtete sie von einem Strohhaufen aus mit einer Mischung aus Neugierde und Mitgefühl. Im Gegensatz zu den ordentlichen Kleidern des Domowoi trug das Wesen nichts als Lumpen am Leib, und seine Füße waren nackt.

So viel konnte Wasja gerade noch erkennen, bevor sie ihre Lider wieder fest aufeinanderpresste. Andererseits konnte sie schlecht für immer hier oben bleiben, also nahm sie all ihren Mut zusammen, öffnete die Augen erneut und fragte mit zitternder Stimme: »Bist du ein Teufel?«

Es folgte eine kleine Pause. »Ich weiß es nicht. Vielleicht. Was ist ein Teufel?« Die Worte klangen wie das Wiehern eines freundlichen Pferdes.

Wasja überlegte, dann sagte sie: »Eine große, schwarze Kreatur mit einem Bart aus Flammen und einem Gabelschwanz, die mir die Seele rauben und mich in eine Feuergrube werfen will.«

Sie musterte das kleine Männlein misstrauisch, aber was auch immer das für ein Wesen sein mochte, die Beschreibung passte irgendwie nicht. Sein Bart war beruhigend weiß, und er flackerte auch nicht. Außerdem blickte es gerade auf das Hinterteil seiner Hose, als wollte es darauf hinweisen, dass kein wie auch immer gearteter Schwanz dort herausragte.

»Nein«, sagte das Männlein schließlich. »Ich glaube nicht, dass ich ein Teufel bin.«

»Aber bist du wirklich da?«, fragte sie weiter.

»Manchmal«, antwortete das Männlein gelassen.

Wasja fand die Antwort nicht gerade beruhigend, doch nach etwas Überlegen kam sie zu dem Schluss, dass *manchmal* immer noch besser war als *nie*. »Oh«, sagte sie schon etwas gelassener. »Und *was* bist du?«

»Ich kümmere mich um die Pferde.«

Sie nickte. Wenn es ein kleines Wesen gab, das im Haus nach dem Rechten sah, nun, dann sollte im Stall ebenfalls eines wohnen. Trotzdem, sie hatte gelernt, vorsichtig zu sein. »Kann ... kann jeder dich sehen? Wissen alle, dass du hier bist?«

»Die Knechte wissen es, zumindest lassen sie in kalten Nächten immer etwas für mich da. Aber, nein, niemand kann mich sehen. Niemand außer dir. Und die andere, aber sie kommt nie her.« Er machte eine kleine Verbeugung in Wasjas Richtung.

Wasja musterte das Männlein mit wachsender Bestürzung. »Und den Domowoi? Kann den auch niemand sehen?«

»Ich weiß nicht, was ein Domowoi ist«, entgegnete das Geschöpf. »Ich wohne im Stall bei den Tieren und gehe nie nach draußen, außer um die Pferde abzurichten.«

Wasja öffnete den Mund, um zu fragen, wie er das anstellte. Der Kerl war nicht größer als sie. Allein der Rücken von Vaters Pferden war um mehrere Handbreit höher als Wasjas Kopf. Doch da hörte sie, wie Dunja nach ihr rief, und sie sprang eilig auf.

»Ich muss gehen«, sagte sie. »Sehen wir uns wieder?«

»Wenn du möchtest. Ich habe noch nie mit jemandem gesprochen.«

»Ich heiße Wasilisa Petrowna. Und du?«

Der kleine Mann überlegte einen Moment. »Ich musste mir noch nie einen Namen geben«, erwiderte er und überlegte weiter. »Ich heiße ... Ich bin der Wasila, der Pferdegeist«, sagte er schließlich. »Ich denke, so kannst du mich nennen.«

Wasja nickte respektvoll. »Danke«, erwiderte sie, drehte sich um und eilte die Heubodenleiter hinunter, das Haar voller Stroh.

Die Tage vergingen und mit ihnen die Jahreszeiten. Wasja wurde älter und lernte, auf der Hut zu sein. Sie achtete darauf, nur mit den Geistern zu sprechen, wenn sie allein war. Außerdem beschloss sie, weniger zu schreien, weniger zu rennen und Dunja weniger Sorgen zu bereiten – vor allem aber, Anna Iwanowna aus dem Weg zu gehen.

Es gelang ihr sogar einigermaßen, beinahe sieben Jahre vergingen vergleichsweise friedlich. Die Stimmen, die Wasja im Wind hörte, und die Gesichter, die sie zwischen den Blättern sah, ignorierte sie. Meistens. Die einzige Ausnahme war der Wasila.

Er hatte ein sehr einfaches Wesen. Wie alle Hausgeister, so sagte er, war er mit dem Gebäude entstanden, das er bewohnte. Zumindest konnte er sich an nichts erinnern, was davor gewesen wäre. Sein Charakter war großzügig und einfach wie der eines Pferdes. Und bei aller Verschmitztheit strahlte Wasja eine Beständigkeit aus, von der sie selbst nichts ahnte und die den kleinen Stallgeist magisch anzog.

Wann immer sie konnte, verschwand Wasja in die Scheune. Sie konnte dem Wasila stundenlang zusehen. Er bewegte sich unfassbar leicht und geschickt, wie ein Eichhörnchen kletterte er auf den Rücken der Pferde herum. Sogar Buran hielt dabei still wie ein Fels. Nach einer Weile war es nur normal, dass Wasja ihm zur Hand ging.

Anfangs brachte der Wasila ihr nur das grundlegende Handwerkszeug bei: striegeln, Hufe säubern, Wunden verarzten. Doch Wasja war eine begierige Schülerin, und bald unterwies er sie in exotischeren Dingen.

Er lehrte sie, mit den Pferden zu sprechen.

Es war eine Sprache des Auges und des Körpers, der Geräusche und Gesten, und Wasja war so jung, dass sie schnell lernte.

Nach kurzer Zeit schlich sie nicht mehr nur wegen des weichen Strohs und der warmen Körper in den Stall, sondern wegen der Unterhaltungen der Pferde. Stundenlang saß sie da und lauschte.

Die Knechte hätten sie wahrscheinlich jedes Mal wieder nach draußen geschickt, wenn sie Wasja erwischten, doch das passierte nicht. Manchmal machte es ihr Sorgen, dass die Knechte sie nie sahen. Wenn einer hereinkam, musste sie sich nur flach an die Wand drücken, unter dem Pferd hindurchducken und verschwinden. Nie blickte einer der Knechte auch nur auf.

ZWEITER TEIL

12

Der Priester mit dem goldenen Haar

In dem Jahr, in dem Wasilisa Petrowna vierzehn wurde, schmiedete der Metropolit Alexej seine Pläne, Prinz Dmitri Iwanowitsch auf den Thron zu setzen. Sieben Jahre hatte Alexej die Regentschaft über Moskau innegehabt, intrigiert und Kämpfe ausgefochten, Allianzen geschmiedet und wieder gebrochen, Männer in die Schlacht gerufen und sie wieder nach Hause geschickt. Doch als Dmitri zum Mann wurde und Alexej sah, wie kühn und tatkräftig und sicher in seinem Urteilsvermögen er geworden war, sagte er sich: »Ein gutes Pferd lässt man nicht auf der Weide«, und bereitete die Krönung vor. Ein Mantel wurde angefertigt, es wurden Pelze und Edelsteine gekauft und Boten nach Sarai entsandt, um die Zustimmung des Khan einzuholen.

Währenddessen hielt Alexej weiterhin in aller Stille Ausschau nach möglichen Konkurrenten des Prinzen. So kam es, dass er von einem Priester namens Konstantin Nikonowitsch erfuhr.

Konstantin war zwar ein noch recht junger Mann, doch hatte er das Glück (oder Unglück), mit einer beängstigenden Schönheit gesegnet zu sein: mattgoldenes Haar und Augen so blau wie Wasser. Er war in ganz Moskau für seine Frömmigkeit bekannt und trotz seiner Jugend ein weitgereister Mann, von Zargrad im Süden bis Hellas im Westen. Er konnte griechische Bücher lesen und die schwierigsten theologischen Fragen erörtern. Zudem hatte er die Stimme eines Engels; wenn er sang, weinten die Menschen und erhoben ihre Gesichter zu Gott. Doch vor allem war Konstantin Nikonowitsch Ikonenmaler. Solche Ikonen, hieß es, waren noch nie in Moskau gesehen worden. Gott selbst musste sie gesandt haben, um die verderbte Welt zu segnen. Schon jetzt kopierten die Mönche in Nord-Rus seine Heiligenbilder. Alexejs Spione berichteten von Gläubigen, die wie rasend waren vor Verzückung, und Frauen, die die gemalten Gesichter weinend mit Küssen überhäuften.

Die Gerüchte beunruhigten den Metropoliten. »Besser, ich schaffe Moskau diesen Priester mit dem goldenen Haar vom Hals«, sagte er sich. »Wenn er so beliebt ist, könnte er die Bürger gegen den Prinzen aufbringen, sollte er sich es in den Kopf setzen.«

Der Metropolit begann, sich eine Vorgehensweise zu überlegen, und während er überlegte, traf in Moskau ein Bote aus dem Hause des Pjotr Wladimirowitsch ein.

Alexej ließ sofort nach ihm schicken. Der Bote erschien prompt, noch ungewaschen und müde von der Straße und tief beeindruckt von den prunkvollen Räumen. Doch er hielt sich wacker aufrecht und sagte mit nur einem leichten Stottern in der Stimme: »Seid gesegnet, Vater.«

»Gott sei mit dir«, erwiderte Alexej und machte das Kreuzzeichen. »Sag mir, was dich den weiten Weg hierherbringt, mein Sohn.«

»Der Priester von Lesnaja Semlja ist tot«, antwortete der Bote und schluckte. Er hatte nicht damit gerechnet, von einer so hochgestellten Persönlichkeit empfangen zu werden. »Gott hat den dicken, braven Vater Semjon zu sich gerufen, und nun sind wir wie Schafe ohne Hirten, sagt die Herrin. Sie bittet Euch, uns Ersatz zu schicken, damit wir in der Wildnis aushalten.«

»Gut«, erwiderte der Metropolit sogleich. »Preise den Herrn, denn die Erlösung ist nah.«

Alexej schickte den Boten wieder weg und ließ Konstantin Nikonowitsch bringen. Der junge Priester kam, groß gewachsen und blass und voller Eifer. Seine dunkle Robe ließ die Schönheit seines Haars und seiner Augen nur noch stärker hervortreten.

»Vater Konstantin«, sagte Alexej, »Gott ruft dich zu einer neuen Aufgabe.«

Vater Konstantin sagte nichts.

»Eine Frau, die Schwester des Großfürsten persönlich, hat mit einem Boten um Hilfe geschickt«, fuhr der Metropolit fort. »Ihre Schafe sind ohne Hirten.«

Die Miene des jungen Mannes blieb ungerührt.

»Du bist derjenige, der sich fortan der Herrin und ihrer Familie annehmen wird«, endete Alexej mit einem eingeübten, wohlwollenden Lächeln auf dem Gesicht.

»Batjuschka«, begann Vater Konstantin. Seine Stimme tönte so überraschend tief, dass der Diener an Alexejs Seite zusammenzuckte; der Metropolit kniff die Augen zusammen. »Ich bin geehrt, doch habe ich bereits eine Aufgabe unter den Bürgern von Moskau. Und meine Ikonen, die ich zum Lobpreis Gottes male, sie sind alle hier.«

»Moskau hat viele Hirten«, entgegnete der Metropolit. Die Stimme des jungen Priesters war wohlklingend und beunruhigend zugleich. Alexej beobachtete ihn genau. »Doch die armen Seelen dort in der Wildnis haben keinen einzigen. Nein, es gibt keinen anderen als dich. Du wirst in drei Wochen aufbrechen.«

Pjotr Wladimirowitsch ist ein vernünftiger Mann, überlegte Alexej. *Drei Jahreszeiten im Norden werden diesem Emporkömmling das Genick brechen oder zumindest seine ach so gefährliche Schönheit. Das ist besser, als ihn hier in Moskau zu töten, wo die Menschen sein Fleisch noch zu Reliquien verarbeiten und ihn zum Märtyrer machen.*

Vater Konstantin öffnete den Mund, da bemerkte er den Blick des Metropoliten: hart wie Stein. Ringsum standen Wachen mit langen, scharlachroten Spießen, und im Vorraum waren noch mehr. Konstantin schluckte hinunter, was auch immer er vielleicht hatte erwidern wollen.

»Ich bin sicher«, sagte Alexej leise, »dass du vor deiner Abreise noch viel zu erledigen hast. Gott sei mit dir, mein Sohn.«

Konstantin biss sich auf die roten Lippen und verneigte sich steif. Dann machte er auf dem Absatz kehrt und ging mit wehender Robe durch die Tür.

»Auf Nimmerwiedersehen«, murmelte Alexej. Seine Unruhe war immer noch da. Er füllte einen Becher mit Kwas und trank ihn in einem Schluck aus.

Es war Hochsommer, die Straßen waren von Gras überwachsen und trocken. Eine milde Sonne küsste die süß duftende Erde, der sanfte Regen ließ Blumen in den Wäldern sprießen, doch Vater Konstantin sah nichts von alledem. Er ritt neben Annas Boten, die Lippen zusammengepresst und weiß vor Wut. Er vermisste seine Pinsel, die Pigmente und Holztafeln schmerzlich, die Ruhe seiner kühlen Zelle. Am meisten aber vermisste er die Menschen, ihren Hunger nach Liebe und ihre schon fast ängstliche Verzückung, ihre Hände, die sie ihm entgegenstreckten. Sollte der Teufel diesen intriganten Metropoliten holen. Konstantin musste Moskau verlassen, und das nur, weil die Menschen ihn lieber mochten als Alexej.

Nun ja. Er würde irgendeinen Jungen aus dem Dorf ausbilden, zusehen, dass er seine Weihen erhielt, und dann nach Moskau zurückkehren. Oder vielleicht noch etwas weiter in den Süden gehen, nach Kiew, oder nach Nowgorod im Westen. Die Welt war groß, und Konstantin Nikonowitsch war niemand, der sich in ein Bauerndorf in den Wäldern abschieben ließ, um dort zu verrotten.

Eine Woche lang schäumte er vor Wut, dann schlug seine angeborene Neugier durch. Die Bäume wurden immer größer, je tiefer sie in die Wildnis vordrangen, Eichen mit gigantisch dicken Stämmen und Kiefern, so hoch wie Kirchenkuppeln. Der Wald zu beiden Seiten rückte näher, die blühenden Wiesen wurden spärlicher, das Licht veränderte sich zu Grün, Grau und Violett. Die Schatten hier fielen schwer wie Samt.

»Wie ist es so, das Land des Pjotr Wladimirowitsch?«, fragte er seinen Begleiter eines Morgens. Der Bote erschrak. Seit einer Woche ritten sie nun gemeinsam, doch bisher hatte der schöne Priester kaum den Mund geöffnet, außer um zu essen.

»Wunderschön, Batjuschka«, erwiderte er respektvoll. »Bäume, so groß wie Kathedralen, und überall Flüsse. Blumen im Sommer, Früchte im Herbst. Allerdings kalt im Winter.«

»Und dein Herr und die Herrin?«, fragte Konstantin weiter, selbst überrascht von seinem plötzlichen Interesse.

»Pjotr Wladimirowitsch ist ein guter Mann«, antwortete der Bote. Eine gewisse Wärme schlich sich in seine Stimme. »Hart manchmal, aber immer gerecht. Und er kümmert sich um seine Leute.«

»Und die Herrin?«

»Oh, sie ist eine gute Frau, eine wirklich gute Frau. Nicht wie unsere frühere Herrin, aber trotzdem. Ich wüsste nichts Schlechtes über sie zu sagen.«

Konstantin merkte, wie der Mann ihm einen verstohlenen Blick zuwarf, und fragte sich, was es war, das er ihm verschwieg.

An dem Tag, als der neue Priester kam, saß Wasja auf einem Baum und sprach mit einer Rusalka. Früher war sie immer nervös gewesen während dieser Gespräche, doch inzwischen hatte sie sich an die Nacktheit, die grüne Haut und das Wasser, das ständig von ihrem hellen, unkrautartigen Haar tropfte, gewöhnt. Der Wassergeist saß mit katzenhafter Eleganz auf einem dicken Ast und kämmte sich die langen Locken. Der Kamm war ihr wichtigster Besitz, denn sollte ihr Haar je trocken werden, würde die Rusalka sterben, doch der Kamm war immer nass. Wenn sie genau hinschaute, sah Wasja die Wassertropfen zwischen seinen Zinken. Die Rusalka hatte großen Appetit auf Fleisch. Sie holte sich Rehkitze, die in der Dämmerung zum Trinken an ihren See kamen, manchmal auch die jungen Männer, die im Sommer darin schwammen. Aber sie mochte Wasilisa.

Es war später Nachmittag, das Licht der langen Tage hier im Norden schien auf die beiden hinunter. Wasjas Haare glänzten in der Sonne, während die Rusalka zu einem grünlichen Schimmern verblasste. Das Wasserwesen war so alt wie der See selbst, und manchmal musterte sie Wasja, dieses dreiste Kind einer neuen Welt, mit Staunen.

Ihre Freundschaft war unter eigenartigen Umständen entstanden. Die Rusalka hatte einen Jungen aus dem Dorf geraubt. Wasja hatte gesehen, wie der Kleine gurgelnd im See verschwunden war, hatte die grünen Finger gesehen, die ihn gepackt hatten, und war hinterhergesprungen. Obwohl sie noch ein Kind war und obendrein eine Sterbliche, strotzte sie nur so vor Kraft und konnte es mit jeder Rusalka aufnehmen. Sie packte den Jungen und zerrte ihn zurück an die Oberfläche. Nachdem sie zurück ans Ufer gekrochen waren, spuckte der gebeutelte Junge das Wasser aus seiner Lunge und starrte Wasja mit einer Mischung aus Dankbarkeit und Entsetzen an. Dann sprang er auf und rannte zurück ins Dorf.

Wasja zuckte die Achseln und folgte ihm, unterwegs wrang sie das Wasser aus ihrem Zopf. Sie wollte ihre Suppe. Doch das dämmrige Licht des zur Neige gehenden Frühlingstages, in dem sich jedes Blatt und jeder Grashalm schwarz vom dunkelblauen Himmel abhoben, ließ sie an den See zurückkehren. Sie setzte sich ans Ufer und hielt die Zehen ins Wasser.

»Wolltest du ihn fressen?«, fragte sie die Wellen im Plauderton. »Kannst du dir dein Fleisch nicht anderswo holen?«

Es folgte eine Stille, ein Rascheln.

»Nein«, sagte eine plätschernde Stimme.

Wasja sprang auf und spähte ins Blätterwerk. Eher aus Zufall kam ihr Blick auf einer sehnigen, nackten Frau zu ruhen. Die Rusalka kauerte auf einem Ast und hielt etwas Glänzendes, Weißes in der Hand.

»Es geht nicht ums Fleisch«, sagte die Rusalka und erschauerte. Ihr Haar zitterte wie die Wellen auf einem Bach. »Angst und Verlangen – nicht dass *du* irgendetwas von diesen Dingen wüsstest –, sie würzen das Wasser und nähren mich. Im Moment ihres Todes erkennen sie mich als das, was ich bin. Ohne das wäre ich nicht mehr als See und Baum und Wassergras.«

»Aber du bringst sie um!«, rief Wasja.

»Alles stirbt irgendwann.«

»Ich lasse nicht zu, dass du meine Leute tötest.«

»Dann sterbe ich«, erwiderte die Rusalka sachlich.

Wasja überlegte einen Moment. »Ich weiß, dass du da bist. Ich kann dich sehen. Ich sterbe nicht, und ich habe keine Angst vor dir. Aber ich kann dich sehen. Ich könnte deine Freundin sein. Würde das reichen?«

Die Rusalka beäugte sie neugierig. »Vielleicht.«

Wasja hielt Wort und besuchte den Wassergeist regelmäßig. Im Frühling warf sie Blumen in den See, und die Rusalka starb nicht.

Im Gegenzug brachte sie Wasja bei zu schwimmen, wie nur sehr wenige es konnten, und auf Bäume zu klettern wie eine Katze. So kam es, dass sie gemeinsam auf einem Ast saßen und hinunter auf die Straße schauten, auf der Vater Konstantin nach Lesnaja Semlja ritt.

Die Rusalka entdeckte ihn als Erste. Ihre Augen leuchteten. »Der hier würde gut schmecken.«

Wasja folgte ihrer Blickrichtung und sah einen Mann mit mattgoldenem Haar und einer dunklen Priesterrobe. »Warum?«

»Er ist voller Verlangen. Verlangen und Furcht. Er weiß nicht, wonach es ihn verlangt, und er gibt seine Furcht nicht zu. Aber er fühlt beides so stark, dass er fast daran erstickt.«

Der Priester kam näher. Er hatte in der Tat ein hungriges Gesicht. Die hohen, kantigen Wangenknochen warfen einen Schatten über seine hohlen Wangen, seine blauen Augen saßen tief in den Höhlen. Seine Lippen waren voll und weich, doch er presste sie zusammen, als wollte er seine Weichheit verbergen. Neben ihm ritt einer von Vaters Leuten, ihre Pferde sahen staubig und müde aus.

Wasja begann zu strahlen. »Ich muss nach Hause«, erklärte sie. »Wenn sie aus Moskau kommen, haben sie bestimmt Nachricht von meinem Bruder und meiner Schwester.«

Die Rusalka schaute immer noch auf die Straße. Ein hungriges Leuchten stand in ihren Augen.

»Du hast es versprochen!«, sagte Wasja scharf.

Die Rusalka lächelte, zwischen ihren grünen Lippen blitzten spitze Zähne auf. »Vielleicht verlangt es ihn nach dem Tod«, erwiderte sie. »Wenn ja, kann ich ihm helfen.«

Der Dwor war geschäftig wie ein Ameisenhaufen. Im goldenen Nachmittagslicht sattelte ein Knecht die erschöpften Pferde ab, aber der Priester war nirgendwo zu sehen. Wasja rannte zur Küchentür. Dunja kam ihr auf der Türschwelle entgegen, schimpfte über die Zweige in ihrem Haar und die Flecken auf ihrem abgeschnittenen Kleid.

»Wasja, wo…?«, zischte sie und verstummte. »Egal. Komm mit, beeil dich.« Sie schleifte das Mädchen hinter sich her, damit sie sich die Haare kämmen ließ und ihr schmutziges Kleid gegen eine Bluse und einen bestickten Sarafan eintauschte.

Mit rotem Gesicht und schmerzender Kopfhaut, aber halbwegs vorzeigbar, trat Wasja aus dem Zimmer, das sie sich mit Irina teilte. Aljoscha erwartete sie bereits und empfing sie grinsend. »Vielleicht finden wir eines Tages doch noch einen Mann für dich, Wasotschka.«

»Anna Iwanowna sagt Nein«, entgegnete Wasja gelassen. »Zu groß, dünn wie ein Wiesel, Füße und Gesicht wie ein Frosch.« Sie klatschte in die Hände. »Leider heiraten nur Prinzen aus dem Märchen eine Frosch-Frau. Außerdem haben diese Frauen Zauberkräfte und können sich auf Kommando in eine Schönheit verwandeln. Ich fürchte, ich werde keinen Prinzen abbekommen, Ljoschka.«

Aljoscha schnaubte. »Der Prinz täte mir auch leid. Aber mach dir nichts aus Anna Iwanownas Worten. Sie möchte einfach nicht, dass du schön bist.«

Wasja erwiderte nichts. Ein Schatten huschte über ihr Gesicht.

»So, wo steckt nun unser neuer Priester?«, fügte Aljoscha hastig hinzu. »Bist du gar nicht neugierig, kleine Schwester?«

Die beiden schlüpften nach draußen und umkreisten das Haus. Wasjas Augen waren klar wie die eines Kindes. »Du vielleicht nicht?«, fragte sie. »Er kommt direkt aus Moskau. Vielleicht weiß er etwas.«

Pjotr saß mit dem Priester im kühlen Gras, sie tranken Kwas. Er hörte die Kinder herannahen und drehte den Kopf. Seine Augen verengten sich, als er seine zweite Tochter erblickte.

Sie ist fast eine Frau, dachte er. *Ich habe sie schon zu lange nicht mehr richtig angesehen. Sie ist ihrer Mutter so ähnlich und doch überhaupt nicht wie sie.*

In Wahrheit war Wasja noch recht kindlich, doch sie wuchs allmählich in ihren Körper hinein. Ihre Glieder waren immer noch überlang und kantig, ihr Mund zu groß und die Lippen zu voll für den Rest ihrer Gestalt, trotzdem hatte sie etwas Einnehmendes: Ihre Augen ließen ihre Stimmung stets sofort erkennen, deutlich wie Wolken am klaren Himmel, und etwas an ihren Bewegungen, an ihrer Kopfhaltung, zog den Blick magisch auf sich und ließ ihn nicht mehr los. Im Sonnenlicht schimmerte ihr schwarzes Haar nicht bronzefarben wie das von Marina, sondern seidig-dunkelrot, als hätte sie sich Granate hineingeflochten.

Pjotr fiel auf, wie Vater Konstantin sie mit leicht nach oben gezogenen Augenbrauen musterte. *Kein Wunder,* sagte er sich. Selbst in diesem hübschen Gewand und mit feinsäuberlich geflochtenen Zöpfen hatte Wasja etwas Unbezähmbares. Sie sah aus wie ein frisch gefangenes Wildpferd, das noch kaum zugeritten war. »Mein Sohn, Alexej Petrowitsch«, sagte er eilig. »Und das ist meine Tochter, Wasilisa Petrowna.«

Aljoscha verneigte sich, zuerst vor dem Priester, dann vor seinem Vater. Wasja schaute Konstantin mit unverhohlener Neugier an, bis Aljoscha ihr den Ellbogen in die Rippen stieß.

»Oh!«, machte Wasja. »Seid willkommen, Batjuschka.« Dann fragte sie sofort: »Habt Ihr Neuigkeiten von unseren Geschwistern? Mein Bruder lebt seit sieben Jahren im Dreifaltigkeitskloster, und meine Schwester ist jetzt die Prinzessin von Serpuchow. Sagt, dass Ihr sie gesehen habt!«

Ihre Mutter sollte sie enger an die Hand nehmen, dachte Konstantin grimmig. Wenn eine Frau das Wort an einen Priester richtete, waren eine leise Stimme und ein gesenkter Blick geboten. Doch dieses Mädchen hier starrte ihn unverwandt an.

»Genug, Wasja«, sagte Pjotr streng. »Er hat eine lange Reise hinter sich.«

Konstantin selbst blieb jede Antwort erspart. Hinter ihnen ertönte ein Rascheln, Anna Iwanowna kam keuchend und in ihr bestes Festtagsgewand gehüllt heran. Die kleine Irina folgte ihr, hübsch und makellos wie eine Porzellanpuppe. Anna verneigte sich, Irina steckte den Daumen in den Mund und blinzelte den Neuankömmling mit großen Augen an.

»Batjuschka«, sagte Anna. »Was für eine Freude.«

Konstantin nickte. Wenigstens gab es auch zwei anständige Frauen hier. Die Mutter trug ein Tuch über dem Kopf, das kleine Mädchen benahm sich ordentlich und ehrfürchtig. Trotzdem sprang sein Blick immer wieder zurück zu der anderen Tochter, die ihn nach wie vor interessiert musterte.

»Farben?«, wiederholte Pjotr mit gerunzelter Stirn.

»Farben, Pjotr Wladimirowitsch«, bestätigte Vater Konstantin und versuchte, sich seine Ungeduld nicht anmerken zu lassen.

Pjotr war nicht sicher, ob er den Priester richtig verstanden hatte.

Das Abendessen in der Sommerküche war eine laute Angelegenheit. Das Wetter war gnädig während der goldenen Monate, und der Küchengarten quoll nur so über – Dunja übertraf sich selbst mit würzigen Eintopfgerichten.

»Und dann sind wir gerannt wie die Hasen«, sagte Aljoscha auf der anderen Seite des Ofens; Wasja, die neben ihm saß, lief knallrot an und schlug sich die Hände vors Gesicht. Alle lachten.

»Zum Färben?«, fragte Pjotr mit zuversichtlicher Miene. »Macht Euch deshalb keine Sorgen, die Frauen färben alles, was Ihr wollt.« Er grinste wohlwollend. Pjotr war zufrieden mit seinem Leben. Die milde Sonne ließ die Ackerfrüchte gedeihen, seine Frau weinte und erschrak seltener und versteckte sich auch nicht mehr so häufig, seit der blonde Priester hier war.

»Das tun wir«, warf Anna keuchend ein und schob ihren Teller weg. »Alles, was Ihr wollt. Seid Ihr noch hungrig, Batjuschka?«

»Farben«, berichtigte Konstantin. »Nicht für Stoffe, sondern zum Malen.«

Pjotr war gekränkt. Sein Haus war bemalt, purpurrot und blau. Die Farben waren gut intakt, sie leuchteten immer noch, und wenn dieser Mann glaubte, er müsste daran herumpfuschen …

Vater Konstantin deutete auf die Ecke mit den Heiligenbildern. »Zum Ikonen malen«, erklärte er. »Zum Lobpreis Gottes. Ich weiß, was ich dazu brauche, aber ich weiß nicht, wo ich es hier in diesen Wäldern finden kann.«

Zum Ikonen malen. Pjotr musterte Konstantin mit neuem

Respekt. »Wie unsere hier?« Er spähte hinüber zu der verschwommenen Darstellung der Jungfrau Maria mit der halb heruntergebrannten Kerze davor. Pjotr hatte das Bild aus Moskau mitgebracht, aber er hatte noch nie einen Ikonenmaler gesehen. Normalerweise wurden Ikonen von Mönchen gemalt.

Konstantin öffnete den Mund, schloss ihn wieder, glättete seine Gesichtszüge und sagte: »Ja. So in etwa. Doch dazu brauche ich Farben. Ich habe ein paar dabei, aber …«

Ikonen waren heilig. Das Ansehen seines Hauses würde beträchtlich steigen, wenn die Leute wüssten, dass Pjotr einen Ikonenmaler beherbergte. »Selbstverständlich, Batjuschka«, sagte er. »Ikonen … ein Ikonenmaler … Nun, Ihr sollt Eure Farben bekommen.« Er hob die Stimme. »Wasja!«

Aljoscha sagte gerade etwas und lachte, Wasja ebenfalls. Die Sonne glänzte in ihrem Haar und ließ die Sommersprossen auf ihrer Nase erstrahlen.

Linkisch, dachte Konstantin. *Kindisch und ungelenk. Und trotzdem wartet die Hälfte des Haushaltes gebannt, was sie als Nächstes tun wird.*

»Wasja!«, rief Pjotr noch einmal, schärfer diesmal.

Wasja flüsterte etwas und stand auf, dann kam sie zu ihnen. Sie trug ein grünes Kleid, dazu ein rot und gelb gestreiftes Kopftuch. Aus ihren Zöpfen hatten sich ein paar Strähnen gelöst und fielen ihr lockig in die Stirn.

Ein hässliches Mädchen, dachte Konstantin und stutzte. Was interessierte es ihn, wenn die älteste Tochter des Hauses hässlich war?

»Vater?«, fragte Wasja.

»Vater Konstantin möchte in die Wälder«, erklärte Pjotr. »Er braucht Farben. Du wirst ihm zeigen, wo die Färbepflanzen wachsen.«

Der Blick, mit dem sie Konstantin anschaute, hatte nichts von dem einfältigen Lächeln oder der Schüchternheit eines kleinen Mädchens. Er war klar und hell und forschend wie ein Sonnenstrahl.

»Ja, Vater«, sagte sie, und dann zu dem Priester: »Morgen früh bei Sonnenaufgang, würde ich sagen, Batjuschka. Am besten pflückt man sie, noch bevor es richtig hell ist.«

Anna Iwanowna nutzte die Gelegenheit, um dem Priester noch mehr Eintopf in seine Schale zu löffeln. »Wenn Ihr gestattet«, sagte sie.

Konstantin schaute immer noch Wasja an. Warum konnte nicht irgendein Dörfler ihm den Weg zeigen? Warum diese grünäugige Hexe? Da merkte er plötzlich, wie er sie anstarrte. Das Leuchten im Gesicht des Mädchens verschwand, und Konstantin riss sich am Riemen. »Meinen Dank, Dewuschka«, erklärte er und beschrieb ein Kreuz in der Luft.

Wasja lächelte plötzlich wieder. »Dann also bis morgen.«

»Geh schon, Wasja«, sagte Anna etwas zu laut. »Unser Priester braucht dich jetzt nicht mehr.«

Am nächsten Morgen lag Dunst über der Landschaft. Im Licht der aufgehenden Sonne sah er aus wie Feuer und Rauch, dazwischen dunkle Streifen vom Schatten der Bäume. Das Mädchen begrüßte Konstantin mit einem vorsichtigen Blick und roten Wangen. Sie war wie ein Geist im Nebel.

Der Wald von Lesnaja Semlja war ganz anders als der um Moskau herum. Er war wilder und grausamer und schöner. Die riesigen Bäume flüsterten miteinander, und Konstantin glaubte, von überall her Blicke auf sich zu spüren. *Blicke… Unsinn.*

»Ich weiß, wo wilde Minze wächst«, sagte Wasja, als sie einen

146

schmalen Trampelpfad entlangliefen. Die Bäume über ihren Köpfen bildeten einen Gewölbebogen wie in einer Kathedrale. Das Mädchen trug keine Schuhe an den zarten Füßen und einen Lederbeutel über dem Rücken. »Wenn wir Glück haben, gibt es dort auch Plunder und Brombeeren, und Erlenrinde für Gelb. Aber nicht genug für das Gesicht eines Heiligen. Ihr wollt Ikonen für uns malen, Batjuschka?«

»Ich habe Roterde, Steinmehl und schwarze Metallspäne. Ich habe sogar Lapis-Staub für den Schleier der Jungfrau. Aber kein Grün oder Gelb und auch kein Violett«, erklärte Konstantin. Zu spät bemerkte er die Ungeduld in seiner Stimme.

»Die finden wir«, erwiderte Wasja. Sie hüpfte wie ein Kind. »Ich habe noch nie gesehen, wie eine Ikone gemalt wird. Alle anderen im Dorf auch nicht. Alle werden kommen und Euch um Gebete fragen, damit sie Euch zuschauen können.«

In Moskau hatten die Menschen genau das getan, hatten sich regelrecht gedrängt um seine Ikonen …

»Ihr seid also doch ein Mensch«, sprach Wasja weiter, als sie sein nachdenkliches Gesicht sah. »Ich habe mich schon gefragt. Manchmal seht Ihr selbst aus wie eine Ikone.«

Konstantin war nicht sicher, was sie auf seinem Gesicht gesehen hatte, und wurde wütend auf sich selbst. »Du denkst zu viel nach, Wasilisa Petrowna. Es ist besser für dich, wenn du still mit deiner kleinen Schwester zu Hause sitzt.«

»Ihr seid nicht der Erste, der mir das sagt«, erwiderte Wasja ohne Groll. »Aber wenn ich zu Hause bleibe, wer würde dann im Morgengrauen mit Euch in den Wald gehen? Hier …«

Sie blieben vor einer Birke stehen, dann an einem Strauch Ackersenf. Das Mädchen war sehr geschickt mit seinem kleinen Messer. Die Sonne stieg höher und trieb den Nebel auseinander.

»Ich habe Euch gestern etwas gefragt, das ich nicht hätte fragen sollen«, sprach sie weiter, nachdem sie die krautigen grünen Blätter in ihren Beutel gesteckt hatte. »Trotzdem frage ich heute noch mal. Vielleicht verzeiht Ihr mir meine Hartnäckigkeit, Batjuschka. Ich liebe meinen Bruder und meine Schwester, und es ist schon so lange her, dass wir etwas von ihnen gehört haben. Mein Bruder heißt jetzt Bruder Alexander.«

Der Priester spitzte die Lippen. »Ich habe von ihm gehört«, antwortete er nach kurzem Zögern. »Es gab einen Skandal, weil er sein Gelübde unter seinem Geburtsnamen abgelegt hat.«

Wasja lächelte verhalten. »Meine Mutter hat diesen Namen für ihn ausgesucht, und mein Bruder war schon immer stur.«

Die Geschichten von Bruder Alexanders respektloser Unnachgiebigkeit hatten in ganz Moskau die Runde gemacht. Aber die Vorgänge in einem Kloster, rief Konstantin sich ins Gedächtnis, gingen kleine Mädchen nichts an. Sie schaute ihn mit ihren großen Augen unverwandt an, und er begann sich allmählich unbehaglich zu fühlen. »Bruder Alexander war bei Dmitri Iwanowitschs Krönung in Moskau. Er hat sich in den Dörfern einen gewissen Bekanntheitsgrad als Priester erarbeitet, heißt es«, fügte er steif hinzu.

»Und meine Schwester?«

»Die Prinzessin von Serpuchow wird hochgeschätzt für ihre Frömmigkeit und ihre starken Kinder«, antwortete Konstantin in der Hoffnung, die Unterhaltung sei damit beendet.

Wasja jauchzte vor Freude und drehte sich einmal im Kreis. »Ich mache mir Sorgen um die beiden«, erklärte sie. »Vater auch, aber er gibt es nicht zu. Danke, Batjuschka.« Sie leuchtete regelrecht von innen.

Konstantin war vor den Kopf gestoßen und gleichzeitig – gegen seinen Willen – fasziniert. Sein Gesicht wurde härter. Schweigend setzten sie ihren Weg fort, bis der Pfad breiter wurde und sie nebeneinander gingen.

»Mein Vater sagt, Ihr seid bis ans Ende der Welt gereist«, meinte Wasja. »Nach Zargrad, in den Palast der Tausend Könige und zur Kirche der Heiligen Weisheit.«

»Ja.«

»Erzählt Ihr mir davon? Vater sagt, dass dort in der Dämmerung die Engel singen und der Zar über alle Gottesfürchtigen herrscht, als wäre er selbst der Gott. Dass er ganze Kammern voller Juwelen hat und Tausende Diener.«

Die Frage überraschte Konstantin. »Keine Engel«, widersprach er gemessen. »Sie sind ganz gewöhnliche Menschen, aber mit engelsgleicher Stimme. Wenn es Nacht wird, entzünden sie hunderttausend Kerzen, überall ist Blattgold und Musik ...« Er verstummte abrupt.

»Das muss himmlisch sein«, sagte Wasja.

»Ja«, erwiderte er knapp. Die Erinnerungen schnürten ihm die Kehle zu: Gold und Silber, Musik, gelehrte Menschen, Freiheit. Dieser Wald erstickte ihn. »Das ist kein Gesprächsthema für Mädchen«, fügte er hinzu.

Wasja runzelte die Stirn, da erreichten sie einen Brombeerstrauch. Wasja pflückte eine Handvoll. »Ihr wolltet nicht herkommen, nicht wahr?«, fragte sie mit vollem Mund. »Wir haben keine Musik und keine Lichter, und es gibt nur so wenige Menschen hier. Könnt Ihr nicht wieder fortgehen?«

»Ich gehe, wohin Gott mich schickt«, entgegnete Konstantin kalt. »Meine Aufgabe ist hier, und hier bleibe ich.«

»Aber was ist Eure Aufgabe, Batjuschka?«, fragte Wasja. Sie hatte aufgehört, sich Brombeeren in den Mund zu stopfen. Ihr Blick sprang zu den Baumkronen über ihnen.

Konstantin folgte ihrer Blickrichtung, doch dort oben war nichts. Ein eigenartiges Gefühl kribbelte auf seinem Rücken. »Seelen retten«, antwortete er. Wasja war so nahe, dass er die Sommersprossen auf ihrer Nase zählen konnte. Wenn jemand Rettung brauchte, dann dieses Mädchen. Dunkler Brombeersaft glänzte auf ihren Lippen und den Händen.

Wasja lächelte verhalten. »Dann werdet Ihr uns also retten?«

»Wenn Gott mir die Kraft dazu gibt, ja.«

»Ich bin nur ein Mädchen vom Land«, sprach Wasja weiter. Sie griff wieder nach dem Strauch, achtete auf die Dornen. »Ich habe Zargrad nie gesehen, auch keine Engel, und nie die Stimme Gottes gehört. Aber ich glaube, Ihr solltet genau aufpassen, was Gott zu Euch sagt, Batjuschka. Bisher haben wir nie jemanden gebraucht, der uns rettet.«

Konstantin starrte sie an. Sie lächelte, mehr Kind als Frau, groß und dünn und voller Brombeersaft. »Wir müssen uns beeilen«, sagte sie, »bald steht die Sonne hoch am Himmel.«

In dieser Nacht lag Vater Konstantin zitternd auf seiner schmalen Pritsche und fand keinen Schlaf. Hier im Norden hatte der Wind Zähne, und nach Sonnenuntergang biss er zu, selbst im Sommer.

Er hatte seine Ikonen in einer Ecke gegenüber der Tür aufgestellt, wie es sich gehörte. In der Mitte die Muttergottes, die heilige Dreifaltigkeit gleich darunter. Als es dunkel wurde, hatte die Dame des Hauses, schüchtern und eifrig wie immer, ihm eine dicke Bienenwachskerze für seine Ikonen gegeben. Konstantin hatte sie entzündet und den goldfarbenen Schimmer genossen, doch jetzt, im Mondschein, warf er düstere Schatten auf das Gesicht der Jungfrau Maria und ließ seltsam zuckende Gestalten zwischen Christus, dem Vater und dem Heiligen Geist tanzen.

Nachts hatte das Haus etwas Feindseliges. Es war beinahe, als atmete es ...

Was für ein alberner Gedanke. Konstantin stand verärgert auf und blies die Kerze aus. Doch als er durchs Zimmer ging, hörte er, wie jemand draußen eine Tür schloss. Ohne nachzudenken, fuhr er zum Fenster herum.

Eine Frau lief, in einen dicken Umhang gehüllt, durch die Dunkelheit. Plump sah sie aus, formlos unter der schweren Decke. Vater Konstantin konnte nicht erkennen, wer es sein mochte. Vor dem Eingang zur Kirche blieb die Frau stehen. Sie legte eine Hand auf den Bronzering, zog die Tür auf und verschwand nach drinnen.

Konstantin starrte den Fleck an, wo sie eben noch gestanden hatte. Es sprach nichts dagegen, wenn jemand mitten in der Nacht zum Beten ging, aber das Haus hatte seinen eigenen Ikonenwinkel. Dort konnte man ebenso gut beten, ohne zuvor der kalten Nachtluft trotzen zu müssen. Und es war etwas Verstohlenes, beinah Schuldbewusstes in den Bewegungen der Frau gewesen.

Von Sekunde zu Sekunde wurde Konstantin neugieriger – und wacher. Er drehte sich vom Fenster weg und legte seine Robe an. Sein Zimmer hatte einen eigenen Ausgang. Ohne Schuhe schlüpfte er lautlos ins Freie und ging durch das feuchte Gras zur Kirche.

Anna Iwanowna kniete im Dunkeln vor der Ikonenwand und versuchte, an nichts zu denken. Wie Balsam umfing sie der Duft von Staub und Farbe, Bienenwachs und altem Holz, während auf ihrer Haut der kalte Schweiß eines weiteren Albtraums trocknete. Diesmal war sie in stockfinsterer Nacht durch den Wald gelaufen, unheimliche Stimmen kamen von allen Seiten.

»Herrin«, flüsterten sie. »Herrin, bitte, seht uns. Erkennt uns, auf dass Euer Herd nicht ungeschützt ist. Bitte, Herrin.« Anna schaute nicht hin und ging stur immer weiter geradeaus, während die Stimmen sie bestürmten. Schließlich begann sie in ihrer Verzweiflung zu rennen, sie stieß sich die Zehen an Steinen und Wurzeln. Ringsum erhob sich ein lautes Wehklagen, da endete der Weg vor ihr plötzlich, und Anna fiel ins Nichts. Sie stürzte zurück in ihren Körper, keuchend und tropfnass von Schweiß.

Es war ein Traum, nichts weiter. Doch ihre Augen und Füße brannten, und selbst jetzt hörte sie noch die Stimmen. Schließlich war sie in die Kirche geflüchtet, wo sie nun vor den Ikonen kniete. Sie könnte hierbleiben und sich kurz vor Sonnenaufgang zurück ins Haus schleichen. Es wäre nicht das erste Mal. Pjotr war ein nachsichtiger Mann, trotzdem war es jedes Mal schwerer zu erklären, wenn sie die ganze Nacht hindurch verschwunden blieb.

Von der Tür drang ein Quietschen an ihre Ohren, sanft und leise wie ein Dieb. Anna sprang auf und wirbelte herum. Mondlicht fiel durch die geöffnete Tür herein, in dem hellen Kegel zeichnete sich eine Gestalt in einer schwarzen Robe ab, glitt lautlos herein und kam auf Anna zu. Sie konnte sich nicht bewegen vor Angst und stand wie angewurzelt da, bis die Gestalt so nahe war, dass Anna den Schimmer von mattgoldenem Haar sah.

»Anna Iwanowna«, sagte Konstantin, »geht es Euch auch gut?«

Sie blinzelte den Priester verdutzt an. Ihr ganzes Leben lang hatten die Leute sie im Zorn oder auch aus Verzweiflung mit Fragen bestürmt. »Was machst du da?«, fragten sie oder: »Was ist nur los mit dir?« Nie hatte jemand sich in so einfühlsamem Ton erkundigt, wie es ihr ging.

Das Mondlicht spielte in seinem Gesicht.

»Ich … Natürlich, es geht mir gut, Batjuschka …«, stotterte sie. »Ich habe nur … Ihr müsst verzeihen, ich …« Ein Schluchzen löste sich aus ihrer Kehle und schnürte ihr die Luft ab. Zitternd und unfähig, ihm in die Augen zu sehen, drehte Anna sich weg und bekreuzigte sich. Dann kniete sie sich wieder vor die Ikonen.

Der Priester stand einen Moment lang wortlos da, dann machte er demonstrativ zwei Schritte zur Seite, bekreuzigte sich ebenfalls und kniete am anderen Ende der Ikonenwand nieder, direkt vor dem sanften Gesicht der Muttergottes. Leise drang sein Gebet an Annas Ohren, langsam und volltönend, doch sie verstand die Worte nicht.

Als ihr Atem endlich wieder langsamer ging, küsste sie das Christusantlitz und warf Vater Konstantin einen verstohlenen Blick zu. Mit gefalteten Händen betrachtete er die kaum zu erkennenden Heiligen-Abbilder.

»Sagt mir«, begann er genauso ruhig wie unerwartet, »was veranlasst Euch, zu so später Stunde Trost an diesem Ort zu suchen?«

»Hat man Euch nicht gesagt, dass ich verrückt bin?«, erwiderte Anna verbittert. Sie war selbst überrascht von ihrer Antwort.

»Nein«, sagte der Priester. »Seid ihr es?«

Sie nickte, knapp und beinahe unmerklich.

»Weshalb?«

Anna blickte ruckartig auf. »Weshalb ich verrückt bin?« Ihre Stimme war ein heiseres Flüstern.

»Nein«, sagte Konstantin geduldig. »Weshalb glaubt Ihr, dass Ihr verrückt seid?«

»Ich … Ich sehe Dinge. Dämonen und Teufel, überall. Ständig.« Anna hatte das Gefühl, als stehe sie wie eine Beobachterin neben ihrem Körper, als hätte jemand anderes die Kontrolle über ihre Zunge übernommen und antwortete nun an ihrer statt. Die meiste Zeit gab sie es ja nicht einmal vor sich selbst zu, auch dann, wenn sie wieder einmal murmelnd vor einer Ecke stand und die Bediensteten in ihrem Rücken tuschelten. Selbst dem sanften, harmlosen und meist betrunkenen Vater Semjon, der öfter mit ihr gebetet hatte, als Anna zählen konnte, war es nicht gelungen, ihr dieses Geständnis abzuringen.

»Das gilt Euch als Beweis, dass Ihr verrückt seid? Die Kirche lehrt, dass die Dämonen mitten unter uns wandeln. Zweifelt Ihr die Lehre der Kirche an?«

»Keineswegs! Aber …« Anna wurde heiß und kalt zugleich. Sie wollte Konstantin wieder in die Augen sehen, wagte es aber nicht. Stattdessen blickte sie zu Boden und sah seine Füße, überraschend nackt unter der schweren Robe. Schließlich flüsterte sie: »Aber sie sind nicht, sie *können* gar nicht da sein. Niemand außer mir sieht sie … Ich bin verrückt, ich weiß es.« Sie verstummte eine Weile, dann fügte sie langsam hinzu: »Außer vielleicht … Meine Stieftochter Wasilisa. Manchmal glaube ich … Aber sie ist nur ein Kind, das zu viele Geschichten gehört hat.«

Vater Konstantin drehte ihr das Gesicht zu. »Sie spricht davon, nicht wahr?«

»Nein, nicht in letzter Zeit. Aber als sie noch kleiner war, glaubte ich manchmal … Ihre Augen …«

»Und Ihr habt nichts unternommen?« Seine Worte waren glatt wie eine Schlange, seine Stimme wohlklingend wie die eines Sängers, trotzdem trafen das Erstaunen und die Geringschätzung darin Anna bis ins Mark.

»Ich habe sie geschlagen und ihr verboten, davon zu sprechen«, sagte sie zitternd. »Ich dachte, wenn sie noch so jung ist, würde der Wahnsinn sich vielleicht nicht festsetzen.«

»Ist das alles, woran Ihr gedacht habt? An Wahnsinn? Habt Ihr nie um ihre Seele gefürchtet?«

Anna öffnete stumm den Mund und blinzelte den Priester fassungslos an.

Konstantin ging zur Mitte der Ikonenwand und stellte sich vor den inmitten seiner Apostel abgebildeten Christus. Das Mondlicht tauchte sein goldenes Haar in einen silbrig-grauen Schimmer, sein Schatten kroch über den Boden, schwarz wie Tinte. »Ein Dämon kann exorziert werden, Anna Iwanowna«, erklärte er, ohne den Blick von der Ikone zu nehmen.

»Ex ... exorziert?«, quiekte sie.

»Selbstverständlich.«

»Wie?« Sie hatte das Gefühl, als wäre die Zeit plötzlich stehen geblieben. Ihr ganzes Leben lang hatte sie mit diesem Fluch gelebt. Allein die Vorstellung, dass er einfach verschwinden könnte ...

»Mit Riten und viel Gebet.«

Es folgte eine kurze Stille.

»Oh«, keuchte Anna. »O bitte. Verjagt sie, macht, dass sie verschwinden.«

Vielleicht lächelte Vater Konstantin, doch in dieser Dunkelheit konnte Anna nicht sicher sein.

»Ich werde beten und darüber nachdenken. Geht jetzt wieder ins Haus und legt Euch schlafen, Anna Iwanowna.«

Sie starrte ihn mit großen, glasigen Augen an, dann drehte sie sich eilig um und hastete mit ungeschickten Schritten aus der Kirche.

Vater Konstantin legte sich mit dem Gesicht nach unten vor die Ikonenwand. In dieser Nacht schlief er überhaupt nicht mehr.

Der nächste Tag war ein Sonntag. In der grün-grauen Dämmerung kehrte Konstantin in sein Zimmer zurück. Mit schweren Lidern schüttete er sich kaltes Wasser über den Kopf und wusch sich die Hände. Bald musste er den Gottesdienst halten. Er war erschöpft, aber ruhig. Während seiner langen Nachtwache hatte Gott ihm geantwortet. Er wusste jetzt, welches Übel dieses

Land befallen hatte. Es war in den Sonnensymbolen auf der Schürze des Kindermädchens, in der Angst der dümmlichen Hausherrin, es lag in den unheilvollen, wilden Augen von Pjotrs älterer Tochter. Es wimmelte nur so von Dämonen an diesem Ort, den Geschöpfen der alten Religion. Diese törichten, unzivilisierten Menschen huldigten Gott bei Tage und in aller Heimlichkeit den alten Göttern. Sie versuchten, auf beiden Pfaden gleichzeitig zu wandeln, und erniedrigten sich vor dem Herrn. Kein Wunder, wenn das Böse hier ungehindert sein Unwesen trieb.

Eine erwartungsvolle Vorfreude stieg in ihm auf. Konstantin hatte geglaubt, in diesem abgelegenen Winkel der Welt zu verrotten. Doch auch hier gab es Schlachten zu schlagen: eine Schlacht um die Seelen der Menschen, das Böse auf der einen Seite und Konstantin als Gesandter Gottes auf der anderen.

Die Menschen kamen. Er konnte ihre begierige Neugier beinahe spüren. Es war nicht wie in Moskau, wo die Leute mit ängstlichen Augen an seinen Lippen gehangen und ihn geliebt hatten. Noch nicht.

Aber bald.

Wasjas Schulter zuckte, sie wünschte, sie könnte ihren Kokoschnik abnehmen. Weil heute Gottesdienst war, hatte Dunja das schwere, mit Halbedelsteinen besetzte Ding auch noch mit einem Schleier umwickelt. Ihre Kopfhaut juckte. Wasjas Aufmachung war allerdings nichts im Vergleich zu Anna, die sich herausgeputzt hatte wie zu einem Fest: Um ihren Hals hing ein juwelenbesetztes Kreuz, und sie trug an jedem Finger einen Ring. Als Dunja ihre Herrin erblickte, murmelte sie etwas von Frömmelei und goldenem Haar. Selbst Pjotr hob eine Augenbraue, sagte aber nichts.

Wasja kratzte sich am Kopf und schloss sich ihren Brüdern auf dem Weg in die Kirche an.

Die Frauen standen links des Schiffs vor der Mutter Maria, die Männer rechts vor Jesus Christus. Wasja hatte sich schon immer gewünscht, sie könnte neben Aljoscha stehen, damit sie während des Gottesdienstes herumalbern und sich gegenseitig in die Rippen piksen konnten. Irina war noch so klein und brav, dass es keinen Spaß machte, sie zu piksen. Außerdem sah Anna es jedes Mal. Wasja nahm die Hände auf den Rücken und verschränkte die Finger.

Die Doppeltür in der Mitte der Ikonenwand ging auf, und der Priester trat hindurch. Das Gemurmel der versammelten Dörfler verstummte, ein Mädchen kicherte.

Die Kirche war klein, Vater Konstantin schien sie ganz auszufüllen. Sein goldenes Haar zog noch mehr Blicke auf sich als Annas Schmuck. Der Blick seiner blauen Augen schnitt in die Menge wie ein Messer, seine Lippen blieben geschlossen. Eine atemlose Stille breitete sich aus, so tief, dass Wasja die Ohren spitzte, ob wirklich alle die Luft angehalten hatten.

»Gesegnet sei das Reich«, rollte Konstantins Stimme endlich über sie hinweg, »des Vaters und des Sohnes und des Heiligen Geistes, jetzt und in alle Ewigkeit.«

Die Worte waren die gleichen, trotzdem klang es anders als bei Vater Semjon, fand Wasja. Konstantins Stimme hallte wie Donner, und doch sprach er jede Silbe ganz deutlich und so exakt, wie Dunja beim Nähen ihre Stiche setzte. In seinem Mund wurden die Worte lebendig. Seine Stimme war tief wie ein Fluss im Frühling. Er sprach zu ihnen über Leben und Tod, über Gott und Sünde. Er sprach von Dingen, die sie nicht kannten, von Teufeln, Folter und Versuchung. Das alles beschwor er vor ihnen herauf, bis sie förmlich sahen, wie Gott über sie richtete, sie verdammte und niederwarf.

Als er sang, scharte er seine Schäfchen um sich, bis alle wie in einem Rausch faszinierten Schreckens miteinstimmten. Immer weiter trieb er sie mit seiner weichen Stimme als Peitsche, bis der Gesang endete und alle ihm lauschten wie verängstigte Kinder während eines Gewitters. Erst als die Dörfler kurz vor der Panik – oder der heiligen Glückseligkeit – waren, ließ er von ihnen ab.

»Hab Erbarmen und rette uns, denn Gott ist gut und liebt die Menschen.«

Eine drückende Stille senkte sich über den Raum. Konstantin hob die rechte Hand und segnete die Menge.

Wie Schlafwandler tappten sie aus der Kirche, einer hielt sich am anderen fest. Anna hatte einen Ausdruck verzückten Entsetzens auf dem Gesicht, der Wasja ein Rätsel war. Die anderen wirkten benommen und erschöpft, die Angst und das Entzücken immer noch in den Augen.

»Ljoschka!«, rief Wasja und rannte zu ihrem Bruder. Doch als er sich zu ihr umdrehte, war er blass wie alle anderen und schien sie von weit, weit weg anzuschauen. Die Leere in seinen Augen erschreckte Wasja. Sie ohrfeigte ihn.

Aljoscha kam wieder zu sich und stieß sie von sich weg, so fest, dass sie beinahe gestürzt wäre. Doch Wasja war flink wie ein Wiesel, außerdem trug sie ein neues Kleid. Sie torkelte einen Schritt zurück und fing sich wieder, dann standen sie einander schnaufend gegenüber, mit blitzenden Augen und geballten Fäusten.

Sie kamen gleichzeitig wieder zur Besinnung, lachten, und Aljoscha rief: »Dann stimmt es also! Die Dämonen sind mitten unter uns, und wir kommen in die Hölle, wenn wir sie nicht vertreiben. Aber die Hausgeister? Er wird doch nicht die Geister meinen? Was kümmert es Gott, wenn die Dienerinnen ein Stück Brot für den Domowoi liegen lassen?«

»Ob es stimmt oder nicht, wir werden doch wohl nicht die Hausgeister hinauswerfen, nur weil ein aus Moskau dahergelaufener Priester es will!«, rief Wasja. »Wir geben ihnen schon immer Brot und Salz und Wasser, und Gott war nie zornig deshalb.«

»Wir mussten nie hungern«, erwiderte Aljoscha zögernd. »Es gab keine Feuersbrunst und auch keine Seuchen. Aber vielleicht wartet Gott nur, bis wir tot sind, um uns dann bis ans Ende aller Zeiten leiden zu lassen?«

»Um Himmels willen, Ljoschka«, stöhnte Wasja, da rief Dunja nach ihr. Anna hatte ein Festmahl angeordnet. Wasja musste in die Küche, Knödel rollen und die Suppe umrühren.

Sie aßen draußen, es gab Eier und Kascha und Sommer-Gemüse, Brot mit Käse und Honig, doch die ausgelassene Fröhlichkeit von sonst wollte sich nicht einstellen. Die jungen Bauersfrauen standen in Grüppchen beisammen und tuschelten.

Konstantin kaute langsam und zufrieden. Pjotr schaute finster drein und drehte den Kopf in alle Richtungen wie ein Stier, der Gefahr wittert, das Wolfsrudel im Gras aber noch nicht entdeckt hat. *Mit wilden Tieren und Banditen kennt er sich aus*, überlegte Wasja, *aber Sünde und Verdammung sind unsichtbar.*

Alle anderen schauten den Priester mit Schrecken und Bewunderung an. Anna Iwanowna glühte vor einer inneren Freude. Und Konstantin schien auf dieser religiösen Inbrunst zu reiten wie auf einem galoppierenden Pferd. Wasja ahnte nichts davon, doch mit genau diesem Gefühl hatte er, nachdem alle gegangen waren, in der Stille des Kirchenschiffs den Exorzismus durchgeführt. Er hatte alles gegeben und noch mehr, bis selbst jemand ohne das zweite Gesicht geschworen hätte, alle Teufel in Pjotrs Haus schreiend um ihr Leben rennen zu sehen.

Während des Sommers wandelte Konstantin unter den Dörflern und hörte sich ihren Kummer an. Er segnete die Sterbenden und die Neugeborenen. Wenn jemand ihn ansprach, hörte er zu, wenn seine tiefe Stimme erklang, verstummten die Menschen und lauschten. »Tue Buße«, sagte er, »damit du nicht ins Feuer kommst. Die Flammen sind nah. Immer, wenn du dich schlafen legst, warten sie schon auf dich und deine Kinder. Opfere deine Gaben Gott und Gott allein. Es ist deine einzige Hoffnung auf Erlösung.«

Die Menschen flüsterten miteinander, und dieses Flüstern wurde mehr und mehr von Angst getragen.

Abend für Abend speiste Konstantin an Pjotrs Tafel. Seine Stimme brachte den Honigwein zum Zittern und ließ das Holzbesteck klappern. Irina gewöhnte sich an, ihren Löffel ganz nah neben ihren Becher zu legen, dann kicherte sie, wenn sie klickend gegeneinanderschlugen. Wasja stiftete sie noch dazu an. Die Fröhlichkeit der Kleinen war eine Erleichterung. All das Gerede von Verdammnis machte Irina keine Angst. Sie war noch zu jung dazu.

Doch Wasja hatte Angst.

Nicht vor dem Priester, nicht vor den Teufeln und auch nicht vor dem Feuer. Sie hatte die Teufel der Christen gesehen, sah sie jeden Tag. Manche waren böse, manche freundlich, andere spielten gerne Streiche. Alle waren sie auf ihre Art so menschlich wie die Dörfler, deren Häuser sie beschützten.

Nein, Wasja hatte Angst vor ihren eigenen Leuten. Sie scherzten nicht mehr auf dem Weg zur Kirche und lauschten Vater Konstantin in bedrückter, hungriger Stille. Selbst wenn sie nicht in der Kirche waren, suchten sie ihn oft in seinem Zimmer auf.

Konstantin hatte Pjotr um etwas Bienenwachs gebeten, damit er es schmelzen und seine Pigmente damit mischen konnte. Wenn das Tageslicht sein Zimmer erhellte, nahm er seine Pinsel und Pulver zur Hand und malte. Der heilige Petrus nahm gerade Gestalt an, sein Bart war gelockt, die Robe gelb und umbrabraun, die eigenartig langen Finger seiner Hand hielt er zum Segen erhoben. Ganz Lesnaja Semlja sprach von nichts anderem mehr.

Eines Sonntags schmuggelte Wasja in ihrer Verzweiflung eine Handvoll Grillen in die Kirche und ließ sie zwischen den Gläubigen frei. Ihr Gezirpe bildete ein heiteres Gegengewicht zu Vater Konstantins dröhnender Stimme. Doch niemand lachte, alle zogen die Köpfe ein und murmelten etwas von einem schlechten Omen. Anna Iwanowna hatte sie nicht auf frischer Tat ertappt, aber sie hatte einen Verdacht, wer dahintersteckte. Nach dem Gottesdienst rief sie Wasja zu sich.

Widerwillig betrat Wasja das Zimmer ihrer Stiefmutter. Sie hatte bereits eine Weidenrute in der Hand. Der Priester saß am geöffneten Fenster und zerstieß einen blauen Stein zu Pulver. Er schien nicht zuzuhören, doch Wasja wusste, die Fragen ihrer Stiefmutter waren vor allem für seine Ohren bestimmt und sollten dem Priester zeigen, welch rechtschaffene Herrin sie im eigenen Haus war.

Die Fragen nahmen kein Ende.

»Ich würde es wieder tun«, rief Wasja schließlich, als sie so verärgert war, dass sie alle Vorsicht vergaß. »Hat Gott nicht alle Geschöpfe erschaffen? Warum sollten nur wir allein unsere Stimme zu seinem Lobpreis erheben? Grillen singen genauso zu Gottes Ehren wie wir.«

Konstantins Blick sprang in ihre Richtung, doch Wasja konnte seinen Gesichtsausdruck nicht deuten.

»Welch Anmaßung!«, kreischte Anna. »Blasphemie!«

Wasja hob das Kinn und gab keinen Laut von sich, als die Weidenrute niederfuhr. Konstantin sah mit ernster und undurchdringlicher Miene zu, Wasja fing seinen Blick auf und hielt ihn fest.

Anna sah, wie die beiden einander anstarrten, und wurde wütender denn je. Sie legte all ihre Kraft in ihren Arm. Wasja hielt still und biss sich die Lippe blutig, bis sie nicht mehr anders konnte und die Tränen über ihre Wangen strömten.

Konstantin sah wortlos zu.

Gegen Ende schrie Wasja ein einziges Mal auf, vor Erniedrigung genauso wie vor Schmerz. Dann war es vorbei, denn Aljoscha war außer sich vor Wut zu ihrem Vater gegangen. Pjotr sah das Blut, schaute in das blasse Gesicht seiner Tochter und packte seine Frau am Arm. Wasja sagte nicht ein Wort, weder zu ihm noch zu sonst jemandem. Aljoscha versuchte noch, sie zurückzurufen, doch sie stolperte aus dem Zimmer und versteckte sich wie ein verwundetes Tier im Wald. Falls sie weinte, bekam nur die Rusalka es mit.

»Jetzt kennt sie den Preis der Sünde«, sagte Anna stolz, als Pjotr sie wegen ihrer Grausamkeit zur Rede stellte. »Besser, sie lernt es jetzt, als dass sie später in der Hölle schmort, Pjotr Wladimirowitsch.«

Konstantin blieb stumm. Wenn er sich etwas dazu dachte, behielt er es für sich.

Als die Wunden verheilt waren, nahm Wasja sich mehr zurück und hütete ihre Zunge. Sie verbrachte mehr Zeit mit den Pferden und schmiedete kühne Pläne, sich als Junge verkleidet auf den

Weg zu Saschas Kloster zu machen oder heimlich einen Boten zu Olga zu schicken.

Aljoscha sagte ihr nichts davon, aber er begann ihr Kommen und Gehen zu überwachen, damit sie nie allein mit ihrer Stiefmutter war.

In der Zwischenzeit tadelte Konstantin die Dörfler für die Gaben – sei es Brot oder Honigwein –, die sie ihren Hausgeistern darbrachten. »Gebt Gott«, sagte er. »Vergesst eure Dämonen, auf dass ihr nicht ins Feuer kommt.«

Die Dörfler hörten auf ihn. Sogar Dunja war zur Hälfte überzeugt. Sie schüttelte das alte Haupt und entfernte murmelnd die Sonnensymbole von ihren Schürzen und Kopftüchern.

Wasja bekam es nicht mit, sie versteckte sich im Wald oder dem Stall. Am meisten litt der Domowoi unter ihrer Abwesenheit, denn für ihn blieben jetzt nur noch Krümel.

13

Wölfe

Der Herbst begann als ein farbenfrohes Strahlen, das schnell zu Grau verblasste. Die Stille des ausklingenden Jahres lag über Pjotr Wladimirowitschs Ländereien wie ein Nebel, während Vater Konstantin eine Ikone nach der anderen malte. Die Männer des Dorfes bauten einen neuen Wandschirm, um sie alle unterzubringen: den heiligen Petrus, den heiligen Paul, die Jungfrau Maria und Jesus Christus. Die Menschen kamen in Konstantins Zimmer und betrachteten ehrfürchtig die fertigen Heiligenbilder, ihre Formen und leuchtenden Gesichter. Bild für Bild schuf der Priester eine neue Ikonenwand.

»Eure Erlösung liegt in Gott«, sagte Konstantin zu ihnen. »Schaut sein Antlitz und seid gerettet.« Noch nie hatten die Dörfler etwas gesehen, das diesem Jesus vergleichbar gewesen wäre, diesen großen Augen, der blassen Haut und den langen, schmalen Händen. Sie schauten und knieten nieder, und manchmal weinten sie.

Was ist ein Domowoi anderes als eine Geschichte für ungezogene Kinder?, sagten sie sich. *Es tut uns leid, Batjuschka. Wir bereuen.*

So gut wie niemand brachte den Geistern mehr Geschenke, nicht einmal zur Tagundnachtgleiche. Der Domowoi wurde schwach und träge, der Wasila dünn und ausgemergelt. Ein wildes Leuchten trat in seine Augen, in seinem verfilzten Bart hing das Stroh. Er stahl Roggen und Gerste, die für die Pferde bestimmt waren. Die Pferde im Stall wurden unruhig und scheuten bei der kleinsten Brise. Alle im Dorf waren gereizt.

»Ich war es bestimmt nicht, Bursche! Die Pferde, Katzen und Geister auch nicht«, bellte Pjotr den Stalljungen eines kalten Morgens an. Während der Nacht war weiteres Getreide verschwunden, und der ohnehin schon angespannte Pjotr war außer sich.

»Ich habe nichts gesehen!«, rief der Junge schluchzend. »Ich würde niemals …«

Die Luft an diesem Novembermorgen war bitterkalt, der gefrorene Boden klirrte unter jedem Schritt. Pjotr stand Nasenspitze an Nasenspitze mit dem Stallburschen und hob die Faust. Ein Klatschen und ein Schmerzensschrei. »Bestiehl mich nie wieder«, knurrte Pjotr.

Wasja kam zur Stalltür herein und runzelte die Stirn. Normalerweise verlor ihr Vater nie die Fassung. Er schlug ja nicht mal Anna Iwanowna. *Was passiert mit uns?* Sie zog den Kopf ein und kletterte auf den Heuboden. Es dauerte ein bisschen, bis sie den Wasila entdeckte, der sich halb unter dem Stroh vergraben hatte. Der Ausdruck in seinen Augen ließ sie erschauern. Wasja nahm all ihren Mut zusammen.

»Warum isst du die Gerste?«, fragte sie.

»Weil niemand mehr etwas gibt.« Seine Augen glommen schwarz.

»Machst du den Pferden Angst?«

»Meine Stimmung ist ihre Stimmung.«

»Dann bist du also wütend?«, flüsterte sie. »Die Leute meinen es nicht so. Sie haben genauso Angst wie du. Aber es wird nicht immer so sein. Eines Tages wird der Priester wieder verschwinden.«

Der Wasila schaute sie finster an, doch Wasja glaubte, neben dem Zorn auch Sorge in seinem Gesicht zu sehen.

»Ich habe Hunger«, sagte er.

Wasja verspürte Mitleid mit ihm; auch sie war in letzter Zeit oft hungrig. »Ich bringe dir Brot«, sagte sie entschlossen. »*Ich* habe keine Angst.«

Die Lider des Wasila flackerten. »Ich brauche nur wenig. Brot, Äpfel.«

Wasja versuchte, nicht darüber nachzudenken, wie es sein würde, ihm einen Teil ihrer Mahlzeiten abzugeben. Im Winter war das Essen immer knapp, schon bald würde sie jeden Krümel vermissen. Andererseits … »Bringe ich dir. Ich schwöre es«, erklärte sie und blickte dem Stallgeist fest in die großen, braunen Augen.

»Meinen Dank«, erwiderte der Wasila. »Halte deinen Schwur, dann rühre ich das Getreide nicht mehr an.«

Wasja hielt Wort. Sie gab nie viel. Einen vertrockneten Apfel, eine abgenagte Kruste, einen Schluck Honigwein in der hohlen Hand oder ihrem Mund, doch der Wasila verschlang alles gierig, und wenn er aß, beruhigten sich die Pferde. Die Tage wurden dunkler und kürzer, der Schnee fiel, als wollte er sie in seinem Weiß ertränken. Doch der Wasila wurde rosig und zufrieden und die Tiere im Stall schläfrig wie in den alten Tagen.

Die Zeit verging. Der Winter war lang, und im Januar wurde es so kalt, wie selbst Dunja es noch nie erlebt hatte.

Das ständige Halbdunkel trieb die Menschen nach drinnen, wo Pjotr ausgiebig Gelegenheit hatte, in die verkniffenen Gesichter seiner Familie zu schauen. Sie drängten sich vor dem Ofen, kauten auf Brot und Streifen von getrocknetem Fleisch herum und legten abwechselnd Holz nach. Nicht einmal nachts trauten sie sich, das Feuer herunterbrennen zu lassen. Die älteren Dörfler tuschelten, dass ihr Brennholz viel zu schnell zur Neige ging, dass sie drei Scheite bräuchten, wo früher eines genügt hatte. Pjotr und Kolja hielten das Gerede für Unsinn; die Holzvorräte schwanden trotzdem.

Irgendwann kam die Wintersonnenwende, und die Tage wurden wieder länger, die Kälte aber schlimmer. Sie tötete Schafe und Hasen, und wer nicht aufpasste, erfror sich die Finger. Bei diesen Temperaturen war Brennholz für die Öfen das Wichtigste, komme, was da wolle. Also wagten sie sich, als die Vorräte beinahe aufgebraucht waren, in die Stille des Waldes. Wasja und Aljoscha waren mit einem Pony, einem Schlitten und zwei kurzstieligen Äxten unterwegs, als sie die Pfotenabdrücke zwischen den Bäumen entdeckten.

»Sollten wir sie nicht besser töten, Vater?«, fragte Kolja noch am selben Abend. »Ein paar erlegen, ihnen das Fell abziehen und den Rest verjagen?« Er reparierte gerade im spärlichen Licht des Ofens eine kaputte Sense. Sein Sohn Serjoscha saß steif und still auf dem Schoß seiner Mutter.

Wasja hatte beim Hereinkommen den riesigen Korb voller Flickarbeiten erblickt und sich eilig einen Schleifstein genommen, um ihre Axt zu schärfen. Aljoscha hatte sie amüsiert beobachtet und es ihr dann gleichgetan.

»Seht Ihr?«, fragte Konstantin an Anna Iwanowna gewandt. »Unsere Rettung liegt in Gottes Hand allein.«

Anna schaute den Priester wie hypnotisiert an, das Nähzeug lag vergessen auf ihrem Schoß. Pjotr wunderte sich über seine Frau.

Er hatte sie noch nie so ausgeglichen erlebt wie jetzt, ausgerechnet in diesem Winter, der schlimmer war als alle, an die irgendjemand sich erinnern konnte.

»Nein«, beantwortete Pjotr Koljas Frage und inspizierte seine Stiefel. Bei dieser Witterung konnte ein Loch in der Sohle ihn seinen Fuß kosten. Er stellte den einen ans Feuer und nahm den anderen zur Hand. »Die Wölfe aus dem hohen Norden sind groß wie Doggen. Seit zwanzig Jahren sind sie nicht mehr so nahe ans Dorf gekommen.« Er streichelte Pjos' hageren Kopf, der Hund leckte ihm mutlos über die Finger. »Dass sie es jetzt tun, bedeutet, dass sie auch Jagd auf Kinder machen würden, wenn sie könnten. Oder direkt vor unseren Augen ein Schaf reißen. Alle gemeinsam könnten wir es vielleicht mit dem Rudel aufnehmen, aber es ist zu kalt für Pfeil und Bogen. Wir müssten die Speere nehmen, und es würden nicht alle von uns zurückkehren. Nein, wir müssen die Kinder und das Vieh gut bewachen und dürfen den Wald nur bei Tageslicht betreten.«

»Wir könnten Fallen aufstellen«, warf Wasja ein, ohne ihren Schleifstein abzusetzen.

Anna warf ihr einen finsteren Blick zu.

»Nein«, erwiderte Pjotr. »Wölfe sind keine Hasen. Sie würden dich wittern, und *niemand* riskiert es, bei so geringen Erfolgsaussichten in den Wald zu gehen.«

»Ja, Vater«, sagte Wasja kleinlaut.

In der Nacht wurde es tödlich kalt. Sie holten alle Decken, die sie besaßen, und kauerten sich auf dem Dach des Ofens zusammen, dicht an dicht wie gesalzener Fisch. Wasja schlief schlecht; ihr Vater schnarchte, und die kleine Irina grub ihr die spitzen Knie in den Rücken. Sie wälzte sich ruhelos herum, immer darauf bedacht, Aljoscha nicht zu treten, bis sie um Mitternacht endlich in einen leichten Schlaf sank. Sie träumte von heulenden Wölfen, von warmen Wolken, die sich vor den winterlichen Sternenhimmel schoben, einem knochigen Starik mit roten Augen und schließlich von einem blassen Mann mit breitem Kiefer, der ihr mit seinem einen, noch gesunden Auge boshaft und anzüglich zuzwinkerte.

Wasja wachte keuchend auf. Es war die kälteste Stunde, gerade vor Tagesanbruch. Im Schein des Ofenfeuers sah sie eine Gestalt durch die Küche schleichen.

Da ist nichts, sagte sie sich: *Ein Traum, oder die Katze vielleicht.*

Als spürte sie Wasjas Blick, blieb die Gestalt stehen und drehte sich ein winzig kleines Stück herum.

Wasja wagte kaum zu atmen, denn nun konnte sie das Gesicht sehen: Die Augen hatten die Farbe eines zugefrorenen Flusses. Wasja holte tief Luft, um etwas zu sagen oder vielleicht auch zu schreien, da war die Gestalt verschwunden. Durch den Türspalt fiel das erste Tageslicht herein, aus dem Dorf kam ein Klagelaut.

»Es ist Timofej«, sagte Pjotr. Er war vor allen anderen aufgestanden, um nach seinem Vieh zu sehen. Er kam in die Küche, stampfte sich den Schnee von den Stiefeln und zupfte sich die Eisklümpchen aus dem Bart. Seine Augen waren eingesunken von der Kälte und dem Schlafentzug. »Er ist heute Nacht gestorben.«

Geschrei erfüllte die Küche. Wasja lag halb wach auf dem Ofen und dachte an die Gestalt, die sie in der Dunkelheit gesehen hatte. Dunja sagte nichts und machte sich mit aufeinandergepressten Lippen ans Backen. Ihr besorgter Blick sprang zwischen Wasja und Irina hin und her. Die Kleinsten behandelte der Winter besonders grausam.

Noch am Vormittag kamen die Frauen im Badehaus zusammen,

um den Leichnam zu präparieren. Wasja trat gleich hinter ihrer Stiefmutter ein und erhaschte einen Blick auf Timofejs Gesicht: Seine Augen waren glasig, auf den hohlen Wangen sah sie gefrorene Tränen. Die Mutter des Kleinen presste den steifen Körper an die Brust und flüsterte beständig auf ihn ein. Weder mit Geduld noch mit Vernunft war sie dazu zu bewegen, das Kind herzugeben. Schließlich entrissen die Frauen ihr den Leichnam mit Gewalt, und die Mutter begann zu schreien.

Im Badehaus brach Chaos aus. Die Mutter stürzte sich auf ihre Nachbarinnen und forderte ihren Sohn zurück. Die meisten von ihnen hatten selbst Kinder und verzagten, als sie den gepeinigten Ausdruck in den Augen der Frau sahen, die in dem kleinen Raum blind um sich schlug. Wasja stieß Irina zur Seite, damit sie nicht einen der Schläge abbekam, dann packte sie das schreiende Weib. Sie war stark, aber von zartem Körperbau, und die Mutter war wie wahnsinnig vor Kummer. Wasja wollte gerade etwas sagen, da brüllte die Frau sie an: »Lass mich los, Hexe! Lass mich!«

Wasja lockerte verdutzt ihren Griff und bekam prompt einen Ellbogen ins Gesicht. Sie sah Sternchen und ließ los.

In diesem Moment kam Vater Konstantin herein. Seine Nase und das Gesicht genauso rot von der Kälte wie bei allen anderen, durchquerte er die winzige Hütte mit zwei langen Schritten und packte die tobende Frau an den Handgelenken. Die Mutter zog noch einmal verzweifelt, dann hielt sie zitternd still.

»Er ist tot, Jasna«, sagte Konstantin streng.

»Nein«, kreischte sie. »Ich habe ihn in den Armen gehalten, als das Feuer herunterbrannte, die ganze Nacht ... Er *kann* nicht sterben, wenn ich ihn halte. Gebt ihn mir zurück!«

»Er gehört Gott«, entgegnete Konstantin. »So wie wir alle.«

»Er ist mein Sohn! Mein einziger Sohn. Er gehört ...«

»Sei still und setz dich. Dein Benehmen ist ungehörig. Die Frauen werden ihn vors Feuer legen und das Wasser für die Waschungen vorbereiten.« Konstantins tiefe Stimme klang weich und ebenmäßig. Jasna ließ sich von ihm zum Ofen führen und sank ein Stückchen daneben auf die Knie.

Während des ganzen Vormittags – ja des gesamten, kurzen und trüben Wintertages – redete Konstantin. Jasna schaute ihn an wie eine Ertrinkende, während die Frauen Timofejs Leiche entkleideten, wuschen und in kalte Leinentücher wickelten. Als Wasja nach Stunden vom Feuerholzsuchen zurückkam, war der Priester immer noch da. Er stand vor dem Badehaus und sog die kalte Luft in sich hinein wie Wasser.

»Möchtet Ihr etwas Met, Batjuschka?«, fragte sie.

Konstantin zuckte erschrocken zusammen. Wasja war herangekommen, ohne das kleinste Geräusch zu machen, und ihr grauer Pelzmantel machte sie in der Dämmerung beinahe unsichtbar. Nach einer kurzen Pause sagte er: »Ja, Wasilisa Petrowna.« Seine wunderschöne Stimme war kaum mehr als ein Flüstern, aller Klang war daraus verschwunden. Wasja reichte ihm ihren kleinen Lederschlauch, Konstantin trank mit verzweifeltem Durst, wischte sich mit dem Handrücken über den Mund und gab den Schlauch zurück. Erst jetzt sah er, wie Wasja ihn nachdenklich musterte.

»Werdet Ihr heute Nacht die Totenwache halten?«, fragte sie.

»Selbstverständlich«, antwortete er, aufgebracht ob dieser unverschämten Frage.

Wasja sah seinen Ärger und lächelte; Konstantin runzelte die Stirn. »Das ehrt Euch, Batjuschka«, erwiderte sie, wandte sich zum Haupthaus und verschwand in den Schatten.

Konstantin schaute ihr mit zusammengepressten Lippen hinterher. Der Geschmack des Mets lag schwer auf seiner Zunge.

Er blieb die ganze Nacht bei dem Leichnam. Seine Miene war ernst, seine Lippen bewegten sich in leisem Gebet. In den frühen Morgenstunden kam Wasja dazu, um mit ihm Wache zu halten. Sie konnte gar nicht anders, als Konstantins unerschütterliches Durchhaltevermögen inmitten all der Trauer und des Wehklagens ringsum zu bewundern.

Es war viel zu kalt, um noch länger bei dem winzigen Grab zu verharren, das sie dem steinharten Boden mühevoll abgerungen hatten. Sobald die Höflichkeit es zuließ, kehrten die Menschen zu ihren Hütten zurück und überließen den armen Kleinen seiner eisigen Ruhestätte. Vater Konstantin ging am Ende des Trauerzuges, Timofejs Mutter halb hinter sich herziehend.

Die Familien im Dorf zogen sich auf immer weniger Hütten zurück, um nur noch einen Ofen anschüren zu müssen und Feuerholz zu sparen. Trotzdem ging das Holz zur Neige, als ließe ein Fluch es schneller herunterbrennen. Also wagten sie sich trotz der Wölfe in den Wald, die Frauen von der Erinnerung an das alabasterfarbene Gesicht des kleinen Timofej und der entsetzlichen Trauer im Blick seiner Mutter getrieben. Dass nicht alle wieder zurückkehren würden, war unausweichlich.

Von Olegs Sohn, Danil, waren nur noch Knochen übrig, als sie ihn fanden. Die Überreste lagen auf einem großen Fleck zusammengetrampelten und blutigen Schnees verteilt. Sein Vater brachte sie zu Pjotr und breitete sie wortlos vor ihm aus.

Pjotr schaute die abgenagten Knochen an und sagte nichts.

»Pjotr Wladimirowitsch …«, begann Oleg, doch Pjotr schüttelte nur den Kopf.

»Begrabe deinen Sohn«, erwiderte er, den Blick auf seine eigenen Kinder gerichtet. »Morgen rufe ich die Männer zusammen.«

Aljoscha verbrachte den gesamten langen Abend damit, den

Schaft seines Jagdspeers zu inspizieren und sein Messer zu schärfen. Wasja beobachtete ihn dabei, ein Hauch von Rot lag auf seinen bartlosen Wangen. Einerseits wäre sie am liebsten selbst mit einem Speer in den Wald marschiert. Andererseits hätte sie ihren Bruder ohrfeigen können für seinen kindischen Übermut.

»Ich bringe dir ein Wolfsfell mit«, sagte Aljoscha und legte seine Waffen weg.

»Behalt dein Wolfsfell«, blaffte Wasja. »Bring lieber deine eigene Haut in einem Stück zurück und lass keine Zehen im Wald.«

Aljoscha grinste, seine Augen leuchteten. »Hast du etwa Angst, kleine Schwester?«

Die beiden saßen ein Stück abseits von den anderen vor dem Ofen, trotzdem senkte Wasilisa die Stimme, als sie antwortete. »Das Ganze gefällt mir nicht. Glaubst du, ich habe Lust, dir deine erfrorenen Zehen abzuschneiden? Oder die Finger?«

»Aber es muss sein, Wasotschka.« Aljoscha untersuchte einen seiner Stiefel und stellte ihn wieder ab. »Ohne Holz geht es nicht. Besser, wir gehen jetzt raus und kämpfen, als in unseren Hütten zu erfrieren.«

Wasja schürzte die Lippen und erwiderte nichts. Plötzlich fiel ihr der Wasila ein, seine dunklen, zornerfüllten Augen. Sie dachte an die Brotreste, die sie ihm gebracht hatte, um ihn zu besänftigen. *Ist vielleicht noch ein anderer Geist wütend?* Falls ja, müsste es einer aus dem Wald sein, wo der Wind bitterkalt wehte und die Wölfe heulten.

Denk nicht mal dran, sagte die Stimme der Vernunft in ihrem Kopf, doch Wasja blickte in die Gesichter der anderen, sah den grimmigen Blick ihres Vaters und die mühsam unterdrückte Vorfreude in den Augen ihres Bruders.

Ich muss es versuchen. Wenn Aljoscha morgen etwas zustößt, würde ich es mir nie verzeihen. Ohne noch länger darüber nachzudenken, stand sie auf und holte ihre Stiefel. Niemand kam auch nur im Entferntesten darauf, was sie vorhatte, also fragte auch niemand, wohin sie wollte.

Die Fäustlinge machten es schwieriger als sonst, über die Palisade zu klettern. Ein paar Sterne standen blass am Himmel, der Mond tauchte den harten Schnee in silbriges Licht. Wasja erreichte den Waldrand und tauchte in die Dunkelheit zwischen den Bäumen ein. Es war bitterkalt. Sie ging schnell, der Schnee quietschte unter ihren Stiefeln, irgendwo heulte ein Wolf. Wasja versuchte, nicht an die gelben Augen zu denken. Ihre Zähne schlugen klappernd aufeinander, als könnten sie jeden Moment ausfallen, so sehr zitterte sie.

Sie blieb ruckartig stehen. Wasja glaubte, eine Stimme gehört zu haben. Sie hielt den Atem an und lauschte. Nein. Es war nur der Wind.

Aber was war das? Es sah aus wie ein großer Baum, einer, den sie schon einmal gesehen zu haben glaubte. Doch die Erinnerung stahl sich wieder davon, genauso schnell, wie sie gekommen war. Nein. Es war nur ein Schatten.

Ein klirrend kalter Windstoß fuhr durch die Äste über ihrem Kopf, und Wasja glaubte, eine Stimme in dem Rauschen zu hören.

Ist dir warm, Kind?, fragte der Wind halb lachend.

Wasja hatte das Gefühl, als würde die Eiseskälte ihre Knochen zum Zersplittern bringen, doch sie erwiderte mit fester Stimme: »Wer bist du? Schickst du uns den Frost?«

Es folgte eine lange Stille. Wasja überlegte schon, ob sie sich alles nur eingebildet hatte, da kehrte die Stimme höhnisch zurück. *Warum auch nicht? Auch ich bin zornig.* Die Worte hallten vom Baum zu Baum wie ein Echo, als spreche der ganze Wald zu ihr.

»Das ist keine Antwort«, gab Wasja zurück. Der vernunftbegabte Teil ihrer Persönlichkeit gab zu bedenken, dass möglicherweise eine gewisse Demut angebracht war, wenn sie sich mitten in der Nacht mit einer körperlosen Stimme unterhielt, doch die Kälte machte sie schläfrig. Wasja musste mit aller Macht gegen ihre Müdigkeit ankämpfen. Sie hatte schlichtweg nicht genug Kraft, um auch noch demütig zu sein.

Ich bringe den Frost, antwortete die Stimme und griff mit eiskalten, liebevollen Fingern in ihr Gesicht, an ihren Hals. Die Berührung wanderte weiter, schlüpfte unter ihren Mantel und legte sich um ihr Herz.

Wasja kämpfte ihre Angst nieder. »Dann hör auf damit«, flüsterte sie. Der Platz, den ihr Herz noch zum Schlagen hatte, wurde immer kleiner. »Ich spreche im Namen meiner Leute. Sie haben Angst, und es tut ihnen leid. Bald wird es wieder sein wie früher: die Kirche und unsere Geister miteinander im Einklang, keine Furcht mehr und kein Gerede über Dämonen.«

Dann ist es zu spät, erwiderte der Wind, und der Wald nahm die Worte auf. *Zu spät, zu spät.* Dann: *Außerdem ist es nicht der Frost, den ihr fürchten solltet, Dewuschka. Sondern das Feuer. Sag mir, brennen eure Öfen zu schnell herunter?*

»Das tun sie nur wegen der Kälte«, entgegnete Wasja.

Aber nein, es ist wegen des heraufziehenden Sturms. Das erste Anzeichen ist Furcht. Das zweite ist stets das Feuer. Deine Leute haben Angst, und jetzt brennen ihre Feuer umso schneller.

»Dann wende den Sturm ab, ich flehe dich an. Hier, ich habe dir ein Geschenk mitgebracht.«

Wasja griff in ihren Ärmel. Es war nicht viel, ein Stück trockenes

Brot und eine Prise Salz, doch als sie es hochhielt, ließ der Wind abrupt nach.

In der entstandenen Stille hörte Wasja wieder das Wolfsheulen. Es war jetzt ganz nahe. Andere Wölfe stimmten mit ein. Im selben Moment kam eine Schimmelstute zwischen den Bäumen hervor, und Wasja vergaß die Wölfe. Die lange Mähne fiel über den Hals der Stute wie Eiszapfen, eine weiße Wolke stob aus ihren Nüstern.

»Wie schön du bist«, keuchte Wasja. Die Sehnsucht in ihrer Stimme war so groß, dass es sogar ihr selbst auffiel. »Bringst du den Frost?«

Hatte das Pferd keinen Reiter? Wasja konnte es nicht erkennen. Im einen Moment glaubte sie, ihn zu sehen, dann machte die Stute eine Bewegung, und das Bild verschwand wieder wie eine Sinnestäuschung.

Das Pferd drehte die kleinen Ohren in Richtung von Wasjas Gaben. Wasja streckte die Hand, spürte den Atem der Stute auf ihrem Gesicht und schaute wie gebannt in ihre dunklen Augen. Plötzlich wurde ihr warm. Selbst die Brise auf ihrem Gesicht fühlte sich angenehm an.

Ich bringe den Frost, erklärte die Stimme, doch Wasja glaubte nicht, dass sie der Stute gehörte. *Er ist mein Zorn und meine Warnung. Doch du bist mutig, Dewuschka, und ich verschone dich. Wegen deines Geschenks.* Es folgte eine kurze Pause. *Aber Furcht und Feuer gehorchen mir nicht. Der Sturm zieht herauf, und neben ihm ist dieser Frost ein Nichts. Mut kann euch retten. Wenn deine Leute sich fürchten, sind sie verloren.*

»Welcher Sturm?«, flüsterte Wasja.

Sei auf der Hut vor dem Jahreswechsel, glaubte sie den Wind seufzen zu hören. *Sei auf der Hut …*

Dann verschwand die Stimme, und der Wind frischte auf. Immer heftiger blies er und schleuderte weiße Wolken vor den Mond. Die Luft roch nach Schnee. Ein Glück, denn ein so strenger Frost konnte nicht bestehen, wenn es schneite.

Als Wasja in die Küche gestolpert kam und die anderen die Schneeflocken auf ihrem Gesicht und den Wimpern sahen, verstummten alle Gespräche schlagartig. Aljoscha umarmte sie in stummer Freude, Irina rannte nach draußen und fing lachend ein paar Flocken auf.

Noch bevor es hell wurde, ließ die Kälte nach. Es schneite eine ganze Woche lang, und als es aufhörte, brauchten sie drei Tage, um das Haus wieder frei zu schaufeln. In der Zwischenzeit hatten die Wölfe sich an den Hasen satt gefressen, die sich in der Wärme wieder ins Freie gewagt hatten, und sich dann auf Nimmerwiedersehen tief in den Wald zurückgezogen. Nur Aljoscha schien enttäuscht.

Dunja schlief schlecht in diesen Winternächten, und das nicht wegen der Kälte und ihren schmerzenden alten Knochen. Ja nicht einmal wegen der Sorge, die Irinas Husten und Wasjas blasses Gesicht ihr bereiteten.

»Es ist Zeit«, sagte der Frostdämon.

Diesmal war kein Schlitten in ihrem Traum, keine Sonne und keine klare Winterluft. Dunja stand inmitten eines düsteren, flüsternden Waldes, in dem irgendwo zwischen den Bäumen ein noch tieferer Schatten lauerte. Wartete. Das blasse, kantige Gesicht des Winterdämons sah aus wie gemeißelt, alle Farbe war aus seinen Augen gewichen.

»Es duldet keinen Aufschub mehr«, erklärte er. »Sie ist jetzt eine Frau und stärker, als sie ahnt. Vielleicht kann ich das Übel noch von euch fernhalten, aber ich muss das Mädchen haben.«

»Sie ist ein Kind«, protestierte Dunja. *Dämon*, dachte sie. *Verführer. Lügner.* »Immer noch ein Kind. Sie bettelt um Honigkuchen, auch wenn sie genau weiß, dass es keinen gibt. Und sie ist so blass geworden diesen Winter, nur noch Haut und Knochen. Wie könnte ich sie dir jetzt geben?«

Das Gesicht des Dämons blieb ungerührt. »Mein Bruder erwacht. Jeden Tag wird sein Gefängnis schwächer. Dieses Kind hat, ohne es zu wissen, alles getan, um euch zu beschützen. Mit Brotkrusten, mit seinem Mut und seiner Weitsicht, doch mein Bruder lacht nur über diese Dinge. Sie braucht die Kette mit dem Anhänger. Jetzt.«

Die Dunkelheit kam näher. Die nächsten Worte des Dämons waren nur noch ein Zischen, Dunja verstand nicht eine Silbe. Ein Wind umtoste die Lichtung, die Schatten zogen sich wieder zurück, der Mond kam heraus und ließ den Schnee leuchten.

»Bitte, Winterkönig«, sagte Dunja und faltete demütig die Hände. »Noch ein Jahr. Einen Sommer noch, lass Regen und Sonne sie stark machen. Ich werde – ich *kann* – dir mein Mädchen jetzt im Winter nicht geben.«

Ein dröhnendes Lachen erhob sich zwischen den Bäumen, alt und gelassen. Plötzlich hatte Dunja das Gefühl, als scheine der Mond einfach durch den Dämon vor ihr hindurch, als wäre er lediglich ein Flackern von Licht und Schatten.

Doch dann wurde er wieder fest, hatte einen Körper und eine Gestalt. Er hatte den Kopf zur Seite gedreht und spähte ins Unterholz. Als er sich Dunja wieder zuwandte, war seine Miene todernst.

»Du kennst sie am besten«, sagte er. »Ich darf sie erst zu mir nehmen, wenn sie bereit ist. Sonst stirbt sie. Ein Jahr also noch. Wider meinen Rat.«

14

Die Maus und die Maid

Anna Iwanowna litt wie alle anderen in diesem Winter. Ihre Hände schwollen an und wurden steif, selbst ihre Zähne schmerzten. Sie träumte von Käse mit Eiern und Kresse, doch es gab nur sauren Kohl, Schwarzbrot und geräucherten Fisch. Die zarte Irina verblasste zu einem kraftlosen Schatten ihrer selbst, und die entsetzte Anna bemerkte ein ungewohntes Einvernehmen zwischen ihr und Dunja, denn beide flößten Irina Brühe und Honig ein, damit sie nicht gar so sehr fror.

Wenigstens sah sie keine Dämonen. Die kleine, bärtige Kreatur schlich nicht mehr im Haus herum, und auch das schäbige braune Zweigmännlein ließ sich nicht mehr auf dem Dwor blicken. Anna sah nur Menschen und ertrug die Unannehmlichkeiten, die ein überfülltes Haus in einem harten Winter unweigerlich mit sich brachte. Und die ganze Zeit war Vater Konstantin um sie, ein Mann wie ein Engel, wie sie sich ihn niemals erträumt hätte mit seiner strahlenden Stimme, den zarten Lippen und den seligen Ikonen, die unter seinen starken Händen entstanden. Sie sah ihn jeden Tag. Sich in seiner Gegenwart zu sonnen war Anna Speis und Trank, sie brauchte nichts weiter. Sie lebte in Frieden mit sich und der Welt, schaffte es sogar, ihren Stiefsöhnen zuzulächeln und Wasilisa zu ertragen.

Doch als der Schnee kam und die Kälte nachließ, war es damit vorbei. Zur grauen Mittagsstunde eilte Anna unter dem bleiernen, schneeverhangenen Himmel zu Konstantins Zelle. »Die Dämonen sind immer noch hier, Batjuschka!«, wimmerte sie. »Sie haben sich nur versteckt, und jetzt sind sie zurückgekommen. Sie sind verschlagen, und sie sind Teufel. Was ist meine Sünde, Vater? Was muss ich tun?« Sie zitterte und weinte. Erst am Morgen war der Domowoi, noch schwelend von der Ofenhitze, hervorgekommen und hatte sich über Dunjas Flickkorb hergemacht.

Konstantin antwortete nicht gleich. Seine Finger waren blau und weiß von Farbe – er hatte sich eigens zum Malen zurückgezogen. Anna hatte ihm eine Schüssel Suppe mitgebracht. Sie schwappte in ihren zitternden Händen. *Kohl*, dachte er angewidert. Er konnte Kohl auf den Tod nicht ausstehen.

Anna setzte die Schüssel neben ihm ab und blieb.

»Geduld, Anna Iwanowna«, erwiderte er, als klar war, dass sie auf eine Antwort wartete. Konstantin drehte sich nicht zu ihr um und unterbrach auch nicht seine schnellen, tupfenden Pinselstriche. Er hatte seit Wochen nicht mehr gemalt. »Es ist eine hartnäckige Plage, aufrechterhalten durch die Verfehlungen vieler. Wartet ab, beizeiten führe ich sie zurück zu Gott.«

»Ja, Batjuschka«, erwiderte Anna. »Aber heute habe ich gesehen, wie …«

»Anna Iwanowna«, zischte er, »wie könnt Ihr die Dämonen loswerden wollen und gleichzeitig überall nach ihnen suchen? Welche gute Christin würde so etwas tun? Ihr tätet besser daran, Gott zu fürchten und Eure Zeit mit Gebeten zu verbringen. Vielen Gebeten.« Er blickte demonstrativ zur Tür.

Anna rührte sich nicht. »Ihr habt schon so viele Wunder gewirkt. Ich bin … Haltet mich nicht für undankbar, Batjuschka.« Sie kam zitternd heran und legte ihm eine Hand auf die Schulter.

Als Konstantin ihr einen aufgebrachten Blick zuwarf, zuckte sie zurück, als hätte sie sich am Ofen verbrannt. Eine stumpfe Röte schlich sich in ihr Gesicht. »Ehrt Gott, Anna Iwanowna«, sagte er nur. »Und jetzt lasst mich arbeiten.«

Einen Moment lang stand sie stumm da, dann eilte sie zur Tür hinaus.

Konstantin nahm die Schale und trank sie in einem Schluck leer. Er wischte sich über den Mund und versuchte, die innere Ruhe wiederzufinden, die er zum Malen brauchte. Doch die Worte der Hausherrin nagten an ihm. *Dämonen. Teufel. Was ist meine Sünde?* Seine Gedanken schweiften ab. Er hatte diese Menschen mit Gottesfurcht erfüllt. Sie waren auf dem Weg der Erlösung, sie brauchten ihn, liebten und fürchteten ihn in gleichen Maßen. Und das zu Recht, denn er war von Gott gesandt. Sie beteten vor seinen Ikonen. Alles, was er mit strengen Blicken und Worten über Demut und den Gehorsam vor Gott erreichen konnte, hatte er erreicht. Er spürte die Auswirkungen.

Und doch.

Pjotrs zweitgeborene Tochter drängte sich in seine Gedanken. Er hatte sie den ganzen Winter über beobachtet, ihre kindische Anmut, ihr Lachen, ihre leichtfertige Respektlosigkeit und die heimliche Trauer, die manchmal über ihr Gesicht huschte. Er erinnerte sich, wie sie eines Abends wie aus dem Nichts vor ihm aufgetaucht war, ganz zu Hause in der Kälte der anbrechenden Nacht. Sie hatte ihm Met gegeben, und er hatte angenommen, ohne weiter darüber nachzudenken, hatte nur seinen Durst stillen wollen.

Sie kennt keine Angst, überlegte er mürrisch. *Sie fürchtet Gott nicht. Sie fürchtet gar nichts.* Er sah es in ihrem Schweigen, in ihrem hellsichtigen Blick und an den vielen Stunden, die sie allein im Wald verbrachte. Keine gute Christin hatte solche Augen, und keine Maid wandelte mit solcher Unbekümmertheit in der Dunkelheit.

Um ihrer Seele willen – und der Seelen aller anderen an diesem verlassenen Ort – musste er sie Demut lehren. Sie musste erkennen, was sie war, und lernen, sich davor zu fürchten. Wenn er sie rettete, würde er alle retten. Versagte er aber …

Konstantin achtete nicht mehr darauf, was seine Finger taten. Er malte wie im Rausch, während er sich den Kopf zerbrach. Dann kehrten seine Gedanken in den Moment zurück, und sein Blick fiel auf die Ikone.

Wilde grüne Augen, die eigentlich von einem sanften Blau hätten sein sollen, schauten ihn an. Der lange Schleier der Jungfrau sah aus wie ein dichter Schopf rot-schwarzen Haars. Sie schien ihn anzulachen, gefangen im Wald und doch frei. Konstantin schleuderte die Ikone fluchend zu Boden, Farbe spritzte auf, und das Holz splitterte.

Der Frühling war zu nass und außerdem zu kalt. Irina liebte Blumen, doch die Schneeglöckchen wollten einfach nicht blühen, und Irina weinte. Die Äcker ertranken in Sturzbächen von Regen, der sonst nie um diese Jahreszeit fiel. Nichts wurde mehr trocken, weder vor noch im Haus. In ihrer Verzweiflung schob Wasja die brennenden Scheite in die eine Ecke des Ofens und legte die Strümpfe in die andere. Als sie sie wieder herausfischte, waren sie zwar warm, aber immer noch nass. Das halbe Dorf hatte Husten. Aljoscha kam herein, um sich anzukleiden. Wasja beobachtete ihn mit zusammengekniffener Stirn.

»Dein Experiment hätte schlimmer ausgehen können«, sagte er und beäugte seine leicht angekohlten Strümpfe. Seine Augen waren rot, seine Stimme heiser. Er schnitt eine Grimasse und zog sich die feuchtwarme Wolle über seine Füße.

»Stimmt«, bestätigte Wasja und zog ihre eigenen an. »Beinahe hätte ich sie allesamt gebraten.« Sie schaute ihn an. »Heute Abend gibt es warmes Essen. Stirb mir nicht, bevor der Regen aufhört, kleiner Bruder.«

»Das kann ich dir nicht versprechen, Schwesterchen«, erwiderte Aljoscha düster. Er hustete, rückte seine Mütze zurecht und ging nach draußen.

Solange der feuchtkalte Regen anhielt, mahlte Vater Konstantin seine Pigmente in der Winterküche. Dort war es um einiges wärmer und außerdem ein bisschen trockener als in seinem Zimmer, wenn auch viel lauter wegen all der Hunde, Kinder und Zicklein, die noch zu klein waren, um bei diesem Wetter im Stall zu bleiben. Wasja gefiel diese Veränderung nicht. Der Priester sagte nie ein Wort zu ihr, stattdessen lobte er Irina und unterwies Anna Iwanowna. Doch Wasja spürte, wie sein Blick inmitten des Tumults in der Küche immer wieder zu ihr wanderte. Ob sie mit Dunja scherzte, den dünnen Brotteig knetete oder an ihrer Spindel herumhantierte, die Augen des Priesters ruhten stets auf ihr.

Warum sagst du mir nicht ins Gesicht, was ich falsch gemacht habe, Batjuschka?

Wasja versteckte sich im Stall, sooft sie konnte. Sobald sie das überfüllte Haus betrat, wurde sie mit Arbeiten überhäuft, während Anna abwechselnd schimpfte und betete. Und immer, immer schaute der Priester sie schweigend und mit ernstem Blick an.

Sie hatte nie jemandem erzählt, wo sie in jener bitterkalten Januarnacht gewesen war. Manchmal glaubte Wasja sogar, sie hätte alles nur geträumt: die Stimme im Wind und das weiße Pferd. Konstantin war ständig im Haus, und Wasja musste aufpassen, nicht versehentlich eine Bemerkung über den Domowoi fallen zu lassen. Konstantin beobachtete sie trotzdem. Es war, dachte sie beinahe verzweifelt, nur eine Frage der Zeit, bis ihr ein Fehler unterlief und er sich auf sie stürzte.

Doch die Tage flossen ineinander, und der Priester schwieg weiter. Dann kam der April, und Wasja ging zur Pferdeweide, um Mysch zu verarzten, Saschas ehemaliges Reitpferd, das schon sieben Fohlen zur Welt gebracht hatte. Sie war nicht mehr die jüngste, aber immer noch gesund und bei Kräften. Ihren weisen, alten Augen entging nichts. Pjotrs beste Pferde – zu denen auch Mysch zählte – verbrachten den Winter im Stall und gingen erst wieder mit den anderen auf die Weide, wenn die ersten Grashalme die Schneedecke durchstießen. Das führte zu Reibereien, weshalb Mysch nun eine hufförmige Platzwunde auf der Flanke hatte. Beim Wundenvernähen stellte Wasja sich viel geschickter mit Nadel und Faden an als beim Stoffeflicken. Der rote Strich wurde zusehends kleiner, und Mysch hielt still, nur ab und zu zuckte ihr Fell.

»Sommer, Sommer, Sommer«, sang Wasja vor sich hin. Die Sonne schien warm auf sie herab, und der Regen hatte endlich aufgehört, sodass die Gerste zumindest eine Chance hatte. Als Wasja kurz aufstand, merkte sie, dass ihr Scheitel über den Winter noch ein Stückchen näher an Myschs Kopf gerückt war. Sie war noch einmal gewachsen. *Tja*, dachte sie ein wenig wehmütig, *wir können nicht alle so klein sein wie Irina.*

Die kleine Irina wurde schon jetzt von allen als Schönheit gefeiert. Wasja versuchte, nicht daran zu denken, da rupfte Mysch ein paar frische Grasbüschel ab und sagte: *Wir haben ein Geschenk für dich.*

Wasja hielt mitten im Stich inne. »Ein Geschenk?«

Du hast uns im Winter Brot gebracht. Wir stehen in deiner Schuld.

»Uns? Dem Wasila.«

Der Wasila sind wir alle zusammen, unterbrach die Stute. *Er ist noch ein bisschen mehr, aber hauptsächlich ist er wir.*

»Oh«, machte Wasja. »Dann, ähm, danke.«

Bedanke dich nicht für Gras, das du noch nicht gegessen hast, entgegnete die Stute mit einem Schnauben. *Dies ist unser Geschenk: Wir möchten dir das Reiten beibringen.*

Wasja ließ die Nadel sinken, ihr Herz begann zu pochen. Sie konnte bereits reiten – auf einem kleinen, dicken Pony, das sie sich mit Irina teilte, aber ...»Wirklich?«, flüsterte sie.

Ja, sagte Mysch, *aber es könnte sich als ein zweischneidiges Vergnügen herausstellen. Es könnte dich von deinen Leuten entfernen.*

»Meine Leute«, wiederholte Wasja leise. *Die vor den Ikonen geweint haben, während der Domowoi hungern musste. Ich kenne sie nicht mehr. Sie haben sich verändert. Ich nicht.* Laut sagte sie: »Das macht mir keine Angst.«

Gut, erwiderte Mysch. *Sobald der Boden trocken ist, fangen wir an.*

Während der folgenden Wochen dachte Wasja kaum noch an Myschs Versprechen. Jeder Frühling brachte endlose Tage voller geisttötender Arbeit. Wenn die Sonne untergegangen war, aß Wasja das ärmliche Brot, das sie mit der Gerste vom letzten Jahr buken, dazu weichen Käse und frische Kräuter, danach warf sie sich auf den Ofen und schlief wie ein Kind.

Dann war es plötzlich Mai, und der braune Schlamm wurde

von frischem Grün überwuchert. Der Löwenzahn leuchtete wie Sterne inmitten all der Pracht. Die Pferde warfen lange Schatten, und der Sichelmond stand noch allein am Himmel, als Wasja schwitzend, erschöpft und zerkratzt auf ihrem Rückweg vom Gerstenfeld an der Weide vorbeikam.

Komm her, sagte Mysch. *Steig auf meinen Rücken.*

Wasja war fast zu müde für eine Reaktion. Sie schaute das Pferd mit leeren Augen an und sagte: »Ich habe keinen Sattel dabei.«

Mysch schnaubte. *Brauchst du auch nicht. Du musst lernen, ohne zurechtzukommen. Ich trage dich, aber ich bin nicht deine Dienerin.*

Wasja fing den Blick der Stute auf. Ein Hauch von Schabernack schimmerte in ihren braunen Augen. »Tut deine Wunde gar nicht mehr weh?«, fragte sie kraftlos und nickte in Richtung des halb verheilten Schnittes auf Myschs Flanke.

Nein, erwiderte das Pferd. *Steig auf.*

Wasja dachte an das warme Abendessen und ihren Stuhl neben dem Ofen. Schließlich biss sie die Zähne zusammen, nahm Anlauf und warf sich mit dem Bauch voraus auf Myschs Rücken. Nach einigem Gerutsche saß sie endlich, wenn auch unbequem, ein kleines Stückchen hinter den harten Schulterknochen der Stute.

Mysch hatte die Ohren angelegt, während Wasja auf ihrem Rücken herumgekrabbelt war. *Du wirst üben müssen.*

Später wusste Wasja nicht einmal mehr, wohin sie an diesem Tag geritten waren. Tief in den Wald natürlich – aus Notwendigkeit. Und es war schmerzhaft gewesen, daran erinnerte sie sich gut. Sie trabten, bis ihr Rücken und die Beine vor Anstrengung zitterten. *Halt still,* schimpfte Mysch. *Es fühlt sich an, als wärst du zu dritt, nicht allein.*

Wasja versuchte es, rutschte mal hierhin, mal dorthin, bis Mysch schließlich genug hatte und ruckartig stehen blieb. Wasja purzelte über Myschs Schulter und landete blinzelnd auf dem lehmigen Waldboden. *Steh auf,* sagte das Pferd. *Und sei in Zukunft vorsichtiger.*

Als sie endlich wieder bei der Weide waren, war Wasja verdreckt und zerschunden und absolut sicher, dass sie keinen Schritt würde gehen können. Außerdem hatte sie das Abendessen verpasst und würde eine ordentliche Standpauke bekommen, doch am nächsten Abend machte sie es wieder. Und am nächsten. Allerdings nicht immer mit Mysch, denn die Pferde wechselten sich ab.

Wasja konnte nicht jeden Tag kommen, denn im Frühling musste sie arbeiten wie alle, damit es im Herbst etwas zu ernten gab. Doch sie übte oft, und allmählich taten ihr Rücken, die Oberschenkel und ihr Bauch weniger weh. Schließlich kam der Tag, an dem sie überhaupt keine Schmerzen mehr hatte. Sie hatte gelernt, ohne Sattel das Gleichgewicht zu halten, aufzuspringen, sich herumzudrehen, stehen zu bleiben, abzuspringen und wieder hinauf, bis sie kaum noch wusste, wo ihr Körper aufhörte und der des Pferdes anfing.

Der Himmel schien größer in diesem Sommer, Wolken zogen über ihn hinweg wie Schwäne. Auf den grünen Feldern wogte die Gerste, aber die Ähren waren verkümmert. Pjotr schüttelte jedes Mal den Kopf, wenn er sie sah. Wasja verschwand jeden Tag mit einem Korb unter dem Arm im Wald. Manchmal warf Dunja aus dem Augenwinkel einen Blick auf die Gaben darin – hauptsächlich Birkenrinde oder Kreuzdorn zum Färben und fast immer zu wenig. Doch Wasja wirkte so glücklich, dass Dunja sich lediglich räusperte und das Mädchen ziehen ließ.

Und Tag für Tag wurde es wärmer, bis die Hitze über dem Land lag wie Honig: zu heiß. Alle Gebete nützten nichts, der Wald war strohtrocken, Brände brachen aus, und die Gerste wuchs nur langsam.

An einem glühend heißen Augusttag machte Wasja sich leicht humpelnd auf den Weg zum See. Diesmal war Buran mit ihr reiten gewesen. Das Fell des einstmals grauen Hengstes war mittlerweile weiß. Er war das größte von Vaters Reitpferden und hatte einen hinterhältigen Sinn für Humor. Wasja konnte es mit ihren zahlreichen blauen Flecken beweisen.

Der See glitzerte in der Sonne. Im Näherkommen glaubte Wasja, ein Rascheln in den Bäumen am Ufer zu hören, doch als sie genauer hinschaute, sah sie nur Blätter. Nach ein paar Momenten erfolgloser Suche gab sie es auf, zog sich aus und hüpfte in den See. Er speiste sich ausschließlich aus Schmelzwasser und war selbst im Sommer eiskalt. Die Kälte presste Wasja die Luft aus den Lungen, sie unterdrückte einen Aufschrei, tauchte unter und ließ die Kälte die Mattigkeit aus ihren Gliedern scheuchen. Dann tollte sie unter Wasser herum, schaute hier und schaute da, doch nirgendwo entdeckte sie einen Hinweis auf die Rusalka.

Mit einem Hauch von Unbehagen paddelte sie zurück ans Ufer, zog ihre Kleider durchs Wasser, schlug sie auf einem Felsen sauber und hängte sie tropfend über einen Zweig. Wasja selbst kletterte ebenfalls auf den Baum und streckte sich wie eine Katze auf einem der Äste zum Trocknen aus.

Vielleicht eine Stunde später erwachte sie aus dem Halbschlaf und musterte ihre immer noch nicht trockenen Kleider. Die Sonne hatte den Zenit überschritten und neigte sich gen Westen, was an einem langen Hochsommertag wie diesem bedeutete, dass der Nachmittag weit fortgeschritten war. Bestimmt schäumte Anna bereits vor Wut, selbst Dunja würde Wasja einen bösen Blick zuwerfen, wenn sie zur Tür hereinschlich. Irina kauerte zweifellos vor dem brüllend heißen Ofen oder machte sich die Finger beim Nähen kaputt. Ein schlechtes Gewissen befiel sie. Wasja kletterte zu einem der tieferen Äste – und hielt ruckartig inne.

Vater Konstantin saß im Ufergras. Er sah hübsch aus, wie ein Bauer und überhaupt nicht wie ein Priester. Seine Robe hatte er gegen ein dünnes Leinenhemd und eine weite Hose eingetauscht, von der noch die Gerstenhalme hingen. Sein ausnahmsweise unbedecktes Haar schimmerte in der Sonne, während er auf den See hinausschaute.

Was macht er da? Wasja war immer noch vom Blätterwerk verborgen. Sie ließ sich ein Stück herab, schnappte sich flink wie ein Eichhörnchen ihre Kleider und kletterte wieder nach oben. Dann zog sie das Hemd und die Hose an, die sie wieder einmal von Aljoscha gestohlen hatte, immer darauf bedacht, nicht zu fallen. Mit ihren Fingern versuchte sie, so etwas wie Ordnung in ihre Haare zu bringen, warf sich ihren knotigen Zopf über die Schulter und ließ sich von ihrem Ast nach unten schwingen. *Wenn ich mich ganz leise davonstehle …*

Da sah sie die Rusalka. Sie stand im Wasser. Ihr Haar war um sie herum ausgebreitet und bedeckte halb ihre nackten Brüste. Und sie lächelte, ein klein wenig nur, in Vater Konstantins Richtung.

Der Priester stand wie auf ein Kommando auf und stolperte auf die Rusalka zu. Wasja rannte ohne Überlegen los und packte ihn an der Hand, doch der Priester war stärker, als er aussah, und schüttelte sie mühelos ab.

Sie wandte sich der Rusalka zu. »Lass ihn in Ruhe!«

»Er wird uns alle umbringen«, erwiderte die Rusalka leise und ohne ihre Beute aus den Augen zu lassen. »Es hat bereits begonnen. Wenn er so weitermacht, sind bald alle Geister aus dem Wald verschwunden. Der Sturm wird kommen, und das Land ist schutzlos. Siehst du es nicht? Zuerst Angst, dann Feuer, dann Hunger. Zuerst hat er deinen Leuten Angst gemacht, dann sind ihre Ofenfeuer heruntergebrannt, und jetzt diese sengende Hitze. Ihr werdet hungern, sobald es kalt wird. Der Winterkönig ist schwach, und sein Bruder ist nah. Er wird kommen, wenn die Wächter ihn nicht aufhalten, und alles ist besser als das.« Ihre Stimme bebte vor Wut. »Besser, ich hole mir diesen hier. Am besten jetzt gleich.«

Vater Konstantin machte noch einen Schritt. Er hatte den See erreicht, das Wasser leckte bereits an seinen Stiefeln.

Wasja versuchte, einen klaren Gedanken zu fassen. »Das darfst du nicht.«

»Warum nicht? Ist sein Leben etwa mehr wert als das der anderen? Denn ich versichere dir: Wenn er weiterlebt, werden viele sterben.«

Wasja zögerte. Widerwillig dachte sie daran, wie der Priester neben Timofejs Leiche gebetet hatte, und das noch lange, nachdem seine Stimme ihn im Stich gelassen hatte. Sie erinnerte sich, wie er Timofejs Mutter gestützt hatte, als sie weinend in den Schnee zu stürzen drohte. Schließlich schüttelte sie den Kopf.

Die Rusalka heulte auf, dann war sie fort. Die Sonne glitzerte auf den Wellen, Wasja packte den Priester bei der Hand und zog ihn zurück ans Ufer. Konstantin schaute sie an, als wäre er eben erst aufgewacht.

Seine Füße waren kalt, und er fühlte sich seltsam verlassen. Kalt, weil er bis zu den Knöcheln im See stand, aber woher die Einsamkeit in seinem Herzen kam, konnte sich Konstantin nicht erklären. Er sah ein Gesicht vor sich. Noch bevor ihm ein Name dazu einfiel, nahm die Maid seine Hand und zerrte ihn Richtung Ufer. Er stolperte hinterher. Die Sonne spiegelte sich rot und schwarz in ihrem Zopf, da erkannte er das Mädchen wie mit einem Donnerschlag. »Wasilisa Petrowna.«

Sie ließ seine Hand los und schaute ihn an. »Batjuschka.«

Er spürte seine nassen Zehen. Die Frau im See fiel ihm wieder ein. Angst stieg in ihm auf. »Was tust du hier?«, fuhr er Wasja an.

»Euch das Leben retten«, erwiderte sie. »Der See ist gefährlich.«

»Ein Dämon …«

Wasja zuckte die Achseln. »Oder die Hüterin des Sees. Nennt sie, wie Ihr wollt.«

Er griff nach dem Kreuz, das an einem Bändchen um seinem Hals baumelte, und drehte sich halb herum, zurück Richtung Wasser.

Die Hand des Mädchens schnellte vor, legte sich um das Kreuz und riss es ab. »Lasst das, und lasst sie!«, fauchte Wasja und hielt das Kreuz so weit von ihm weg, dass er es nicht erreichen konnte. »Ihr habt schon genug Unheil angerichtet. Könnt Ihr sie nicht einfach in Ruhe lassen?«

»Ich möchte dich retten, Wasilisa Petrowna«, entgegnete er. »Euch alle. Hier sind dunkle Mächte am Werk, die ihr nicht versteht.«

Zu seiner Überraschung – und vielleicht auch zu ihrer – lachte Wasja. Die Heiterkeit glättete ihre kantigen Züge, und Konstantin starrte sie in unfreiwilliger Faszination an.

»Mir scheint, Batjuschka, Ihr seid es, der nicht versteht. Es war Euer Leben, das gerettet werden musste. Macht Euch wieder an die Feldarbeit und haltet Euch von dem See fern.« Dann drehte sie sich um und ging. Ihre Füße bewegten sich über das Moos und die Kiefernnadeln, ohne ein Geräusch zu machen.

Konstantin holte sie ein und ging neben ihr. Sie hielt immer noch sein kleines Holzkreuz zwischen den Fingern.

»Wasilisa Petrowna«, versuchte er es noch einmal und verfluchte sich für seine Unbeholfenheit. Er wusste immer, was er sagen musste, doch dieses Mädchen brauchte ihn nur mit seinen klaren Augen anzuschauen, und schon verließ ihn alle Selbstsicherheit, fühlte sich gar töricht an. »Ihr müsst euren barbarischen Bräuchen abschwören. Ihr müsst in Gottesfurcht und aufrichtiger Buße auf den rechten Weg zurückkehren. Du bist die Tochter eines Bojaren und braven Christen, und deine Mutter verliert den Verstand, wenn wir die Dämonen nicht von ihrem Herd vertreiben. Kehre um, Wasilisa Petrowna. Tue Buße.«

»Ich besuche den Gottesdienst, Vater«, entgegnete sie. »Und Anna Iwanowna ist weder meine Mutter, noch geht mich ihr Wahnsinn etwas an. Genauso wie Euch meine Seele nichts angeht. Ich würde sogar sagen, bevor Ihr kamt, sind wir bestens zurechtgekommen. Wir haben weniger gebetet, aber auch weniger geweint.«

Sie ging schnell, zwischen den Bäumen konnte Konstantin bereits die Palisade erkennen.

»Hört gut zu, Batjuschka«, fuhr Wasja fort. »Betet für die Toten, kümmert Euch um die Kranken und tröstet meine Stiefmutter, aber lasst *mich* in Ruhe. Sonst werde ich beim nächsten Mal, wenn einer von ihnen Euch holen will, keinen Finger mehr rühren.« Ohne eine Antwort abzuwarten, gab sie ihm das Kreuz zurück und ging mit langen Schritten zum Dorf.

Es war noch warm von ihrer Hand, als Konstantin zögernd die Finger darum schloss.

15

Sie holen sich nur die wilden Jungfrauen

Die gleißende Nachmittagssonne verblasste zu Honig-
gelb, dann zu Bernstein und schließlich zu Rost, ein
blasser Halbmond kroch über den Horizont. Mit der Sonne
schwand auch die Hitze. Den Feldarbeitern wurde kalt von dem
nassen Schweiß auf ihrer Haut. Konstantin schulterte seine Sense.
Unter der Hornhaut auf seinen Handflächen wölbten sich Blutblasen. Er legte die Finger um den Sensenstiel und achtete darauf,
Pjotr Wladimirowitsch nicht zu nahe zu kommen. Verlangen
schnürte ihm die Kehle zu, Zorn erstickte seine Stimme. *Es war
ein Dämon. Es war Einbildung. Statt sie auszutreiben, bist du zu
ihr hingekrochen.*

Bei Gott, wie wünschte er sich nach Moskau zurück. Oder
nach Kiew oder noch weiter. Er sehnte sich nach warmem Brot in
ausreichenden Mengen, anstatt die Hälfte des Jahres zu hungern.
Er sehnte sich danach, das Pflügen den Bauern zu überlassen und
vor Tausenden zu sprechen. Nie mehr grübelnd wach zu liegen.

Nein. Gott hatte ihm eine Aufgabe gegeben. Er konnte sie nicht
einfach halb fertig liegen lassen.

Wenn sie nur endlich beendet wäre.

Seine Kiefermuskeln zuckten. Er würde es zu Ende bringen, er musste. Und dann würde er in einer Welt leben, in der kleine Mädchen sich ihm nicht widersetzten und keine Dämonen unter Gottes Sonne wandelten.

Er ließ das abgemähte Feld hinter sich und ging. Vom Waldrand fielen hungrige Schatten in seine Richtung. Konstantin wandte den Blick ab und sah Pjotrs Herde im schwindenden Tageslicht beim Grasen zu. Ein heller Fleck leuchtete zwischen all dem Grau und Kastanienbraun. Er kniff die Augen zusammen. Eines der Pferde – Pjotrs Streitross – stand mit erhobenem Kopf und still wie eine Statue. Daneben zeichnete sich eine schmale Silhouette vor dem Sonnenuntergang ab. Konstantin erkannte sie sofort.

Der Hengst schwang sein imposantes Haupt herum und knabberte an ihrem Zopf, das Mädchen lachte wie ein Kind.

Konstantin hatte Wasja noch nie so gesehen. Im Haus war sie mal ernst und vorsichtig, dann wieder unbekümmert und charmant, ein dürres Mädchen mit riesigen Augen, das sich lautlos bewegte. Aber hier, allein unter freiem Himmel, war sie schön wie ein einjähriges Fohlen oder ein gerade flügge gewordener Falke.

Konstantin verscheuchte das Lächeln von seinem Gesicht. Die Dörfler schenkten ihm Bienenwachs und Honig, sie baten ihn um Rat und dass er sie in seine Gebete einschließen möge. Sie küssten seine Hand, und ihre Gesichter erstrahlten, sobald sie ihn erblickten. Nur dieses Mädchen ging ihm aus dem Weg, vermied sogar seinen Blick. Aber dieses Pferd, ein dummes *Tier*, ließ sie erstrahlen vor Glück. Dabei gebührte dieses Strahlen Gott – und Konstantin als Gottes Gesandtem. Sie war genau, wie Anna Iwanowna sagte: hartherzig, pflichtvergessen und unweiblich. Sie sprach mit Dämonen und brüstete sich nun auch noch, ihm das Leben gerettet zu haben.

Trotzdem sehnten sich seine Finger danach, diese Liebe und Einsamkeit, diesen Stolz und die erst halb erblühten fraulichen Formen ihres Körpers mit Farbe und Pinsel festzuhalten. *Sie hat dir das Leben gerettet, Konstantin Nikonowitsch.*

Mit brutaler Entschlossenheit erstickte er zuerst den Wunsch, dann den Gedanken. Pinsel und Farbe waren da, um Gott zu ehren, nicht um die Vergänglichkeit des Fleisches zu preisen. *Sie war es, die den Dämon herbeigerufen hat. Und es war Gottes Hand, die mich rettete.* Als er sich endlich losriss, war Wasjas Anblick wie auf die Innenseiten seiner Augenlider gebrannt.

Der Abend war violett, als Wasja in die Küche kam, ihr Gesicht immer noch rot von der Sonne. Sie nahm Schüssel und Löffel, ließ sich eine Portion Eintopf geben und setzte sich damit ans Fenster. Ihre Augen schimmerten grün im Zwielicht. Sie stürzte sich auf ihre Mahlzeit, ab und zu setzte sie den Löffel ab und schaute nach draußen in die Dämmerung.

Vater Konstantin kam mit steifen, wohlüberlegten Schritten heran und setzte sich neben sie. Ihr Haar roch nach Erde, Sonne und Seewasser.

Wasja wendete den Blick nicht vom Fenster ab. Überall im Dorf leuchteten kleine Feuer wie Sterne, der blasse Halbmond stand hoch am mit Wolken gesprenkelten Himmel. In der Küche war es laut, nur die beiden schwiegen, und das Schweigen zog sich in die Länge. Schließlich war es der Priester, der es durchbrach.

»Mein Leben gehört Gott«, sagte er leise. »Trotzdem hätte es mich bedrückt, jetzt schon zu sterben.«

Wasja warf ihm einen verwirrten Blick zu. Der Anflug eines Lächelns umspielte ihre Mundwinkel. »Das überrascht mich,

Batjuschka. Habe ich Euch nicht um Euren schnellen Einzug ins Himmelreich betrogen?«

»Ich verdanke dir mein Leben«, erwiderte Konstantin steif. »Aber spotte nicht über Gott.«

Plötzlich spürte Wasja seine warme Hand auf der ihren. Das Lächeln verschwand von ihren Lippen.

»Vergiss das nicht«, fuhr Konstantin fort und schob ihr einen kleinen Gegenstand zwischen die Finger. Seine Handfläche, noch ganz rau vom Sensen, glitt über ihre Fingerknöchel. Dann verstummte er und schaute ihr direkt ins Gesicht.

Da verstand Wasja plötzlich, warum all die Frauen ständig zu ihm kamen, und sie verstand, dass seine warme Hand und die gemeißelten Gesichtszüge eine Waffe waren, die selbst da funktionierte, wo Worte versagten. Diese Hand und seine schönen Augen würden auch sie zum Gehorsam bringen.

Bin ich denn genauso töricht wie Anna Iwanowna? Wasja zog ihre Hand weg. Sie sah nicht, wie Konstantins Finger zitterten, als er aufstand. Nur seinen Schatten, der flackernd über die Wand glitt.

Anna saß neben dem Ofen und stickte. Das Stück Stoff in ihren Händen fiel zuerst auf ihre Knie, dann auf den Boden, als sie sich erhob. »Was hat er dir gegeben?«, zischte sie. »Was?« Jede Pore und jedes Fältchen in ihrem Gesicht trat hervor.

Wasja wusste es selbst nicht. Sie hielt Anna den Gegenstand vors Gesicht. Es war das kleine Holzkreuz, aus seidig weichem Kiefernholz geschnitzt. Sie schaute es verdutzt an. *Was soll das sein, Priester? Eine Warnung? Eine Entschuldigung? Eine Aufforderung vielleicht?*

»Ein Kreuz«, sagte sie.

Doch Anna hatte es sich bereits geschnappt. »Das gehört mir. Er wollte es mir geben. Geh!«

Wasja hätte vieles erwidern können, doch sie entschied sich für die sicherste Variante. »Ja, bestimmt«, erwiderte sie und ging nicht.

Stattdessen schlenderte sie mit ihrer Schale zum Ofen, schwatzte Dunja noch eine Portion Eintopf ab und stibitzte ihrer arglosen Schwester einen Brotkanten. Kurz darauf wischte sie ihre leere Schüssel mit der Rinde aus und lachte über Irinas verdutztes Gesicht.

Anna sagte nichts mehr, aber sie stickte auch nicht. Wasja konnte so viel lachen, wie sie wollte – den flammenden Blick ihrer Stiefmutter spürte sie trotzdem.

Anna schlief nicht in dieser Nacht, stattdessen eilte sie in die Kirche. Als die tiefblaue Nacht der Dämmerung wich, ging sie zu ihrem Mann und rüttelte ihn wach.

Nicht ein Mal in den vergangenen neun Jahren war sie von selbst zu Pjotr gekommen. Er hatte sie bereits in einen kräftigen Würgegriff genommen, bevor er merkte, dass es seine Frau war. Das Haar hing ihr in graubraunen Strähnen ins Gesicht, ihr Kopftuch war verrutscht und ihr Blick war wie versteinert. »Liebster«, krächzte sie und rieb sich den Hals.

»Was ist?«, keuchte Pjotr. Er sprang aus dem Bett und kleidete sich eilig an. »Ist etwas mit Irina?«

Anna strich sich das Haar glatt und rückte ihr Kopftuch zurecht. »Nein … nein.«

Pjotr knöpfte sein Hemd zu und legte seine Schärpe an. »Was dann?«, fragte er nicht sonderlich freundlich. Anna hatte ihn erschreckt, und wie.

Seine Frau senkte den Blick, sie zitterte. »Ist dir aufgefallen, um wie viel Wasilisa seit dem letzten Sommer gewachsen ist?«

Pjotrs Bewegungen wurden langsamer. Der jungfräuliche Tag zeichnete blassgoldene Streifen auf den Dielenboden. Anna hatte sich nie für Wasja interessiert. »Ist sie?«, fragte er verwirrt.

»Und einigermaßen ansehnlich.«

Er blinzelte. »Sie ist ein Kind.«

»Eine Frau«, fauchte Anna ungeduldig.

Pjotr zuckte zusammen. Anna hatte ihm noch nie widersprochen.

»Ein wildes, unbezähmbares Ding, das keine Sekunde stillhalten kann, aber mit einer stattlichen Mitgift«, fuhr seine Frau fort. »Besser, wir verheiraten sie jetzt, solange das bisschen Schönheit noch anhält.«

»Sie wird auch nächstes Jahr nicht hässlich werden«, erklärte Pjotr knapp. »Und schon gleich gar nicht innerhalb der nächsten Stunde. Warum hast du mich geweckt, Weib?« Er ging aus dem Zimmer. Der nussige Geruch frischen Brotes erfüllte das Haus, und er hatte Hunger.

Anna folgte ihm geschäftig. »Deine Tochter Olga hat auch mit vierzehn geheiratet.« Olga war es gut ergangen seit ihrer Hochzeit. Sie war zu einer echten Fürstin geworden, einer stattlichen Matrone mit drei Kindern, und ihr Mann stand hoch in Iwans Gunst.

Pjotr griff sich einen noch warmen Laib und brach ihn auseinander. »Ich werde darüber nachdenken«, erwiderte er, um Anna zum Schweigen zu bringen. Er grub die Finger in den feuchten Teig und schob sich ein großes Stück in den Mund. Manchmal taten ihm die Zähne weh, die weiche Krume war eine Wohltat. *Du bist ein alter Mann geworden*, dachte er, schloss die Augen und versuchte, die Stimme seiner Ehefrau mit Kaugeräuschen zu übertönen.

Bei Tagesanbruch machten sie sich auf den Weg zu den Feldern. Den ganzen Vormittag sensten sie mit langen, rauschenden Strichen, danach breiteten sie die Halme zum Trocknen aus. Ihre Rechen bewegten sich scharrend vor und zurück, vor und zurück, die Sonne war wie ein lebendiges Wesen, das sie in seine glühende Umarmung schloss. Der kaum vorhandene Schlagschatten verkroch sich zu ihren Füßen, ihre Gesichter glühten von Schweiß und Sonnenbrand. Pjotr und seine Söhne arbeiteten Seite an Seite mit den Bauern. Zur Erntezeit arbeiteten alle, und Pjotr war froh um jedes einzelne Körnchen. Die Gerste war nicht so gediehen, wie sie sollte, die Ähren dünn und verkümmert.

Aljoscha streckte den schmerzenden Rücken und hielt sich seine schmutzige Hand über die Augen. Seine Miene hellte sich sofort auf, als er den vom Dorf herangaloppierenden Reiter sah.

»Endlich«, sagte er und steckte zwei Finger in den Mund. Ein langer Pfiff zerriss die mittägliche Stille, auf dem ganzen Feld legten die Männer ihre Rechen zur Seite, wischten sich die Strohreste aus dem Gesicht und machten sich auf zum Fluss. Das glucksende tiefgrüne Wasser versprach zumindest etwas Erholung von der Hitze.

Pjotr lehnte sich auf seinen Rechen und wischte sich die nassen Strähnen aus der Stirn, doch er blieb. Der Reiter auf seiner trittsicheren Stute kam näher. Pjotr kniff die Augen zusammen und sah Wasjas schwarzen Zopf im Wind flattern. Doch das war nicht ihr gutmütiges kleines Pony. Myschs weiße Hufe blitzten im Dunst auf.

Wasja winkte zum Gruß, und Pjotr wartete mit ernstem Blick. Eine Ermahnung war angebracht. *Eines Tages bricht sie sich noch den Hals, das verrückte Ding.*

Aber wie sicher sie auf dem Pferd saß! Selbst als sie in vollem

Galopp über einen Graben hinwegsprang, blieb Wasja vollkommen bewegungslos bis auf ihr flatterndes Haar. Kurz vor dem Wald hielt sie an. Sie hatte einen Korb auf dem Schoß, und Pjotr fiel auf, wie groß sie geworden war.

»Hast du gar keinen Hunger, Vater?«, rief sie zu ihm herüber.

Erst jetzt sah Pjotr, dass Wasja mit beiden Händen den Korb festhielt. Sie hatte Mysch kein Zaumzeug angelegt, ja nicht einmal einen Halfterstrick.

»Ich komme«, rief er zurück und schulterte seinen Rechen. Aus einem Grund, den er selbst nicht recht verstand, verfinsterte sich seine Stimmung. Ein goldgelber Haarschopf schimmerte in der Sonne: Konstantin Nikonowitsch war ebenfalls noch hier und schaute Wasja hinterher, wie sie mit Mysch zwischen den Bäumen verschwand. *Meine Tochter reitet wie ein Junge aus der Steppe. Was wird er wohl von ihr denken, unser tugendhafter Priester?*

Die Männer schütteten sich kaltes Wasser über die Köpfe und tranken in großen Schlucken. Als Pjotr an den Fluss kam, war Wasja bereits abgestiegen und reichte einen Lederschlauch voll Kwas herum. Dunja hatte eine riesige Pastete gebacken, prall gefüllt mit Getreide, Käse und frischem Gemüse. Die Männer versammelten sich um Wasja und schnitten sich jeder ein großes Stück ab. Krümel vermischten sich mit dem Schweiß auf ihren Gesichtern.

Zwischen all den grobschlächtigen Männern traten Wasjas lange, geschmeidige Glieder und die weit auseinanderstehenden, großen Augen nur noch stärker hervor. *Ich möchte eine Tochter, wie meine Mutter war,* hatte Marina zu ihm gesagt. Und da war sie nun, wie ein Falke unter Kühen.

Keiner sprach mit ihr, mit gesenkten Häuptern aßen sie eilig ihre Pastete und kehrten dann zu den Feldern zurück. Aljoscha zupfte sie im Vorbeigehen grinsend am Zopf, da sah Pjotr, wie einige der Arbeiter sich unterwegs noch einmal umdrehten. »Hexe«, murmelte einer, doch Pjotr hörte es nicht. »Sie hat das Pferd verhext. Der Priester sagt ...«

Die Pastete war weg, ebenso die Männer, doch Wasja blieb. Sie legte den Trinkschlauch ab und ging zum Fluss, um sich die Hände zu waschen. Sie bewegte sich wie ein Kind. *Natürlich tut sie das, denn sie ist immer noch eines. Mein kleiner Frosch.* Und doch hatte sie die natürliche Eleganz eines wilden Geschöpfes. Als sie fertig war, hob Wasja den Trinkschlauch auf und kam zu ihm. Pjotr erschrak bis ins Mark, als er ihr Gesicht sah. *Oh, Heiland,* dachte er. *Vielleicht hat Anna doch recht. Selbst wenn sie jetzt noch keine Frau ist, sie wird bald eine sein.* Auch der Priester schaute seine Tochter an, wie er bemerkte.

»Wasja«, sagte Pjotr barscher, als er gewollt hatte. »Was soll das, ohne Sattel und Zaumzeug auf Mysch zu reiten? Du brichst dir noch deinen störrischen Schädel.«

Wasja wurde rot. »Dunja hat mich gebeten, mich zu beeilen. Mysch war gerade in der Nähe, und ohne Sattel ging es schneller.«

»Und wie wär's mit einem Halfter, Dotschka?«, erwiderte Pjotr schroff.

Wasja wurde noch röter. »Mir ist nichts passiert, Vater.«

Pjotr musterte sie stumm. Wäre sie ein Junge, hätte er sie für ihre Reitkünste gelobt. Doch sie war ein Mädchen, ein wildes Gör an der Schwelle zum Frauwerden. Konstantins Blick fiel ihm wieder ein.

»Wir reden später noch einmal darüber«, sagte er schließlich. »Reite jetzt zu Dunja zurück. Aber nicht wieder so schnell.«

»Ja, Vater«, erwiderte Wasja kleinlaut. Dennoch war ein gewisser

Stolz nicht zu übersehen in der Art, wie sie auf Myschs Rücken sprang und davongaloppierte, den Rücken flach nach vorne gestreckt und den Kopf erhoben.

Der Tag bewegte sich Richtung Dämmerung und darüber hinaus, bis nur noch der fahle Schein der Mitternachtssonne das Firmament erhellte. »Dunja«, fragte Pjotr, »wie lange ist Wasja schon eine Frau?«

Sie saßen allein in der Küche. Der Rest des Haushalts schlief, doch Pjotr fand in diesen fast taghellen Nächten ohnehin schwer in den Schlaf und die Frage beschäftigte ihn.

Dunjas Glieder schmerzten, und sie konnte es kaum erwarten, sich auf ihre harte Pritsche zu legen. Sie drehte langsam ihre Spindel zwischen den Fingern. Pjotr fiel auf, wie dünn sie geworden war.

Sie warf ihm einen harten Blick zu. »Ein halbes Jahr. Um Ostern herum hat es angefangen.«

»Sie ist ein hübsches Mädchen«, erklärte Pjotr. »Aber zu wild. Sie braucht einen Mann, das wird sie ruhiger machen.« Noch während er sprach, stieg ein Bild in ihm auf. Er sah seine wilde Tochter, geehelicht und die Ehe schwitzend auf einem Ofen vollziehend. Eine eigenartige Trauer befiel ihn. Er schüttelte das Bild ab.

Dunja legte ihre Spindel weg und erwiderte bedächtig: »Noch denkt sie nicht einmal an die Liebe, Pjotr Wladimirowitsch.«

»Und wenn schon. Sie wird tun, was ich ihr sage.«

Dunja lachte. »Wird sie das? Hast du ihre Mutter vergessen?«

Pjotr schwieg.

»Ich rate dir, noch zu warten«, fuhr Dunja fort. »Außer ...«

Den ganzen Sommer über hatte sie Wasja im Morgengrauen aus dem Haus verschwinden und erst abends wieder zurückkehren sehen. Sie hatte gesehen, wie Marinas Tochter immer wilder geworden war – und sich immer mehr zurückzog. Das war neu. Als lebte sie nur noch halb in der Welt ihrer Familie, dieser Welt aus Feldern, Vieh und Flickarbeiten. Dunja hatte still zugesehen und mit sich gerungen. Nun kam sie zu einer Entscheidung. Sie steckte die Hand in die Innentasche ihrer Schürze. Als sie sie wieder herauszog, lag der blaue Edelstein darin. Irgendwie unpassend hob er sich von Dunjas runzliger Haut ab. »Erinnerst du dich, Pjotr Wladimirowitsch?«

»Das war ein Geschenk für Wasja!«, fuhr er auf. »Verweigerst du den Gehorsam? Ich habe dich gebeten, es ihr zu geben.« Er beäugte den Stein, als handele es sich um eine Schlange.

»Ich habe ihn für sie aufbewahrt«, erwiderte Dunja. »Ich habe den Winterkönig angefleht, und er hat es mir erlaubt. Er wäre eine zu große Last für das Kind gewesen.«

»Der Winterkönig?«, wiederholte Pjotr aufgebracht. »Bist du ein Kind, dass du immer noch an Märchen glaubst? Es gibt keinen Winterkönig.«

»Märchen?«, sagte Dunja ebenso aufgebracht. »Bin ich so schlecht, dass ich dir Lügen auftischen würde? Ich bin Christin wie du, Pjotr Wladimirowitsch, aber ich glaube an das, was meine Augen sehen. Woher hast du diesen Stein, der jedem Khan Ehre machen würde?«

Pjotr schluckte stumm.

»Wer hat ihn dir gegeben? Du hast ihn aus Moskau mitgebracht, und ich habe nie nachgefragt.«

»Es ist eine Kette«, antwortete Pjotr schließlich. Der Zorn in seiner Stimme war verschwunden. Er hatte versucht, den Mann mit den kalt leuchtenden Augen zu vergessen, das Blut an Koljas Hals und seine Männer, die wie zu Statuen verwandelt dagestanden hatten. *War er das gewesen, der Winterkönig?* Nun erinnerte er sich wieder, wie schnell und bereitwillig er das Geschenk des Fremden angenommen hatte. *Alte Magie,* glaubte er Marinas Stimme zu hören. *Eine Tochter, in deren Adern das Blut meiner Mutter fließt.* Und dann, leiser: *Beschütze sie, Petja. Ich habe mich für sie entschieden, sie ist wichtig. Versprich es mir.*

»Mehr als eine Kette«, widersprach Dunja. »Es ist ein Amulett, möge Gott mir verzeihen. Ich habe den Winterkönig gesehen. Es ist sein Amulett, und er wird kommen.«

Pjotr sprang auf. »Du hast ihn gesehen?«

Dunja nickte.

»Wo? Wo hast du ihn gesehen?«

»Im Traum«, antwortete Dunja. »Nur in meinen Träumen. Doch sie sind von ihm geschickt, und sie sind wahr. Er sagt, ich soll ihr die Kette geben und dass er Wasja zur Wintersonnwende zu sich holen wird. Aber der Winterkönig ist verschlagen – wie alle von seiner Art.« Sie sprach immer schneller. »Ich liebe Wasja wie meine eigene Tochter, doch sie ist kühner, als es gut für sie ist. Ich fürchte um sie.«

Pjotr ging mit schnellen Schritten zu dem großen Fenster der Sommerküche, dann wandte er sich wieder Dunja zu. »Sagst du mir auch die Wahrheit, Awdotja Mikhailowna? Beim Leben meiner Frau, belüge mich nicht.«

»Ich habe ihn gesehen«, wiederholte Dunja. »Und du, glaube ich, ebenfalls. Seine Haare sind schwarz und gelockt. Helle Augen, heller noch als der Winterhimmel. Kein Bart und ganz in Blau gekleidet.«

»Ich überlasse meine Tochter keinem Dämon. Sie ist Christin.« Die unverhohlene Angst in Pjotrs Stimme war neu. Eine weitere Frucht von Konstantins Predigten.

»Dann brauchen wir einen Ehemann für sie«, erwiderte Dunja schlicht. »Je früher, desto besser. Für ein sterbliches Mädchen, das mit einem sterblichen Mann verheiratet ist, interessiert sich der Frostdämon nicht. In allen Geschichten ... der Vogelprinz und der böse Zauberer, sie holen sich nur die wilden Jungfrauen.«

»Wasja?«, fragte Aljoscha. »Unser kleiner Frosch und heiraten?« Er lachte. Die trockenen Gerstenhalme raschelten unter seinem Rechen, in seinen braunen Locken hing Stroh. Eben noch hatte er gesungen, um die nachmittägliche Stille zu vertreiben. »Sie ist noch ein Kind, Vater. Ich habe einen der Bauern geschlagen, weil er sie zu lange angestarrt hat, und sie hat es nicht einmal bemerkt. Nicht einmal, als der Tölpel die gesamte Woche lang mit einem geschwollenen Gesicht herumgelaufen ist.« Er hatte noch einen Bauern geschlagen, der Wasja eine Hexe genannt hatte, aber das sagte er seinem Vater nicht.

»Sie ist nur noch keinem Mann begegnet, der ihr gefällt, das ist alles«, entgegnete Pjotr. »Daran werde ich etwas ändern.« Er hatte seine Entscheidung getroffen und sprach in knappen Worten. »Kyrill Artamonowitsch ist der Sohn eines Freundes. Sein Vater ist gestorben, und er wird ein großes Erbe bekommen. Wasja ist jung und gesund, und sie hat eine stattliche Mitgift. Sie wird fort sein, noch bevor der Schnee kommt.« Er wandte sich wieder dem Gerstenstroh zu.

Aljoscha rührte sich nicht. »Sie wird es nicht gut aufnehmen, Vater.«

»Gut oder nicht, sie wird tun, was ich ihr sage.«

Aljoscha schnaubte. »Wasja? Das glaube ich erst, wenn ich es sehe.«

»Du heiratest«, sagte Irina neidisch zu ihrer Schwester. »Du bekommst eine große Mitgift und wirst in einem großen Haus leben und viele Kinder haben.« Sie stand direkt neben dem Zaun um die Pferdeweide, lehnte sich aber nicht an, um ihren Sarafan nicht zu beschmutzen. Ihr langer, kastanienbrauner Zopf steckte in einem hellen Kopftuch, ihre kleine Hand lag zart auf einer der Holzlatten.

Wasja beschnitt gerade Burans Hufe und flüsterte ihm die wüstesten Drohungen zu, falls er nicht stillhalten sollte. Der Hengst machte unterdessen den Eindruck, als überlege er, wohin er Wasja am besten beißen sollte. Irina war der Anblick ganz und gar nicht geheuer.

Wasja setzte den Huf ab und musterte ihre kleine Schwester. »Ich werde nicht heiraten«, erklärte sie und sprang über den Zaun.

Irina zog missbilligend die Mundwinkel nach unten, sie war aber auch ein bisschen neidisch. »Doch, wirst du. Ein Graf kommt. Kolja ist losgeritten und bringt ihn mit. Ich habe gehört, wie Vater es Mutter erzählt hat.«

Wasja runzelte die Stirn. »Nun, wahrscheinlich muss ich heiraten – eines Tages.« Sie warf ihrer Schwester ein verschmitztes Grinsen zu. »Aber wie soll sich je ein Mann für mich interessieren, solange du in der Nähe bist, mein kleines Vögelchen?«

Irina lächelte schüchtern. Schon jetzt machte die Kunde von ihrer Schönheit die Runde über die umliegenden Dörfer. Da sah sie, was ihre Schwester vorhatte. »Du gehst doch jetzt nicht in den Wald, Wasja, oder? Es ist fast Abendessenszeit, und du bist ganz dreckig.«

Über ihren Köpfen saß die Rusalka, ein grüner Schatten auf dem Ast einer mächtigen Eiche. Wasser tropfte aus ihrem Haar, und sie winkte Wasja zu sich.

»Ich komme gleich nach«, beschwichtigte Wasja.

»Aber Vater sagt ...«

Wasja nahm Anlauf, stemmte einen Fuß gegen den Stamm der Eiche und katapultierte sich nach oben. Mit ihren kräftigen Händen packte sie einen Ast, zog die Beine an und hakte sich mit den Kniekehlen ein. »Keine Sorge, Irinka«, sagte sie mit dem Kopf nach unten baumelnd. »Ich komme schon nicht zu spät.« Dann war sie zwischen den Blättern verschwunden.

Die Rusalka war abgemagert, und sie zitterte. »Was machst du hier?«, fragte Wasja. »Stimmt etwas nicht?« Die Rusalka zitterte noch mehr. »Ist dir kalt?« Das schien kaum möglich, denn der Boden war noch aufgeheizt von der Hitze des Tages und die Brise mild.

»Nein«, antwortete die Rusalka. Ihr Gesicht war hinter ihrem strähnigen Haar verborgen. »Kleine Mädchen frieren, nicht wir Geister. Was hat das Kind zu dir gesagt, Wasilisa Petrowna? Willst du den Wald verlassen?«

Erst jetzt merkte Wasja, dass die Rusalka Angst hatte. Es war nicht leicht zu erkennen, denn sie sprach ganz anders als eine Menschenfrau, doch Wasja fiel die Veränderung in ihrer Stimme trotzdem auf. »Eines Tages«, erwiderte sie. »Eines Tages werde ich heiraten und in das Haus meines Gatten ziehen. Aber ich glaube, bis dahin wird noch einige Zeit vergehen.« Wie schwach die Rusalka aussah und wie hager. Die Blätter schimmerten durch sie hindurch.

Die Hand mit dem Kamm zuckte, sodass ihr das Wasser über Nase und Kinn lief. »Das darfst du nicht«, sagte die Rusalka und bleckte die grünen Zähne. »Wir werden den Winter nicht überleben. Du hast mir verboten, den hungrigen Mann zu töten, und

211

eure Wächter schwinden. Du bist noch ein Kind, die paar Brotkrümel und das bisschen Honigwein, das du euren Hausgeistern heimlich bringst, genügen nicht. Nicht auf ewig. Der Bär ist erwacht.«

»Welcher Bär?«

»Der Schatten an der Wand«, keuchte die Rusalka. »Die Stimme im Dunkeln.« Ihre Mimik war nicht die eines Menschen, ihr Gesicht bewegte sich kaum, nur ihre schwarzen Pupillen wurden riesengroß. »Hüte dich vor den Toten. Denke an meine Worte, Wasja, denn ich werde dich nicht noch einmal besuchen. Nicht als ich selbst. Er wird mich rufen, und ich muss ihm gehorchen. Er wird mich gegen euch wenden, ich kann mich ihm nicht widersetzen. Die Blätter fallen bereits. Bleib hier, im Wald.«

»Was meinst du mit ›hüte dich vor den Toten‹? Und wieso wirst du dich gegen uns wenden?«

Die Rusalka legte ihre feuchten, sumpfigen Finger mit solcher Kraft um Wasjas Arm, dass sie sich anfühlten, als wären sie aus Fleisch. »Der Winterkönig wird euch helfen, so gut er kann«, flüsterte sie. »Er hat es versprochen. Wir alle haben es gehört. Er ist sehr alt und der Feind deines Feindes. Aber du darfst ihm nicht vertrauen.«

Wasja lagen so viele Fragen auf der Zunge, dass sie nicht ein Wort herausbrachte. Sie schaute der Rusalka in die Augen, sah ihr schimmerndes Haar und ihren nackten Körper. »Ich vertraue dir«, sagte sie schließlich. »Du bist meine Freundin.«

»Sei guten Mutes, Wasilisa Petrowna«, erwiderte die Rusalka traurig, dann war Wasja allein, um sie herum nur der Baum und raschelnde Blätter. Als hätte es die Rusalka nie gegeben.

Vielleicht bin ich wirklich verrückt, überlegte Wasja. Sie ließ sich auf den Ast unter ihr hinab und sprang von dort auf den

Boden. Dann eilte sie auf leisen Sohlen durch das prachtvolle spätsommerliche Zwielicht nach Hause, während der Wald in ihrem Rücken unentwegt flüsterte. *Der Schatten an der Wand. Du darfst ihm nicht vertrauen. Hüte dich vor den Toten. Hüte dich vor den Toten.*

»Heiraten, Vater?« Die grüne Abenddämmerung hauchte eine wohltuende Kühle über die verbrannte Erde, die Wärme des Ofens war angenehm. Mittags hatte es nur Brot mit Quark und eingelegten Pilzen gegeben, denn sie mussten so schnell wie möglich wieder zurück auf die Felder. Jetzt am Abend gab es Eintopf und Auflauf, Brathuhn und Grünzeug mit einer Prise kostbarem Salz.

»Wenn dich einer nimmt«, erwiderte Pjotr unwirsch und stellte seine Schüssel ab. Saphire und helle Augen, Drohungen und Versprechen, die er nur halb verstand, tobten durch seine Gedanken. Wasja war mit noch feuchtem Gesicht in die Küche gekommen, und es gab eindeutige Hinweise, dass sie versucht hatte, sich die Fingernägel sauber zu machen. Doch das Wasser hatte den Schmutz nur verteilt; mit ihrem dünnen, ungefärbten Kleid und den offenen schwarzen Haarsträhnen sah sie aus wie eine Magd. Ihre Augen waren groß und wild und aufgewühlt. *Es wäre so viel leichter, sie zu verheiraten, wenn sie sich dazu durchringen könnte, ein bisschen mehr wie eine Frau und weniger wie eine Bauerstochter auszusehen. Oder wie ein Waldgeist ...*

Pjotr beobachtete, wie seine Tochter zu widersprechen versuchte und es dann doch nicht tat. Mädchen heirateten oder gingen ins Kloster. Wasja wusste das genau.

»Heiraten?«, fragte sie noch einmal und rang um Worte. »Jetzt?«

Wieder verspürte Pjotr einen Stich. Er sah Wasja mit dickem

Kinderbauch, über einen Ofen gebückt, vor einem Webstuhl sitzend, all ihre Grazie dahin ...

Sei kein Narr, Pjotr Wladimirowitsch. Es ist das Los der Frauen. Er dachte an Marina, ihren warmen und geschmeidigen Körper in seinen Armen. Und er dachte daran, wie sie sich manchmal in den Wald geschlichen hatte, beinahe schwebend wie ein Geist und mit dem gleichen, wilden Ausdruck in den Augen.

»Wen soll ich heiraten, Vater?«

Aljoscha hatte recht. Wasja war wütend. Ihre Pupillen waren riesig, und sie warf den Kopf in den Nacken wie ein Fohlen, das sich nicht aufzäumen lassen wollte. Pjotr rieb sich das Gesicht. Jedes Mädchen wollte heiraten. Olga hatte gestrahlt vor Glück, als ihr Mann ihr den Ring ansteckte und sie mitnahm. Vielleicht war Wasja eifersüchtig auf ihre ältere Schwester, aber in Moskau würde sie niemals einen Mann finden. Genauso gut könnte man einen Falken in einen Taubenschlag setzen.

»Kyrill Artamonowitsch«, antwortete Pjotr schließlich. »Mein Freund Artamon war ein reicher Mann, und Kyrill hat alles geerbt. Er hat eine große Pferdezucht.«

Wasjas Augen bedeckten nun beinahe die Hälfte ihres Gesichtes. Pjotr seufzte. Kyrill war eine gute Partie, sie hatte kein Recht, so gepeinigt dreinzuschauen.

»Wo?«, flüsterte sie. »Wann?«

»Eine Woche Richtung Osten, auf einem guten Pferd. Nach der Ernte kommt er her.«

Wasjas Züge glätteten sich und wurden hart. Sie drehte sich weg.

»Er kommt eigens her«, fügte Pjotr etwas freundlicher hinzu. »Ich habe Kolja zu ihm geschickt. Er wird dir ein guter Mann sein und dir viele Kinder schenken.«

»Warum diese Eile?«, bellte Wasja.

Die Bitterkeit in ihrer Stimme traf ihn wie ein Schlag. »Genug, Wasja«, sagte er kalt. »Du bist eine Frau, und er ist ein reicher Mann. Wenn du einen Prinzen willst wie Olga, nun, Prinzen mögen dicke und weniger aufsässige Frauen.«

Für einen Moment sah er den Schmerz in ihrem Gesicht, doch dann versteckte sie ihn. »Olja hat versprochen, dass sie nach mir schickt, wenn ich groß genug bin. Sie hat gesagt, wir würden zusammen in einem Palast wohnen.«

»Es ist besser, wenn du jetzt heiratest, Wasja«, sagte Pjotr schnell. »Du kannst zu deiner Schwester, sobald du deinen ersten Sohn geboren hast.«

Wasja biss sich auf die Lippe, stand auf und ging. Und Pjotr saß da und fragte sich, was Kyrill Artamonowitsch wohl von seiner Tochter halten würde.

»Er ist noch jung«, sagte Dunja, nachdem Wasja neben der Feuerstelle auf die Knie gesunken war. »Und er ist für seine Künste beim Hindernisreiten berühmt. Er wird dir starke Kinder schenken.«

»Was verschweigt Vater?«, entgegnete Wasja. »Es kommt so plötzlich. Ich hätte noch ein Jahr warten können. Olja hat versprochen, nach mir zu schicken.«

»Unsinn«, widersprach Dunja vielleicht etwas zu hastig. »Du bist eine Frau, mit Mann bist du besser dran. Ich bin sicher, Kyrill Artamonowitsch wird dir erlauben, deine Schwester zu besuchen.«

Wasja hob den Blick, die grünen Augen zu Schlitzen verengt. »Du weißt es. Warum hat Vater es so eilig?«

»Ich … Das kann ich dir nicht sagen, Wasja.« Mit einem Mal sah Dunja ganz klein und eingefallen aus. Wasja schwieg.

»Es ist das Beste so. Versuch, es zu verstehen«, fügte Dunja hinzu und ließ sich auf die Ofenbank sinken, als hätte alle Kraft sie verlassen.

Wasja verspürte einen Anfall von Reue und legte ihr eine Hand auf den Arm. »Ja«, sagte sie. »Es tut mir leid, Dunjaschka.« Dann schlang sie schweigend ihren Haferbrei hinunter und verschwand wie ein Geist nach draußen in die Nacht.

Eine schmale Mondsichel stand am bläulich glitzernden Himmel. Wasja rannte, getrieben von einer Panik, die sie nicht verstand. Das Leben hier machte sie stark. Sie rannte und ließ den kühlen Wind den Geschmack der Furcht aus ihrem Mund spülen. Sie war noch nicht weit gekommen, der Lichtschein aus der Küche fiel immer noch auf ihren Rücken, als jemand ihren Namen rief.

»Wasilisa Petrowna!«

Beinahe wäre sie weitergelaufen und hätte sich von der Nacht verschlingen lassen. Aber wo konnte sie schon hin? Wasja blieb stehen und drehte sich um. Es war zu dunkel, um sein Gesicht zu erkennen, doch die Stimme des Priesters war unverwechselbar. Wasja schmeckte Salz auf ihren Lippen und merkte, dass sie geweint hatte.

Konstantin war gerade aus der Kirche gekommen und hatte eine drahtige Gestalt dahineilen sehen. Noch bevor er wusste, was er tat, hatte er auch schon ihren Namen gerufen, und die Gestalt war stehen geblieben. Konstantin verfluchte sich innerlich. Doch der Ausdruck auf Wasilisas Gesicht erschreckte ihn. »Was ist?«, fragte er. »Warum weinst du?«

Wäre seine Stimme kühl und herrisch gewesen, hätte Wasja nicht geantwortet, aber so sagte sie müde: »Ich werde heiraten.«

Konstantin runzelte die Stirn. Ein Bild überkam ihn – wie Pjotr sah er das wilde Geschöpf vor ihm an einen Herd gekettet, eingesperrt und bei der Hausarbeit, eine Frau wie jede andere. Und wie Pjotr verspürte er eine eigenartige Trauer und verscheuchte sie. Ohne nachzudenken, kam er näher und musterte ihr Gesicht. Mit Erstaunen stellte er fest, dass Wasja Angst hatte.

»Und?«, fragte er. »Ist dein zukünftiger Mann grausam?«

»Nein«, antwortete Wasja. »Ich glaube nicht.«

Es ist das Beste so, wollte Konstantin schon sagen, da dachte er an die Jahre, die nun vor ihr lagen. An Schwangerschaft und Erschöpfung, an verblühte Wildheit und einen Falken im Käfig ... Er schluckte. *Es ist das Beste so.* Wildheit war Sünde.

Er kannte die Antwort, doch er fragte trotzdem: »Warum hast du dann Angst, Wasilisa Petrowna?«

»Wisst Ihr das nicht, Batjuschka?« Sie lachte, leise und verzweifelt. »Ihr hattet auch Angst, als Ihr hierherkamt. Ihr habt geglaubt, der Wald würde Euch ersticken. Ich habe es in Euren Augen gesehen. Aber Ihr könnt gehen, wann immer Ihr wollt. Auf einen Mann Gottes wartet die ganze weite Welt. Schon jetzt habt ihr das Wasser in Zargrad gekostet und die Sonne über dem Meer gesehen. Aber ich ...«

Er sah, wie neuerliche Panik in ihr aufstieg, und fasste sie am Arm. »Ganz ruhig. Sei keine Närrin. Du jagst dir diese Angst selbst ein.«

Sie lachte wieder. »Ihr habt recht. Wie dumm von mir. Schließlich wurde ich fürs Eingesperrtsein geboren: Kloster oder Herd, etwas anderes gibt es nicht.«

»Du bist eine Frau«, entgegnete Konstantin. Er hielt sie immer noch am Arm. Als Wasja einen Schritt zurück machte, ließ er los. »Du wirst dein Schicksal beizeiten akzeptieren und dein Glück finden.«

Wasja konnte sein Gesicht kaum erkennen, doch es lag ein Unterton in seiner Stimme, aus dem sie nicht recht schlau wurde. Es klang beinahe, als versuche er sich selbst zu überzeugen.

»Nein«, antwortete sie krächzend. »Betet für mich, wenn Ihr wollt, Batjuschka, aber ich muss …«

Sie rannte los und verschwand zwischen den Häusern. Konstantin schaute ihr hinterher und musste sich beherrschen, nicht nach ihr zu rufen. Die Hand, mit der er sie gehalten hatte, brannte.

Es ist das Beste so, sagte er sich. *Es ist das Beste.*

16

Der Teufel im Kerzenschein

Der Herbst brachte graue Wolken und gelbe Blätter, plötzliche Regengüsse und genauso plötzlichen Sonnenschein. Kolja und der Sohn des Bojaren trafen nach der Ernte ein, als alles sicher in Kellern und auf Heuboden verstaut war. Kolja hatte einen Boten über die schlammige Straße vorausgeschickt, sodass Wasja und Irina den Tag von Kyrills Ankunft im Badehaus begannen. Der Bannik mit seinem dicken Wanst und den Rosinenaugen war ebenfalls dort und grinste die beiden Mädchen gutmütig an.

»Kannst du dich nicht unter der Bank verstecken?«, fragte Wasja leise, als Irina gerade im Vorraum war. »Wenn meine Stiefmutter dich sieht, schreit sie.«

Der Badehausgeist reichte ihr kaum bis übers Knie. Er lachte, Dampf quoll zwischen seinen Zähnen hervor. »Wie du wünschst. Aber vergiss mich nicht diesen Winter, Wasilisa Petrowna. Jedes Jahr schwinde ich mehr. Ich möchte nicht verschwinden. Der Fresser erwacht. Es wäre nicht ratsam, euren guten alten Bannik ausgerechnet in diesem Winter zu verlieren.«

Wasja zögerte. Sie fühlte sich ertappt. *Aber ich werde heiraten und von hier fortgehen. Hüte dich vor den Toten.* Ihre Lippen strafften sich. »Ich vergesse dich nicht.«

Das Grinsen des Bannik wurde breiter, dichter Dunst umwallte seinen Körper, bis Wasja nicht mehr sagen konnte, was Dampf war und was Fleisch. Ein Leuchten trat in seine Augen, rot wie glühender Stein. »Wenn das so ist, habe ich eine Prophezeiung für dich, Meerjungfrau.«

»Warum nennst du mich so?«, flüsterte sie.

Der Bannik schwebte zu ihr auf die Bank. Sein Bart war ein wallender Nebel. »Weil du die Augen deines Urgroßvaters hast. Und jetzt hör mich an. Du wirst zu dem Ort reiten, an dem Himmel und Erde sich berühren. Du wirst dreimal geboren werden: einmal als Täuschung, einmal aus Fleisch, und einmal als Geist. Du wirst im tiefsten Winter Schneeglöckchen pflücken, eine Nachtigall beweinen und aus freien Stücken sterben.«

Wasja wurde kalt, trotz der Hitze. »Warum sollte ich sterben wollen?«

»Drei Geburten, ein Tod«, entgegnete der Bannik. »Ist das nicht gerecht? Vergiss mich nicht, Wasilisa Petrowna.«

An der Stelle, wo er eben noch gesessen hatte, kräuselte sich nur noch Dunst.

Heilige Mutter, dachte Wasja. *Ich habe genug von diesen verrückten Warnungen.*

Die beiden Mädchen schwitzten, bis ihre Haut rot glänzte. Sie schlugen sich mit Birkenzweigen und schütteten sich kaltes Wasser über die dampfenden Köpfe. Als sie sauber waren, kamen Dunja und Anna Iwanowna dazu, um ihnen das Haar zu richten.

Anna warf ihrer Stieftochter aus dem Augenwinkel einen Blick zu. »Du siehst aus wie ein Junge«, sagte sie und zog einen Kamm aus parfümiertem Holz durch Irinas lange, braune Locken. »Ich hoffe, dein Gatte ist nicht allzu enttäuscht.« Wasja wurde rot und biss sich auf die Zunge.

»Aber was für wunderschöne Haare«, erklärte Dunja scharf. »Die schönsten Haare in ganz Rus, Wasotschka.« Wasjas Haar war in der Tat länger und dicker als Irinas, ein Hauch von Zinnober schimmerte in dem tiefen Schwarz.

Wasja rang sich ein Lächeln für ihr Kindermädchen ab. Seit sie ein Baby war, bekam Irina von allen zu hören, sie sei schön wie eine Prinzessin. Wasja war immer ein hässliches Kind gewesen, und die häufigen Vergleiche mit ihrer zarten Halbschwester gingen stets zu ihren Ungunsten aus. Die vielen Stunden jedoch, die sie mittlerweile auf dem Pferderücken verbrachte und bei denen sie ihre langen Glieder gut gebrauchen konnte, hatten ihr Selbstbewusstsein erheblich gestärkt. Sie schaute ohnehin nicht oft in den Spiegel – der einzige im gesamten Haushalt gehörte ihrer Stiefmutter.

Heute aber starrten alle Frauen sie an wie eine Ziege, die für den Markt gemästet wurde, und Wasja überlegte, ob Schönheit nicht vielleicht doch wichtig war.

Dann wurden die Mädchen angekleidet. Wasjas Jungfrauen-Kokoschnik war mit Silberfäden durchwirkt, doch Hochzeit hin oder her, Anna ließ nicht zu, dass Wasja den Glanz ihrer leiblichen Tochter überstrahlte. Irinas Kopfschmuck war mit echten Perlen besetzt und die Säume ihres hellblauen Kinder-Sarafans waren mit weißen Stickereien verziert. Wasja trug Grün und Dunkelblau, keine Perlen und nur wenige Stickereien. An der Schlichtheit ihres Gewandes war sie einerseits selbst schuld, denn sie hatte Dunja die meiste Arbeit daran überlassen. Andererseits stand ihr genau diese Schlichtheit hervorragend. Annas Miene wurde immer finsterer, je weiter das Ankleiden voranschritt.

Schließlich traten sie auf den Dwor, wo der Schlamm knöcheltief war. Regen, fein wie Nebel, fiel vom Himmel. Irina blieb dicht bei ihrer Mutter, Pjotr wartete steif auf dem Hof, in einen feinen Pelz gekleidet und mit bestickten Stiefeln. Koljas Frau war mit den Kindern gekommen. Wasjas Neffe, der kleine Serjoscha, lief schreiend herum. Schon jetzt verunstaltete ein großer Fleck sein Leinenhemd. Vater Konstantin stand schweigend ein Stück abseits.

»Ein seltsamer Zeitpunkt für eine Hochzeit«, sagte Aljoscha leise und stellte sich neben Wasja. »Nach diesem trockenen Sommer und der kümmerlichen Ernte.« Sein braunes Haar war sauber und sein kurzer Bart mit Duftöl gekämmt. Die Schärpe um seine Hüfte war blau wie das bestickte Hemd. »Du siehst sehr schön aus, Wasja.«

»Bring mich nicht zum Lachen«, erwiderte sie, dann fügte sie etwas ernster hinzu: »Ja. Und Vater scheint der gleichen Meinung zu sein.« Pjotr wirkte eigentlich recht gut gelaunt, dennoch trat die Falte zwischen seinen Augen deutlich hervor. »Er sieht aus, als müsste er eine unangenehme Pflicht hinter sich bringen. Anscheinend hat er es ziemlich eilig, mich loszuwerden.«

Sie sagte es wie im Scherz, doch Aljoscha verstand auch so. »Er will dich in Sicherheit bringen.«

»Er hat unsere Mutter geliebt, und ich habe sie umgebracht.«

Aljoscha schwieg einen Moment. »Wenn du meinst. Aber es stimmt: Er will, dass du sicher bist. Die Pferde bekommen ein Fell, dick wie Daunen, die Eichhörnchen sind immer noch unterwegs und fressen, was sie können. Wir werden einen harten Winter bekommen.«

Ein Reiter kam durchs Tor und galoppierte auf das Haus zu. Unter den Hufschlägen seines Pferdes spritzte nasse Erde auf, dann kam er schlitternd zum Stehen und sprang aus dem Sattel: ein Mann in mittleren Jahren, nicht allzu groß, aber breitschultrig, mit wettergegerbtem Gesicht und braunem Bart. Ein Hauch unverwüstlicher Jugend umspielte seinen Mund. Er hatte noch alle Zähne, und sein Lächeln strahlte wie das eines Jungen. Er verneigte sich vor Pjotr.

»Ich hoffe, ich bin nicht zu spät, Pjotr Wladimirowitsch?«, fragte er lachend, dann fassten die beiden Männer sich an den Unterarmen.

Kein Wunder, dass er Kolja abgehängt hat, dachte Wasja. Kyrill Artamonowitsch ritt den prächtigsten Hengst, den Wasja je gesehen hatte. Selbst Buran, ein Fürst unter den Pferden, wirkte grobschlächtig neben diesem jungen, sehnigen Rotschimmel. Am liebsten wäre sie sofort hingelaufen, um seine Beine zu streicheln, die Festigkeit seiner Knochen und Muskeln zu spüren.

»Ich habe Vater gesagt, dass es keine gute Idee ist«, flüsterte Aljoscha ihr ins Ohr.

»Was? Warum?« Wasja war so sehr mit dem Pferd beschäftigt, dass sie ihn nur halb gehört hatte.

»Dich so früh zu verheiraten. Eigentlich sollte eine Maid ihrem Prinzen begehrliche Blick zuwerfen, nicht seinem Pferd.«

Wasja lachte. Kyrill vollführte eine theaterhafte Verbeugung vor der kleinen Irina. »Eine raue Umgebung für solch ein Juwel«, sagte er zu Pjotr, dann mit einem Lächeln zu Irina: »Du solltest zu uns nach Süden kommen, kleines Schneeglöckchen. Dort gibt es ganze Wiesen voll strahlender Blumen wie dir.«

Irina wurde rot, und Anna schaute ihre Tochter selbstzufrieden an.

Schließlich wandte sich Kyrill an Wasja, das gewinnende Lächeln immer noch auf seinen Lippen. Als er sie sah, erstarb es.

Wahrscheinlich gefiel sie ihm nicht, vermutete Wasja, und hob trotzig das Kinn. *Umso besser. Such dir doch woanders eine Frau, wenn ich dir nicht gut genug bin.* Doch Aljoscha verstand sofort. Wasja schaute jedem direkt in die Augen, sie war ein Wildpferd, kein an den Herd gewöhnter Gaul – Kyrill war fasziniert.

Er lächelte wieder, doch es war ein anderes Lächeln als das, das er Irina geschenkt hatte. »Wasilisa Petrowna«, sagte er mit einer Verbeugung. »Dein Bruder sagte, du wärst schön. Aber das bist du nicht.«

Wasja hob das Kinn noch ein Stückchen weiter, und Kyrills Lächeln wurde breiter. »Du bist umwerfend.«

Kyrills Blick wanderte von Wasjas Kokoschnik bis hinunter zu ihren Pantoffeln, und Aljoscha ballte die Faust.

»Bist du verrückt?«, zischte Wasja. »Er darf das, wir sind schließlich verlobt.« Aljoscha musterte Kyrill kalt. »Das ist mein Bruder«, sagte Wasja eilig. »Alexej Petrowitsch.«

»Es ist mir eine Freude«, erwiderte Kyrill amüsiert. Er war beinahe zehn Jahre älter als Aljoscha. Sein Blick kehrte ohne Eile zu Wasja zurück. Ihre Haut begann zu kribbeln, und sie hörte, wie Aljoscha mit den Zähnen knirschte.

Da ertönte ein Schnauben, ein Kreischen und ein Platschen. Alle wirbelten herum. Serjoscha hatte sich zu Kyrills Hengst geschlichen und versucht, in den Sattel zu klettern. Wasja konnte es gut nachvollziehen – auch sie hätte nichts lieber getan –, doch als der junge Hengst das unerwartete Gewicht auf seinem Rücken spürte, stieg er. Kyrill war mit einem Satz bei ihm und packte die Zügel, während Pjotr seinen Enkel aus dem Schlamm zog und ihm eine Ohrfeige verpasste.

In diesem Moment kam Kolja auf den Dwor galoppiert, und der Tumult legte sich. Koljas Frau trug den heulenden Serjoscha nach Hause, jenseits des Tors hob sich der erste Wagen von Kyrills Karawane hell vom dunklen Herbstwald ab, und die Frauen eilten ins Haus, um das Essen aufzutragen.

»Es ist nur normal, dass ihm Irina besser gefällt«, sagte Anna zu Wasja, als sie gemeinsam den riesigen Kessel voll Eintopf vom Herdstein hoben. »Ein Mischling kann einem reinrassigen Hund niemals das Wasser reichen. Wenigstens lebt deine Mutter schon lange nicht mehr. Das lässt deine unglückselige Abstammung leichter vergessen. Und du bist stark wie ein Pferd. Das ist ja zumindest was.«

Der Domowoi kam aus dem Ofen, ein bisschen zittrig, aber entschlossen. Wasja hatte heimlich etwas Met für ihn ausgeschüttet. »Sieh mal, Stiefmutter!«, sagte sie. »Ist das die Katze?«

Anna schaute hin und wurde kalkweiß im Gesicht. Sie begann zu schwanken. Der Domowoi schaute sie mit seinen glühenden Augen an, dann kippte sie um.

Wasja sprang mit dem Kessel in beiden Händen flink zur Seite, während Anna Iwanowna mit einem wohlklingenden Klatschen auf den Boden vor dem Ofen aufschlug.

»Hat er dir gefallen?«, fragte Irina in dieser Nacht.

Wasja schlief schon halb. Sie und Irina hatten sich noch vor Sonnenaufgang fertig gemacht, und das Bankett hatte bis spät in die Nacht gedauert. Kyrill Artamonowitsch war neben Wasja gesessen und hatte von ihrem Becher getrunken. Ihr Verlobter hatte fleischige Hände und ein Lachen, das die Wände erzittern ließ. Seine Körpergröße gefiel Wasja, aber nicht seine Unverfrorenheit. »Er ist ein ansehnlicher Mann«, antwortete sie und wünschte sich bei allen Heiligen, Kyrill Artamonowitsch möge einfach wieder verschwinden.

»Er ist hübsch«, stimmte Irina zu. »Und er hat ein freundliches Lächeln.«

Wasja drehte sich nachdenklich auf die andere Seite. In Moskau durften Mädchen keinen Umgang mit ihren Freiern haben, doch hier im Norden waren die Dinge weniger streng. »Mag sein«, erwiderte sie, »aber sein Pferd fürchtet sich vor ihm.« Als sich das Festmahl dem Ende entgegenneigte, hatte sich Wasja zu Kyrills Hengst in den Stall geschlichen. Auf der Weide konnte man ihn nicht alleine lassen.

Irina lachte. »Woher weißt du, was ein Pferd denkt?«

»Ich weiß es eben. Außerdem ist er alt, mein kleines Vögelchen. Dunja sagt, fast dreißig.«

»Aber er ist reich. Du wirst Juwelenschmuck haben und jeden Tag Fleisch essen.«

»Dann heirate du ihn doch«, erwiderte Wasja großzügig und pikste ihre Schwester in den Bauch. »Dann wirst du fett wie ein Eichhörnchen mit Winterspeck und kannst den ganzen Tag mit deinem Nähzeug auf dem Ofen sitzen.«

Irina kicherte. »Vielleicht sehen wir uns ja wieder, wenn wir beide verheiratet sind. Falls unsere Männer nicht zu weit weg voneinander leben.«

»Das werden sie bestimmt nicht. Hebt ein bisschen von eurem vielen Fleisch für mich auf, wenn ich dich und deinen feinen Bojaren mit meinem Bettlermann besuche.«

Irina kicherte wieder. »Aber du bist es doch, die einen Bojaren heiratet.«

Wasja reagierte nicht, sie sagte überhaupt nichts mehr. Schließlich gab Irina es auf. Sie kuschelte sich an ihre Schwester und schlief ein, doch Wasja lag noch lange wach. *Meine Familie ist ganz bezaubert von ihm, aber sein Pferd fürchtet sich vor ihm.*

Hüte dich vor den Toten. Wir werden einen harten Winter be-kommen. Du darfst den Wald nicht verlassen. Die Gedanken jagten dahin wie ein Fluss und rissen Wasja einfach mit. Doch sie war jung, und sie war erschöpft; irgendwann drehte auch sie sich auf die Seite und schlief.

Die nächsten Tage verbrachten sie mit Gesellschaftsspielen und Essen. Kyrill Artamonowitsch füllte Wasjas Schüssel und neckte sie in der Küchentür. Sein Körper strahlte eine animalische Hitze ab. Wasja war wütend auf sich selbst, als sie merkte, wie sie unter seinem Blick errötete. Nachts lag sie wach und fragte sich, wie sich diese Hitze wohl unter ihren Händen anfühlen würde. Doch Kyrills Lachen erreichte nie seine Augen; in den unpassendsten Momenten stieg Furcht in Wasja auf und packte sie bei der Kehle.

Die Tage verstrichen, und Wasja verstand sich selbst nicht. *Du musst heiraten,* schimpften die Frauen. *Alle Mädchen heiraten. Wenigstens ist er nicht alt, außerdem ist er hübsch. Wovor hast du Angst?* Doch Angst hatte sie. Wasja ging ihrem Verlobten aus dem Weg, wo sie nur konnte. Sie flatterte umher wie ein Vogel in einem immer kleiner werdenden Käfig.

»Warum, Vater?«, fragte Aljoscha nicht zum ersten Mal. Es war der Beginn eines weiteren lauten Abendmahls. Es roch nach Fellen und Met, nach gebratenem Fleisch, Gemüsesuppe und Schweiß. Eine große Schüssel voll Kascha ging herum, Met floss aus Karaffen in Becher und von dort in die Kehlen der Speisenden. Zahlreiche Nachbarn waren da, das Haus platzte aus allen Nähten, selbst die Hütten der Bauern waren voll.

»In drei Tagen ist sie verheiratet«, antwortete Pjotr.

»Warum muss sie jetzt heiraten?«, wiederholte sein Sohn. »Kann das nicht bis nächstes Jahr warten? Warum müssen wir nach einem so harten Winter und Sommer Essen und Trinken an die hier verschwenden?« Seine Geste umfasste den schummrigen Raum mit allen Gästen, die eifrig die Früchte ihrer harten Feldarbeit vernichteten.

»Weil es sein muss«, bellte Pjotr. »Wenn du dich nützlich machen willst, dann halte deine verrückte Schwester davon ab, ihren Ehemann in der Hochzeitsnacht zu kastrieren.«

»Dieser Kyrill ist ein Stier«, sagte Aljoscha knapp. »Er hat fünf Kinder mit Bauernmägden. Selbst jetzt, wo er Gast in deinem Haus ist, schämt er sich nicht, mit den Bauersfrauen zu tändeln. Wenn meine Schwester ihn kastrieren würde, hätte sie allen Grund dazu, und ich würde es ihr auch nicht ausreden.«

In unausgesprochenem Einverständnis schauten sie beide zu dem fraglichen Paar hinüber. Kyrill redete mit ausladenden, vagen Gesten auf Wasja ein. Wasja bedachte ihn mit Blicken, die sowohl Pjotr als auch Aljoscha nervös machten. Kyrill selbst schien die Blicke nicht zu bemerken.

»Und da stand ich ganz allein«, sagte er zu Wasja, füllte ihren gemeinsamen Becher wieder auf und verschüttete ein paar Spritzer. Als er trank, hinterließen seine Lippen einen Fettrand. »In meinem Rücken ein Felsen und vor mir der angreifende Eber. Meine Männer hatten Reißaus genommen, bis auf den toten mit dem großen Loch im Bauch.«

Es war nicht die erste Erzählung von Kyrill Artamonowitschs Heldentaten. Wasjas Gedanken gingen auf Wanderschaft. *Wo ist der Priester?* Vater Konstantin hatte nicht an dem Mahl teilgenommen. An so einem Abend für sich zu bleiben war untypisch für ihn.

»Der Eber preschte auf mich zu«, fuhr Kyrill fort. »Seine Hufe erschütterten den Boden. Ich überantwortete meine Seele an Gott...«

Und starb mit dem Mund voller Blut, dachte Wasja angewidert. *Aber so viel Glück habe ich wohl nicht.*

Sie legte Kyrill eine Hand auf den Arm und schaute ihn – wie sie hoffte – mitfühlend an. »Genug ... es ist zu viel für mich.«

Kyrill blinzelte verwundert.

Wasja schauderte am ganzen Körper. »Ich kann Eure Geschichte nicht zu Ende anhören. Ich fürchte, ich würde nur in Ohnmacht fallen, Kyrill Artamonowitsch.«

Kyrill war ratlos.

»Dunja hat viel stärkere Nerven als ich«, sprach Wasja weiter. »Aber Ihr müsst die Geschichte laut genug erzählen, damit sie Euch auch hört.«

Dunjas Ohren waren noch genauso gut, wie Wasjas Nerven stark waren. Das alte Kindermädchen verdrehte resigniert die Augen und warf ihr einen warnenden Blick zu, doch Wasja war wild entschlossen. Nicht einmal das erboste Gesicht ihres Vaters am anderen Ende der Tafel konnte sie umstimmen. Sie erhob sich graziös und griff nach einem Brotlaib. »Wenn Ihr mich jetzt entschuldigen würdet, ich habe eine fromme Pflicht zu erfüllen.«

Kyrill öffnete protestierend den Mund, Wasja machte eine hastige Verbeugung, steckte das Brot in ihren Ärmel und verschwand.

Draußen war es kühl und still. Wasja stand lange auf dem Dwor und sog die frische Luft ein. Dann ging sie zur Tür des Priesters und klopfte.

»Herein«, sagte Konstantin nach einer etwas zu langen Pause. Sein gesamtes Zimmer flackerte von Kerzenschein. Er malte. Über die Brotkruste auf seinem Teller hatte sich eine Ratte hergemacht. Er drehte sich nicht um, als Wasja eintrat.

»Seid gesegnet, Vater«, sagte sie. »Ich bringe Euch Brot.«

Konstantin richtete sich steif auf. »Wasilisa Petrowna.« Er legte den Pinsel weg und machte das Kreuzzeichen. »Der Herr sei mit dir.«

»Seid Ihr krank, dass Ihr nicht mit uns esst?«

»Ich faste.«

»Esst lieber etwas«, entgegnete Wasja. »Den ganzen Winter wird es keine so guten Speisen mehr geben.«

Konstantin schwieg, und Wasja legte den Brotlaib an die Stelle der abgenagten Kruste. Die Stille zog sich in die Länge, doch Wasja blieb.

»Warum habt Ihr mir Euer Kreuz gegeben?«, fragte sie unvermittelt. »Nach unserer Begegnung am See?«

Sein Kiefer zuckte, doch er antwortete nicht gleich. In Wahrheit wusste er es selbst kaum. Weil Wasja ihn bewegt hatte. Weil er hoffte, das Kreuz könnte sie vielleicht erreichen, was ihm selbst nicht gelingen wollte. Weil er ihre Hand berühren und ihr in die Augen blicken wollte, sie vielleicht aus der Fassung bringen und sehen, wie sie sich einfältig lächelnd unter seinem Blick wand wie alle anderen Mädchen. Um ihm zu helfen, diese sündige Anziehung zu vergessen.

Weil er jedes Mal, wenn sein Blick auf das Kreuz fiel, auch Wasjas Hand sah, die es ihm vom Hals gerissen hatte.

»Das heilige Kreuz wird dir den rechten Weg weisen«, sagte er schließlich.

»Wird es das?«

Konstantin sagte nichts. Jede Nacht träumte er von der Frau im See. Er sah nie ihr Gesicht, nur schwarzes Haar, das ihren nackten Körper umspielte wie eine zuckende Schlange. Tags verbrachte er Stunden mit Gebeten und dem Versuch, das Bild aus seinen Gedanken zu verbannen. Doch es gelang ihm nicht, denn jedes Mal, wenn er Wasja begegnete, wurde ihm wieder bewusst, dass die

Frau in seinem Traum ihre Augen hatte. Er war ein Verfolgter und schämte sich. Ihre Schuld. Sie hatte ihn in Versuchung geführt. Doch in drei Tagen wäre sie fort.

»Was willst du hier, Wasilisa Petrowna?« Die Worte kamen laut und abgehackt aus seiner Kehle, und dafür verfluchte er sich.

Der Sturm kommt, dachte Wasja. *Hüte dich vor den Toten. Zuerst die Furcht, dann das Feuer, dann der Hunger. Deine Schuld. Wir glaubten an Gott, bevor du kamst, und an unsere Geister, und alles war gut.*

Wenn der Priester ging, wären Wasjas Leute vielleicht wieder sicher.

»Warum bleibt Ihr bei uns?«, fragte sie. »Ihr hasst die Felder, den Wald und die Stille hier. Und Ihr hasst unsere karge Kirche, trotzdem seid Ihr immer noch hier. Niemand würde Euch einen Vorwurf machen, wenn Ihr geht.«

Eine leichte Röte breitete sich über Konstantins Wangenknochen aus. Seine Finger tasteten zwischen den Pinseln umher. »Ich habe eine Aufgabe hier, Wasilisa Petrowna. Ich muss euch vor euch selbst retten. Gott bestraft die, die vom Weg abgekommen.«

»Eine selbst erwählte Aufgabe«, entgegnete Wasja. »Um Euren Stolz zu befriedigen. Woher wollt Ihr wissen, was Gott will? Die Menschen verehren Euch nur, weil Ihr ihnen solche Angst macht.«

»Du bist ein ungebildetes Mädchen vom Land. Was weißt du schon?«, fuhr Konstantin auf.

»Ich glaube an das, was ich sehe. Ich habe gesehen, wie Ihr sprecht, und ich habe *gesehen*, wie die Menschen Angst bekamen. Ihr wisst, dass es stimmt. Sonst würdet Ihr nicht zittern.« Konstantin hatte eine Schale mit noch nicht ganz fertig angemischter Farbe zur Hand genommen. Das warme Wachs darin bebte. Als er es bemerkte, stellte er die Schale hastig wieder ab.

Wasja kam näher. Noch näher. Die gelben Tupfen in ihren Augen leuchteten im Schein der Kerzen. Konstantins Blick wanderte zu Wasjas Lippen. *Fort mit dir, Dämon.*

Sie sprach wieder, mit der Stimme eines jungen Mädchens und einem leisen, flehenden Unterton. »Warum kehrt Ihr nicht zurück? Nach Moskau oder Wladimir oder Susdal? Wozu hierbleiben? Die Welt ist so groß und unser Dorf so klein.«

»Gott hat mir eine Aufgabe gegeben.« Er sagte jedes Wort einzeln, spuckte es beinahe aus.

»Wir sind Menschen, Männer und Frauen«, blaffte Wasja. »Keine *Aufgabe*. Kehrt zurück nach Moskau, und rettet die Leute dort.«

Sie stand zu nahe. Konstantins Hand schnellte nach vorn und schlug ihr ins Gesicht. Wasja taumelte nach hinten und hielt sich die Wange. Mit zwei schnellen Schritten war er bei ihr und baute sich drohend vor ihr auf, die Hand bereits zum nächsten Schlag erhoben, doch Wasja wich nicht zurück. Konstantin atmete einmal tief durch und hielt inne. Sie zu schlagen war unter seiner Würde. Er wollte sie packen, sie küssen, ihr wehtun – er wusste selbst nicht, was. *Dämon.*

»Verschwinde, Wasilisa Petrowna«, knurrte er durch zusammengebissene Zähne. »Maße dir nicht an, mich zu belehren. Und komme nie wieder in dieses Zimmer.«

Wasja ging zur Tür und drehte sich mit einer Hand auf der Klinke noch einmal um. Ihr Zopf umfloss ihren Hals, der Abdruck von Konstantins Fingern leuchtete rot auf ihrer Wange. »Wie Ihr wünscht. Menschen in Gottes Namen Angst zu machen ist eine grausame Aufgabe. Ich überlasse sie Euch.« Nach kurzem Zögern fügte sie leise hinzu: »Aber ich, Batjuschka, habe keine Angst.«

Als sie gegangen war, lief Konstantin ruhelos auf und ab. Sein Schatten zuckte vor ihm über den Boden, und die Hand, mit der er sie geschlagen hatte, brannte. Wut schnürte ihm die Kehle zu. *Noch vor dem Winter ist sie fort. Fort und weit weg, meine Schande und mein Versagen. Aber immer noch besser, als sie hier zu haben.*

Die Kerze, die er vor seinen Ikonen aufgestellt hatte, tropfte und flackerte. *Sie wird gehen. Sie muss.*

Die Stimme kam von den Dielen, aus dem Kerzenschein, aus seiner eigenen Brust, sanft und klar und strahlend. »Friede sei mit dir«, sagte sie. »Doch ich sehe dich in Aufruhr ...«

Konstantin erstarrte. »Wer spricht da?«

»... voller Verlangen, voller Hass und Liebe zugleich.« Die Stimme seufzte. »Oh, wie schön du bist.«

»Wer spricht da?«, bellte Konstantin. »Hältst du mich zum Narren?«

»Nein«, kam prompt die Antwort. »Ich bin dein Freund. Dein Meister. Dein Retter.« Die Stimme bebte vor Mitgefühl.

Konstantin wirbelte herum, suchte. »Komm heraus.« Schließlich zwang er sich, stehen zu bleiben. »Zeige dich.«

»Was soll das?« Ein Anflug von Zorn lag in der Stimme. »Zweifelst du, mein Diener? Erkennst du mich nicht?«

In seinem Zimmer gab es nichts außer dem Bett, den Ikonen und den Schatten in den Ecken. Konstantin spähte in die Schatten, bis seine Augen schmerzten. Da – was war das? Ein Schatten, der sich nicht mit dem Kerzenlicht bewegte. Nein. Es war sein eigener. Es stand auch niemand vor dem Fenster, niemand hinter der Tür. Wer also ...?

Sein Blick wanderte zu den Ikonen. Konstantin betrachtete ihre feierlichen, unirdischen Gesichter, und da veränderte sich auch sein Gesicht. »Vater«, flüsterte er. »Herr im Himmel, Engel, nach all dem Schweigen sprichst du endlich zu mir?« Konstantin zitterte am ganzen Körper. Er spannte all seine Sinne und versuchte, die Stimme noch einmal zum Sprechen zu bringen.

»Wie konntest du daran zweifeln, mein Sohn?«, sagte die Stimme nun wieder freundlich. »Du, der stets mein treuer Diener war.«

Tränen flossen aus Konstantins Augen, er sank stumm auf die Knie.

»Ich beobachte dich schon lange, Konstantin Nikonowitsch«, fuhr die Stimme fort. »Du hast tapfer für mich gekämpft. Doch nun gibt es dieses Mädchen, das dich in Versuchung führt und sich dir widersetzt.«

Konstantin rang die Hände. »Meine Schande«, sagte er wie im Fieber. »Ich kann sie nicht alleine retten. Sie ist besessen. Sie ist eine Teufelin. Ich flehe dich an, führe du in deiner Weisheit sie ins Licht.«

»Sie hat viele Lektionen zu lernen«, erwiderte die Stimme. »Sehr viele ... Aber fürchte dich nicht. Ich bin bei dir, du wirst nie wieder allein sein. Die Welt wird dir zu Füßen liegen und meine Wunder durch deine Lippen erfahren, denn du bist treu.«

Es war, als würde die Stimme von Posaunen begleitet. Konstantin erschauerte vor Entzücken, seine Tränen strömten ohne Unterlass. »Verlasse deinen treuen Diener nicht, o Herr.« Er ballte die Hände zu Fäusten, so fest, dass die Fingernägel in seine Haut schnitten.

»Sei treu«, sagte die Stimme. »Dann werde ich dich niemals verlassen.«

17

Ein Pferd namens Feuer

Was Kyrill Artamonowitsch am Norden am meisten liebte, war die Wildschweinjagd. Die Tiere hier waren Prachtexemplare mit langen Hauern und flinker als Pferde. Am Tag vor seiner Hochzeit rief er eine Jagd aus. »Um das Warten zu verkürzen«, sagte er zu Pjotr und zwinkerte Wasja zu. Wasja erwiderte nichts, und Pjotr hatte keine Einwände. Kyrill war ein berüchtigter Jäger und die Wildschweine waren im Herbst fett von den vielen Kastanien. Eine saftige Keule wäre eine willkommene Ergänzung für das Hochzeitsmahl, die hoffentlich etwas Farbe in das blasse Gesicht seiner Tochter bringen würde.

Der gesamte Haushalt stand noch vor Sonnenaufgang auf. Die Sauspieße glänzten und lagen bereit. Die Hunde hatten gehört, wie sie geschärft wurden, und waren die ganze Nacht winselnd in ihren Zwingern auf und ab gelaufen.

Wasja war noch vor allen anderen auf den Beinen. Sie ging ohne Frühstück in den Stall, wo die Pferde wegen des Lärms, den die Hunde veranstalteten, nervös mit den Hufen scharrten. Kyrills junger Rotschimmel, Ogon, schrak bei jedem Geräusch zusammen. Wasja ging zu ihm und fand den Wasila auf seinem Rücken sitzend. Sie lächelte dem kleinen Stallgeist zu. Der Hengst schnaubte und stellte die Ohren auf.

»Du hast schlechte Manieren«, sagte Wasja zu ihm. »Aber das liegt wohl daran, wie Kyrill Artamonowitsch dich an der Trense herumführt.«

Ogon drehte die Ohren nach vorn. *Du siehst nicht aus wie ein Pferd.*

Wasja grinste. »Gott sei Dank. Du möchtest nicht auf diese Jagd, oder?«

Das Pferd überlegte. *Ich laufe gerne schnell. Aber die Schweine stinken, und die Menschen schlagen mich, wenn ich Angst habe. Lieber würde ich auf der Weide grasen.*

Wasja legte ihm tröstend eine Hand auf den Hals. Er war kaum älter als ein Fohlen. Wenn Kyrill so weitermachte, würde er das wunderschöne Tier zugrunde richten. Ogon stupste sie mit der Schnauze. Grünlicher Schleim tropfte an Wasjas Kleid herab. »Jetzt sehe ich ja noch schlimmer aus als sonst«, sagte sie zu niemand Bestimmtem. »Anna Iwanowna wird entzückt sein.«

»Die Schweine können dir nichts tun, wenn du schnell bist«, fügte sie an Ogon gewandt hinzu. »Und du bist das schnellste Pferd der Welt, mein Hübscher. Du brauchst keine Angst zu haben.«

Ogon erwiderte nichts und legte den Kopf in Wasjas Arme. Wasja seufzte und streichelte seine seidigen Ohren. Sie hätte nichts lieber getan, als einen wilden Ausritt durch den herbstlichen Wald zu unternehmen, am liebsten auf dem feurigen Ogon, der aussah, als könnte er einem Feldhasen davonlaufen. Stattdessen musste sie in die Küche, Teig kneten und sich den Klatsch der Frauen anhören, die im Moment ihre Gäste waren. Wo alle die wunderschöne Irina bewunderten, während Wasja versuchte, das Brot nicht anbrennen zu lassen.

»Normalerweise würde ich jede Maid verfluchen, die sich so nahe an mein Pferd heranwagt«, sagte jemand hinter ihr. Ogon riss den Kopf hoch und hätte Wasja beinahe die Nase gebrochen. »Aber du hast ein Händchen für Tiere, Wasilisa Petrowna.«

Kyrill Artamonowitsch kam lächelnd heran und hielt Ogon am Halfterstrick fest. »Halt still, du verrücktes Ding.«

Ogon rollte mit den Augen und gehorchte zitternd.

»Ihr seid früh auf den Beinen, Herr«, sagte Wasja, nachdem sie sich von dem Schreck erholt hatte.

»So wie du, Wasilisa Petrowna.« Es war kalt im Stall, ihr beider Atem hinterließ weiße Wölkchen.

»Es gibt viel zu tun«, erwiderte sie. »Wenn das Wetter gut bleibt, werden die Frauen zu Euch stoßen, sobald der Eber erlegt ist. Und heute Abend gibt es ein Festessen.«

Kyrill grinste. »Du brauchst dich nicht herauszureden, Dewuschka. Ich mag Mädchen, die früh aufstehen und sich für das Vieh interessieren.« Auf einer Seite seines Mundes bildete sich ein kleines Grübchen. »Ich werde deinem Vater nicht verraten, dass ich dich hier gefunden habe.«

Wasja hatte ihre Fassung vollständig wiedergefunden. »Sagt es ihm doch, wenn Ihr wollt.«

Kyrills Grinsen wurde breiter. »Dein Temperament gefällt mir.«

Wasja zuckte die Achseln.

»Deine Schwester ist hübscher als du«, fügte er nachdenklich hinzu. »In ein paar Jahren wird sie eine gute Frau abgeben, eine richtige kleine Blume, die ihrem Mann nachts keine Sorgen bereitet. Du hingegen« – er zog Wasja an sich und ließ seine Hände tastend über ihren Rücken gleiten – »bist zu knochig. Aber ich mag starke Mädchen. Die nicht im Kindbett sterben.« Kyrill tastete wie selbstverständlich weiter. Wie jemand, der Gehorsam gewohnt war. »Freust du dich darauf, mir Söhne zu schenken?«

Dann, noch bevor Wasja wusste, wie ihr geschah, küsste er sie. Die Kraft seiner Hände bestürzte Wasja. Kyrills Kuss war wie seine Berührung: fest, erfahren und genießerisch. Wasjas Versuche, sich loszumachen, blieben erfolglos. Er hob ihr Kinn an und legte die Finger um ihren Kiefer.

Wasja wurde schwindlig. Kyrill roch nach Moschus, Met und Pferden. Seine Hand fühlte sich riesig an auf ihrem Rücken, ihrer Schulter, ihrer Brust und ihrer Hüfte. Kyrill schien zu gefallen, was er dort spürte. Seine Nasenflügel waren gebläht wie die eines Hengstes, als er sie losließ. Er keuchte.

Wasja hielt still und schluckte ihre Übelkeit hinunter. Dann schaute sie ihm ins Gesicht. *Für ihn bin ich eine Stute,* dachte sie mit plötzlicher Klarheit. *Und eine Stute, die ihm nicht gehorcht, bricht er.*

Kyrills Grinsen wurde einen Hauch schmaler. Wasja war nicht sicher, wie viel er von ihrem Stolz und ihrer Verachtung gesehen hatte, dann war der kurze Moment seiner Verunsicherung vorbei. Sein Blick sprang zurück zu Wasjas Mund, ihrem Körper, und da wusste sie, dass er ihre Furcht sehen konnte.

Er griff wieder nach ihr, doch diesmal war Wasja schneller. Sie schlug seine Hand weg und rannte aus dem Stall, ohne sich noch einmal umzudrehen. Als sie in die Küche geplatzt kam, war sie so blass, dass Dunja sie sofort an den Ofen holte und ihr heißen Wein einflößte, bis wieder etwas Farbe in ihr Gesicht zurückgekehrt war.

Den ganzen Tag lang stieg kalter Nebel aus der Erde auf und verschlang die Bäume. Kurz vor der Mittagsstunde war die Jagd zu Ende. Wasja war gerade mit der Brotschaufel beschäftigt, als sie in der Ferne den Todesschrei des Tieres hörte. Der Laut passte zu ihrer Stimmung.

Im grauen Mittagslicht brachen die Frauen auf, begleitet von Männern, die die Packpferde führten. Konstantin kam ebenfalls mit. Männer wie Frauen warfen ihm heimlich bewundernde Blicke zu, seinem blassen Gesicht, erhaben im Herbstlicht. Wasja ging ihm aus dem Weg und hielt sich mit Irina am Ende des Trosses. Sie verkürzte eigens Myschs lange Schritte, um sich Irinas Pony anzupassen. Die Frauen beklagten sich über den kalten Nebel und zogen ihre Umhänge enger.

Plötzlich stieg Mysch. Selbst das brave Pony neben ihr scheute. Irina hielt sich kreischend an den Zügeln fest, Wasja brachte Mysch wieder unter Kontrolle und packte das Pony am Zaumzeug, dann schaute sie in die Richtung, in die Myschs Ohren zeigten: Zwischen den hohen Birken stand eine Gestalt, sie hatte weiße Haut und helle Augen. Ihr Haar sah aus wie das Gestrüpp zwischen den Bäumen, und sie warf keinen Schatten.

»Ganz ruhig, Mysch«, flüsterte Wasja. »Er frisst keine Pferde, nur unvorsichtige Reisende.«

Myschs Ohren zuckten, schließlich ging sie zögernd weiter.

»Leshy, Lesowik«, murmelte Wasja, als sie auf gleicher Höhe mit dem Waldgeist waren, und verneigte sich. Der Leshy war der Hüter der Bäume und kam Menschen nur selten so nahe.

»Ich wünsche mit dir zu sprechen, Wasilisa Petrowna«, flüsterte er mit der Stimme der Zweige und Blätter.

»Bald«, erwiderte sie, nachdem sich ihre Überraschung gelegt hatte.

»Mit wem redest du?«, quiekte Irina.

»Mit niemandem. Mit mir selbst«, antwortete Wasja und seufzte innerlich. Irina würde es bestimmt ihrer Mutter erzählen.

Kurz darauf stießen sie auf die Jagdgruppe, die es sich unter einem großen Baum gemütlich gemacht hatte. Ihre Beute, eine Sau, baumelte an den Hinterläufen aufgehängt von einem dicken Ast herab. Aus der aufgeschnittenen Kehle tropfte Blut in einen Eimer, das Lachen und Prahlen der Männer hallte von den Blättern wider.

Serjoscha hielt sich für schon sehr erwachsen und war nur schwer zu überzeugen gewesen, mit den Frauen zu reiten, statt mit den Männern. Er sprang sofort von seinem Pony und bestaunte das aufgehängte Schwein mit großen Augen. Wasja glitt von Myschs Rücken und gab einem Diener die Zügel.

»Ein richtiges Prachtexemplar haben wir da erlegt, nicht wahr, Wasilisa Petrowna?«

Wasja wirbelte herum. Hinter ihr stand Kyrill, mit getrocknetem Blut an den Händen, aber er lächelte wie ein Junge.

»Das Fleisch ist höchst willkommen«, erwiderte sie.

»Ich werde die Leber für dich aufheben.« Kyrill beäugte sie vielsagend. »Du könntest etwas mehr Fett gebrauchen.«

»Ihr seid zu großzügig.« Wasja neigte das Haupt und drehte sich wieder weg wie ein Mädchen, das zu schüchtern war, um die Unterhaltung fortzusetzen. Während die Frauen ihre kalte Brotzeit aus den Satteltaschen der Packpferde holten, bahnte Wasja sich unauffällig einen Weg zu einem kleinen Birkenhain und verschwand zwischen den Bäumen.

Sie sah nicht, wie Kyrill ihr grinsend folgte.

Leshys waren gefährlich. Wenn ihnen der Sinn danach stand, führten sie Reisende so lange im Kreis herum, bis sie zusammenbrachen. Manche waren schlau genug, sich zu schützen, indem sie ihre Kleider verkehrt herum anzogen, aber nicht viele. Die meisten starben.

Wasja fand den Leshy in der Mitte des Birkenhains. Er blickte mit glitzernden Augen auf sie hinunter.

»Was gibt es?«, fragte sie.

Der Leshy gab ein mahlendes Geräusch von sich. »Deine Leute lärmen, sie machen meinen Bäumen Angst und töten meine Geschöpfe. Früher einmal hätten sie zuvor um Erlaubnis gefragt.«

»Wir werden es wieder tun«, erwiderte Wasja hastig. Sie hatten auch so schon genug Probleme, ohne den Wächter des Waldes gegen sich aufzubringen. Wasja nahm ihren bestickten Kokoschnik ab und gab ihn dem Leshy. Er drehte ihn zwischen seinen langen Zweigenfingern hin und her.

»Vergib uns«, fuhr sie fort. »Und ... vergiss mich nicht.«

»Ich möchte dich um das Gleiche bitten«, erwiderte der Waldgeist schon etwas milder. »Wir schwinden, Wasilisa Petrowna. Selbst ich, der diese Bäume noch als Bäumchen kennt. Deine Leute zweifeln, und wir Geister verkümmern. Wenn der Bär kommt, seid ihr ungeschützt. Es wird eine Abrechnung geben. Hüte dich vor den Toten.«

»Was bedeutet das, hüte dich vor den Toten?«

Der Leshy neigte das altehrwürdige Haupt. »Drei Zeichen. Das vierte sind die Toten«, antwortete er und verschwand. Um Wasja herum war nur noch Vogelgezwitscher und das Rascheln der Blätter.

»Genug davon«, murmelte sie. »Warum könnt ihr nicht ein einziges Mal geradeheraus sprechen? Wovor habt ihr Angst?«

Da kam Kyrill Artamonowitsch zwischen den Bäumen hervor; Wasja schaute ihn erschrocken an. »Habt Ihr euch verlaufen, Herr?«

Er schnaubte. »Nicht mehr als du, Wasilisa Petrowna. Ich habe noch nie ein Mädchen gesehen, das sich so selbstverständlich allein im Wald bewegt. Du solltest nicht ohne Beschützer herumstreifen.«

Wasja erwiderte nichts.

»Komm mit«, sagte Kyrill.

Sie konnte sich schlecht weigern, also gingen sie Seite an Seite über den schlammigen Waldboden, während ringsum die Blätter fielen. »Meine Ländereien werden dir gefallen«, fuhr Kyrill fort. »Meine Pferdeweiden sind weiter, als das Auge reicht. Händler aus Wladimir, der Stadt der Muttergottes, kommen und bringen kostbare Juwelen.«

Ein Bild stieg in Wasja auf, nicht von einem schönen Herrenhaus, sondern von ihr selbst, wie sie auf einem Pferd über eine weite Ebene galoppiert, die nicht ringsum von Wäldern begrenzt ist. Einen Moment lang stand sie wie erstarrt da, mit den Gedanken weit weg, da streichelte Kyrill plötzlich ihren Zopf. Er hing über Wasjas Schulter und reichte bis zu ihrer Brust. Sie erwachte aus ihrer Trance und taumelte einen Schritt zurück.

Kyrill packte Wasja lachend am Haar und zog sie an sich. »Lass das«, sagte er. Sie machte noch einen Schritt, doch Kyrill folgte ihr und wickelte ihren Zopf um seine Hand. »Du wirst noch lernen, mich zu wollen.« Sein Mund kam näher.

Ein gellender Schrei zerriss die Stille; Kyrill ließ von ihr ab.

Etwas Braunes jagte zwischen den Bäumen hindurch. Wasja rannte los und verfluchte ihr Kleid, doch selbst mit war sie flinker als der groß gewachsene Bojar. Sie flitzte um eine Stechpalme herum und sah entsetzt, wie sich Serjoscha an Myschs Hals klammerte, die bockte und im Kreis herumsprang wie ein einjähriges Fohlen. Ihre Augen waren weiß vor Todesangst.

Wasja verstand nicht, was sie da sah. Serjoscha war schon öfter auf Mysch geritten, und sie war ein braves Tier. Trotzdem scheute die Stute, als säße der Leibhaftige auf ihrem Rücken. Irina stand am Rand der Lichtung, mit dem Rücken gegen einen Baum gepresst, und hatte beide Hände über den Mund geschlagen.

»Ich habe es ihm gesagt!«, wimmerte sie. »Ich habe ihm gesagt, dass er das nicht darf. Aber er hat gesagt, er wäre groß genug und könnte tun, was er will! Er wollte nicht auf mich hören und unbedingt um die Wette reiten.«

Die Schatten unter den Erlen waren viel zu tief für diese Tageszeit. Einer davon schien vorzuschnellen, und einen Wimpernschlag lang glaubte Wasja, einen einäugigen Mann zu sehen. Er grinste wie ein Verrückter und zwinkerte ihr zu.

»Beruhige dich«, sagte sie zu Mysch. Die Stute hielt inne, die Ohren senkrecht aufgestellt. Einen Moment lang war alles still.

»Serjoscha«, begann Wasja, da kam Kyrill polternd aus dem Unterholz. Im gleichen Augenblick zuckten die Schatten erneut, und Mysch ging wieder durch. Die Stute sprang einmal im Kreis, dann preschte sie los. Ihre Hufe schlugen auf den Waldboden ein, um ein Haar hätte sie Serjoscha an einem Baumstamm abgestreift. Der brüllte, schaffte es aber, sich im Sattel zu halten.

Irgendwo lachte jemand.

Wasja lief zu den anderen Pferden und zog ihr Gürtelmesser. Kyrill folgte ihr dicht auf den Fersen, doch Wasja war schneller. Sie flitzte an ihrem verdutzten Vater vorbei, dann war sie bei Ogon.

»Was tust du da?!«, brüllte Kyrill, aber Wasja reagierte nicht. Mit einem schnellen Streich schnitt sie Ogon von seinem Seil los und sprang auf seinen Rücken. Sie grub die Finger in seine rote Mähne und nahm die Verfolgung auf. Kyrill blieb mit offen stehendem Mund zurück.

Wasja presste die Fersen gegen die Flanken des galoppierenden

Hengstes. Sie nahm seinen Rhythmus auf und wünschte, sie hätte wenigstens Zeit gehabt, den Stoff ihres Kleides zu entwirren. Wie ein Gewittersturm fegten sie zwischen den Erlen hindurch. Ein umgestürzter Baum versperrte den Weg, Wasja duckte sich noch tiefer und atmete tief ein. Ogon sprang, leichtfüßig wie ein Hirsch.

Dann brachen sie aus dem Wald. Vor ihnen erstreckte sich eine matschige Wiese, keine zehn Pferdelängen entfernt galoppierte die durchgedrehte Mysch. Wie durch ein Wunder saß Serjoscha immer noch im Sattel. Das war auch gut so, denn ein Sturz auf einen der halb im Gras verborgenen Baumstümpfe wäre tödlich.

Ogon holte beständig auf. Er war bei Weitem das schnellere Pferd, außerdem lief Mysch in panischem Zickzack und bockte immer wieder in dem Versuch, Serjoscha von ihrem Rücken zu bekommen. Wasja schrie, sie solle stehen bleiben, doch die Stute hörte nichts – oder sie gehorchte einfach nicht. Also verlegte Wasja sich darauf, Serjoscha Mut zuzurufen, doch der Wind trug ihre Stimme davon. Mittlerweile hatten beide Pferde Schaum vor dem Maul. Am anderen Ende wurde die Wiese durch den Entwässerungsgraben des Gerstenfeldes begrenzt. Selbst wenn es Mysch gelang, darüber hinwegzuspringen – Serjoscha würde sich spätestens bei der Landung nicht mehr auf ihrem Rücken halten können.

Wasja brüllte Ogon an, dann waren sie mit ein paar Sprüngen auf gleicher Höhe. Der Graben kam schnell näher. Wasja streckte einen Arm nach ihrem Neffen.

»Lass los, lass *los*!«, schrie sie und packte ihn am Hemd. Serjoscha drehte ihr das panische Gesicht zu, dann zog sie ihn mit einem Ruck auf Ogons Rücken. Er hielt Büschel von Myschs schwarzer Mähne in den Händen. Wasja verlagerte ihr Gewicht zur anderen Seite, um Ogon herumzureißen, seine Hinterhand schlug aus, ein

Ruck, ein Sprung, dann jagten sie noch ein paar Schritte parallel zum Graben weiter und kamen schlitternd zum Stehen. Alle drei zitterten. Mysch hatte weniger Glück gehabt. Sie lag zuckend auf dem Boden des Grabens.

Wasja sprang ab und wäre beinahe gestürzt, so weich waren ihre Knie. Sie zog ihren schluchzenden Neffen von Ogons Rücken und untersuchte ihn eilig. Er hatte sich an den Schulterknochen des Hengstes Nase und Lippen blutig geschlagen. »Beruhige dich, Sergej Nikolajewitsch«, keuchte sie. »Dir fehlt nichts.«

Serjoscha schluchzte und zitterte und kicherte, alles zugleich, da holte Wasja aus und zog ihm die Hand übers blutverschmierte Gesicht. Serjoscha erzitterte noch einmal, dann verstummte er. Wasja drückte ihn an sich und hörte das Geräusch scharrender Hufe in ihrem Rücken. »Ogon, bleib hier«, sagte sie und drehte sich um.

Schaum glänzte auf den Flanken des Hengstes. Eines seiner Ohren zuckte, ansonsten rührte er sich nicht. Wasja ließ ihren Neffen los und eilte, halb springend, halb rutschend zu Mysch hinunter. Der Graben stand knietief unter Wasser, aber das kümmerte Wasja nicht. Sie kniete sich neben die vollkommen erschöpfte Stute und legte ihr ihre brennende Hand auf die Flanke. Wie durch ein Wunder hatte Mysch sich kein Bein gebrochen.

»Du bist heil«, flüsterte sie. »Alles ist gut.« Wasja passte ihre Atmung der des Pferdes an, einmal, zweimal, und Mysch beruhigte sich. Dann stand sie auf und machte einen Schritt zurück. Mysch sammelte sich kurz und kam ebenfalls hoch, wacklig und mit gespreizten Beinen wie ein neugeborenes Fohlen. Wasja schlang die Arme um ihren Hals. »Du Närrin, was ist nur in dich gefahren?«, flüsterte sie.

Ich habe einen Schatten gesehen, antwortete die Stute. *Er hatte*

Zähne. Für mehr blieb keine Zeit, denn von oben kamen Stimmen. Eine kleine Steinlawine ergoss sich in den Graben. Kyrill Artamonowitsch starrte zu ihnen herunter.

Wasja spürte ein Glühen hinter der Stirn, und Mysch scheute. »Sie hat sich erschrocken«, rief sie eilig und nahm Myschs Zügel. »Ihr riecht nach Blut, Kyrill Artamonowitsch. Bleibt besser weg.«

Der Bojar hatte nicht die Absicht gehabt, in das Schlammloch zu klettern, doch Wasjas Worte fachten seinen Zorn noch weiter an. »Du hast mein Pferd gestohlen!«

Wasja schaffte es irgendwie, ihn schuldbewusst anzusehen.

»Wer hat dir beigebracht, so zu reiten?«

Wasja musterte sein entsetztes Gesicht und schluckte. »Mein Vater«, sagte sie schließlich.

Kyrills fassungsloser Blick war ein Genuss für Wasja. Sie kletterte aus dem Graben, und Mysch folgte ihr brav wie ein Kätzchen. Als sie oben waren, musterte Kyrill Wasja mit versteinerter Miene.

»Vielleicht kann ich ja auch Eure anderen Pferde reiten, wenn wir erst Mann und Frau sind«, sagte Wasja unschuldig, doch Kyrill reagierte nicht. Sie zuckte die Achseln und merkte erst jetzt, wie erschöpft sie war. Ihre Beine bogen sich wie Schilfrohr, und ihre linke Schulter – die Seite, mit der sie Serjoscha auf Ogons Rücken gezogen hatte – schmerzte.

Eine Reitergruppe preschte über die Wiese heran. Pjotr ritt auf Buran voraus, Wasjas Brüder knapp dahinter. Kolja sprang als Erster von seinem Pferd und lief zu seinem weinenden Sohn. »Serjoscha, fehlt dir etwas? Synok, was ist passiert? Serjoscha!« Es war kein Wort aus dem Kleinen herauszubekommen, also wandte er sich an Wasja. »Was ist passiert?«

Wasja wusste nicht, was sie sagen sollte, und stammelte irgendetwas, da kamen Aljoscha und Pjotr hinzu. Pjotrs Blick sprang von ihr zu Serjoscha, dann zu Ogon und schließlich zu Mysch. »Alles in Ordnung, Wasja?«

»Ja«, brachte sie heraus, während die Nachbarn – alles Männer – ebenfalls herankamen und stierten.

Wasja errötete. Erst jetzt wurde ihr bewusst, dass ihr Kopf unbedeckt war, ihre Kleider zerrissen und ihr Gesicht dreckig. Pjotr flüsterte Kolja etwas zu, der seinen immer noch weinenden Sohn in den Armen hielt. Wasja hatte ihren Umhang verloren. Aljoscha sprang aus dem Sattel und hängte ihr den seinen um. »Komm, du närrisches Ding«, sagte er, während sie sich den Mantel dankbar um die Schultern zog. »Wir bringen dich besser weg von hier.«

Wasja fand ihren Stolz wieder und hob das Kinn. »Ich schäme mich nicht. Ich habe wenigstens etwas *getan*, statt zuzusehen, wie Serjoscha sich den Hals bricht.«

Pjotr hörte sie und wirbelte herum. »Geh mit deinem Bruder«, knurrte er. »*Jetzt.*«

Wasja starrte ihren Vater stumm an und ließ sich von Aljoscha in den Sattel heben. Die Nachbarn tuschelten und gafften, Wasja ballte die Fäuste und stierte zurück. Doch den Männern blieb nicht viel Zeit zum Gaffen, denn Aljoscha sprang hinter ihr auf, dann galoppierten sie davon.

»Schämst *du* dich, Ljoschka?«, schnaubte sie. »Sperrst du mich jetzt in den Keller? Hätte ich unseren Neffen lieber sterben lassen sollen, als Schande über die Familie zu bringen?«

»Red keinen Unsinn«, sagte Aljoscha knapp. »Aber die Leute werden sich umso weniger das Maul zerreißen, je weniger sie von deinem zerrissenen Kleid zu sehen bekommen.« Als Wasja nichts erwiderte, fügte er etwas milder hinzu: »Ich bringe dich zu Dunja. Du hast ausgesehen, als würdest du gleich umkippen.«

»Genauso fühle ich mich auch.« Auch Wasjas Stimme klang jetzt sanfter.

»Wie hast du das gemacht, Wasotschka?«, fragte Aljoscha. »Ich weiß, dass du reiten kannst, aber ... *so?* Auf dem verrückten roten Biest?«

»Die Pferde haben es mir beigebracht«, antwortete sie nach einer kurzen Pause. »Ich bin mit ihnen immer von der Weide in den Wald geritten.«

Wasja führte die Angelegenheit nicht weiter aus, und ihr Bruder schwieg lange. »Wenn du ihn nicht gerettet hättest, wäre Serjoscha jetzt tot oder verkrüppelt«, sagte er schließlich. »Das weiß ich, und dafür bin ich dir dankbar. Vater mit Sicherheit auch.«

»Danke«, flüsterte Wasja.

»Aber«, fügte Aljoscha mit leicht belustigtem Unterton hinzu, »ich fürchte, wenn du nicht Nonne werden oder einen Bauern heiraten willst, wirst du dein Leben allein in einer einsamen Hütte verbringen müssen. Deine Reitkünste haben Kyrill ganz schön erschreckt. Dass du einfach sein Pferd genommen hast, war eine Demütigung für ihn.«

Es lag eine gewisse Härte in Wasjas Lachen, als sie erwiderte: »Gut so. So muss ich wenigstens nicht auch noch vor meiner eigenen Hochzeit weglaufen. Ich hätte eher einen Bauern geheiratet als diesen Kyrill Artamonowitsch. Aber Vater ist wütend.«

Gerade als das Haus in Sicht kam, holte Pjotr sie ein. Er sah dankbar aus, verzweifelt und zornig, doch es lag noch etwas anderes, Ernsteres in seinem Blick. Vielleicht war es Sorge. Er räusperte sich. »Dir ist nichts passiert, Wasotschka?«

Wasja hatte ihn diesen Namen nicht mehr benutzen gehört, seit sie ein kleines Kind war. »Nein«, antwortete sie. »Es tut mir leid, dass ich Schande über dich gebracht habe, Vater.«

Es folgte eine lange Pause.

»Danke«, sagte Pjotr schließlich. »Danke für das Leben meines Enkels.«

Wasja lächelte. »Wir sollten Ogon dankbar sein«, erwiderte sie schon etwas fröhlicher. »Und Serjoscha, weil er es geschafft hat, sich lange genug festzuhalten.«

Das letzte Stück legten sie schweigend zurück. Wasja entschwand eilig ins Badehaus, um ihre schmerzenden Glieder im Dampf zu wärmen.

Am Abend trat Kyrill Artamonowitsch vor ihren Vater. »Ich dachte, ich bekomme eine wohlerzogene Maid, kein wildes Tier.«

»Wasja ist ein gutes Mädchen«, entgegnete Pjotr. »Eigensinnig, aber ...«

Kyrill schüttelte schnaubend den Kopf. »Schwarze Magie mag sie im Sattel gehalten haben, aber nicht die Reitkunst einer Sterblichen.«

»Ihre Kraft. Und ihre Wildheit«, widersprach Pjotr beinahe verzweifelt. »Sie wird dir starke Söhne schenken.«

»Zu welchem Preis? Ich brauche eine Frau, keine Hexe oder einen Waldgeist. Außerdem hat sie mich vor der gesamten Hochzeitsgesellschaft gedemütigt.«

Pjotr versuchte, ihm gut zuzureden, doch Kyrill ließ sich nicht mehr umstimmen. Er schlug seine Kinder nicht oft, doch als Kyrill die Verlobung löste, verabreichte er Wasja eine kräftige Tracht Prügel – wenn auch hauptsächlich, um seine eigene Angst um sie zu besänftigen. *Kann sie nicht ein Mal in ihrem Leben tun, was ihr gesagt wird?*

Sie holen sich nur die wilden Jungfrauen.

Wasja ertrug die Schläge ohne Tränen. Sie warf Pjotr lediglich einen vorwurfsvollen Blick zu, als sie steif aus dem Zimmer ging.

Er sah nicht, wie sie danach zusammengerollt zu Myschs Hufen weinte.

Doch die Hochzeit fand nicht statt. Im Morgengrauen ritt Kyrill Artamonowitsch davon.

18

Ein Gast im ausklingenden Jahr

Als Kyrill fort war, suchte Anna Iwanowna ihren Gatten ein weiteres Mal auf. Schon jetzt schnürten die Nächte die Herbsttage ein, der gesamte Haushalt stand im Dunkeln auf und aß bei Kerzenlicht zu Abend. Pjotr saß vor dem Ofen, seine Kinder waren schon zu Bett gegangen, doch er selbst fand keinen Schlaf. Die glimmenden Scheite tauchten den Raum in einen roten Schimmer. Pjotr starrte in die Glut und dachte an seine Tochter.

Anna hatte ihr Flickzeug auf dem Schoß, aber ihre Hände bewegten sich nicht. Pjotr blickte kein einziges Mal auf und sah nicht, wie blass und hart das Gesicht seiner Frau war. »Wasilisa wird also nicht heiraten«, sagte sie schließlich.

Er zuckte zusammen. Anna hatte noch nie mit einer solchen Autorität in der Stimme gesprochen. Zum ersten Mal in all den Jahren erinnerte sie ihn an ihren Vater. Und ihre Worte spiegelten Pjotrs eigene Gedanken wider.

»Kein Mann mit einem anständigen Stammbaum will sie haben«, fuhr Anna fort. »Wirst du sie einem Bauern geben?«

Pjotr schwieg. Er hatte selbst bereits daran gedacht. Seine

Tochter einem Niedergeborenen zu geben ging gegen seinen Stolz, doch Dunjas Warnung klang ihm immer noch in den Ohren: *Alles ist besser als ein Frostdämon.*

Marina, dachte Pjotr. *Du hast mir dieses verrückte Mädchen hinterlassen, und ich liebe sie sehr. Sie ist mutiger und wilder als alle meine Söhne, doch was nützt das einer Frau? Ich habe geschworen, sie zu beschützen. Aber wie soll ich sie vor sich selbst retten?*

»Sie muss in ein Kloster«, erklärte Anna. »Je früher, desto besser. Es ist der einzige Ort für sie. Kein Mann von anständiger Herkunft wird sie nehmen. Sie ist besessen und stiehlt Pferde, bringt sie zum Durchdrehen und setzt zu ihrem Vergnügen das Leben deines Neffen aufs Spiel.«

Pjotr schaute seine Frau erstaunt an. Sie war beinahe schön in ihrer Entschlossenheit. »Ein Kloster?«, wiederholte er. »Wasja?« Er fragte sich kurz, weshalb er so überrascht war. Jeden Tag gingen unverheiratbare Töchter ins Kloster. Aber er hatte noch nie eine ungeeignetere Aspirantin gesehen als Wasja.

Anna ballte die Fäuste. Sie suchte seinen Blick und hielt ihn fest. »Ein Leben unter heiligen Schwestern könnte die Rettung für ihre unsterbliche Seele sein.«

Pjotr dachte an die Begegnung mit dem Fremden in Moskau. Amulett hin oder her, ein Frostdämon konnte sich schlecht ein Mädchen holen, das einen Eid auf Gott abgelegt hatte.

Aber etwas hielt ihn zurück. Wasja würde niemals freiwillig gehen.

Vater Konstantin saß neben Anna. Sein Gesicht war angespannt, seine Augen dunkel wie Schlehen.

»Was sagt Ihr, Batjuschka?«, fragte Pjotr. »Die Freier haben Angst vor meiner Tochter. Soll ich sie in ein Kloster schicken?«

»Es bleibt kaum etwas anderes übrig, Pjotr Wladimirowitsch«, antwortete der Priester mit langsamer, heiserer Stimme. »Sie fürchtet Gott nicht, und sie hört nicht auf die Vernunft. Das Himmelfahrtskloster im Moskauer Kreml ist eigens für hochgeborene Jungfrauen. Die Schwestern dort würden sie aufnehmen.«

Anna presste die Lippen zusammen. Einst, vor langer Zeit, hatte sie selbst davon geträumt, in dieses Kloster einzutreten.

Pjotr zögerte.

»Die Mauern des Kreml sind stark«, fügte Konstantin hinzu. »Dort wäre sie sicher und müsste niemals hungern.«

»Nun, ich werde darüber nachdenken«, erwiderte Pjotr hin und her gerissen. Sie könnte mit den Schlitten fahren, wenn er seinen Tribut entrichtete. Aber wen sollte er aussenden, um sie anzukündigen? Er konnte seine Tochter schlecht losschicken wie ein unerwünschtes Paket, und das Jahr war schon weit fortgeschritten, um einen Boten zu entsenden.

Olja, er könnte sie zu Olja schicken. Sie würde alles arrangieren. Nein. Wasja musste noch vor der Wintersonnwende verheiratet oder hinter Klostermauern sein. *Zur Wintersonnwende wird er sie holen.*

Wasja ... Wasja als Nonne? Mit einem Schleier über ihrem schwarzen Haar und bis zu ihrem Tod eine Jungfrau?

Aber ihre Seele – ihre Seele war am wichtigsten. Sie würde in Frieden und Fülle leben und für ihre Familie beten. Und sie wäre sicher vor Dämonen. *Aber sie wird nicht freiwillig gehen. Sie wird untröstlich sein.*

Konstantin beobachtete Pjotrs inneren Widerstreit schweigend. Er wusste, Gott war auf seiner Seite. Pjotr würde sich überzeugen lassen, und sie würden einen Weg finden. Er sollte recht behalten.

Drei Tage später kam Wasja abends mit einem tropfnassen und niesenden Mönch nach Hause, den sie verirrt im Wald gefunden hatte.

Kurz vor Sonnenuntergang, mitten während eines Regengusses, zerrte sie ihn in die Küche. Dunja erzählte gerade eine Geschichte. »Ihr Vater war ganz krank vor Sehnsucht, also zogen Prinz Alexej und Prinz Dmitri aus, um den Feuervogel mit seinen leuchtenden Schwingen zu suchen. Sie ritten lange, durch drei mal neun Königreiche, da kamen sie an eine Weggabelung. Neben der Gabelung lag ein Stein mit einer Inschrift.«

Die Tür flog auf, und Wasja platzte herein. Sie zog einen groß gewachsenen, jungen und tropfnassen Mönch am Ärmel hinter sich her. »Das ist Bruder Rodion«, erklärte sie. »Er hat sich im Wald verlaufen. Er kommt aus Moskau, vom Hof des Großfürsten. Sascha schickt ihn.«

Alle in der Küche sprangen auf. Der Mönch brauchte eine neue Robe und etwas zu essen, außerdem einen Becher Met. Dunja fand trotz ihrer Eile Zeit, die protestierende Wasja dazu zu bringen, ihre nassen Kleider zu wechseln und sich das triefende Haar neben dem Ofen zu trocknen. Währenddessen wurde der Mönch mit Fragen bombardiert: nach dem Wetter in Moskau, nach dem Schmuck, den die Hofdamen beim Gottesdienst trugen, den Pferden der Tatarenkrieger. Und vor allem nach der Prinzessin von Serpuchow und Bruder Alexander. Die Fragen kamen so schnell, dass ihm kaum Zeit zum Antworten blieb.

Schließlich hatte Pjotr genug. »Ruhe, alle«, sagte er und zog seine Kinder beiseite. »Lasst ihn essen.«

Allmählich wurde es ruhig in der Küche. Dunja nahm ihre Spindel zur Hand, Irina ihre Nadel, und Bruder Rodion konzentrierte sich auf sein Abendessen. Wasja griff sich den Mörser und begann, getrocknete Kräuter zu zerstoßen. Schließlich erzählte Dunja weiter.

»Auf dem Stein neben dem Weg stand:

Reitest du geradeaus, erwarten dich Hunger und Kälte.
Reitest du nach rechts, wirst du leben
und dein Pferd wird sterben.
Reitest du nach links, wirst du sterben
und dein Pferd wird leben.

Nichts davon klang allzu gut, also machten die beiden Brüder halt und schlugen in einem grünen Wald ihr Zelt auf. Dort blieben sie und vergaßen, weshalb sie überhaupt gekommen waren.«

Prinz Iwan ist nach rechts geritten, dachte Wasja. Sie hatte die Geschichte schon tausendmal gehört. *Er hat geweint, als der graue Wolf sein Pferd riss. Aber man erfährt nie, was passiert wäre, wenn er geradeaus weitergeritten wäre. Oder nach links.*

Pjotr war am anderen Ende der Küche in ein Gespräch mit Bruder Rodion vertieft. Wasja wünschte, sie könnte hören, was die beiden sagten, aber der Regen prasselte zu laut aufs Dach.

Sie war schon im Morgengrauen in den Wald aufgebrochen, zum Sammeln oder auch nur, um sich ein paar Stunden an der frischen Luft zu erholen – und sei es im strömenden Regen. Das Haus bedrückte sie. Anna Iwanowna und Vater Konstantin, ja selbst Pjotr, warfen ihr ständig Blicke zu, aus denen sie nicht schlau wurde. Und die Dörfler tuschelten, sobald sie Wasja sahen. Niemand hatte den Vorfall mit Kyrills Pferd vergessen.

Dann entdeckte sie den jungen Mönch, wie er auf seinem kräftigen weißen Maultier immer im Kreis herumritt.

Wasja fand es eigenartig, dass sie ihn lebend angetroffen hatte. Auf ihren Streifzügen hatte sie Knochen gefunden und alles Mögliche, aber nie einen lebenden Menschen. Der Wald war gefährlich für Reisende. Der Leshy führte sie im Kreis, bis sie verhungerten, oder der Wodianoj mit seinen kalten, fischigen Augen, zog sie in den Fluss. Doch dieser groß gewachsene freundliche Kerl war mitten hineingetappt und lebte immer noch.

Die Warnung der Rusalka fiel ihr wieder ein. *Was macht den Waldgeistern solche Angst?*

»Du hast Glück gehabt, dass meine törichte Tochter bei diesem Wetter sammeln gegangen ist und dich gefunden hat«, sagte Pjotr.

Bruder Rodions schlimmster Hunger war gestillt, er riskierte einen kurzen Blick zum Ofen. Die fragliche Tochter mahlte gerade Kräuter, der Feuerschein tauchte ihren schlanken Körper in einen goldenen Schimmer. In Wald war sie ihm noch hässlich vorgekommen. Auch jetzt fand er sie nicht schön, aber je länger er hinsah, desto schwerer fiel es ihm, den Blick wieder abzuwenden.

»Darüber bin ich froh, Pjotr Wladimirowitsch«, erwiderte er hastig, als er Pjotrs nach oben gezogene Augenbrauen bemerkte. »Ich habe eine Nachricht von Bruder Alexander.«

»Sascha?«, fragte Pjotr scharf. »Wie lautet sie?«

»Bruder Alexander ist Berater des Großfürsten«, begann Rodion würdevoll. »Er ist bekannt für seine guten Taten und als Beschützer der Armen, seine Weisheit und sein Urteilsvermögen gereichen ihm zum Ruhm.«

»Erzähl mir nicht von Dingen, die Sascha besser hier eingesetzt hätte«, blaffte Pjotr, doch Rodion hörte auch Stolz in seinen Worten.

»Komm zur Sache. Diese Neuigkeiten führen dich bestimmt nicht so spät im Jahr hierher.«

Rodion blickte Pjotr in die Augen. »Habt Ihr Euren Tribut an den Khan schon entrichtet?«

»Das tue ich, sobald der Schnee kommt«, brummte Pjotr. Die Ernte war dürftig gewesen, und es gab wenig Wild. Er brauchte jedes Korn und alles Fleisch für seine eigenen Leute. Sie schlachteten so viele Schafe, wie sie riskieren konnten. Seine Söhne verausgabten sich bei der Jagd, und die Frauen gingen bei jedem Wetter zum Sammeln in den Wald.

»Was, wenn Ihr keinen Tribut mehr entrichten müsstet, Pjotr Wladimirowitsch?«, fuhr Rodion fort.

Pjotr mochte keine Suggestivfragen, und das sagte er auch.

»Nun gut«, erwiderte Rodion gefasst. »Der Fürst und seine Berater fragen sich, warum sie einem heidnischen Herrscher weiter Tribut entrichten oder auch nur vor ihm das Knie beugen sollten. Der letzte Khan wurde ermordet. Seine Erben sitzen kein Jahr auf dem Thron, dann ereilt sie das gleiche Schicksal. Sie sind in hellem Aufruhr. Warum sollten sie da noch über brave Christen herrschen? Wir werden gegen die Goldene Horde zu Felde ziehen, und Bruder Alexander, der einmal Euer Sohn war, erbittet Eure Hilfe.«

Wasja sah, wie sich der Gesichtsausdruck ihres Vaters veränderte. Sie fragte sich, was der junge Mönch zu ihm gesagt haben mochte.

»Krieg«, sagte Pjotr.

»Freiheit«, entgegnete Rodion.

»Unser Joch hier im Norden ist leicht«, erklärte Pjotr.

»Und doch müsst Ihr es tragen.«

»Besser das Joch als den Zorn der Goldenen Horde. Sie brauchen uns nicht einmal in der Schlacht entgegenzutreten, ein Trupp in der Nacht genügt. Zehn Brandpfeile, dann steht ganz Moskau in Flammen. Auch mein Haus ist aus Holz erbaut.«

»Pjotr Wladimirowitsch, Bruder Alexander bat mich, Euch zu sagen…«

»Verzeih«, unterbrach Pjotr und stand auf. »Ich habe genug gehört. Ich hoffe, du verstehst das.«

Rodion nickte notgedrungen und wandte sich wieder seiner Mahlzeit zu.

»Warum kämpfen wir nicht, Vater?«, fragte Kolja ungeduldig. Zwei tote Hasen baumelten von seiner Hand. Die beiden nutzten die Regenpause, um die Fallen im Wald abzugehen.

»Weil ich mir wenig Gutes davon verspreche, dafür umso größeren Schaden«, antwortete Pjotr nicht zum ersten Mal. Seit der Mönch seinen Söhnen mit Geschichten vom Ruhm ihres Bruders den Kopf verdreht hatte, ließen sie ihm keine Ruhe mehr. »Deine Schwester lebt in Moskau. Möchtest du sehen, wie die Stadt belagert wird? Wenn die Tataren über eine Stadt herfallen, gibt es keine Überlebenden.«

Kolja winkte ab, die beiden Hasen in seiner Hand wackelten grotesk hin und her. »Wir würden sie weit vor den Toren Moskaus stellen.«

Pjotr überprüfte die nächste Schlinge. Sie war leer.

Kolja hatte sich inzwischen warmgeredet. »Und bedenke«, fuhr er fort, »wir könnten Güter nach Süden schicken, um sie zu verkaufen, nicht als Tribut. Mein Vetter wäre unumschränkter Herrscher und müsste vor niemandem mehr das Knie beugen. Deine Urenkel könnten eines Tages selbst Großfürst werden.«

»Ich sehe meine Söhne lieber am Leben und meine Töchter in Sicherheit, als auf den Ruhm noch nicht einmal geborener

Nachkommen zu schielen.« Als Pjotr sah, wie sein Sohn protestierend den Mund öffnete, fügte er etwas sanfter hinzu: »Synok, du weißt, dass Sascha gegen meinen ausdrücklichen Wunsch fortgegangen ist. Ich werde dich nicht gegen deinen Willen an meinen Türpfosten fesseln. Wenn du kämpfen willst, dann kämpfe, aber ohne meinen Segen für diesen närrischen Krieg und ohne Tuch, Silber oder Proviant. Sascha mag reich an Ruhm sein, aber er muss sein Brot erbetteln und sein Gemüse im eigenen Garten anbauen.«

Was auch immer Kolja dagegenhalten wollte, schlug in einen freudigen Ausruf um, denn in der nächsten Falle hing ein weiterer Hase, das gescheckte Herbstfell von feuchter Erde verschmiert. Kolja beugte sich gerade nach der Schlinge, da hob Pjotr plötzlich die Hand. Es roch nach frischem Tod. Pjos, Pjotrs Dogge, drückte sich an seine Schienbeine und winselte wie ein Welpe.

»Kolja ...«

Etwas am Tonfall seines Vaters ließ Kolja hochschnellen. Ein Blitzen stand in seinen dunklen Augen. »Ich rieche es auch«, flüsterte er nach einer kurzen Pause. »Was hat die Dogge?«

Pjos zitterte und schaute sehnsüchtig Richtung Dorf, während Pjotr den Kopf in alle Richtungen drehte, als wäre er der Spürhund.

Ohne ein Wort zu sagen, deutete er auf Blutspritzer in dem Laubhaufen zu ihren Füßen. Sie stammten nicht von dem Hasen. Auf eine gebieterische Geste hin setzte Pjos sich widerwillig in Bewegung. Kolja ging in einem kleinen Bogen nach links, lautlos wie eine Eule, genau wie sein Vater. Vorsichtig umrundeten sie eine Baumgruppe und erreichten den Rand einer kleinen, von totem Laub erstickten Lichtung.

Ein Hirschbock hatte hier gelegen. Ein blutverschmierter

259

Hinterlauf lag beinahe direkt vor Pjotrs Füßen, abgerissene Sehnen ragten aus der Keule. Der Rest des Kadavers lag ein Stückchen weiter, aus dem aufgerissenen Bauch quollen die Eingeweide. Der Gestank war selbst in der Kälte unerträglich.

Der Anblick von Blut und Eingeweiden machte den beiden Männern nichts aus, auch nicht die verdrehten Augen und die aus dem Maul hängende Zunge des toten Hirschs. Trotzdem tauschten sie einen vielsagenden Blick aus, denn nichts, was in diesem Wald lebte, hätte einen Hirschbock so zurichten können. Außerdem: Welches Tier würde eine so fette Beute einfach liegen lassen?

Pjotr ging in die Hocke und inspizierte den Untergrund.

»Der Hirsch war auf der Flucht, einer seiner Vorderläufe lahmte bereits. Hier ist er auf die Lichtung gebrochen.« Er erhob sich halb und deutete. »Ein langer Satz, dann noch einer, dann hat ihn ein Schlag von der Seite niedergestreckt.« Pjos lag am Rand der Lichtung und ließ seinen Herrn nicht aus den Augen. »Aber was hat den Schlag geführt?«, murmelte Pjotr.

Kolja sah die Sache ähnlich. »Und nirgendwo Spuren.« Er zog sein langes Jagdmesser. »Nicht eine einzige. Auch keine Hinweise, dass jemand versucht hätte, sie zu verwischen.«

»Sieh dir den Hund an«, flüsterte Pjotr. Pjos war aufgestanden und schaute hinauf zwischen die Bäume. Sein Nackenfell stand zu Berge, er knurrte und fletschte die Zähne.

Die beiden Männer wirbelten gleichzeitig herum. Pjotr hatte sein Messer in der Hand, noch bevor er wusste, dass er es gezogen hatte. Einen Wimpernschlag lang glaubte er, eine Bewegung zu sehen, einen noch dunkleren Schatten zwischen dem Laub, dann war alles wieder ruhig. Pjos bellte einmal, schrill und scharf – eine verängstigte Drohung.

Pjotr rief die Dogge mit einem Fingerschnippen zu sich, dann gingen sie wortlos um das blutverschmierte, modrige Laub herum zurück zum Dorf.

Am nächsten Tag klopfte es an Konstantins Tür. Er inspizierte gerade bei Kerzenschein seine Farben, die bei dieser Feuchtigkeit schnell Schimmel ansetzten. Draußen war es Tag, doch die Fenster seines Zimmers waren klein, und der starke Regen tat ein Übriges, um das Sonnenlicht abzuhalten.

So viele Kerzen, dachte Rodion, als er eintrat. *Was für eine Verschwendung.* Laut sagte er: »Seid gesegnet, Vater.«

»Gott sei mit dir«, erwiderte Konstantin. Es war kalt in seinem Zimmer, und er hatte sich eine Decke um die schmalen Schultern gelegt. Seinem Gast bot er keine an.

»Pjotr Wladimirowitsch ist mit seinen Söhnen auf die Jagd gegangen«, begann Rodion. »Aber er wollte nicht verraten, worauf. Habt Ihr etwas gehört?«

»Nein«, erwiderte Konstantin nur, während draußen weiter der Regen trommelte.

Rodion runzelte die Stirn. »Ich kann mir nicht erklären, warum sie die Speere mitgenommen haben, aber die Hunde nicht. Und das bei diesem entsetzlichen Wetter.«

Konstantin schwieg.

»Nun, möge Gott ihnen Erfolg schenken, was auch immer es ist«, sprach Rodion weiter. »Ich breche in zwei Tagen auf und würde dem Biest, das Pjotr Wladimirowitsch die Sprache verschlagen hat, nur ungern begegnen.«

»Ich werde für deine sichere Reise beten«, erklärte Konstantin kurz angebunden.

»Möge Gott es Euch vergelten«, erwiderte Rodion, ging aber

nicht. »Ich weiß, Ihr werdet nicht gerne beim Nachdenken gestört, aber ich muss Euch um Rat fragen.«

»Frag.«

»Pjotr Wladimirowitsch möchte, dass seine Tochter Nonne wird«, begann Rodion. »Er hat mich mit Worten und Geld angewiesen, im Moskauer Himmelfahrtskloster alles dafür zu arrangieren. Er sagt, er wird sie mit reichen Gaben schicken, sobald genug Schnee für die Schlitten liegt.«

»Eine fromme Aufgabe, Bruder«, erwiderte Konstantin und blickte endlich von seinen Farben auf. »Wozu brauchst du meinen Rat?«

»Weil das Nonnenleben nichts für das Mädchen ist«, antwortete Rodion. »Ein Blinder sieht das.«

Konstantin schob den Unterkiefer nach vorn, der Zorn auf seinem Gesicht überraschte Rodion. »Heiraten kann sie nicht, und in der Welt wartet nur die Sünde auf sie. Besser, sie tritt in Gottes Dienste und betet für die Seele ihres Vaters. Pjotr Wladimirowitsch ist alt. Wenn er Gott gegenübertritt, wird er froh sein um ihre Gebete.«

Das war schön und gut, trotzdem überkam Rodion bei dem Gedanken ein schlechtes Gewissen. Pjotrs Tochter erinnerte ihn an Bruder Alexander. Er war Mönch, blieb aber nie lange in der Lawra, sondern streifte mit seinem Ross durch ganz Rus, um abwechselnd zu tricksen, zu schmeicheln oder zu kämpfen. Er trug ein Schwert auf dem Rücken und beriet die Fürsten. Doch all das war einer Nonne nicht möglich.

»Ich werde Pjotr Wladimirowitschs Bitte erfüllen«, sagte Rodion zögernd. »Er hat mich unter seinem Dach beherbergt, ich kann es ihm schlecht abschlagen. Trotzdem wünschte ich, du würdest ihn umstimmen, Bruder. Bestimmt lässt sich ein Mann für

Wasilisa Petrowna finden. Ich glaube nicht, dass sie im Kloster lange durchhält. Ein wildes Tier wie sie stirbt, wenn man es einsperrt.«

»Und?«, fuhr Konstantin auf. »Gesegnet sind die, die nur kurz im Sündenpfuhl der Welt verweilen, bevor sie ins Himmelreich eingehen. Ich hoffe nur, ihre Seele ist bereit, wenn es so weit ist. Und jetzt, Bruder, würde ich gerne beten.«

Rodion bekreuzigte sich wortlos und schlüpfte zur Tür hinaus. *Das Mädchen tut mir aufrichtig leid*, dachte er und blinzelte ins trübe Tageslicht.

Und dann, unsicher: *Wie unglaublich dunkel die Schatten in diesem Zimmer waren.*

Pjotr und Kolja unternahmen mit ihren Männern nicht einen, sondern mehrere Jagdausflüge, bevor der Schnee kam. Es wurde beständig kälter, doch der Regen hörte nicht auf. Die langen, nassen Tage zehrten an ihren Kräften, aber sosehr sie sich auch bemühten, sie fanden keine Spur von dem Tier, das den Hirschbock in Stücke gerissen hatte. Zuerst murrten die Männer, schließlich protestierten sie. Es war ein Wettstreit zwischen Erschöpfung und Treue gegenüber ihrem Herrn, und niemand trauerte, als der Frost der Jagd ein Ende machte.

Dann verschwand die erste Hündin.

Sie war eine kräftige Zohe gewesen, die gesunde Welpen zur Welt brachte und keine Angst vor Wildschweinen hatte. Man fand sie in der Nähe der Palisade, ohne Kopf lag der steif gefrorene Kadaver im blutigen Schnee. Die einzigen Spuren in der Nähe der toten Hündin waren ihre eigenen Pfotenabdrücke.

Ab da gingen die Dörfler nur noch zu zweit in den Wald und nahmen ihre Äxte mit.

Als Nächstes verschwand ein Pony, das an einem Schlitten an-
geschirrt gewesen war. Der Sohn des Bauern kam gerade mit den
Armen voller Feuerholz vom Waldrand zurück. Als er das leere
Geschirr inmitten des aufgewühlten Schnees liegen sah, ließ er
das Holz fallen, sogar seine Axt, und rannte um sein Leben.

Furcht legte sich über das Dorf, eine klebrige, stammelnde
Angst, hartnäckig wie Spinnweben.

19

Albträume

Der November brach brüllend herein, mit schwarzen Blättern und grauem Schnee. An einem Morgen, so schmutzig wie trübes Glas, stand Vater Konstantin neben seinem Fenster und malte den Heiligen Georg. Er war gerade mit dem Vorderbein seines Schimmels beschäftigt und ganz in seine Arbeit versunken. Alles war still. Doch die Stille schien zu lauschen. Konstantin merkte, wie er seine Sinne schärfte. *Sprichst du nicht mehr zu mir, Herr?*

Ein Kratzen an der Tür. Konstantins Hand zuckte, beinahe hätte er die Farbe verschmiert. »Herein«, knurrte er und legte den Pinsel weg. Bestimmt war es wieder Anna Iwanowna, mit gebackener Milch und drögem, bewunderndem Blick.

Doch sie war es nicht.

»Seid gesegnet, Vater«, sagte die Dienerin Agafja.

Konstantin machte das Kreuzeichen. »Gott sei mit dir.« Doch er war wütend.

»Verzeiht, Batjuschka«, flüsterte das Mädchen. Sie blieb im Türrahmen stehen und rang die von der Arbeit rauen Hände. »Nur einen kurzen Moment, bitte.«

Konstantin presste die Lippen aufeinander. Vor ihm lag das Eichenbrett mit dem heiligen Georg darauf und einer dreibeinigen Stute. Zum vierten Bein war er noch nicht gekommen. Er würde es elegant erhoben malen, kurz bevor es den Kopf einer Schlange zertrampelte.

»Was hast du mir zu sagen?« Er versuchte, milde zu klingen. Es gelang ihm nicht ganz.

Agafja zuckte zusammen, aber sie blieb. »Wir sind gute Christen, Batjuschka«, stammelte sie. »Wir nehmen die Sakramente und ehren die Ikonen. Trotzdem ist es uns noch nie so schlecht ergangen. Unser Garten ist im Sommerregen ertrunken, wir werden noch vor dem Jahreszeitenwechsel hungern.« Sie verstummte kurz und leckte sich über die Lippen. »Ich frage mich … Ich kann gar nicht anders, als mich zu fragen, ob wir den alten Göttern Unrecht getan haben. Tschernobog vielleicht? Er liebt Blut. Meine Großmutter hat immer gesagt, etwas Schreckliches würde passieren, wenn er sich gegen uns wendet. Ich fürchte um meinen Sohn.« Sie schaute Konstantin flehend an.

»Du tust gut daran, dich zu fürchten«, brummte er und rang um Geduld. Konstantins Finger sehnten sich nach seinen Pinseln. »Es zeigt, dass deine Reue aufrichtig ist. Dies ist die Zeit der Prüfung, in der Gott seine treuen Diener erkennt. Halte aus, dann wirst du sein Königreich schauen, prächtiger als alles, was du dir vorstellen kannst. Was du sagst, ist falsch: eine Illusion, um die Unbedachten in Versuchung zu führen. Halte dich an Gottes Wahrheit, und alles wird gut.«

Damit drehte er sich weg und griff nach seinen Farben.

»Aber ich brauche kein ganzes Königreich, Batjuschka. Nur genug, um meinen Sohn durch den Winter zu bringen. Marina

Iwanowna hat die alten Bräuche immer in Ehren gehalten, und unsere Kinder mussten nie hungern.«

Etwas in Konstantins Gesicht veränderte sich. Er sah jetzt beinahe aus wie der heilige Georg mit seiner Lanze. Agafja taumelte gegen den Türrahmen. »Genau deshalb rechnet Gott jetzt mit euch ab«, zischte er mit einer Stimme, dunkel wie ein zufrierender Bach. »Glaubst du, nur weil es zwei Jahre gedauert hat oder vielleicht auch zehn, Gott würde solche Lästerung vergessen? Seine Mühlen mahlen langsam.«

Agafja zitterte wie ein ins Netz gegangener Vogel. Sie umklammerte Konstantins Finger und bedeckte sie mit Küssen. »Bitte«, flüsterte sie, »werdet Ihr für uns um Vergebung beten? Nicht für mich, sondern für meinen Sohn.«

»Soweit es mir möglich ist«, erwiderte er schon etwas milder. Er legte Agafja eine Hand auf das gebeugte Haupt. »Doch zuerst musst du selbst dafür beten.«

»Ja, ja, Batjuschka«, sagte sie und blickte ihm voll Dankbarkeit in die Augen, dann eilte sie endlich zurück unter den grauen Nachmittagshimmel.

Die Tür fiel hinter ihr zu. Die Schatten in Konstantins Zelle schienen sich zu recken wie erwachende Katzen.

»Gut gemacht.«

Die Stimme hallte in jedem seiner Knochen wider. Er fuhr erschrocken hoch.

»Zuerst müssen sie mich fürchten, erst dann können sie gerettet werden.«

Konstantin ließ seinen Pinsel fallen und kniete nieder. »Mein einziger Wunsch ist, dich zu erfreuen, Herr.«

»Ich bin erfreut«, sagte die Stimme.

»Ich tue alles, um diese Menschen auf den rechten Weg zu

führen«, sprach Konstantin weiter. »Ich bitte nur um eines, Herr ... das heißt, ich wollte dich bitten ...«

Die Stimme war jetzt unendlich sanft. »Worum möchtest du mich bitten?«

»Mach, dass meine Aufgabe hier bald beendet ist. Ich trage dein Wort bis ans Ende der Welt, wenn du es befiehlst, aber dieser Wald hier ist so eng.«

Konstantin neigte den Kopf und wartete, bis die Stimme in so liebevoller Freude lachte, dass er glaubte, seine Seele würde seinem Körper entfliehen vor Entzücken.

»Natürlich wirst du deine Aufgabe beenden. Ein Winter noch. Bringe dieses Opfer und sei treu, danach wirst du meinen Ruhm in die Welt tragen, und ich werde für immer bei dir sein.«

»Sag mir nur, was ich tun muss«, erwiderte Konstantin. »Ich werde dir treu sein.«

»Ich wünsche, dass du mich in eure Mitte rufst, wenn du predigst«, erklärte die Stimme. Ein anderer als Konstantin hätte vielleicht die Gier und die Ungeduld in den Worten gehört. »Und jedes Mal, wenn du betest. Rufe mich mit jedem Atemzug und rufe mich mit meinem Namen. Ich bin der Sturmbringer. Dann komme ich zu euch und bringe euch meine Gnade.«

»So sei es«, erwiderte Konstantin inbrünstig. »Ich werde deinen Wunsch erfüllen, verlass mich nur nie wieder.«

Die Kerzen flackerten wie von einem lang gezogenen, zufriedenen Seufzer. »Gehorche mir«, erwiderte die Stimme, »dann verlasse ich dich nicht.«

Am nächsten Tag ertrank die Sonne in nasskalten Wolken und tauchte die farblose Welt in einen geisterhaften Schimmer. Im Morgengrauen begann es zu schneien. Pjotrs Haushalt drängte sich bibbernd in der nur vom Kerzenschein erhellten Kirche. Wasja glaubte beinahe, den Schnee fallen zu hören, der die Sonne abhielt und das Dorf bis zum Frühling eingraben würde. Nur das Gesicht des Priesters leuchtete. Auf seinen Wangenknochen spielten elegante Schatten, seine Augen wirkten noch entrückter als die der Ikonen. Er war noch nie so schön gewesen.

Die Ikonenwand war fertig. Über der Tür thronte der wiederauferstandene Christus. Mit einem Gesichtsausdruck, den Wasja nicht entschlüsseln konnte, saß er über die sturmumtoste Welt zu Gericht.

»Ich rufe dich an«, sagte Konstantin leise. »Herr, der du mich zu deinem Diener bestimmt hast. Die Stimme in der Dunkelheit, Sturmbringer, mögest du unter uns gegenwärtig sein.«

Dann, lauter, begann er die Messe. »Gesegnet sei Gott.« Konstantins Augen waren wie dunkle Höhlen, doch in seiner Stimme brannte ein Feuer. Die Messe zog sich in die Länge. Wenn er sprach, vergaßen die Menschen die nasse Kälte draußen und die Fratze des Hungers. Seine Worte berührten sie und ließen alle weltlichen Sorgen verschwinden. Die Hand des Christus auf der Ikonostase schien wie zum Segen erhoben.

»Hört mich an«, sprach Konstantin und senkte die Stimme, damit alle genau hinhören mussten. »Das Böse ist unter uns.« Die Dörfler schauten einander an. »Nachts, wenn alles still ist, schleicht es sich in unsere Seelen. Es lauert auf die Unvorsichtigen.« Irina kuschelte sich näher heran, Wasja legte ihr einen Arm um die Schulter.

»Nur der Glaube«, fuhr Konstantin fort, »nur Gebet und *Gott* allein kann euch retten.« Er sprach mit jedem Wort lauter. »Fürchtet Gott und tuet Buße. Es ist eure einzige Rettung vor der Verdammnis. Andernfalls werdet ihr brennen – brennen!«

Anna schrie, ihre Augen wölbten sich unter den bläulichen Lidern, als wollten sie aus den Höhlen treten. »Nein!«, brüllte sie. »Bei Gott, nicht hier! Nicht *hier*!« Ihre Stimme hallte vom einen Ende des kleinen Raumes bis zum anderen, als käme der Schrei aus hundert Kehlen.

Kurz bevor das heillose Chaos in der Kirche ausbrach, schaute Wasja in die Richtung, in die ihre Stiefmutter deutete: Das zuvor noch so andächtige Christusgesicht lächelte. Zwei lange, spitze Zähne ragten aus seinem Mund, und er hatte nur noch ein Auge. Die andere Gesichtshälfte war von violetten Narben übersät, die Augenhöhle darin zugenäht.

Wasja kämpfte gegen die Angst an, die ihr die Kehle zuschnürte. Irgendwo hatte sie dieses Gesicht schon einmal gesehen.

Doch ihr blieb keine Zeit, um weiter darüber nachzudenken. Ringsum pressten sich die Dörfler die Hände auf die Ohren und warfen sich zu Boden oder drängten panisch Richtung Ausgang. Anna blieb allein zurück, niemand rührte sie auch nur an. Sie raufte sich die Haare, lachte und weinte, während ihre Schreie von den Wänden widerhallten. Da bahnte sich Konstantin einen Weg zu ihr und ohrfeigte sie. Anna verstummte mit einem Schlucken, aber der Schrei hallte immer weiter, als hätten die Ikonen selbst ihn aufgenommen.

Wasja packte Irina am Arm, damit sie in dem Gedränge nicht von den Beinen gerissen wurde. Aljoschas starke Arme schlossen sich um Dunja, die so zerbrechlich war wie Herbstlaub. Zu viert hielten sie sich aneinander fest, während die Dörfler brüllend umherliefen.

»Ich muss zu Mutter«, sagte Irina und versuchte, sich loszumachen.

»Nein, kleines Vögelchen«, entgegnete Wasja. »Du würdest nur niedergetrampelt.«

»Muttergottes«, murmelte Aljoscha. »Wenn bekannt wird, dass Anna diese Anfälle hat, wird keiner mehr Irina heiraten wollen.«

»Niemand wird davon erfahren«, fauchte Wasja. Irina war sehr blass geworden und funkelte ihren Bruder an, während die Menge sie alle vier an die Wand drückte. Wasja und Aljoscha taten ihr Bestes, um Irina und Dunja mit ihren Körpern zu schützen.

Wasjas Blick wanderte noch einmal zu der Ikonenwand. Sie sah wieder aus wie immer: Christus auf seinem Thron, unter ihm die Welt, die Hand zum Segen erhoben. Hatte sie sich alles nur eingebildet? Wenn ja, warum hatte Anna dann geschrien?

»Ruhe!« Konstantins Stimme schallte wie ein Dutzend Kirchenglocken, und alle hielten inne. Er stand vor der Ikonostase und hob die Hand, genau wie Christus über ihm. »Narren!«, polterte er. »Seid ihr kleine Kinder, die sich vor einer schreienden Frau erschrecken? Steht auf, alle, und schweigt. Gott beschützt uns.«

Mit gesenkten Köpfen kamen sie wieder nach vorn wie zurechtgewiesene Kinder. Konstantins Stimme hatte vollbracht, was Pjotrs Gebrüll nicht vermocht hatte. Sie kamen heran und scharten sich um den Priester, während Anna immer noch bebend dastand und weinte. Ihr Gesicht war kalkweiß. Das einzige, das noch heller leuchtete als ihres, gehörte Konstantin. Das Kirchenschiff füllte sich mit eigenartigen Schatten. Einer davon huschte über die Ikonenwand. Er sah nicht aus wie der eines Menschen.

Bei Gott, dachte Wasja, während die Messe stockend wieder in Gang kam. *Hier? Die Waldgeister können die Kirche nicht betreten. Sie sind Geschöpfe dieser Welt, und die Kirche gehört zur nächsten.*

Und doch hatte sie den Schatten gesehen.

Sobald es möglich war, brachte Pjotr seine Frau ins Haus. Irina zog sie aus und legte sie ins Bett, doch Anna schluchzte immer weiter.

Schließlich ging Irina verzweifelt in die Kirche zurück. Sie fand Vater Konstantin vor der Ikonenwand kniend. Nach der Messe hatten die Dörfler seine Hände geküsst und ihn angefleht, sie zu retten. Er hatte zufrieden ausgesehen, beinahe siegestrunken. Doch jetzt, fand Irina, sah er aus wie der einsamste Mensch der Welt.

»Würdet Ihr mit zu meiner Mutter kommen?«, flüsterte sie.

Konstantin stand ruckartig auf und blickte sich um.

»Sie weint und weint und kann nicht mehr aufhören.«

Konstantin blieb stumm, alle seine Sinne waren bis zum Zerreißen gespannt. Nachdem seine Schäfchen gegangen waren, hatte Gott zu ihm gesprochen. »Wundervoll.« Das Flüstern hatte den Rauch der gelöschten Kerzen in kleinen Wellen durch den Raum getrieben. »Sie hatten solche Angst.« Die Worte hatten beinahe vergnügt geklungen. Auch da war Konstantin stumm geblieben. Er hatte sich gefragt, ob er womöglich den Verstand verloren hatte, ob die Stimme vielleicht seine eigene war. *Nein, Konstantin Nikonowitsch,* hatte er sich gesagt. *Ganz gewiss nicht. Es ist deine eigene Verderbtheit, die dir diese Zweifel eingibt.*

»Ich bin froh, dass du zu uns gekommen bist, um deine Kinder ins Licht zu führen«, hatte er gemurmelt, doch die Stimme hatte nicht mehr geantwortet.

Er drehte sich zu Irina um.

»Ja«, sagte er. »Ich komme.«

»Vater Konstantin ist hier«, sagte Irina und winkte den Priester herein. »Er wird dich trösten. Ich kümmere mich inzwischen um

das Abendessen. Wasja lässt die Milch jetzt schon anbrennen.«
Sie rannte nach draußen.

»In der Kirche, Batjuschka!«, schluchzte Anna Iwanowna, als
sie allein waren. Sie lag in dicke Felle gewickelt in ihrem Bett. »In
der Kirche, doch nicht in der Kirche!«

»Welchen Unsinn Ihr redet«, erwiderte Konstantin. »Die Kirche steht unter Gottes Schutz. Er allein ist dort, er und seine Heiligen und seine Engel.«

»Aber ich habe gesehen ...«

»Ihr habt gar nichts gesehen!« Konstantin legte ihr eine Hand
auf die Wange und senkte die Stimme. Anna zitterte wie ein verschrecktes Pferd. Er berührte ihre Lippen mit dem Zeigefinger.
»Ihr habt gar nichts gesehen, Anna Iwanowna.«

Sie umklammerte bebend seine Hand. »Nein, Batjuschka.
Wenn Ihr es sagt. Ich habe nichts gesehen.« Sie errötete wie ein
kleines Mädchen. Ihr Haar war nass von Schweiß.

»Ihr habt nichts gesehen«, wiederholte Konstantin und machte
sich los.

»Aber ich sehe Euch.« Ihre Stimme war kaum mehr als ein
Hauch. »Und nur noch Euch, manchmal. An diesem schrecklichen Ort des Hungers, der Ungeheuer und der Kälte, seid Ihr
mir das einzige Licht.« Sie stützte sich auf einen Ellbogen und griff
wieder nach seiner Hand. Ihre Augen glänzten von Tränen. »Bitte,
Batjuschka. Ich möchte nur in Eurer Nähe sein.«

»Ihr seid von Sinnen.« Konstantin schüttelte ihre Hand ab und
stand auf. Anna war alt und verweichlicht, verdorben von Angst
und enttäuschten Hoffnungen. »Ihr seid verheiratet, und ich habe
mich Gott verpflichtet.«

»Nein!«, rief sie verzweifelt. »Ihr missversteht mich, ich möchte
nur, dass Ihr mich seht. *Mich.*« Annas Kehlkopf hüpfte auf und

ab, sie stammelte. »Ihr seht meine Stieftochter, beobachtet sie, wie ich Euch beobachtet habe. Euch immer noch beobachte. Warum nicht mich? Warum nicht *mich*?« Ihre Stimme hob sich zu einem Wehklagen.

»Seid still.« Konstantin legte eine Hand auf die Klinke. »Ich sehe Euch, Anna Iwanowna. Und was ich sehe, ist wenig.«

Die Tür war schwer. Als er sie hinter sich schloss, hörte er Annas Weinen nicht mehr.

Den ganzen Tag blieben die Menschen in der Nähe ihrer Öfen, während es draußen schneite. Nur Wasja schlich sich zu den Pferden. *Er kommt,* sagte Mysch und rollte wild mit den Augen.

Wasja ging zu ihrem Vater.

»Wir müssen die Pferde nach innerhalb der Palisade holen«, sagte sie. »Noch vor der Dämmerung.«

»Warum bist du immer noch hier und plagst uns?«, fuhr Pjotr sie an. Dicke Schneeflocken sammelten sich auf seiner Mütze und seinem Mantel. »Du solltest längst fort sein. Fort und in Sicherheit. Stattdessen hast du deinen Freier vergrault und bist immer noch hier, und der Winter ist da.«

Wasja antwortete nicht. Sie konnte nicht, denn wie mit einem Donnerschlag wurde ihr klar, dass Pjotr Angst hatte. Das hatte sie noch nie erlebt. Ihr Vater hatte niemals Angst. Am liebsten hätte sich hinter dem Ofen verkrochen wie ein Kind. »Verzeih mir, Vater«, sagte sie, als sie sich wieder gefangen hatte. »Der Winter wird vorübergehen wie all die anderen. Aber ich glaube, dass wir jetzt, heute Nacht, die Pferde nach drinnen holen sollten.«

Pjotr atmete einmal tief durch. »Du hast recht, Tochter. Du hast ja recht. Komm, ich helfe dir.«

Nachdem sich das Tor hinter ihnen geschlossen hatte, wurden die Pferde ruhiger. Die weniger kostbaren blieben auf dem Dwor, Mysch und Buran brachte Wasja in den Stall. Dort angekommen, ergriff der Wasila ihre Hände. »Bleib bei uns, Wasja«, sagte er.

»Ich muss in die Küche, Dunja ruft wegen der Suppe«, erwiderte sie. »Aber ich bin gleich wieder zurück.«

Wasja löffelte ihre Suppe direkt in Myschs Stand, ihr Brot gab sie der Stute. Danach wickelte sie sich in eine Pferdedecke und zählte die Spinnweben an der Stallwand. Der Wasila kam und setzte sich zu ihr. »Geh nicht, Wasja«, sagte er. »Wenn du hier bist, erinnere ich mich an meine Kraft und daran, dass ich keine Angst habe.«

Also blieb Wasja. Trotz Stroh und Pferdedecke begann sie so sehr zu frieren, dass sie glaubte, sie würde die ganze Nacht kein Auge zutun. Doch irgendwann musste sie geschlafen haben, denn als der Mond vom Firmament verschwunden war, wachte sie zitternd auf. Es war so dunkel im Stall, dass sie Mysch trotz ihrer scharfen Augen kaum erkennen konnte, dabei stand die Stute direkt vor ihr. Einen Moment lang war alles still, dann hörte sie von draußen ein leises Kichern. Mysch warf schnaubend den Kopf hin und her, die Augen so weit aufgerissen, dass ringsum das Weiße zu sehen war.

Wasja stand wortlos auf und ließ ihre Decke fallen. Die kalte Luft schlug ihre Zähne in Wasjas Fleisch. Sie schlich zur Stalltür.

Draußen schneite es immer noch, dicke Wolken verhüllten die Sterne. Ein Mann schlich über den frischen Schnee, lautlos wie ein Schatten, aber jedes Mal, wenn er ausatmete, drang ein rollendes Lachen aus seiner Kehle.

Wasja schlich näher heran. Sie konnte sein Gesicht nicht erkennen, nur seine zerlumpten Kleider und einen struppigen

Haarschopf. Der Mann erreichte das Haus und legte eine Hand auf die Tür. Wasja stieß einen Schrei aus, da war er schon in der Küche verschwunden – er hatte die Tür nicht einmal geöffnet, war einfach durch sie hindurchgeglitten.

Wasja rannte los. Die Stiefel des Fremden hatten keine Abdrücke auf dem jungfräulichen Schnee hinterlassen. Sie brüllte, doch noch bevor sie beim Haus war, sprang der Fremde schon wieder zurück auf den Dwor. Geschmeidig wie eine Raubkatze landete er auf allen vieren und lachte.

»Oh, wie lange ist das her«, sagte er. »Wie süß sind doch die Häuser der Menschen, und oh, wie schön sie geschrien hat…« Da fiel sein Blick fiel auf Wasja.

Sie blieb wie angewurzelt stehen. Sie kannte diese Narben, dieses Auge. Es war das Gesicht aus der Kirche, das Gesicht… *des Schlafenden unter der Eiche vor all den Jahren. Wie in aller Welt kann das sein?*

»Nanu, wen haben wir denn da?«, sagte der Mann, und Wasja sah, wie er sich erinnerte. »Ich kannte einmal ein kleines Mädchen mit Augen wie du. Doch jetzt bist du eine Frau.« Sein Blick bohrte sich in sie, als versuche er, ihrer Seele ein Geheimnis zu entreißen. »Du bist die kleine Hexe, die meinen Diener in Versuchung führt. Ich habe gar nicht gewusst…« Er verstummte und kam näher.

Wasja wollte weglaufen, doch ihre Beine gehorchten nicht. Der Atem des Mannes stank nach Blut, in warmen Wellen spülte er über Wasjas Gesicht. Sie nahm all ihren Mut zusammen. »Ich bin niemand«, sagte sie. »Verschwinde und lass uns in Ruhe.«

Seine feuchten Finger schnellten vor und hoben Wasjas Kinn an. »Wer bist du, Mädchen?« Dann fügte er leise er hinzu: »Sieh mich an.« Wahnsinn glitzerte in seinen Augen.

Wasja gehorchte nicht. Sie wusste, sie durfte nicht, doch sein Griff war fest wie Eisen, nicht mehr lange, dann würde sie …

Eine eisige Hand packte Wasja und zog sie weg. Die Hand roch nach kaltem Wasser und Kiefernharz. »Noch nicht, Bruder«, sagte eine Stimme. »Tritt zurück.«

Wasja konnte den Sprecher nicht sehen, nur seinen schwarzen Umhang. Aber sie sah den Einäugigen. Er grinste, lachte und katzbuckelte, alles zugleich. »Noch nicht? Aber es ist vollbracht, Bruder. Es ist vollbracht!«, höhnte er, zwinkerte Wasja einmal zu und verschwand.

Wasja hörte ein Wiehern, irgendwo in der Ferne ertönte ein Schrei, dann breitete sich der schwarze Umhang des anderen Fremden über sie.

Wasja wachte auf. Sie lag zitternd auf dem Stallboden, Mysch presste ihr die warme Schnauze ins Gesicht. Ihr Albtraum war vorbei, doch den Schrei hörte sie immer noch. Er schien nicht enden zu wollen. Die Pferde im Stall traten aus wie verrückt, die auf dem Dwor liefen wiehernd umher. Wasja rannte nach draußen und spähte in die Dunkelheit. Nirgendwo eine Spur von dem zerlumpten Einäugigen. *Ein Traum*, sagte sie sich. *Es war nur ein Traum.* Dann lief sie zwischen den scheuenden Pferden hindurch zum Haus.

In der Küche war ein Aufruhr wie in einem Hornissennest. Wasjas Brüder stürmten herein, nur halb wach und bewaffnet. Irina und Anna Iwanowna kamen durch die andere Tür. Diener liefen umher, bekreuzigten sich oder hielten sich aneinander fest. Dann betrat Pjotr die Küche, breitschultrig und das Schwert in der Hand bahnte er sich einen Weg durch die aufgeschreckte Dienerschaft. »Ruhe«, bellte er, da kam auch Vater Konstantin herein.

Es war das Dienstmädchen Agafja, das unentwegt schrie. Mit kerzengeradem Rücken saß sie auf ihrer Pritsche und krallte die Hände in ihre Decke. Sie hatte sich die Unterlippe aufgebissen, Blut rann ihr übers Kinn. Ihre Augen waren so weit aufgerissen, dass fast nur Weiß darin zu sehen war. Ihre Schreie zerschnitten die Luft wie vom Dach fallende Eiszapfen.

Wasja schob sich durch das Chaos und packte die Magd bei den Schultern. »Agafja«, sagte sie beschwörend, »es ist alles gut. Du bist in Sicherheit. Niemandem ist etwas passiert. Sei jetzt ruhig.« Sie drückte das Mädchen an sich, da verstummte Agafja mit einem Stöhnen. Sie schaute Wasja an, und ihr Kehlkopf bewegte sich, als wollte sie etwas sagen.

Wasja hielt ein Ohr an ihre Lippen.

»Er ist wegen meiner Sünden gekommen«, krächzte Agafja. »Er ...«

Ein kleiner Junge drängte sich heran. »Mutter, Mutter!« Er schlang ihr wimmernd die Arme um den Hals, doch Agafja reagierte nicht mehr.

Irinas Kopf tauchte neben dem Kleinen auf. »Sie ist ohnmächtig geworden«, erklärte das Mädchen ernst. »Sie braucht frische Luft und kaltes Wasser.«

»Ein böser Traum, nichts weiter«, erklärte Vater Konstantin. »Die Frauen werden sich um sie kümmern.«

Falls Pjotr etwas darauf erwiderte, ging es in Wasjas Entsetzensschrei unter. Sie starrte aus dem Fenster, wütend und verängstigt zugleich, dann sagte sie plötzlich: »Nein, da war nichts. Ich ... Es ist alles in Ordnung.«

Pjotr runzelte die Stirn, die Diener warfen ihr zweifelnde Blicke zu und begannen zu tuscheln, da kam Dunja mit rasselnder Lunge herangeschlurft. »Die Dienerinnen haben immer

Albträume, wenn das Wetter umschlägt«, sagte sie so laut, dass alle es hörten. »Komm schon, Kind, hol Wasser und Honigwein«, fügte sie mit einem vielsagenden Blick in Wasjas Richtung hinzu.

Wasja sagte nichts, ihr Blick sprang noch einmal zum Fenster zurück. Sie hätte schwören können, draußen ein Gesicht gesehen zu haben. Doch das war unmöglich, denn es war das einäugige Gesicht aus ihrem Traum gewesen. Grinsend hatte es ihr durch die Eisblumen zugezwinkert.

Am nächsten Morgen machte Wasja sich beim ersten Tageslicht auf die Suche nach dem Domowoi. Sie suchte, bis die wässrige Sonne hoch am Himmel stand, ließ ihre Arbeit liegen und suchte auch den ganzen kurzen Nachmittag hindurch. Erst kurz vor der Dämmerung gelang es ihr, ihn in aller Heimlichkeit aus dem Ofen zu ziehen. Sein Bart schwelte an den Rändern. Er war abgemagert, seine Kleidung schäbig, und er hielt sich gebeugt wie ein Besiegter.

»Letzte Nacht habe ich von einem Gesicht geträumt«, begann Wasja ohne Vorrede und hielt sich die verbrannte Hand. »Und dann habe ich das Gesicht am Fenster gesehen. Es gehörte einem Einäugigen, er grinste. Wer ist das?«

»Der Wahnsinn«, murmelte der Domowoi. »Hunger. Der Schläfer. Der Fresser. Ich konnte ihn nicht fernhalten.«

»Du musst dich mehr anstrengen«, beharrte Wasja.

Doch der Domowoi schaute sie gar nicht an. Sein Mund stand halb offen. »Ich bin schwach«, stammelte er. »Und der Waldwächter ist schwach. Die Fesseln unseres Feindes sind gelockert, bald ist er frei. Ich kann ihn nicht fernhalten.«

»*Wer ist dieser Feind?*«

»Hunger«, wiederholte der Domowoi. »Er ist Wahnsinn, er ist Schrecken. Er will die Welt verschlingen.«

»Wie kann ich ihn besiegen? Wie kann ich das Haus schützen?«

»Opfergaben«, flüsterte der Domowoi. »Brot und Milch geben mir Kraft. Etwas Blut vielleicht. Aber du bist allein, nur von dir kann ich mich nicht nähren. Ich werde schwinden, und der Fresser wird wiederkommen.«

Wasja hob den Domowoi hoch und schüttelte ihn durch, dass seine Zähne aufeinanderschlugen. Seine trüben Augen wurden etwas klarer, einen Moment lang schaute er sie verdutzt an.

»Du wirst *nicht* schwinden«, befahl Wasja. »Und du wirst dich von *mir* nähren. Der Einäugige – der Fresser –, er darf nie wieder herein. Hast du gehört? Nie wieder.«

Wasja fand keine Milch, aber sie stahl etwas Brot und schob es dem Domowoi in die Hand. So machte sie es an diesem Abend und an jedem weiteren, immer zweigte sie etwas von ihrem eigenen Essen für ihn ab. Sie schnitt sich in den Finger und verschmierte das Blut auf dem Ofenstein oder presste dem Domowoi ihre blutende Fingerkuppe in den Mund. Bald konnte man ihre Rippen sehen, und ihre Augen sanken ein. Wenn sie schlief, wurde sie von Albträumen geplagt, doch die Nächte vergingen, eine, zwei, ein Dutzend, und niemand schrie mehr wegen etwas, das nicht da war. Der schwächelnde Domowoi hielt aus, und Wasja gab ihm all ihre Kraft.

Nur die kleine Agafja kam nicht wieder zu Verstand. Manchmal flehte sie unsichtbare Wesen an, Heilige und Engel und einen einäugigen Bären. Später fantasierte sie von einem Mann auf einem weißen Pferd. Eines Nachts rannte sie nach draußen, brach mit blauen Lippen im Schnee zusammen und starb.

Die Frauen präparierten den Leichnam in so großer Eile, wie es der Anstand zuließ. Vater Konstantin hielt die Totenwache, kalkweiß, mit gebeugtem Haupt und einem Gesichtsausdruck, den niemand deuten konnte. Stunden verharrte er so, allerdings ohne auch nur ein einziges Gebet zu sprechen. Die Worte schienen ihm im Halse stecken zu bleiben.

Sie beerdigten Agafja während der wenigen hellen Stunden im Winter, und der Wald ringsum stöhnte. Dann eilten sie im schnell hereinbrechenden Zwielicht zurück in ihre Hütten und kauerten sich vor den Öfen zusammen. Agafjas Sohn rief nach seiner Mutter; sein Wimmern hing über dem stillen Dorf wie Nebel.

In der Nacht nach der Beerdigung wurde Dunja von einem Traum heimgesucht. Er fiel über sie her wie eine Krankheit, wie die Zähne eines Raubtiers. Sie stand in einem toten Wald inmitten schwarzer Bäume und Stümpfe. Öliger Rauch verhüllte die flackernden Sterne, der Schnee schimmerte gelblich vom Schein der Flammen. Das Gesicht des Frostdämons sah aus wie ein mit dünner Haut bespannter Schädel. Seine leise Stimme erschreckte Dunja mehr als alles andere.

»Warum diese Verspätung?«

Dunja nahm all ihre Kraft zusammen. »Ich liebe sie, sie ist wie meine eigene Tochter. Du bist der Winter, Morosko. Du bist der Tod, und du bist kalt. Du bekommst sie nicht. Sie wird ihr Leben Gott widmen.«

Der Frostdämon lachte bitter. »Sie wird in der Dunkelheit sterben. Jeden Tag wird mein Bruder stärker. Sie hat ihn gesehen, das hätte nicht passieren dürfen. Jetzt weiß er, wer sie ist. Wenn er kann, wird er sie töten und zu sich holen. Dann weißt du, was wahre Verdammnis ist.« Moroskos Stimme wurde etwas milder, aber nur etwas. »Ich kann sie retten. Ich kann euch alle retten. Aber sie muss diesen Stein bekommen. Andernfalls ...«

Da sah Dunja, dass der Feuerschein von ihrem eigenen Dorf kam – es stand lichterloh in Flammen. Ringsum schlichen Gestalten durch den Wald, darunter ein grinsender Einäugiger, neben ihm ein dünnes Mädchen mit leichenblasser Haut und langen dunklen Haaren. Seine Lippen waren blutverschmiert. »Du hast mich sterben lassen«, sagte das Gespenst mit Wasjas Stimme.

Dunja holte hastig die Kette mit dem Amulett hervor. Ein winziger heller Funke in einer gestaltlosen dunklen Welt.

»Ich wusste es nicht«, stammelte Dunja und streckte den Arm nach dem toten Mädchen aus. Die Kette mit dem Amulett baumelte zwischen ihren Fingern herab. »Nimm sie, Wasja. Wasja!« Doch der Einäugige lachte nur, und das Mädchen reagierte nicht.

Der Frostdämon stellte sich vor Dunja und packte sie mit eisigen Händen an den Schultern. »Dir bleibt nicht mehr viel Zeit, Awdotja Mikhailowna. Bei unserer nächsten Begegnung werde ich dich rufen, und du wirst mir folgen.« Er sprach mit der Stimme des Waldes, sie schien in ihrem ganzen Körper widerzuhallen, in ihrem Herzen. Dunjas Eingeweide krampften sich zusammen vor Furcht und vor Gewissheit »Noch kannst du sie retten«, sagte der Dämon. »Du musst. Gib ihr die Kette. Rette sie alle.«

»Das werde ich«, flüsterte sie. »Ich werde es tun. Ich schwöre es. Ich *schwöre* ...«

Dann wachte sie von ihrer eigenen Stimme auf.

Aber die Kälte des niedergebrannten Waldes und die eisigen Hände des Frostdämons spürte sie immer noch. Dunja zitterte bis ins Mark, als wollten ihre Knochen sich aus ihrem Körper schütteln. Sie sah den Frostdämon immer noch vor sich, seinen eindringlichen, verzweifelten Blick. Und sie sah seinen einäugigen Bruder; er lachte. Die beiden Gesichter flossen ineinander. Aus dem Amulett in ihrer Schürzentasche leckten blaue Flammen. Dunjas Haut sprang auf und wurde schwarz, als sie die Finger darum schloss.

20

Ein Geschenk von einem Fremden

Während der kurzen, metallischen Tage ging Wasja jeden Morgen als Erstes zu den Pferden, und jedes Mal traf sie kurz nach ihrem Vater dort ein. Ihre leidenschaftliche Sorge um das Vieh war eine Familiengemeinsamkeit zwischen ihnen. Die Pferde, die nicht in den Stall passten, blieben nachts auf dem Dwor, innerhalb der Palisade und in Sicherheit. Nur die hellen Stunden verbrachten die Tiere ungeschützt auf den grauen Weiden, wo sie unter dem Schnee nach Gras gruben.

Eines klirrend kalten Morgens, nicht lange vor der Wintersonnwende, brachte Wasja die Pferde nach draußen. Jauchzend ritt sie ohne Sattel auf Mysch, und als alle Tiere ihr Plätzchen gefunden hatten, stieg sie ab und betrachtete ihre Stute. Myschs Rippen begannen sich unter dem braunen Fell abzuzeichnen. Nicht weil es nichts gab, sondern weil sie fast nicht mehr fraß.

Er wird wiederkommen, sagte sie. *Riechst du es?*

Wasja hatte nicht den feinen Geruchssinn eines Pferdes, doch als sie die Nase in den Wind hielt, schnürte ihr ein Gestank nach verrottendem Laub und Pest für einen Moment die Kehle zu. »Ja«, antwortete sie grimmig und hustete. »Die Hunde riechen es auch. Sie winseln, sobald sie von der Leine gelassen werden, und rennen zurück in ihre Zwinger. Aber ich werde nicht zulassen, dass er dir etwas tut.«

Dann begann sie ihre Runde, ging von Pferd zu Pferd, fütterte sie mit vertrockneten Apfelresten, versorgte ihre Kratzer und redete ihnen gut zu. Mysch folgte ihr wie ein Hund. Buran stand am Rand der Herde. Er scharrte mit dem Vorderhuf und wieherte trotzig Richtung Wald.

»Ganz ruhig«, sagte Wasja und legte ihm eine Hand auf den warmen Scheitel. Der Hengst war so aufgebracht, als hätte er einen Konkurrenten in der Herde erblickt – um ein Haar hätte er Wasja getreten, bevor er sich wieder im Griff hatte.

Soll er nur kommen! Buran stieg und schlug mit den Vorderläufen aus. *Diesmal bringe ich ihn um.*

Wasja duckte sich unter den wirbelnden Hufen hindurch und presste sich gegen seinen Rumpf. »Warte«, flüsterte sie ihm ins Ohr. Buran schwang den Kopf nach hinten und versuchte, sie zu beißen, doch Wasja blieb so dicht an seiner Flanke, dass seine Zähne sie nicht erreichten. »Spar dir deine Kräfte. Wenn er kommt, wirst du sie brauchen«, flüsterte sie, und schließlich gehorchte Buran, so wie jeder Hengst am Ende der Stute gehorcht.

Dein Bruder, sagte Mysch. Wasja drehte sich um und sah Aljoscha durchs Tor laufen. Er trug keine Mütze und kam in ihre Richtung.

Schon im nächsten Moment griff sie mit beiden Händen nach Myschs Schultern und schwang sich auf ihren Rücken. Die Stute galoppierte los, Klumpen aus Schnee und Erde flogen auf. Über den Weidezaun sprang Mysch einfach hinweg und preschte weiter.

»Es ist Dunja«, sagte Aljoscha, als sie bei ihm war. »Sie will einfach nicht aufwachen und sagt ständig deinen Namen.«

»Komm!«, rief Wasja, und Aljoscha sprang hinter ihr auf.

In der Küche war es heiß, der Ofen brüllte wie ein aufgerissenes Maul. Dunja lag mit offenen und doch blinden Augen oben auf der Liegefläche, vollkommen reglos bis auf ihre zuckenden Hände. Ab und zu stammelte sie etwas. Ihre dünne Haut spannte sich derart über ihre Knochen, dass Wasja glaubte, das stockende Blut darunter zu sehen. In Windeseile kletterte sie hinauf. »Dunja, ich bin es. Wach auf. Wasja ist hier.«

Dunja blinzelte einmal, aber das war auch schon alles. Wasja spürte Panik in sich aufsteigen und rang sie nieder. Irina kniete neben Anna vor den Ikonen und betete. Tränen liefen ihr über die Wangen. Sie war nicht hübsch, wenn sie weinte.

»Heißes Wasser«, bellte Wasja. »Um Himmels willen, Irina, vom Beten wird ihr nicht wieder warm. Mach Suppe!«

Anna warf ihr einen giftigen Blick zu, doch Irina sprang mit überraschender Schnelligkeit auf und füllte einen Topf.

Den ganzen Tag harrte Wasja neben Dunja auf dem Ofen aus. Sie wickelte den ausgetrockneten Körper in dicke Decken ein und versuchte, ihr die Suppe einzuflößen. Doch Dunja schluckte nicht, und sie wachte auch nicht auf. Die Wolken draußen wurden immer dichter, und das Tageslicht schwand. Am späten Nachmittag schnappte Dunja plötzlich nach Luft, als wollte sie die ganze Welt verschlingen, und umklammerte Wasjas Hände. Wasja zuckte zurück – die Kraft in den Fingern ihres Kindermädchens erschreckte sie.

»Dunja?«, sagte sie.

Die Augen der alten Frau flackerten. »Ich wusste es nicht«, flüsterte sie. »Ich konnte es nicht verstehen.«

»Du wirst wieder gesund«, sagte Wasja.

»Er hat nur ein Auge. Nein, seine Augen sind blau. Sie sind eins, sie sind Brüder. Wasja, vergiss nicht ...« Dunja ließ ihre Hände los und murmelte leise vor sich hin.

Wasja verabreichte ihr löffelweise heißen Tee, und Irina legte Feuerholz nach, doch Dunjas Puls wurde immer schwächer, genau wie das Tageslicht. »Noch nicht«, sagte sie irgendwann ins Leere, und manchmal weinte sie. »Bitte«, flehte sie dann, »bitte.«

Der Tag verlosch kraftlos, und eine Stille breitete sich über das Haus und das Dorf. Aljoscha holte Feuerholz, und Irina ging, um nach ihrer mürrischen Mutter zu sehen. Als Konstantins Stimme die Stille durchbrach, wäre Wasja vor Schreck beinahe aus der Haut gefahren.

»Lebt sie noch?«, fragte er. Die Schatten im Raum umhüllten ihn wie ein wollener Überwurf.

»Ja«, antwortete Wasja.

»Ich werde für sie beten.«

»Nein, werdet Ihr nicht«, herrschte Wasja ihn an. Sie war zu erschöpft und zu verängstigt, um sich mit Höflichkeiten aufzuhalten. »Sie wird nicht sterben.«

Konstantin kam näher. »Ich kann ihre Schmerzen lindern.«

»Nein«, wiederholte Wasja den Tränen nahe. »Sie wird nicht sterben. Bei Eurer Liebe zu Gott, ich flehe Euch an, geht!«

»Sie liegt im *Sterben*, Wasilisa Petrowna. Es ist meine Aufgabe.«

»Tut sie *nicht*!« Die Worte brachen aus Wasjas Kehle wie splitterndes Holz. »Sie liegt nicht im Sterben. Ich werde sie retten.«

»Sie wird noch vor dem Morgengrauen tot sein.«

»Ihr wollt, dass die Menschen Euch lieben, und deshalb macht

Ihr ihnen Angst.« Wasjas Gesicht glühte vor Zorn. »Ich lasse nicht zu, dass Ihr Dunja Angst macht. *Verschwindet.*«

Konstantin öffnete den Mund und schloss ihn wieder. Dann drehte er sich ruckartig um und verließ die Küche.

Wasja vergaß ihn augenblicklich. Dunja war während des Streits nicht aufgewacht und lag immer noch reglos da. Ihr Puls war kaum zu spüren, ebenso wenig ihr Atem.

Die Nacht brach herein. Aljoscha und Irina kamen zurück, das Abendessen wurde aufgetragen, und für eine Weile war die Küche von einer bedrückten Geschäftigkeit erfüllt. Wasja brachte nichts hinunter. Eine Stunde verging, dann war der Raum wieder leer, nur Dunja, Wasja und ihre Geschwister waren noch da. Irina und Aljoscha dösten auf dem Ofen, irgendwann nickte Wasja ebenfalls ein.

»Wasja ...«, murmelte Dunja.

Wasja schreckte mit einem Schluchzen hoch. Dunjas Stimme war schwach, aber klar. »Du wirst wieder, Dunjaschka. Ich wusste es.«

Dunja lächelte zahnlos. »Ja«, erwiderte sie. »Er wartet.«

»Wer wartet?«

Dunja rang nach Atem. »Wasotschka«, begann sie schließlich, »ich habe etwas, das dein Vater mir für dich gegeben hat. Es ist Zeit, dass du es bekommst.«

»Später, Dunjaschka. Du musst dich jetzt ausruhen.«

Doch Dunja tastete bereits mit steifen Fingern in ihrer Tasche herum. Wasja half ihr und zog einen kleinen, in ein Stück Stoff gewickelten Gegenstand heraus.

»Mach es auf«, flüsterte Dunja. Wasja gehorchte. Die Kette war aus einem hellen Metall gemacht, glänzender noch als Silber, der Anhänger hatte die Form einer Schneeflocke oder eines Sterns mit vielen Strahlen. In der Mitte funkelte ein silberblauer Stein, wie nicht einmal Anna einen besaß. Wasja hatte noch nie in ihrem Leben so schönen Schmuck gesehen.

»Was ist das?«, fragte sie fassungslos.

»Ein Amulett«, antwortete Dunja röchelnd. »Ihm wohnt große Kraft inne. Halte es verborgen. Sprich zu niemandem darüber. Wenn dein Vater dich fragt, sag ihm, du wüsstest nichts davon.«

Sie redet irr. Eine tiefe Falte bildete sich auf Wasjas Stirn, doch sie hängte sich die Kette um. Der Anhänger schwankte zwischen ihren Brüsten hin und her, unsichtbar unter dem Kleid. Da wurde Dunja plötzlich am ganzen Körper steif, ihre knorrigen Finger tasteten nach Wasjas Arm.

»Sein Bruder«, wisperte sie. »Er ist wütend, weil du den Stein hast. Wasja, Wasja, du musst …« Dunja würgte, dann verstummte sie.

Von draußen kam ein lang gezogenes, rohes Lachen.

Wasja fuhr hoch, ihr Herz begann wie wild zu hämmern. *Schon wieder? Beim letzten Mal war es noch ein Traum.* Dann hörte sie ein Schaben und Kratzen, das leise Geräusch von jemandem, der durch den Schnee schlurft.

Wasja schluckte und ließ sich lautlos vom Ofen heruntergleiten. Der Domowoi kauerte in der Öffnung, gebrechlich und entschlossen. »Es kann nicht herein«, sagte er erbittert. »Ich lasse es nicht, niemals.«

Wasja legte ihm kurz eine Hand auf den Kopf und schlich zur Tür. Zur Winterzeit roch es draußen niemals nach Fäulnis, trotzdem schlug Wasja auf der Türschwelle ein Gestank entgegen, der ihr den leeren Magen umdrehte. Die Stelle, an der das Amulett ihr Brustbein berührte, wurde eiskalt und glühend heiß zugleich. Wasja unterdrückte einen Schmerzensschrei. Sollte sie Aljoscha wecken? Das ganze Haus? Aber was war das da draußen? *Der Domowoi sagt, er lässt es nicht herein.*

Ich werde gehen und nachsehen. Ich habe keine Angst. Sie entschwand durch die Tür.

»Nein!«, keuchte Dunja. »Wasja, nein.« Sie drehte den Kopf ein winzig kleines Stück. »Rette sie«, flüsterte sie der Luft zu. »Rette sie, danach soll mich dein Bruder ruhig haben.«

Was auch immer es war, es stank wie nichts sonst auf der Welt: nach Seuche und Tod und glühendem Metall. Wasja folgte den schlurfenden Fußspuren. Da – eine Bewegung in den Schatten vor dem Haus. Wasja sah eine Frauengestalt, klein und gebeugt und in ein weißes Tuch gehüllt, das sie halb hinter sich herzog. Die Gestalt bewegte sich seitwärts wie ein Krebs. Als hätte sie zu viele Gelenke.

Wasja nahm all ihren Mut zusammen und schlich sich näher heran. Das Wesen huschte von Fenster zu Fenster und hielt an jedem kurz inne. Bei manchen tastete es mit einer zitternden Hand, ohne das Sims zu berühren, doch beim letzten Fenster – dem des Priesters – richtete es sich plötzlich auf. Seine Augen leuchteten rot.

Wasja rannte los. *Der Domowoi hat gesagt, es kann nicht herein.*

Eine blutleere Hand brach mit einer schnellen Bewegung das Eis aus dem Fensterrahmen. Der weiße Stoff stellte sich als Leichentuch heraus, der Körper darunter war nackt. Wasja sah graues Fleisch im Mondschein aufleuchten.

Tot, dachte Wasja. *Das Ding ist tot.*

Die grauen Hände umklammerten das Sims unter Konstantins Fenster, dann sprang es – *sie*, denn Wasja sah langes, verknotetes

Haar – hindurch. Sie wartete noch einen Moment, dann folgte sie dem Ding.

Im Zimmer des Priesters war es stockdunkel. Das Ding beugte sich knurrend über das Bett. Der Körper darin begann um sich zu schlagen, und die Schatten bewegten sich, als würden sie lebendig. Wasja glaubte eine Stimme zu hören: *Das Mädchen! Lass ihn – er gehört mir bereits. Das Mädchen! Nimm das Mädchen…*

Ein Schmerz auf ihrem Brustbein trieb Wasja vorwärts. Er kam von dem Amulett, das erneut in feuriger Kälte aufglühte. Ohne nachzudenken, hob sie die Hand und schrie. Das Ding auf dem Bett fuhr herum, sein Gesicht war blutverschmiert.

Nimm sie!, fauchte die Schattenstimme. Die Tote fletschte die Zähne und beugte die Knie zum Sprung, da merkte Wasja, dass noch jemand im Raum war – nicht die Leiche und auch nicht die Schattenstimme, sondern ein Mann in einem dunklen Umhang. Sie konnte sein Gesicht nicht sehen, als er ihre Hand packte und die Finger in ihre Handfläche grub.

Wasja unterdrückte einen Schmerzensschrei.

Du bist tot, sagte die Gestalt zu dem Ding auf dem Bett, *und ich bin immer noch dein Herr. Geh.* Seine Stimme klang wie Schnee um Mitternacht.

Die Tote krümmte sich wimmernd zusammen, und die Schatten im Raum knurrten vor Wut: *Beachte ihn nicht. Er ist ein Nichts,* ich *bin dein Herr. Nimm sie, nimm…*

Wasja spürte, wie die Haut auf ihrer Handfläche aufplatzte. Blut quoll daraus hervor und tropfte auf den Boden, und Wasja verspürte eine plötzliche, grimmige Freude. »Geh«, sagte sie wie selbstverständlich. »Mit meinem Blut banne ich dich von diesem Ort.« Sie schloss die Finger um die Hand des Fremden und spürte ihr eigenes Blut darauf. Einen Moment lang war diese Hand echt, kalt und fest, und Wasja blickte auf, doch neben ihr war niemand, und ihre Hand war wieder leer.

Die Schatten zogen sich zeternd und zitternd zurück, die Tote bleckte noch einmal die Zähne, dann rannte sie kreischend zum Fenster und sprang über das Sims hinaus in den Schnee. Schneller als ein galoppierendes Pferd rannte sie Richtung Wald, das dreckige, verknotete Haar flatterte hinter ihr.

Wasja sah es nicht, denn sie war bereits beim Bett und zog die Decke des Priesters weg, um seinen Hals zu untersuchen.

An diesem Abend sprach Gottes Stimme nicht mehr zu Konstantin Nikonowitsch. Stunde um Stunde betete er allein, doch seine Gedanken wollten sich einfach nicht auf die wohlbekannten Worte konzentrieren. *Wasilisa täuscht sich,* dachte er. *Was ist schon ein bisschen Angst, wenn sie die Seele retten kann?*

Beinahe wäre er in die Küche gegangen, um ihr genau das zu sagen. Doch er war erschöpft, also blieb er in seinem Zimmer und kniete vor der Jungfrau Maria, selbst dann noch, als er das abblätternde Gold darauf längst nicht mehr erkennen konnte.

Kurz vorm Mondaufgang legte er sich ins Bett und träumte.

In seinem Traum schaute die Jungfrau ihn zärtlich an und trat aus dem Gemälde. Ein unirdisches Leuchten stand in ihrem Gesicht. Sie lächelte. Konstantin wollte ihre Hand auf seiner Stirn spüren, mehr als alles andere auf der Welt, wollte ihren Segen. Dann beugte sie sich über ihn – doch es war nicht ihre Hand, die er spürte, sondern ihre Lippen. Sie streiften seinen Scheitel und berührten seine Lider, dann legte sie ihm einen Finger unters Kinn und küsste ihn, wieder und wieder.

Selbst im Traum kämpfte Scham gegen Verlangen. Konstantin

versuchte, sie von sich wegzuschieben, doch der Stoff ihres blauen Mantels war schwer, und ihr Körper wärmte Konstantin wie glühende Kohlen. Schließlich gab er nach und drehte ihr mit einem gepeinigten Stöhnen das Gesicht zu. Die Jungfrau lächelte, als genieße sie seine Qualen, dann fuhren ihre Zähne auf seinen Hals nieder wie ein Falke.

Konstantin hörte ein Kreischen und schreckte aus dem Schlaf hoch. Eine Frau stand über seinen Hals gebeugt und drückte ihn nieder. Er rang nach Luft und würgte, da ließ die Frau plötzlich von ihm ab und rannte fauchend zum Fenster. Er konnte gerade noch ihr knotiges Haar erkennen und Augen, die leuchteten wie Rubine, da entdeckte er zwei weitere Gestalten in seinem Zimmer, die eine ganz in Blau gekleidet, die andere dunkel. Die blaue streckte die Hand in seine Richtung.

Konstantin tastete nach dem Kreuz an seinem Hals, da erkannte er die blaue Erscheinung als Wasilisa Petrowna. Mit ihrem kantigen Körper und den riesigen Augen sah sie selbst aus wie eine Ikone. Einen Moment lang blickten sie einander an, da streckte Wasilisa die Hände nach seinem Hals, und er verlor das Bewusstsein.

Hals, Arme und Brust waren unverletzt, soweit Wasja es, nur mit den Händen in der Dunkelheit tastend, beurteilen konnte. Als ein lautes Hämmern von der Tür kam, rannte sie zum Fenster und sprang. Bei der Landung wäre sie beinahe gestürzt, dann duckte sie sich, immer noch zitternd vor Entsetzen, in den Schatten unterhalb des Fensters.

Sie hörte, wie mehrere Männer in Konstantins Zelle stürmten und ruckartig stehen blieben. Wenn Wasja sich aufrichtete, konnte sie gerade so über das Sims hinweg in das Zimmer spähen. Drinnen stank es nach Verwesung. Der Priester saß kerzengerade auf seinem Bett und hielt sich den Hals, neben ihm stand Wasjas Vater mit einer Laterne in der Hand.

»Geht es Euch auch gut, Batjuschka?«, fragte Pjotr. »Wir haben einen Schrei gehört.«

»Ja«, antwortete Konstantin mit weit aufgerissenen Augen. »Ja, verzeiht. Ich muss im Schlaf geschrien haben.« Die Männer blickten einander an. »Das Eis vom Fenster ist zerbrochen«, sprach Konstantin weiter. Er setzte die Füße auf den Boden und stand schwankend auf. »Die Kälte scheint mir einen Albtraum beschert zu haben.«

Alle Gesichter drehten sich Richtung Fenster, und Wasja zog blitzschnell den Kopf ein. Sie ging wieder in die Knie und hielt den Atem an. Dann hörte sie, wie ihr Vater schnaubend den geborstenen Fensterrahmen inspizierte. Der Schlagschatten von seinem Kopf und den Schultern fiel auf Wasja, als er sich vorsichtig aus dem Fenster beugte. Auf dem Dwor war alles ruhig, nichts bewegte sich, und zu Wasjas Glück schaute er nicht nach unten. Schließlich schloss Pjotr die Fensterläden und verriegelte sie von innen.

Doch Wasja hörte es nicht mehr, denn sie rannte bereits lautlos zurück zur Küche.

In der Küche war es warm und dunkel wie in einer Gebärmutter. Wasja schlüpfte durch die Tür, jeder Knochen im Körper tat ihr weh.

»Wasja?«, fragte Aljoscha.

Sie kletterte auf den Ofen, und Aljoscha kniete sich neben sie. »Es ist alles wieder gut, Dunja«, sagte sie und umfasste die Hände ihres Kindermädchens. »Wir sind in Sicherheit, und du wirst wieder gesund.«

Dunja schlug die Augen auf. Ein Lächeln huschte über ihre faltigen Lippen. »Marina wird stolz auf dich sein, meine Wasotschka. Ich werde ihr davon erzählen, wenn ich sie sehe.«

»Du wirst nichts dergleichen tun«, widersprach Wasja und versuchte ein Lächeln. Tränen schimmerten in ihren Augen. »Du wirst wieder gesund.«

Die alte Frau hob ihre kalte Hand und schob Wasja mit erstaunlicher Kraft von sich weg. »Nein, werde ich nicht«, widersprach sie mit ihrer altgewohnten Schroffheit. »Ich habe euch alle groß werden sehen und wünsche mir nichts mehr, als mit meinen letzten drei Kindern an der Seite zu sterben.« Irina war ebenfalls aufgewacht. Dunja tastete nach ihrer Hand und fand sie schließlich.

Aljoscha umfasste ihrer aller Hände und sagte, noch bevor Wasja protestieren konnte: »Sie hat recht. Lass sie gehen. Es wird ein harter Winter, und sie ist am Ende ihrer Kräfte.«

Wasja schüttelte den Kopf, aber ihre Hand zitterte.

»Bitte, Liebes«, flüsterte Dunja. »Ich bin so müde.«

Wasja zögerte, als wollte sie die Zeit anhalten, dann bewegte sie den Kopf zu einem kaum merklichen Nicken.

Dunja umklammerte ihre Hände. »Deine Mutter hat dich gesegnet, als sie ging, und ich tue nun das Gleiche. Lebe in Frieden.« Sie verstummte kurz, als lausche sie auf etwas. »Du darfst die alten Geschichten nicht vergessen. Mache dir einen Pfahl aus Ebereschenholz. Sei auf der Hut, Wasja. Sei tapfer.« Sie ließ Wasjas Hände los und sagte nichts mehr.

Irina, Aljoscha und Wasja streichelten ihre kalten Finger und lauschten angestrengt auf Dunjas kaum noch vorhandenen Atem. Dann sammelte Dunja noch einmal alle Kräfte und sprach so leise, dass sie sich an ihre Lippen beugen mussten, um sie zu verstehen. »Ljoschka«, flüsterte sie. »Singst du für mich?«

»Natürlich«, erwiderte er. Nach einer kurzen Pause holte er tief Luft.

>*Es gab eine Zeit, noch nicht lange her*
Da wuchsen Blumen das ganze Jahr
Die Tage waren lang
Die Nächte voller Sterne
Und die Menschen lebten ohne Furcht«

Dunja lächelte. Ihre Augen leuchteten wie die eines kleinen Kindes, und in ihrem Lächeln sah Wasja das Kind, das sie selbst einmal gewesen war.

>*Doch die Jahreszeiten ändern und verwandeln sich*
Der Wind dreht auf Süden
Die Feuer kommen, Stürme, Speere
Der Kummer und die Dunkelheit«

Draußen erhob sich ein kalter Wind von der Sorte, die einen Schneesturm ankündigen, doch die vier in der Küche bekamen es nicht mit. Dunja lauschte, den Blick auf etwas gerichtet, das nicht einmal Wasja sehen konnte.

>*Doch weit weg gibt es einen Ort*
Wo gelbe Blumen blüh'n
Wo die Morgensonne
Auf felsige Küsten fällt
Und die Gischt in gold'nen Schimmer hüllt
Wo alles endet
Und alles ... «

Ein Windstoß drückte die Küchentür auf und fuhr kreischend in den Raum. Irina stieß einen unterdrückten Schrei aus. Mit dem Wind kam eine ganz in Schwarz gehüllte Gestalt herein, doch niemand sah sie außer Wasja. Sie hielt den Atem an, als die Gestalt sie kurz anschaute und dann die langen Finger auf Dunjas Hals legte.

Die alte Frau lächelte. »Ich habe keine Angst mehr«, sagte sie.

Einen Wimpernschlag später kam der Schatten, wie ein Beil fiel er zwischen Dunja und die Gestalt in Schwarz. »Ach, Bruder«, höhnte der Schatten. »So unvorsichtig?« Er lächelte, ein großes schwarzes klaffendes Lächeln, das seine dunklen Arme um Dunja schlang. Der Frieden auf ihrem Gesicht schlug um in Entsetzen. Ihre Augen wurden immer größer und ihr Gesicht feuerrot.

Wasja kam hoch auf die Knie, sie zitterte und schluchzte. »Was tust du da?«, schrie sie. »Nein ... lass sie gehen!«

Der Wind heulte noch einmal auf, zuerst klirrend wie im Winter, dann mit einem feuchten Prasseln wie vor einem Sommergewitter. Dann verschwand der Lärm und mit ihm der Schatten und auch die Gestalt in Schwarz.

»Wasja«, sagte Aljoscha in die entstandene Stille. »Wasja!«

Pjotr eilte herein, das Gesicht rot von der Kälte, dicht gefolgt von dem Priester. Nach dem Zwischenfall in Konstantins Zimmer war er nicht ins Bett gegangen, sondern hatte mit seinen Männern durch das schlafende Dorf patrouilliert. Sie alle hatten Wasja schreien gehört.

Wasja schaute auf Dunja hinab. Sie war tot, in ihren Mundwinkeln standen kleine Schaumblasen. Die Pupillen in ihren weit aufgerissenen Augen waren wie schwarze Kleckse in einem Meer aus Rot.

»Sie ist in Angst gestorben«, flüsterte Wasja zitternd. »In Angst.«

»Komm, Wasotschka«, sagte Aljoscha. »Komm mit mir herunter.« Er hatte versucht, Dunjas Augen zu schließen, aber sie wölbten sich zu sehr aus den Höhlen. Das letzte, was Wasja sah, bevor sie vom Ofen kletterte, war das Entsetzen auf Dunjas Gesicht.

21

Das hartherzige Kind

Sie brachten Dunja ins Badehaus, bei Tagesanbruch kamen die Frauen, aufgeregt schnatternd wie Hühner. Sie wuschen den ausgemergelten Leichnam, wickelten ihn in ein Tuch und hielten die Totenwache. Irina kniete weinend auf dem Boden, den Kopf auf den Schoß ihrer Mutter gebettet. Vater Konstantin kniete ebenfalls, aber es machte nicht den Eindruck, als betete er. Sein Gesicht war genauso weiß wie das Leichentuch, immer wieder griff er mit zitternder Hand an seinen Hals.

Nur Wasja war nicht da. Die Frauen hatten sie gesucht, sie aber nirgendwo finden können.

»Sie war schon immer ein ungezogenes Ding«, murmelte eine. »Aber dass sie so schlimm ist, hätte ich nicht gedacht.«

Ihre Freundin nickte mit zusammengekniffenen Lippen. Seit Marinas Tod war Dunja wie eine Mutter für Wasilisa gewesen. »Es liegt im Blut«, erwiderte sie. »Man sieht es in ihrem Gesicht. Sie hat die Augen einer Hexe.«

Beim ersten Tageslicht stahl sich Wasja mit einer Schaufel über der Schulter aus dem Haus. Ihre Miene war entschlossen. Sie hatte alle Vorbereitungen getroffen, und nun ging sie ihren Bruder suchen. Aljoscha hackte Feuerholz. Er ließ seine Axt mit so viel Kraft niederfahren, dass die Splitter mehrere Schritte weit in alle Richtungen flogen.

»Ljoschka, ich brauche deine Hilfe«, sagte Wasja.

Ihr Bruder blinzelte sie an. Tränen hingen gefroren in seinem braunen Bart. Es war bitterkalt. »Wobei?«

»Dunja hat uns etwas aufgetragen.«

Seine Kiefermuskeln zuckten. »Jetzt ist wohl kaum der richtige Moment dafür«, entgegnete er. »Was machst du hier? Die Frauen halten Totenwache, du solltest ebenfalls dort sein.«

»Es war letzte Nacht«, drängte Wasja. »Eine Tote, sie kam ins Haus. Es war ein Upyr, wie in Dunjas Geschichten. Er kam, als sie im Sterben lag.«

Aljoscha schwieg, und Wasja hielt seinen Blick fest. Seine Fingerknöchel waren weiß, als er den nächsten Schlag führte. »Und du hast das Ungeheuer vertrieben, oder?«, fragte er und hackte weiter. »Meine kleine Schwester. Ganz allein.«

»Dunja hat mir eingeschärft, die alten Geschichten nicht zu vergessen«, entgegnete Wasja. »Sie hat gesagt, ich soll mir einen Pfahl aus Erlenholz machen. Weißt du noch? Bitte, Bruder.«

Aljoscha hielt inne. »Was hast du vor?«

»Den Upyr unschädlich machen.« Sie atmete einmal tief durch. »Wir müssen die Gräber durchsuchen.«

Aljoscha runzelte die Stirn. Wasja sah blass aus, ihre Augen waren wie dunkle Höhlen. »Nun, warum nicht?«, sagte er mit einem Anflug von Ironie. »Gehen wir den Friedhof umgraben. Die letzte Tracht Prügel von Vater ist sowieso schon viel zu lange her.«

Er stapelte die Scheite auf und schulterte seine Axt.

Kurz vor dem Morgengrauen hatte es geschneit. Bis auf ein

paar Schneeverwehungen, die in der Sonne glitzerten, war nichts zu sehen. Aljoscha schaute seine Schwester an. »Was jetzt?«

Wasjas Mundwinkel zuckten. »Dunja hat immer gesagt, eine männliche Jungfrau findet Untote am schnellsten. Geh einfach im Kreis, bis du über ein Grab stolperst. Ich folge dir.«

»Ich fürchte, da hast du Pech, Wasotschka«, entgegnete Aljoscha etwas gereizt. »Und das schon seit einiger Zeit. Müssen wir jetzt einen jungen Bauernsohn entführen?«

Wasja schaute einen Moment lang betreten, dann fing sie sich wieder. »Wo die reine Unschuld versagt, muss eben die befleckte ihr Bestes geben«, erklärte sie und übernahm die Führung. Sie glaubte ohnehin nicht daran, dass Unschuld nötig war, um den Upyr zu finden. Ein ganz bestimmter Geruch hing über den Gräbern, und es dauerte nicht lange, da hielt Wasja würgend inne. Sie beide kannten das Grab, vor dem sie standen. Sie tauschten einen Blick aus, dann begann Aljoscha zu schaufeln. Die Erde, die eigentlich steinhart sein sollte wegen des Frosts, war feucht und aufgewühlt. Aljoscha hatte kaum den Schnee beiseitegeschoben, da schlug ihm der Gestank so heftig entgegen, dass er sich für einen Moment wegdrehen und die Luft anhalten musste. Er rammte den Spaten in den Boden und legte in erstaunlich kurzer Zeit einen in ein Tuch gewickelten Körper frei. Wasja zog ihr kleines Messer und durchtrennte den Stoff.

»Muttergottes«, stammelte Aljoscha.

Wasja sagte nichts. Die Haut der kleinen Agafja war grau von Verwesung, doch ihre Lippen leuchteten kirschrot, prall und voll wie sie es zu ihren Lebzeiten nie gewesen waren. Ihre Wimpern warfen lange Schatten auf die eingefallenen Wangen. Sie sah beinahe aus, als schlafe sie friedlich in einem Bett aus Erde.

»Was sollen wir tun?«, fragte Aljoscha. Er war aschfahl im Gesicht und atmete, so wenig es ging.

»Einen Pfahl in den Rachen«, antwortete Wasja. »Ich habe heute Morgen einen gemacht.«

Aljoscha erschauerte und beugte sich über die Leiche. Wasja kniete sich neben ihn, auch ihre Hände zitterten. Der Pfahl in ihrer Faust war nicht besonders gerade, aber spitz. Mit der anderen Hand hob sie einen großen Stein auf, der als Hammer dienen würde. »Nun, Bruder, willst du das Pfählen übernehmen oder lieber den Kopf festhalten?«

»Ich bin stärker als du«, erwiderte er, sein Gesicht weiß wie der Schnee ringsum.

»Wohl wahr.« Wasja reichte ihm den Pfahl, dann presste sie den Mund des Upyr auf. Seine Eckzähne, spitz wie die einer Katze, glänzten.

Der Anblick des Raubtiergebisses riss Aljoscha aus seiner Starre. Er biss die Zähne zusammen, schob den Pfahl in den geöffneten Mund und ließ den Stein niederfahren. Blut spritzte und quoll über das graue Kinn. Das Ding riss die Augen auf, groß und schrecklich, rührte sich aber nicht.

Aljoschas Hand begann so sehr zu zittern, dass der nächste Schlag danebenging. Wasja konnte ihre Finger gerade noch rechtzeitig in Sicherheit bringen, bevor der Stein mit einem hässlichen Knirschen den rechten Wangenknochen zertrümmerte. Der Upyr stieß einen leisen Schmerzenslaut aus, bewegte sich aber immer noch nicht. Wasja glaubte lediglich, einen Wutschrei durch den Wald hallen zu hören. »Beeil dich«, keuchte sie. »Beeil dich.«

Der Stein hatte das Gesicht der toten Agafja in einen unförmigen Trümmerhaufen verwandelt. Aljoscha biss sich auf die Zunge, setzte den Pfahl neu an und schlug, wieder und wieder, bis ihm trotz der Kälte der Schweiß übers Gesicht strömte. Endlich stieß die Spitze auf Knochen. Mit einem letzten grimmigen Hieb trieb

Aljoscha sie auf der anderen Seite des Schädels wieder heraus. Das Licht in den Augen der Leiche verlosch, Aljoscha ließ den Stein aus seinen tauben Fingern fallen und drehte sich keuchend weg.

Von Wasjas Händen tropfte Blut und Schlimmeres, doch irgendetwas lenkte sie ab. Sie ließ Agafjas Kopf los und starrte in den Wald.

»Was ist?«, fragte Aljoscha.

»Ich dachte, ich hätte was gesehen«, flüsterte Wasja und stand auf. »Schau.« Ein dunkler Reiter auf einem weißen Pferd galoppierte davon und wurde beinahe augenblicklich von den drohend aufragenden Bäumen verschlungen. Jenseits des Reiters glaubte Wasja noch etwas anderes zu erkennen. Es sah aus wie ein Schatten, der sie beobachtete.

»Hier ist niemand außer uns, Wasja«, sagte Aljoscha. »Hilf mir, das Grab wieder zuzuschütten und die Erde glatt zu streichen. Wir müssen los, die Frauen suchen bestimmt schon nach dir.«

Wasja nickte und hob ihre Schaufel. Ihre Stirn war immer noch gerunzelt. »Ich habe dieses Pferd schon einmal gesehen«, murmelte sie. »Den Reiter mit dem schwarzen Umhang ebenfalls. Er hat blaue Augen.«

Nachdem sie den Upyr verscharrt hatten, kehrte Wasja immer noch nicht ins Haus zurück. Sie wusch sich die Erde und das Blut von den Händen, dann ging sie in den Stall und kauerte sich in Myschs Pferdestand. Die Stute stupste sie zärtlich am Kopf, und der Wasila setzte sich neben sie.

So saß sie lange da und versuchte zu weinen. Um Dunjas verängstigtes Gesicht im Moment ihres Todes, um Agafjas blutigen, zertrümmerten Schädel, ja selbst um Vater Konstantin. Doch so sehnlich sie auch wartete, es kamen keine Tränen. In ihr waren nur Leere und ein tiefes Schweigen.

Erst als die Sonne unterging, schloss sie sich den Frauen im Badehaus an.

Alle drehten ihr die Gesichter zu, als sie hereinkam. *Rücksichtslos,* sagten sie. *Verwildert. Hartherzig.* Und etwas leiser: *Wie ihre Mutter. Hexe.*

»Du bist ein undankbares kleines Ding«, erklärte Anna Iwanowna hämisch. »Aber etwas anderes habe ich auch nicht von dir erwartet.« Später beugte sie Wasja über einen Stuhl und züchtigte sie mit ihrer Birkenrute, obwohl Wasja schon viel zu alt für solche Strafen war. Irina stand stumm daneben und schaute sie mit roten, vorwurfsvollen Augen an. Ihr Blick traf Wasja weit härter als die Worte der Frauen im Badehaus. All das ertrug sie, ohne auch nur ein Wort zu ihrer Verteidigung sagen zu können.

In der eisigen Dämmerung wurde Dunja beerdigt. Während der gesamten kurzen Zeremonie flüsterten die Dörfler miteinander. Pjotr wirkte ausgezehrt und grau. Er hatte noch nie so alt ausgesehen.

»Dunja hat dich geliebt wie eine Tochter«, sagte er zu Wasja. »Dass du dich ausgerechnet heute davonstehlen musstest ...«

Wasja erwiderte nichts; sie dachte an die Wunde auf ihrer Handfläche, an die bittere, sternenklare Nacht, an das Amulett um ihren Hals und den Upyr in der Dunkelheit.

»Vater«, sagte sie, nachdem die Bauern in ihre Hütten zurückgekehrt waren, und zog ihren Stuhl zu Pjotr. Die Flammen im Ofen zuckten rot, an der Stelle, wo Dunja immer gesessen hatte, gähnte ein leerer Fleck. Pjotr schnitzte einen neuen Griff für sein

Jagdmesser. Er schälte ein kleines Stück Holz ab und blickte seine Tochter an. Ihr Gesicht wirkte angespannt.

»Vater«, wiederholte sie so leise, dass nur Pjotr es hörte. »Ich war nicht ohne Grund fort.«

»Was war also der Grund, Wasja?« Pjotr legte das Messer beiseite und schaute sie an, als fürchtete er sich vor der Antwort.

Wasja schluckte die Worte, die auf ihrer zitternden Zunge lagen, wieder hinunter. *Der Upyr ist tot. Ich darf Vater keine unnötigen Sorgen bereiten, nur um meinen eigenen Stolz zu retten. Er braucht seine Kräfte für uns alle.*

»Ich … war bei Mutters Grab«, erwiderte sie hastig. »Dunja hat mich gebeten, für sie beide zu beten. Sie ist jetzt bei Mutter, und es war … einfacher dort. In der Stille zu beten.«

Ihr Vater wirkte erschöpfter, als Wasja ihn je gesehen hatte. »Gut«, sagte er und nahm das Messer wieder zur Hand. »Aber du hättest nicht allein und ohne ein Wort zu irgendjemandem gehen sollen. Die Leute reden.« Es folgte eine kurze Stille, und Wasja rang die Hände. »Es tut mir leid, Kind«, fügte er etwas sanfter hinzu. »Ich weiß, dass Dunja wie eine Mutter für dich war. Hat sie dir etwas gegeben, bevor sie starb? Schmuck oder etwas in der Art?«

Wasja zögerte. Sie fühlte sich ertappt. *Dunja hat gesagt, er darf es nicht wissen. Aber es war* sein *Geschenk.* Sie öffnete den Mund …

Von der Tür kam ein Hämmern, ein Mann stolperte herein und stürzte ihnen vor die Füße. Pjotr sprang auf, und der Moment war vorbei.

Erstaunte Ausrufe hallten durch die Winterküche. Der Mann lag zitternd auf den Dielen, bei jedem Atemzug schlugen die Eisklumpen in seinem Bart klappernd gegeneinander. Sein Blick war starr, auf seinen Wangen zeichneten sich dunkle Flecken ab.

Pjotr kannte ihn. »Was ist?«, fragte er und legte dem Mann eine Hand auf die bebende Schulter. »Was ist passiert, Nikolai Matfeewitsch?«

Nikolai sagte nichts und blieb zusammengerollt liegen. Als sie ihm die Fäustlinge auszogen, sahen sie seine erfrorenen Finger, gekrümmt wie Klauen.

»Wir brauchen heißes Wasser!«, rief Wasja.

»Bringt ihn so schnell wie möglich zum Sprechen«, sagte Pjotr. »Sein Dorf liegt zwei Tage von hier entfernt. Es muss etwas Schlimmes passiert sein, dass er mitten im Winter herkommt.«

Wasja und Irina verbrachten eine Stunde damit, Nikolais Hände und Füße zu reiben und ihm warme Brühe einzuflößen. Doch selbst als seine Kräfte allmählich zurückkehrten, war er nicht zu mehr in der Lage, als röchelnd vor dem Ofen zu sitzen. Als sie ihm etwas zu essen gaben, schlang er alles kochend heiß hinunter. Pjotr saß ungeduldig daneben, bis Nikolai sich endlich über den Mund wischte und ihm das ängstliche Gesicht zudrehte.

»Was führt dich her, Nikolai Matfeewitsch?«, fragte er noch einmal.

»Wir werden sterben, Pjotr Wladimirowitsch«, flüsterte der Mann.

Pjotrs Blick verfinsterte sich.

»Vor zwei Nächten hat unser Dorf gebrannt«, fuhr der Bote fort. »Nichts steht mehr. Wenn Ihr Euch unser nicht erbarmt, werden wir alle sterben. Viele sind schon tot.«

»Ein Feuer?«, warf Aljoscha ein.

»Ja. Ein Funke aus einem Ofen, und im Nu hat das ganze Dorf gebrannt. Es blies ein ungünstiger Wind, viel zu warm für den Winter. Wir waren machtlos. Ich bin aufgebrochen, sobald wir die Überlebenden aus der Asche gegraben hatten. Ich habe gehört, wie sie schrien vor Schmerz, als der Schnee auf ihre Haut fiel. Vielleicht wären sie besser gestorben. Ich bin Tag und Nacht gelaufen ... und was für Nächte das waren, voller entsetzlicher Stimmen. Es war, als würden die Schreie mir durch den Wald folgen. Aus Angst vor dem Erfrieren habe ich mich nicht einmal umgedreht.«

»Du hast deine Sache gut gemacht«, sagte Pjotr.

»Werdet Ihr uns helfen, Pjotr Wladimirowitsch?«

Es folgte eine lange Pause.

Er darf nicht gehen, dachte Wasja. *Nicht jetzt.* Doch sie wusste, was ihr Vater antworten würde. Dies hier war sein Land, und er war der Lehnsherr von Nikolais Dorf.

»Mein Sohn wird morgen mit dir zurückreiten«, erklärte Pjotr ernst. »Mit so vielen Männern und Tieren, wie wir entbehren können.«

Der Bote nickte. Sein Blick war weit weg. »Danke, Pjotr Wladimirowitsch.«

Der nächste Tag brach in blendendem Blau und Weiß an. Pjotr ließ in aller Frühe aufsatteln. Wer kein Pferd hatte, schnallte sich Schneeschuhe an. Die Wintersonne schien kalt auf sie herunter, und die Pferde bliesen große weiße Wolken aus ihren Nüstern, als wären sie Drachen. Von den Haaren an Kinn und Schnauze hingen Eiszapfen. Ein Diener reichte Pjotr Burans Zügel. Der Hengst streckte die Unterlippe vor und schüttelte den Kopf, dass die Eiszapfen nur so klapperten.

Kolja kniete im Schnee, Nasenspitze an Nasenspitze mit dem kleinen Serjoscha. »Lass mich mitkommen, Vater«, bettelte sein Sohn. Das Haar verdeckte seine Augen halb. In der einen Hand hielt er die Zügel seines braunen Ponys, und er trug jedes Kleidungsstück am Körper, das er besaß. »Ich bin groß genug.«

»Nein, bist du nicht«, widersprach Kolja. Er wirkte gehetzt.

Da kam Irina aus dem Haus gelaufen. Sie stellte sich neben Serjoscha und fasste ihn an der Schulter. »Dein Papa muss los. Komm mit in die Küche.«

»Du bist nur ein Mädchen, was weißt du schon?«, keifte Serjoscha. »Bitte, Papa.«

»Geh wieder ins Haus«, erwiderte Kolja streng. »Bring dein Pony in den Stall, und hör auf deine Tante.«

Aber Serjoscha tat nichts dergleichen. Er heulte auf und rannte davon, mitten zwischen den verschreckten Pferden hindurch.

Kolja sah ihn hinter dem Stall verschwinden und rieb sich das Gesicht. »Er kommt wieder, sobald er Hunger hat«, brummte er und kletterte in den Sattel.

»Gott sei mit dir, Bruder«, sagte Irina.

»Und mit dir, Schwester«, erwiderte Kolja. Er drückte ihre Hand, dann drehte er sich weg.

Das Leder war kalt und quietschte, als die Männer das Zaumzeug und die Schneeschuhe ein letztes Mal überprüften. Mit jedem Atemzug wurden die Eiszapfen in ihren Bärten länger.

Der sonst so heitere Aljoscha schaute vom Rand des Dwor aus mit finsterer Miene zu. »Du musst hierbleiben«, hatte Pjotr zu ihm gesagt. »Jemand muss auf deine Schwestern aufpassen.«

»Du wirst mich brauchen, Vater«, hatte er widersprochen, doch Pjotr hatte nur den Kopf geschüttelt.

»Ich schlafe besser, wenn ich weiß, dass du bei meinen Töchtern bist, Ljoschka. Wasja ist leichtsinnig, und Irina ist empfindlich. Und gib acht, dass Wasja im Haus bleibt. Es ist zu ihrem eigenen Besten. Im Dorf herrscht eine hässliche Stimmung. Bitte, Sohn.«

Aljoscha hatte wortlos genickt und nicht noch einmal nachgefragt.

»Vater!« Wasjas Gesicht tauchte neben Burans Kopf auf. Sie sah angespannt aus, ihr schwarzes Haar wirkte unter der hellen Fellmütze sogar noch dunkler. »Du darfst nicht gehen. Nicht jetzt.«

»Ich muss, Wasotschka«, erwiderte Pjotr erschöpft. Erst am Vorabend hatte sie das Gleiche zu ihm gesagt. »Es ist mein Dorf, und es sind meine Leute. Versuch, es zu verstehen.«

»Ich verstehe es ja, aber etwas Finsteres lauert im Wald.«

»Dies sind finstere Zeiten«, brummte Pjotr. »Aber ich bin ihr Bojar.«

»Die Toten erwachen, Vater. Sie streifen durch den Wald. Es ist zu gefährlich.«

»Unsinn«, bellte er. *Muttergottes. Wenn sie anfängt, im Dorf solche Geschichten zu verbreiten …*

»*Die Toten*«, beharrte Wasja. »Du darfst nicht gehen, Vater.«

Pjotr packte sie an der Schulter, so fest, dass Wasja zusammenzuckte. Ringsum standen seine Männer und warteten. »Du bist zu alt für diese Märchen«, knurrte er in dem Versuch, sie zu Verstand zu bringen.

»Märchen?!«, rief Wasja erstickt, und Buran riss den Kopf hoch. Pjotr nahm die Zügel enger, und Wasja schlug seine Hand von ihrer Schulter. »Du hast das zerbrochene Fenster des Priesters selbst gesehen. Du darfst das Dorf nicht verlassen, Vater. *Bitte.*«

Die Männer hörten nicht alles, aber sie hörten genug. Mit blassen Gesichtern starrten sie Pjotrs Tochter an. Mehr als einer schaute zu seiner Frau und seinen Kindern hinüber, die trotzig im Schnee ausharrten. Wenn seine närrische Tochter so weitermachte, würden sie Pjotr bald nicht mehr gehorchen.

»Was bist du für ein Kindskopf, dir von solchen Geschichten

Angst machen zu lassen?«, bellte er, nicht zu laut, aber bestimmt, um seine Männer zu beruhigen. »Aljoscha, hab ein Auge auf sie. Und du, hab keine Angst, Dotschka. Wir werden tapfer sein und siegen. Dieser Winter wird vorübergehen wie alle anderen. Kolja und ich sind bald zurück. Und sei nett zu Anna Iwanowna.«

»Aber ...«

Als Pjotr in den Sattel sprang, packte Wasja Burans Halfter. Jeden anderen Menschen hätte der Hengst umgerissen und zertrampelt, doch er hielt vollkommen still und drehte lediglich die Ohren in Wasjas Richtung.

»Lass los«, sagte Aljoscha, der ebenfalls hinzugetreten war, doch Wasja rührte sich nicht. Er legte eine Hand auf die ihre und flüsterte: »Jetzt ist nicht der richtige Moment. Die Männer werden den Gehorsam verweigern. Sie fürchten um ihre Häuser, und sie haben Angst vor Dämonen. Außerdem: Wenn Vater auf dich hört, werden sie sagen, er lässt sich von seiner jungfräulichen Tochter herumkommandieren.«

Wasja schnaubte durch zusammengebissene Zähne und ließ Burans Halfter los. »Er hätte mir besser geglaubt«, murmelte sie.

Der tapfere, nicht mehr ganz junge Hengst stieg kurz, dann reihten sich die Männer hinter Pjotr ein. Kolja grüßte seine Geschwister ein letztes Mal, und der Tross setzte sich in Bewegung, hinaus in das grelle Weiß. Wasja und Aljoscha blieben allein auf dem Dwor zurück.

Im Dorf war es sehr still, als die Reiter fort waren. Vom wolkenlosen Himmel schien eine kalte Sonne. »Ich glaube dir«, sagte Aljoscha.

»Natürlich glaubst du mir, du hast den Pfahl ja selbst geführt, du Narr.« Wasja lief auf und ab wie ein Wolf im Käfig. »Ich hätte Vater alles erzählen sollen, die ganze Geschichte.«

»Aber der Upyr ist tot«, wandte Aljoscha ein.

Wasja schüttelte hilflos den Kopf. Sie dachte an die Warnung der Rusalka. Und des Leshy. »Es fängt erst an. Ich wurde gewarnt: Hüte dich vor den Toten.«

»Wer hat dich gewarnt?«

Wasja blieb stehen und schaute ihrem Bruder ins Gesicht. Misstrauen stand darin. Eine Verzweiflung stieg in ihr auf, so stark, dass sie lachen musste. »Du auch, Ljoschka? Es waren alte und weise Freunde, die mich gewarnt haben. Oder glaubst du dem Priester und hältst mich für eine Hexe?«

»Du bist meine Schwester, von derselben Mutter geboren wie ich«, widersprach Aljoscha mit fester Stimme. »Aber du solltest dich vom Dorf fernhalten, bis Vater wieder hier ist.«

Allmählich wurde es ruhig, als krieche mit der abendlichen Kälte eine Stille ins Haus. Alle drängten sich im Feuerschein vor dem Ofen zusammen und nähten, schnitzten oder flickten.

»Was ist das für ein Geräusch?«, sagte Wasja plötzlich.

Alle blickten auf.

Draußen weinte jemand. Es war kaum mehr als ein ersticktes Wimmern, gerade noch hörbar, doch es gab keinen Zweifel: Vor der Tür weinte eine Frau.

Wasja und Aljoscha tauschten einen Blick aus. »Nein«, sagte Aljoscha, als Wasja Anstalten machte aufzustehen. Er ging zur Tür, öffnete sie ein Stück und spähte durch den Spalt. Schließlich kam er kopfschüttelnd zurück. »Es ist niemand da.«

Doch das Weinen hörte nicht auf. Aljoscha ging ein zweites Mal zur Tür, dann ein drittes, dann ging Wasja selbst. Sie glaubte, ein weißes Schimmern zwischen den Bauernhütten zu sehen, und blinzelte. Das Schimmern war verschwunden.

Wasja kehrte zum Ofen zurück und schaute in den flammenden Schlund. Der Domowoi saß dort, versteckt in der heißen Asche. »Sie kann nicht herein«, hauchte er. Die Flammen prasselten. »Ich schwöre es. Ich lasse sie nicht.«

»Das hast du schon einmal gesagt, und trotzdem hat der Upyr es geschafft«, flüsterte Wasja zurück.

»Das Zimmer des Ängstlichen ist etwas anderes«, erwiderte der Domowoi leise. »Er will mich nicht, ich kann ihn nicht beschützen. Aber hier, jetzt … Sie kann nicht herein.« Er presste die Hände zusammen. »Sie kann nicht.«

Als der Mond schon beinahe hinter dem Horizont versunken war, gingen alle zu Bett. Wasja und Irina kuschelten sich in Felle gehüllt aneinander und atmeten die schwarze Dunkelheit.

Da ertönte das Weinen erneut, sehr nahe diesmal. Beide Mädchen zuckten zusammen. Sie hörten ein Kratzen am Fenster.

Wasja schaute Irina an, die mit weit aufgerissenen Augen neben ihr lag. »Das klingt wie …«

»Bitte, sag es nicht«, flehte Irina. *»Bitte nicht.«*

Wasja drehte sich auf die Seite und schwang die Beine aus dem Bett. Unbewusst tastete sie nach dem Amulett zwischen ihren Brüsten. Seine Kälte brannte. Sie ging zum Fenster, das Sims war so weit oben, dass sie sich daran hochziehen musste. Dann öffnete sie die Läden. Dahinter lag der Dwor, sein Abbild war durch das dicke Eis auf den Scheiben verzerrt.

Auf der anderen Seite des Fensters war ein Gesicht. Wasja sah Augen und einen Mund, dunkel und gähnend wie Löcher. Das Ding presste eine knochige Hand auf das Eis. »Lass mich herein«, schluchzte es und fuhr mit kreischenden Nägeln über die Scheibe.

Irina begann zu wimmern.

»Lass mich herein«, zischte das Wesen. »Ich friere.«

Wasjas Finger rutschten ab, sie fiel und landete, alle viere von sich gestreckt, auf den Dielen. »Nein …«, stammelte sie und rappelte sich wieder hoch, doch als sie erneut nach draußen schaute, war das Gesicht nicht mehr da. Vor ihr lag nur der leere Dwor.

»Was war das?«, flüsterte Irina.

»Nichts«, brummte Wasja. »Schlaf weiter.« Tränen strömten ihr übers Gesicht, aber Irina konnte sie nicht sehen.

Wasja krabbelte zurück ins Bett und schlang die Arme um ihre Schwester. Irina gab keinen Mucks mehr von sich und lag noch lange zitternd wach. Als sie endlich eingeschlafen war, machte Wasja sich von ihr los. Ihre Tränen waren getrocknet, doch ihr Gesicht war nass von Schweiß. Sie stand auf und ging in die Küche.

»Wenn du fort bist, werden wir alle sterben«, sagte sie zu dem Domowoi. »Die Toten erwachen.«

Der Domowoi streckte müde den Kopf aus dem Ofen. »Ich werde sie fernhalten, solange ich kann. Halte heute Nacht mit mir Wache. Wenn du bei mir bist, bin ich stärker.«

Pjotr war seit drei Nächten fort, Wasja blieb im Haus und wachte gemeinsam mit dem Domowoi. In der ersten Nacht hatte sie geglaubt, draußen ein Weinen zu hören, aber nichts passierte. In der zweiten blieb alles still, und Wasja hatte das Gefühl, als könnte sie sterben vor Müdigkeit.

Am dritten Tag beschloss sie, Aljoscha zu bitten, mit ihr wach zu bleiben. In der Abenddämmerung flammte der Himmel noch einmal blutrot auf, dann erstarb das Leuchten. Bläuliche Schatten und eine undurchdringliche Stille breiteten sich über alles.

Die Familie blieb in der Küche – die Schlafkammern schienen viel zu kalt und zu weit weg. Aljoscha schärfte seinen Speer, ab und zu blitzte die blattförmige Spitze im Schein der Flammen kurz auf.

Als das Feuer allmählich herunterbrannte und rote Schatten durch die Küche flackerten, ertönte auf dem Dwor ein leises, lang gezogenes Heulen. Irina hatte sich in eine Decke gehüllt, und Anna strickte, doch alle konnten sehen, wie ihre Hände zitterten. Vater Konstantin hatte die Augen so weit aufgerissen, dass sie fast gänzlich weiß waren. Seine Lippen bewegten sich in beinahe stummem Gebet.

Schlurfende Schritte näherten sich, sie kamen näher und näher. Ein Rattern am Fenster.

»Es ist dunkel«, sagte eine Stimme. »Mir ist kalt. Öffnet die Tür. Öffnet mir.« Dann ein Klopfen. *Klopf, Klopf, Klopf.*

Wasja stand auf.

Aljoscha umklammerte seinen Speer.

Sie ging zur Tür, der Domowoi neben ihr. Wasja schlug das Herz bis zum Hals, und der Domowoi hatte die Zähne zusammengebissen.

Wasjas Lippen waren wie taub. »Nein«, krächzte sie und grub die Finger in die Wunde auf ihrer Handfläche. Dann presste sie die blutige Innenseite auf die Tür. »Es tut mir leid. Dieses Haus ist nur für die Lebenden.«

Das Ding auf der anderen Seite stieß ein Kreischen aus, Irina vergrub das Gesicht im Schoß ihrer Mutter, und Aljoscha sprang auf, den Speer erhoben. Dann hörten sie wieder das Schlurfen. Es entfernte sich und verstummte. Alle in der Küche schauten einander erleichtert an.

Dann ein entsetztes Quieken von den Pferden.

Ohne nachzudenken, riss Wasja die Tür auf, die anderen schrien.

»Ein Dämon!«, kreischte Anna. »Sie wird ihn noch hereinlassen!«

Wasja war schon nach draußen in die Dunkelheit gerannt. Eine weiße Gestalt huschte zwischen den Pferden umher und trieb sie auseinander wie Spreu, doch eines war langsamer als die anderen. Die Gestalt sprang an seinen Hals und riss es zu Boden. Wasja vergaß all ihre Angst und brüllte.

Die Tote drehte den Kopf und zischte sie an. Ein Mondstrahl fiel auf ihr Gesicht.

Wasja stolperte und blieb stehen. »Nein...«, stammelte sie. »Bitte nicht du, Dunja. Dunja...«

»Wasja«, sagte das Wesen. Seine Stimme war ein gebrochenes Lispeln, doch es war Dunjas Stimme. »Wasja.«

Sie war es, und sie war es nicht. Wasja sah den knochigen Körper und das Leichentuch, aber die Nase hing schlaff herab, und die Lippen waren eingesunken. Die Augen waren wie zwei glühende Höhlen über einem schwarzen Mund. Von Kinn und Wangen des Dings tropfte Blut.

Wasja spürte das kalte Feuer des Amuletts auf ihrer Brust und schlang die Finger darum. Die Luft roch nach warmem Blut und Verwesung. Sie glaubte, eine dunkle Gestalt neben sich aufragen zu sehen, schaute aber nicht genauer hin. »Dunja«, sagte sie so ruhig, wie sie konnte. »Scher dich fort. Du hast schon genug Unheil angerichtet.«

Dunja schlug sich eine Hand vor den Mund, Tränen stiegen ihr in die leeren Augen. Sie fletschte die Zähne, schwankte und biss sich auf die Lippe, als wollte sie etwas sagen ... dann schnellte sie knurrend vor.

Wasja taumelte einen Schritt zurück und glaubte schon, die Zähne auf ihrem Hals zu spüren, da wirbelte Dunja kreischend herum und rannte wie ein geprügelter Hund zwischen den Hütten hindurch Richtung Wald.

Wasja schaute ihr hinterher, bis sie sich im Mondlicht verlor.

Sie hörte ein Rasseln zu ihren Füßen. Es kam von Myschs Jüngstem, der beinahe noch ein Fohlen war. In seinem Hals klaffte eine tiefe Wunde. Wasja presste die Hände darauf, doch das dunkle Blut strömte weiter. In ihrem Bauch spürte sie, wie der Tod immer näher kam. Aus dem Stall ertönte der Schmerzensschrei des Wasila.

»Nein«, flüsterte Wasja. »Bitte.«

Doch das Fohlen rührte sich nicht mehr; der dunkle Sturzbach wurde schwächer und hörte schließlich ganz auf.

Eine weiße Stute kam aus der Dunkelheit und legte sanft die Schnauze auf das Fohlen. Wasja spürte, wie ein warmer Atem ihren Hals streifte, doch als sie den Kopf drehte, sah sie nur die Sterne am nachtschwarzen Himmel, sonst nichts.

Verzweiflung und Erschöpfung ergossen sich über sie, dunkel wie das Blut an ihren Händen, und drohten sie zu verschlingen. Wasja schlang die Arme um den Kopf des Fohlens und weinte.

Es war bereits sehr spät, als Aljoscha zurück in die Küche kam. Alle sollten längst im Bett sein. Sein Gesicht war grau wie Asche und seine Kleider blutverschmiert. »Eines der Pferde ist tot«, sagte er mit erstickter Stimme. »Etwas hat ihm die Kehle herausgerissen. Wasja bleibt die Nacht über im Stall. Sie lässt es sich nicht ausreden.«

»Es ist viel zu kalt, sie wird erfrieren!«, rief Irina.

Aljoscha lächelte verhalten. »Nicht Wasja. Du kannst ja versuchen, sie umzustimmen, Irinka.«

Irina presste die Lippen zusammen und legte ihr Nähzeug weg. Dann ging sie zum Ofen und stellte einen Tontopf hinein. Alle fragten sich, was sie vorhatte, bis sie den Inhalt – gebackene Milch mit altem Haferbrei – in eine Schüssel löffelte und zur Tür ging.

»Irinka, bleib hier!«, kreischte Anna.

Aljoscha war absolut sicher, dass sich Irina ihrer Mutter noch nie widersetzt hatte, doch sie ging, ohne sich noch einmal umzudrehen, einfach nach draußen. Er stieß einen leisen Fluch aus und folgte ihr. *Vater hatte recht,* überlegte er düster. *Ich darf meine Schwestern nicht alleine lassen.*

Es war bitterkalt, der Dwor roch nach Blut. Das tote Fohlen lag noch an der gleichen Stelle. Der Kadaver würde über Nacht gefrieren, also genügte es, wenn sie ihn morgen zerlegten.

Der Stall schien leer zu sein, als Aljoscha und Irina eintraten.

»Wasja?«, rief Aljoscha von einer plötzlichen Furcht befallen. *Was, wenn ... ?*

»Ich bin hier.« Sie kam aus Myschs Stand, lautlos wie eine Katze.

Irina stieß ein Quieken aus und ließ beinahe die Schüssel fallen. »Geht es dir auch gut, Wasotschka?«, fragte sie bebend.

Wasjas Gesicht war in der Dunkelheit nicht zu erkennen, sie sahen nur einen hellen Fleck unter einem schwarzen Haarschopf.

»Gut genug, kleines Vögelchen«, flüsterte sie.

»Ljoschka hat gesagt, du willst die ganze Nacht im Stall bleiben.«

»Ja«, erwiderte Wasja. Auch sie zitterte. »Ich muss. Der Wasila hat Angst.« Ihre Hände waren schwarz von Blut.

»Wenn du musst«, erwiderte Irina nachsichtig, beinahe als spreche sie mit einer liebenswerten Geisteskranken. »Ich habe dir

Haferbrei mitgebracht.« Sie streckte ihrer Schwester unsicher die Schale entgegen.

Wasja nahm sie. Das Gewicht und die Wärme schienen sie zu stützen.

»Es wäre besser, wenn du mitkommst und in der Küche isst«, erklärte Irina. »Die Leute werden reden, wenn du hierbleibst.« Wasja schüttelte den Kopf. »Das spielt jetzt keine Rolle.«

»Komm mit«, wiederholte Irina bestimmt. »Es ist besser so.«

Aljoscha beobachtete erstaunt, wie Wasja sich von ihrer kleinen Schwester ins Haus und dort bis zu ihrem Platz vor dem Ofen führen ließ.

»Geh jetzt ins Bett, Irinka«, sagte Wasja, nachdem sie gegessen hatte und etwas Farbe in ihr Gesicht zurückgekehrt war. »Du kannst auf dem Ofen schlafen. Aljoscha und ich halten Wache.« Der Priester war gegangen, Anna lag bereits schnarchend in ihrem Bett. Irina konnte die Augen kommen noch offen halten und zögerte nicht lange.

Als sie eingeschlafen war, blickten Wasja und Aljoscha einander an. Unter Wasjas Augen zeichneten sich dunkle Ringe ab, und ihr Kleid war mit Pferdeblut bespritzt.

»Was jetzt?«, fragte Aljoscha leise.

»Wir müssen wach bleiben«, antwortete Wasja. Haferbrei und Wärme hatten sie gestärkt. »Bei Sonnenaufgang gehen wir zum Friedhof und sehen nach. Möge Gott Gnade haben.«

Noch vor dem Morgengrauen eilte Konstantin in die Kirche. Er rannte über den Dwor, als wäre ihm der Todesengel auf den Fersen, verriegelte die Eingangstür und warf sich vor der Ikonenwand zu Boden. Als die ersten trüben Sonnenstrahlen hereinfielen, schenkte er ihnen keine Beachtung. Er betete um

Vergebung. Betete, dass die Stimme wieder zu ihm sprechen und seine Zweifel zerstreuen möge. Doch die Stille war und blieb vollkommen.

Erst im drückenden Zwielicht, als es in der Kirche schon beinahe wieder finster war, hörte er etwas.

»So tief gefallen, mein armer Jünger?«, fragte eine Stimme. »Zweimal haben die Dämonen dir nachgestellt, Konstantin Nikonowitsch. Sie schlagen dein Fenster ein und klopfen an deine Tür.«

»Ja«, stöhnte er. Ob er wachte oder schlief, immer sah er das Gesicht des Dämons, spürte seine Zähne an seiner Kehle. »Sie wissen, dass ich vom Weg abgekommen bin, und verfolgen mich. Hab Gnade. Ich flehe dich an, rette mich. Nimm meine Sünde von mir, und vergib mir.« Er neigte den Kopf, so tief er konnte, und faltete verzweifelt die Hände.

»Nun gut«, sagte die Stimme milde. »Was für eine bescheidene Bitte, Mann Gottes. Sieh, ich bin gnädig und werde dich retten. Weine nicht.«

Konstantin legte die Hände auf seine Wangen. Sie waren nass.

»Aber«, sprach die Stimme weiter, »ich verlange etwas als Gegenleistung.«

Er blickte auf. »Ich tue alles. Ich bin dein demütiger Diener.«

»Das Mädchen«, fuhr die Stimme fort. »Die Hexe. Sie ist an allem schuld. Die Menschen wissen es. Sie sehen die Blicke, die du ihr zuwirfst, und flüstern untereinander. Sie sagen, das Mädchen hätte dich vom rechten Weg abgebracht.«

Konstantin erwiderte nichts. *Ihre Schuld. Ihre Schuld.*

»Es ist mein großer Wunsch«, erklärte die Stimme, »dass sie von dieser Welt geht. Schon sehr bald. Sie hat das Böse über dieses Haus gebracht, und das Böse wird bleiben, solange sie hier ist.«

»Sie wird mit den Schlitten nach Süden fahren«, entgegnete Konstantin. »Noch vor der Wintersonnwende. Pjotr Wladimirowitsch selbst hat es gesagt.«

»Früher«, sagte die Stimme. »Es muss früher geschehen. Feuer und Qual erwarten diesen Ort. Schickst du sie fort, kannst du dich retten, Konstantin Nikonowitsch. Schickst du sie fort, sind alle gerettet.«

Konstantin zögerte, bis er zu hören glaubte, wie die Dunkelheit einen leisen, langen Seufzer ausstieß.

»So sei es«, flüsterte er. »Ich schwöre es.«

Dann war die Stimme fort. Konstantin blieb allein zurück, leer und entrückt. Ihn fror.

Noch am selben Abend suchte er Anna Iwanowna auf. Sie war bereits zu Bett gegangen, Irina brachte ihr Suppe.

»Ihr müsst Wasja fortschicken. Jetzt«, begann er. Schweißperlen standen auf seiner Stirn, und seine Hände zitterten. »Pjotr Wladimirowitsch ist zu weich. Es wäre möglich, dass sie ihn noch einmal umstimmt. Doch um unser aller Wohlergehen willen muss sie fort. Die Dämonen sind wegen ihr hier. Habt Ihr gesehen, wie sie ganz allein hinaus in die Dunkelheit gelaufen ist? Sie hat keine Angst, und sie hat sie gerufen. Vielleicht ist Eure kleine Irina die Nächste, die sterben muss. Einen Dämon verlangt es nach Menschen, nicht nach Pferden.«

»Irina?«, flüsterte Anna. »Ihr glaubt, sie ist in Gefahr?« Ihre Stimme bebte vor Liebe und Furcht.

»Ich weiß es«, erwiderte Konstantin.

»Gebt Wasja den Dörflern«, sagte Anna plötzlich. »Sie werden sie steinigen. Es braucht nur ein Wort von Euch. Und Pjotr Wladimirowitsch ist nicht hier, um sie aufzuhalten.«

»Besser, sie geht in ein Kloster«, widersprach Konstantin nach dem Hauch eines Zögerns. »Ich möchte nicht, dass sie Gott gegenübertritt, ohne Gelegenheit zur Reue gehabt zu haben.«

Anna schürzte die Lippen. »Die Schlitten sind noch nicht bereit. Besser, sie stirbt. Ich lasse nicht zu, dass meiner Irina ein Leid geschieht.«

»Zwei Schlitten sind schon vorbereitet«, widersprach Konstantin. »Ein paar der Männer sind mehr als gewillt, sie fortzubringen. Ich werde alles arrangieren. Pjotr kann sie in Moskau besuchen, wenn er es wünscht. Sobald er die ganze Wahrheit kennt, wird sich sein Zorn legen. Alles wird gut. Verhaltet Euch ruhig und betet.«

»Ihr wisst es am besten, Batjuschka«, erwiderte Anna verdrossen. *So viel Aufhebens um den Spross einer grünäugigen Hexe,* dachte sie. *Doch er ist weise. Er weiß, dass sie nicht länger hierbleiben darf, um brave Christen vom Weg abzubringen.* »Ihr seid voller Gnade. Aber eher lasse ich das Mädchen töten, als meine Irina in Gefahr zu bringen.«

Alle Vorbereitungen wurden getroffen. Oleg, alt und raubeinig, würde den Schlitten fahren. Timofejs Eltern, deren Haus seit dem Tod ihres Sohnes verwaist war, würden ihn als Wasjas Diener und Beschützer begleiten.

»Selbstverständlich, Batjuschka«, antwortete Timofejs Mutter, Jasna. »Gott hat sich von uns abgewandt wegen diesem teuflischen Kind. Hätten wir sie nur früher fortgeschickt, dann wäre mein Timofej bestimmt noch am Leben.«

»Hier, nimm dieses Seil«, sagte Konstantin. »Fesselt ihr die Hände, dann kann euch nichts geschehen.«

Vor seinem inneren Auge sah er einen erlegten Hirsch, die

Hufe zusammengebunden, die Augen im Moment des Todes weit aufgerissen. Blut auf dem weißen Schnee. Ein Gefühl der Lust, der Scham und des befriedigten Stolzes überkam ihn. Morgen in aller Frühe wäre sie fort; noch einen halben Mond vor der Wintersonnwende.

22

Schneeglöckchen

In der Nacht rief Anna Iwanowna Wasja zu sich. »Wasotschka!«, kreischte sie. »Wasotschka, komm her!« Wasja zuckte zusammen und hob den Kopf. Sie sah ausgezehrt aus. Bei Sonnenaufgang war sie mit Aljoscha auf dem Friedhof gewesen. Ängstlich hatten sie Dunjas Grab ausgehoben – es war leer – und einander über das nackte, kalte Loch hinweg angestarrt, Aljoscha entsetzt, Wasja grimmig, aber nicht überrascht.

»Das kann nicht sein«, sagte Aljoscha.

Wasja atmete einmal tief durch. »Aber es ist so. Komm. Wir müssen das Haus bewachen.«

Frierend und erschöpft hatten sie die Erde glatt gestrichen und waren nach Hause gegangen, wo die Frauen gerade das tote Fohlen zerlegten, um mit vertrockneten Karotten einen Eintopf daraus zu kochen. Wasja hatte sich hinter einer Ecke verkrochen und gewürgt, bis ihr Magen leer war.

Inzwischen brach die Nacht herein. Dunja würde bald zurückkommen und sie aufs Neue mit ihren Schluchzern quälen. Vater war immer noch nicht wieder da, und Wasja war krank vor Angst.

Sie ging zögernd zu Annas Platz. Neben ihr lag ein mit bronzefarbenen Bändern verschnürtes Holzkistchen.

»Mach es auf«, drängte Anna.

Wasja schaute ihren Bruder fragend an. Aljoscha zuckte die Achseln. Sie kniete sich hin und hob den Deckel des Kistchens an. Darin befand sich – Tuch. Eine lange Bahn feinsten, ungefärbten Leinens.

»Leinen«, sagte Wasja verwirrt. »So viel, dass es für ein Dutzend Hemden reicht. Soll ich den Rest des Winters mit Nähen verbringen, Anna Iwanowna?«

Anna lächelte selbstgefällig. »Selbstverständlich nicht. Das ist ein Altartuch. Du wirst es einsäumen und der Äbtissin geben.« Als sie Wasjas Verwirrung sah, fügte sie mit einem noch breiteren Lächeln hinzu: »Am Morgen brichst du nach Süden auf, ins Kloster.«

Einen Moment lang wurde Wasja schwindlig, schwarze Punkte tanzten vor ihren Augen. Sie stand schwankend auf. »Weiß Vater davon?«

»Aber natürlich. Du solltest ohnehin fortgeschickt werden, mit mehr Geschenken zwar, aber wir haben genug von deinen Teufelsbeschwörungen. Im Morgengrauen brichst du auf. Alles ist bereit, zwei Männer und eine Frau, die auf dich aufpassen werden.« Anna grinste. »Pjotr Wladimirowitsch will es so. Mir ist es nicht gelungen, aber vielleicht schaffen es die heiligen Schwestern ja, dir Gehorsam beizubringen.«

Irina schaute bekümmert drein und sagte nichts.

Wasja taumelte rückwärts wie ein verschrecktes Pferd. Sie zitterte am ganzen Körper. »Nein, Stiefmutter.«

Annas Lächeln verblasste. »Du widersetzt dich? Es ist alles arrangiert. Wenn du dich weigerst, wirst du gefesselt.«

»Was soll dieser Unfug?«, mischte sich Aljoscha ein. »Vater ist nicht hier, er würde niemals dulden ...«

»Tatsächlich?«, fragte Konstantin. Seine Stimme, sanft und tief wie immer, füllte die Dunkelheit bis hinauf unter die Dachsparren. Alle verstummten, und Wasja sah, wie der Domowoi sich tief in den Ofen verkroch. »Er hat seine Zustimmung längst gegeben. Ein Leben im Kloster könnte ihre Seele retten. Hier, wo sie so vielen Unrecht getan hat, ist sie nicht sicher. Sie halten dich für eine Hexe, Wasilisa Petrowna, weißt du das nicht? Einen Dämon. Wenn du bleibst, wirst du gesteinigt, noch bevor dieser grimmige Winter vorüber ist.«

Selbst Aljoscha schwieg.

Nur Wasja erhob das Wort, krächzend wie ein Rabe. »Nein, niemals. Nicht heute und auch nicht an irgendeinem anderen Tag. Ich habe niemandem etwas getan und werde niemals den Fuß in ein Kloster setzen. Und wenn ich allein im Wald leben und die Baba Jaga um Arbeit anbetteln muss.«

»Wir sind nicht in einem Märchen, Wasja«, unterbrach Anna sie mit schriller Stimme. »Niemand fragt dich nach deiner Meinung. Es ist zu deinem eigenen Wohl.«

Wasja dachte an den schwindenden Domowoi, an die Toten, die Nacht für Nacht ums Haus schlichen, und daran, wie knapp sie an einer Katastrophe vorbeigeschlittert waren. »Was habe ich denn getan?«, fuhr sie auf und merkte entsetzt, wie ihr Tränen in die Augen stiegen. »Ich tue nichts Unrechtes. Ich versuche nur, euch zu retten!« Sie wandte sich dem Priester zu. »Am See habe ich Euch vor der Rusalka gerettet, ich habe die Toten vertrieben, oder es zumindest versucht ...« Sie rang nach Luft und verstummte.

»*Du?*«, keuchte Anna. »Sie vertrieben? Du hast sie erst herbei-

geholt! Du hast all das Unglück über uns gebracht. *Glaubst du,*
ich hätte dich nicht dabei gesehen?«

Aljoscha öffnete den Mund, doch Wasja kam ihm zuvor:
»Wenn ihr mich fortschickt, werdet ihr alle in diesem Winter
sterben.«

Anna schnappte nach Luft. »Wie kannst du es wagen, uns zu
drohen?«

»Das ist keine Drohung«, widersprach Wasja verzweifelt. »Es
ist die Wahrheit.«

»Wahrheit? Ausgerechnet du sprichst von Wahrheit, du kleine
Lügnerin? Du weißt nicht einmal, was das ist!«

»Ich gehe nicht ins Kloster«, erklärte Wasja so wild entschlossen, dass selbst die Flammen im Ofen kurz flackerten.

»Ach nein?«, fragte Anna. Ihre Augen waren weit aufgerissen,
doch etwas in ihrer Stimme erinnerte Wasja daran, dass sie die
Tochter des Großfürsten war. »Nun gut, Wasilisa Petrowna. Du
hast die Wahl.« Ihr Blick wanderte hektisch durch die Küche, bis
er auf den Blumenstickereien von Irinas Kopftuch zu ruhen kam.
»*Meine* Tochter, meine wahre, schöne und gehorsame Tochter,
sehnt sich nach Blumen in all diesem Schnee. Und du, hässliche
kleine Hexe, wirst ihr einen Dienst erweisen. Geh in den Wald,
und komm mit einem Korb voller Schneeglöckchen zurück. Ge-
lingt es dir, kannst du danach tun, was du willst.«

Irinas Kiefer klappte nach unten, selbst Konstantin öffnete protestierend den Mund.

Wasja starrte ihre Stiefmutter ungläubig an. »Es ist Winter,
Anna Iwanowna.«

»Geh!«, schrie Anna mit einem wilden Lachen. »Aus meinen
Augen. Bring mir die Blumen, oder scher dich ins Kloster. Und
jetzt raus mit dir!«

Wasjas Blick sprang von Gesicht zu Gesicht: Anna triumphierend, Irina verängstigt, Aljoscha wütend und Konstantin unergründlich. Die Wände schienen näher zu kommen, das Ofenfeuer verschlang alle Luft im Raum. Egal wie sehr ihre Lungen pumpten, Wasja glaubte zu ersticken. Panik überkam sie, die Panik eines gefangenen Tieres. Sie wirbelte herum und rannte aus der Küche.

An der Tür zum Dwor fing Aljoscha sie ab. Wasja hatte hastig ihre Fäustlinge angezogen, sich einen Umhang übergeworfen und einen dicken Schal um den Kopf gewickelt. Aljoscha packte sie mit beiden Händen an den Schultern und drehte sie herum. »Bist du wahnsinnig, Wasja?«

»Lass mich los! Du hast Anna Iwanowna gehört. Ich versuche lieber draußen im Wald mein Glück, als mich bis an mein Lebensende wegsperren zu lassen.« Sie bebte, ihr Blick war wild.

»Lass den Unfug. Warte, bis Vater wieder hier ist.«

»Er hat selbst zugestimmt!« Wasja kämpfte gegen ihre Tränen an, doch sie flossen trotzdem. »Sonst würde Anna sich das niemals trauen. Die Dörfler sagen, all das Unglück ist meine Schuld. Denkst du, ich hätte sie nicht gehört? Wenn ich bleibe, steinigen sie mich als Hexe. Vielleicht will Vater mich ja tatsächlich beschützen, aber ich sterbe lieber jetzt im Wald als irgendwann in einem Kloster.« Ihre Stimme versagte. »Ich werde niemals Nonne, hast du verstanden? Nie!« Sie versuchte, sich loszureißen, doch Aljoschas Griff blieb fest.

»Ich beschütze dich, bis Vater zurück ist. Und dann bringe ich ihn zur Vernunft.«

»Du kannst mich nicht beschützen, wenn sich das ganze Dorf gegen uns wendet. Glaubst du, ich hätte das Getuschel nicht gehört, Bruder?«

»Und deshalb willst du im Wald sterben?«, fuhr Aljoscha sie an. »Ein nobles Opfer? Wem wäre damit geholfen?«

»Ich habe geholfen, so gut ich konnte, und nun hassen sie mich«, blaffte Wasja zurück. »Selbst wenn es die letzte Entscheidung meines Lebens ist, dann war es wenigstens *meine*. Lass mich los. Ich habe keine Angst.«

»Aber ich, du närrisches Ding! Glaubst du, ich lasse zu, dich wegen so einer Torheit zu verlieren? Ich lasse dich nicht los.« Seine Finger hinterließen schon jetzt blaue Flecken auf Wasjas Schultern.

»Du auch, Bruder?«, fragte Wasja wütend. »Bin ich etwa ein Kind? Immer müssen andere über mich bestimmen. Aber diesmal bestimme ich.«

»Wenn Vater oder Kolja den Verstand verlieren, würde ich sie auch nicht selbst bestimmen lassen.«

»Lass mich, Aljoscha.« Wasjas Stimme wurde sanfter. »Vielleicht finde ich einen Zauber im Wald, der stark genug ist, um mich vor Anna Iwanowna zu schützen. Hast du daran schon gedacht?«

Aljoscha lachte kurz. »Du bist zu alt für Märchen.«

»Bin ich das?« Sie lächelte ihn an, doch ihre Lippen bebten.

Aljoscha dachte an all die Male, als Wasjas Augen etwas gefolgt waren, das er nicht sehen konnte. Er ließ die Arme sinken.

»Wasja ...«, begann er. »Versprich mir, dass wir uns wiedersehen.«

»Gib dem Domowoi genügend Brot«, erwiderte sie. »Halte nachts beim Ofen Wache. Mut kann euch vielleicht retten. Ich habe getan, was ich konnte. Leb wohl, Bruder. Ich ... Ich werde versuchen zurückzukommen.«

»*Wasja* ... «

Doch sie war schon durch die Tür.

Vater Konstantin wartete neben dem Eingang zur Kirche auf sie. »Hast du den Verstand verloren, Wasilisa Petrowna?«

Sie fing seinen Blick auf. Spott stand in ihren grünen Augen. Ihre Tränen waren getrocknet, ihre Miene war kühl und gelassen. »Aber Batjuschka, ich muss doch meiner Stiefmutter gehorchen.«

»Dann geh ins Kloster.«

Wasja lachte. »Sie will, dass ich verschwinde. Ob ich sterbe oder Nonne werde, ist ihr egal. Tja, auf diese Weise kann ich ihr und mir einen Gefallen tun.«

»Vergiss diese Torheit. Du wirst ins Kloster gehen. Es ist Gottes Wille. Er hat es so bestimmt.«

»Hat er das?«, entgegnete Wasja. »Und Ihr seid seine Stimme, nehme ich an. Nun, Anna Iwanowna hat mich vor die Wahl gestellt, und ich habe gewählt.« Sie wandte sich Richtung Wald.

»Hat sie nicht«, widersprach Konstantin. Etwas in seiner Stimme ließ Wasja herumfahren. Zwei Männer traten aus der Dunkelheit.

»Bringt sie in die Kirche, und fesselt ihre Hände«, sagte der Priester, ohne Wasja aus den Augen zu lassen. »Morgen bei Sonnenaufgang bricht sie auf.«

Wasja rannte bereits. Aber sie hatte nur drei Schritte Vorsprung, und die Männer waren stark. Einer streckte den Arm und bekam den Saum ihres Umhangs zu fassen. Wasja stolperte und fiel hin, rollte über den Boden und schlug in wilder Panik aus. Der Mann warf sich auf sie und hielt sie fest. Sie spürte den kalten Schnee in ihrem Nacken. Spürte, wie ein Seil eisig in ihre Handgelenke schnitt.

Sie ließ alle Muskeln locker, als hätte sie vor Angst das Bewusstsein verloren. Der Mann war es gewohnt, erlegte Tiere zu fesseln, keine Menschen. Sein Griff lockerte sich, während er mit dem Knoten beschäftigt war. Wasja hörte Konstantin und den anderen Mann näher kommen.

Sie stieß einen wilden Schrei aus und stach mit den Fingern nach den Augen ihres Häschers. Der zuckte zurück, sie rollte sich auf die Seite, sprang auf und rannte, wie sie noch nie in ihrem Leben gerannt war. Wasja hörte Schreie in ihrem Rücken und keuchende Schritte. Aber sie würden sie nicht bekommen, niemals.

Wasja lief immer weiter und blieb erst stehen, als die Dunkelheit zwischen den Bäumen sie verschluckte.

Der Schnee unter ihren Stiefeln war fest und schimmerte in der klaren Nacht. Wasja rannte immer tiefer in den Wald, ihre Glieder schmerzten und ihre Lunge brannte, der Umhang flatterte um ihre Schultern. Sie hörte Rufe aus dem Dorf. Ihre Fußspuren zeichneten sich deutlich im jungfräulichen Schnee ab – Wasjas einzige Chance war ihre Geschwindigkeit. Immer weiter hastete sie von Baum zu Baum, bis die Rufe leiser wurden und schließlich ganz aufhörten. *Sie wagen nicht, mir zu folgen, denn sie fürchten den Wald bei Dunkelheit.*

Klug von ihnen.

Wasjas Atem verlangsamte sich, und sie hörte auf zu laufen. Immer tiefer drang sie vor, schob alle Gedanken an Verlust und Furcht beiseite. Sie lauschte, schließlich rief sie, doch ringsum war alles still. Der Leshy antwortete nicht. Die Rusalka schlief und träumte vom Sommer. Kein Lüftchen rührte sich.

Die Zeit verging, Wasja konnte nicht sagen, wie viel. Die Bäume standen immer dichter und verdeckten die Sterne. Der Mond ging auf und warf seine Schatten, dann zogen Wolken auf und tauchten den Wald in Finsternis. Wasja ging weiter, bis sie schläfrig wurde und die Angst vor dem Einschlafen sie wieder wachrüttelte. Sie wandte sich nach Norden, Osten und dann wieder nach Süden.

Stunden vergingen, Wasja begann zu zittern. Ihre Zähne klapperten, und ihre Zehen wurden trotz der schweren Stiefel taub. In einem kleinen Winkel ihres Bewusstseins hatte sie geglaubt – gehofft –, im Wald würde sie vielleicht Hilfe finden. Ihre Bestimmung, einen Zauber. Sie hatte gehofft, der Feuervogel würde kommen oder das Pferd mit der goldenen Mähne, der Rabenprinz vielleicht ... *Nur ein dummes Mädchen glaubt an Märchen.* Den winterlichen Wald kümmerte das Schicksal der Menschen nicht. Alle Geister schliefen, und Raben, die sich in Prinzen verwandelten, existierten nicht.

Gut, dann sterbe ich eben. Immer noch besser, als Nonne zu werden.

Doch Wasja glaubte nicht recht daran. Sie war jung, und ihr Blut war stark. Sie konnte sich nicht dazu bringen, sich einfach in den Schnee zu legen.

Also stolperte sie weiter, doch mit jedem Schritt wurde sie schwächer. Ihre nachlassenden Kräfte machten ihr Angst. Genauso wie ihre immer steifer werdenden Hände und die kalten Lippen.

Als die Nacht am dunkelsten war, blieb sie stehen und schaute Richtung Dorf. Anna Iwanowna würde sich über sie lustig machen, wenn sie umkehrte. Man würde sie fesseln wie erlegtes Wild, in die Kirche sperren und in ein Kloster stecken. Doch Wasja wollte nicht sterben. Sie fror entsetzlich. Sie betrachtete die Bäume ringsum und merkte, dass sie nicht mehr wusste, wo sie war. Egal. Sie brauchte nur ihren Fußspuren zu folgen.

Wasja schaute noch einmal über die Schulter.

Ihre Spuren waren nicht mehr da.

Sie rang ihre Panik nieder. Sie hatte sich nicht verlaufen, ganz und gar unmöglich. Wasja wandte sich nach Norden, ihre Füße schlurften kraftlos durch den Schnee. Der Boden sah immer verlockender aus. Was machte es schon, wenn sie sich hinlegte? Nur für einen Moment ...

Vor ihr ragte eine dunkle Silhouette auf. Es war ein Baum, größer als alle, die Wasja kannte, und in sich verdreht. Eine Erinnerung regte sich und brach durch den Nebel in ihrem Kopf. Wasja erinnerte sich an ein verirrtes Mädchen, eine große Eiche und einen schlafenden Einäugigen. Ein Albtraum aus ihrer Kindheit. Doch der Baum war immer noch da. *Näher herangehen? Weglaufen?* Es war zu kalt, um es bis zum Dorf zu schaffen.

Da hörte sie ein Weinen.

Wasja blieb stehen und wagte kaum zu atmen. Das Geräusch hörte auf. Doch als sie weiterging, folgte es ihr. Der Mond kam wieder hervor, sein schwächliches Licht malte Muster in den Schnee.

Da – ein weißes Flackern zwischen den Bäumen. Wasja ging schneller, ihre tauben Beine schwankten. Hier gab es keinen Stall, in den sie fliehen konnte, keinen Wasila, der ihr Kraft spendete. Ihr Mut schwand wie eine herunterbrennende Kerze. Die Eiche schien ihre gesamte Welt auszufüllen. *Komm her*, flüsterte eine leise, knurrende Stimme. *Näher.*

Ein Knacken. Direkt hinter ihr. Wasja wirbelte herum. Nichts. Doch als sie weiterging, folgten ihr die Schritte.

Die Eiche war noch zwanzig Meter entfernt, die Schritte kamen näher. Wasja konnte kaum noch denken. Der Baum wurde immer größer. *Näher.* Wie ein Kind in einem Albtraum wagte Wasja nicht, sich umzudrehen.

Die Schritte in ihrem Rücken wurden schneller, dann hörte Wasja einen Schrei, schrill und ausgetrocknet. Sie rannte los, brachte alle noch verbliebene Kraft auf. Vor ihr, unter dem Baum, stand eine zerlumpte Gestalt und streckte ihr die Hand entgegen. Sie hatte nur ein Auge. Es strahlte vor Triumph. *Ich habe dich vor ihm gefunden.*

Da hörte Wasja noch ein Geräusch: das Trampeln galoppierender Hufe. Der Einäugige brüllte sie an. *Schneller!* Die Eiche war vor ihr, die Schritte hinter ihr – und zu ihrer Linken eine weiße Stute, schnell wie der Wind. In wilder Panik wandte Wasja sich in Richtung des Pferdes. Aus dem Augenwinkel sah sie, wie der Upyr sprang. Lange Zähne blitzten auf in seinem alten, toten Gesicht.

In diesem Moment war die Stute bei ihr. Der Reiter packte Wasja und zog sie auf die Schultern seines Pferdes. Der Upyr schlug genau an der Stelle auf, wo sie eben noch gestanden hatte, und das Pferd preschte davon. Hinter Wasja ertönten zwei Schreie: einer aus Schmerz, einer aus Wut.

Der Reiter sagte nichts. Wasja lag keuchend auf dem Rücken der Stute, dankbar für ihre Rettung. Ihr Kopf hing nach unten, und jedes Mal, wenn die wirbelnden Hufe den Boden berührten, glaubte Wasja, die Eingeweide würden ihr aus dem Bauch gequetscht von der Erschütterung, doch sie galoppierten immer weiter. Wasja spürte ihr Gesicht nicht mehr und auch nicht ihre Füße. Der Reiter hielt sie mit seiner starken Hand fest und schwieg. Sein Pferd roch anders als alle, die sie kannte, nach fremdartigen Blumen und warmem Fels – ein krasser Gegensatz zu der bitterkalten Nacht.

Sie ritten, bis Wasja den Schmerz und die Kälte nicht mehr ertragen konnte. »Bitte«, röchelte sie. »Bitte.«

Das Pferd hielt so abrupt an, dass Wasja die Erschütterung bis in alle Knochen spürte. Sie ließ sich mit den Füßen voraus zu Boden gleiten und fiel der Länge nach in den Schnee. Ihre Glieder waren taub, ihr war schlecht, und ihre Rippen schmerzten. Sie hörte nicht, wie der Reiter abstieg, doch plötzlich stand er neben ihr. Wasja kam mühsam auf die Beine. Sie spürte ihren Körper nicht mehr. Es schneite. Ihren Schal hatte sie verloren, weiße Flocken sammelten sich auf ihrem Zopf, doch sie zitterte nicht einmal. Sie fühlte nur noch eine dumpfe Leere.

Der Reiter blickte auf sie hinunter, sie zu ihm hinauf.

Seine Augen waren klar wie Wasser. Oder Eis.

»Bitte«, stammelte sie. »Mir ist so kalt.«

»Alles hier ist kalt«, erwiderte er.

»Wo bin ich?«

Er zuckte die Achseln. »Jenseits des Nordwinds. Am Ende der Welt. Nirgendwo.«

Wasja schwankte und stürzte beinahe, doch der Reiter fing sie auf. »Sag mir deinen Namen, Dewuschka.« Seine Stimme hallte von den Bäumen wider, als spreche der Wald selbst.

Wasja schüttelte den Kopf. Seine Haut war kalt wie Eis. Sie machte sich los und taumelte zurück. »Wer bist du?«

Sein Kopf war genauso unbedeckt wie ihrer, Schnee rieselte auf seine dunklen Locken. Er lächelte und erwiderte nichts.

»Ich habe dich schon einmal gesehen«, sagte Wasja.

»Ich komme mit dem Schnee. Ich komme im Moment des Todes.«

Sie kannte ihn, hatte ihn schon in dem Moment erkannt, als er sie auf sein Pferd gezogen hatte. »Sterbe ich?«

»Vielleicht.« Er legte ihr die eisigen Finger unters Kinn, und Wasja spürte, wie ihr Puls gegen seine Fingerkuppen schlug. Dann setzte der Schmerz ein. Ihr Atem wurde immer abgehackter, sie sank auf die Knie, glaubte Eiskristalle in ihren Adern zu spüren. Der Reiter kniete sich neben sie. *Karatschun*, dachte Wasja. *Morosko, der Frostdämon. Tod. Er ist der Tod. Sie werden mich genauso finden wie das Mädchen in Dunjas Geschichte, erfroren im Schnee.*

Wasja nahm einen tiefen Atemzug und spürte, wie sich Eis in ihrer Lunge bildete. »Lass los«, flüsterte sie. Ihre Lippen und die Zunge gehorchten ihr kaum noch. »Du hättest mich nicht gerettet, wenn du mich töten wolltest.«

Der Dämon ließ von ihr ab, und Wasja sank keuchend vornüber.

»Das glaubst du, du Närrin?«, zischte der Dämon und erhob sich. Seine Stimme schnitt vor Zorn. »Welcher Wahn hat dich in einer solchen Nacht in den Wald getrieben?«

Wasja zwang sich, ebenfalls aufzustehen. »Ich bin nicht freiwillig hier.« Die Stute kam von hinten heran und blies ihren warmen Atem über Wasjas Wangen. Sie grub die eiskalten Finger in die lange Mähne. »Meine Stiefmutter wollte mich in ein Kloster schicken.«

»Also bist du weggelaufen?«, fragte er voller Hohn. »Einem Kloster entkommt man leichter als den Fängen des Bären.«

Wasja schaute ihm in die Augen. »Ich bin nicht weggelaufen. Nun, bin ich schon, aber nur ...«

Sie konnte nicht mehr. Mit letzter Kraft hielt sie sich an der Mähne fest. Ihr Kopf drehte sich. Die Stute blies sie noch einmal an. Der Geruch von Fels und Blumen hauchte ihr neues Leben ein. Wasja richtete sich auf und spannte die Lippen.

Der Frostdämon kam näher. Wasja hob instinktiv die Hand, um ihn von sich fernzuhalten, da umklammerte er ihre Finger.

»Dann komm«, sagte er. »Sieh mich an.« Er zog Wasja den Fäustling aus und legte seine Handfläche auf die ihre.

Jeder Muskel in ihrem Körper krampfte in Erwartung des Schmerzes, doch der Schmerz kam nicht. Seine Hand war fest und kühl wie ein zugefrorener Fluss, beinahe sanft.

»Sag mir, wer du bist.« Mit jedem Wort blies ihr sein bitterkalter Atem ins Gesicht.

»Ich ... bin Wasilisa Petrowna«, antwortete sie.

Sein Blick bohrte sich in ihren Schädel, doch Wasja biss sich auf die Zunge und hielt stand.

»Gut«, sagte der Mann schließlich und ließ sie los. Seine blauen Augen funkelten, doch Wasja war nicht sicher, ob sie sich den Triumph auf seinem Gesicht nur einbildete. »Jetzt erklär mir noch einmal, Wasilisa Petrowna«, sagte er nun nicht mehr ganz so spöttisch, »was hast du um diese Zeit im Wald zu suchen? Diese Stunde gehört mir und mir allein.«

»Man wollte mich im Morgengrauen ins Kloster schicken«, antwortete sie. »Aber meine Stiefmutter hat gesagt, wenn ich ihr Frühlingsblumen bringe – Podsnezhniki –, darf ich bleiben.«

Der Frostdämon starrte sie an, dann lachte er. Wasja blinzelte verwirrt und sagte: »Sie haben versucht, mich aufzuhalten, aber ich bin entwischt. Dann bin ich in den Wald gelaufen. Ich hatte solche Angst, dass ich nicht einmal mehr denken konnte. Irgendwann wollte ich umkehren, aber ich hatte mich verlaufen. Vor mir war die große Eiche. Dann habe ich Schritte gehört.«

»Torheit«, erwiderte der Frostdämon trocken. »Ich bin nicht die einzige Macht in diesen Wäldern. Du hättest deinen Herd nicht verlassen dürfen.«

»Ich hatte keine andere Wahl«, entgegnete Wasja. Plötzlich wurde ihr wieder schwarz vor Augen. Ihre zurückgekehrten Kräfte schwanden schnell. »Sie wollten mich in ein *Kloster* stecken. Da wäre ich noch lieber im Schnee erfroren.« Ihr ganzer Körper zitterte. »Nun, das dachte ich zumindest, bevor ich kurz davor war, im Schnee zu erfrieren. Es tut weh.«

»Ja«, sagte Morosko. »Das tut es.«

»Die Toten erwachen«, flüsterte Wasja. »Und der Domowoi schwindet, wenn ich nicht da bin. Meine Familie wird sterben ohne mich. Ich weiß nicht, was ich tun soll.«

Morosko erwiderte nichts.

»Ich muss jetzt zurück nach Hause«, brachte Wasja schließlich heraus. »Aber ich weiß nicht, in welcher Richtung es liegt.«

Die Stute stampfte mit dem Vorderhuf und schüttelte die Mähne. Wasjas Knie wurden weich wie die eines neugeborenen Fohlens.

»Östlich der Sonne, westlich des Mondes«, antwortete Morosko. »Hinter dem nächsten Baum.«

Wasja reagierte nicht. Ihre Augen schlossen sich flackernd, dann sackte sie in sich zusammen.

»Komm«, sagte der Frostdämon und fing sie auf. »Es ist kalt.«

Neben ihnen stand eine Gruppe alter Fichten, so dicht beieinander, dass die Äste sich ineinander verschlangen.

Morosko hob sie auf die Arme. Wasjas Kopf hing schlaff herab, ihr Herz schlug kaum noch. *Das war knapp,* sagte die Stute und blies Wasja ihren warmen Atem ins Gesicht.

»Ja«, erwiderte Morosko. »Sie ist stärker, als ich zu hoffen wagte. Jede andere wäre gestorben.«

Die Stute schnaubte. *Du hättest sie nicht auf die Probe stellen müssen. Das hat der Bär bereits getan. Nur einen Wimpernschlag länger, dann hätte er sie bekommen.*

»Hat er aber nicht, und dafür müssen wir dankbar sein.«

Wirst du es ihr sagen?, fragte die Stute.

»Alles? Über Bären und Hexenmeister, in Saphire gewobene Zauber und eine Hexe, die ihre Tochter verlor? Natürlich nicht. Ich werde ihr so wenig erzählen wie möglich. Und hoffen, dass das genügt.«

Die Stute schüttelte ihre Mähne und drehte die Ohren nach hinten, doch der Frostdämon sah es nicht. Er trug Wasja in den Fichtenhain. Die Stute folgte ihm seufzend.

DRITTER TEIL

23

Das Haus, das es nicht gab

Einige Stunden später öffnete Wasja die Augen und fand sich in dem schönsten Bett wieder, das sie sich nur vorstellen konnte. Die Decke war aus weißer Wolle, schwer und weich wie Schnee. Der Stoff schimmerte gelb und bläulich wie ein sonniger Januartag. Der Rahmen und die vier Bettpfosten waren mit Schnitzereien verziert, sie sahen aus wie Bäume. Darüber schwebte ein Baldachin aus ineinander verflochtenen Ästen. Wasja hatte keine Ahnung, wo sie war. Das Letzte, woran sie sich erinnerte ... *Blumen.* Sie hatte Blumen gesucht. Aber warum? Es war mitten im Dezember, und doch brauchte sie Blumen.

Sie kämpfte gegen das Gewicht der Decke an und setzte sich keuchend auf.

Als Wasja das Zimmer erblickte, sank sie schaudernd wieder zurück.

Das Zimmer ... So schön das Bett war, so fremdartig war der Raum. Im ersten Moment glaubte Wasja, sie befände sich in einem Hain aus hohen Bäumen. Über ihr spannte sich ein heller Himmel. Im nächsten Augenblick war sie wieder drinnen, in einem Holzhaus, an dessen Decke ein durchschimmernd blauer

Himmel gemalt war. Welches von beidem der Wahrheit entsprach, konnte sie nicht sagen, und vom Versuch, es herauszufinden, wurde ihr schwindelig.

Schließlich vergrub sie das Gesicht in der Decke und beschloss, einfach wieder einzuschlafen. Bestimmt würde sie zu Hause aufwachen, und Dunja würde sie fragen, ob sie einen Albtraum gehabt hatte. Nein, das konnte nicht sein. Dunja war tot. In ihr Leichentuch gehüllt, streifte sie durch die Wälder.

Wasjas Kopf drehte sich. Sie wusste nicht mehr, was passiert war … Da kehrte ihre Erinnerung wie mit einem Paukenschlag zurück: die beiden Männer, der Priester, das Kloster. Der Schnee und der Frostdämon, seine Finger an ihrem Hals, die Kälte und ein weißes Pferd. Er hatte sie töten wollen. Er hatte ihr das Leben gerettet.

Sie versuchte noch einmal, das Bett zu verlassen, schaffte es aber nur bis hoch auf die Knie. Mit zusammengekniffenen Augen musterte sie ihre Umgebung, doch das Zimmer wollte einfach nicht aufhören, sich zu drehen. Schließlich presste sie die Lider zusammen und rutschte auf den Knien vorwärts, bis sie über die Bettkante stürzte. Sie fiel auf die Schulter und glaubte, etwas Feuchtes zu spüren, als wäre sie in einen Schneehaufen gepurzelt. Nein, jetzt fühlte sich der Boden glatt und warm an wie polierte Holzdielen vor einem prasselnden Ofen. Wasja stand schwankend auf. Jemand hatte ihr Stiefel und Strümpfe ausgezogen. Sie blickte hinunter auf ihre Zehen. Sie waren erfroren, weiß und blutleer.

Wasja konnte den Anblick ihrer Umgebung nicht ertragen: Sie war in einem Zimmer und gleichzeitig in einem Fichtenhain, über ihr der offene Himmel. Es war unmöglich zu entscheiden, was von beidem stimmte. Sie schloss die Augen wieder und stolperte auf ihren gefühllosen Füßen vorwärts.

»Was siehst du?«, fragte eine fremde, klare Stimme.

Wasja drehte sich in die Richtung, aus der die Worte gekommen waren, wagte aber nicht, die Augen zu öffnen. »Ein Haus«, krächzte sie. »Und einen Fichtenhain. Beides.«

»Gut«, erwiderte die Stimme. »Mach die Augen auf.«

Wasja gehorchte zitternd. Der kalte Mann – der Frostdämon – stand in der Mitte des Zimmers. Ihn konnte sie wenigstens ansehen. Das dunkle, ungekämmte Haar hing ihm bis auf die Schultern. Sein etwas höhnisch wirkendes Gesicht hätte einem Jüngling gehören können oder einem fünfzig Jahre alten Krieger. Im Gegensatz zu allen Männern, die Wasja kannte, war er glatt rasiert. Vielleicht wirkte sein Gesicht deshalb so jugendlich, denn seine Augen waren eindeutig alt. *Ich hätte nicht geglaubt, dass etwas so alt und dennoch lebendig sein kann*, dachte sie bei dem Anblick. Der Gedanke machte ihr Angst.

Doch noch größer als Wasjas Angst war ihre Entschlossenheit.

»Bitte«, sagte sie. »Ich muss nach Hause.«

Die hellen Augen musterten sie von oben bis unten. »Sie haben dich verstoßen. Sie wollen dich in ein Kloster schicken. Und doch willst du nach Hause?«

Wasja biss sich auf die Lippe. »Der Domowoi schwindet, wenn ich nicht da bin. Vielleicht ist mein Vater inzwischen zurückgekehrt, vielleicht kann ich ihn überzeugen.«

Der Frostdämon musterte sie noch einen Moment länger. »Vielleicht«, sagte er schließlich. »Aber du hast Erfrierungen, und du bist erschöpft. Der Domowoi wird nicht viel davon haben, wenn du bei ihm bist.«

»Ich muss es versuchen. Meine Familie ist in Gefahr. Wie lange habe ich geschlafen?«

Er schüttelte den Kopf, ein ironisches Lächeln trat auf seine

Lippen. »Hier gibt es nur das Heute. Kein Gestern und kein Morgen. Du kannst ein Jahr bleiben und kurz nach deinem Aufbruch wieder zu Hause sein. Es spielt keine Rolle, wie lange du geschlafen hast.«

Wasja schwieg und versuchte, die Worte zu begreifen. Schließlich fragte sie leise: »Wo bin ich?«

Wasja konnte sich nur verschwommen an die vergangene Nacht erinnern, doch sie glaubte, noch zu wissen, wie der Dämon sie gleichgültig angeschaut hatte, mit einem Hauch von Bosheit und einem Hauch von Sorge. Im Moment wirkte er lediglich amüsiert.

»In meinem Haus«, antwortete er. »Soweit ich eines habe.«

Das hilft mir kein bisschen weiter. Wasja verkniff sich die Erwiderung, doch der Dämon schien sie auch so gehört zu haben.

»Ich fürchte«, fügte er ernst und mit einem ganz bestimmten Blitzen in den Augen hinzu, »du hast die Gabe – oder den Fluch –, die deine Mitmenschen das Zweite Gesicht nennen. Mein Haus ist ein Fichtenhain, und der Fichtenhain ist mein Haus, und du siehst beides.«

»Und was tue ich dagegen?«, zischte Wasja. Sie hatte keine Kraft mehr, sich mit Höflichkeiten aufzuhalten. Das Schwindelgefühl war kurz davor, ihr den Boden unter den Füßen wegzuziehen.

»Sieh mich an«, sagte der Mann. Seine Stimme hallte durch Wasjas Schädel und ließ ihr keine Gelegenheit, sich zu widersetzen. »Sieh nur mich an.«

Wasja hob den Kopf.

»Du bist in meinem Haus. Glaube daran.«

Sie wiederholte die Worte zögernd. Die Wände ringsum schienen sich zu verfestigen. Sie befand sich in einer einfachen, geräumigen Behausung mit abgewetzten Schnitzereien an den

Dachbalken. Die Decke hatte die Farbe des Nachmittagshimmels, am einen Ende stand ein großer, prasselnder Ofen. Die Wände waren mit Webteppichen behängt: Wölfe im Schnee, ein Bär im Winterschlaf, ein dunkelhaariger Krieger auf einem Pferdeschlitten.

Wasja riss sich von dem Anblick los. »Warum hast du mich hergebracht?«

»Mein Pferd hat darauf bestanden.«

»Du machst dich über mich lustig.«

»Tue ich das? Du warst schon zu lange im Wald und hast dir Hände und Füße erfroren. Du könntest dich auch geehrt fühlen – ich habe nicht oft Gäste.«

»Gut, ich fühle mich geehrt«, erwiderte Wasja. Etwas Besseres fiel ihr nicht ein.

Der Dämon schaute sie fragend an. »Hast du Hunger?«

Wasja hörte das Zögern in seiner Stimme. »Hat dir das auch deine Stute gesagt?«, fragte sie zurück, noch bevor sie es verhindern konnte.

Er lachte ein wenig überrascht. »Aber ja. Sie hat schon viele Fohlen zur Welt gebracht. Ich vertraue ihrem Urteil.«

Plötzlich neigte er den Kopf, seine blauen Augen flammten. »Ich muss für eine Weile fort«, sagte er. »Meine Diener werden sich um dich kümmern.« Es war nichts Menschliches mehr in seinem Gesicht, einen Moment lang sah Wasja nicht einmal mehr den Dämon, sondern nur noch einen immer stärker werdenden Wind, der mit einem triumphierenden Heulen an den Ästen uralter Bäume rüttelte. Sie blinzelte die Vision fort.

»Bis bald«, sagte der Frostdämon und verschwand.

Verwirrt von seinem plötzlichen Aufbruch sah Wasja sich vorsichtig um. Die Wandteppiche faszinierten sie. Die Wölfe, der

Krieger und die Pferde sahen beinahe aus, als würden sie jeden Moment lebendig und von einem kalten Windstoß begleitet ins Zimmer springen. Sie ging die Wände entlang und inspizierte alles. Schließlich blieb sie vor dem Ofen stehen und hielt ihre erfrorenen Finger vor die Öffnung.

Als Wasja das Kratzen eines Hufes hörte, fuhr sie herum. Eine weiße Stute ohne Zaumzeug kam auf sie zu. Ihre lange Mähne sprudelte wie eine Quelle im Frühling. Das Pferd musste durch die Tür in der gegenüberliegenden Wand hereingekommen sein, doch die war verschlossen.

Wasja blinzelte, erst als die Stute ihren Kopf hin und her warf, fiel ihr wieder ein, was sich gehörte. »Ich danke dir«, sagte Wasja mit einer Verbeugung. »Du hast mir das Leben gerettet.«

Die Stute wackelte mit einem Ohr. *Das war kein großer Verdienst.*

»Für mich schon«, entgegnete Wasja etwas schroff.

So habe ich es nicht gemeint. Ich meine, dass du ein Geschöpf bist genau wie wir, gemacht aus den Kräften dieser Welt. Du hättest dich auch selbst gerettet. Du eignest dich nicht fürs Kloster und auch nicht als Sklavin des Bären.

»Glaubst du?« Wasja dachte daran, wie sie gerannt war, an ihr Entsetzen und die Schritte hinter ihr in der Dunkelheit. »Ich habe mich nicht besonders gut angestellt. Und was meinst du mit den Kräften dieser Welt? Wir wurden alle von Gott erschaffen.«

Und dieser Gott hat dir unsere Sprache beigebracht?

»Natürlich nicht«, widersprach Wasja. »Das war der Wasila. Für die Gaben, die ich ihm gebracht habe.«

Die Stute scharrte mit dem Huf. *Ich sehe mehr als du, und meine Erinnerungen reichen weiter zurück als deine. Und das wird noch eine ganze Zeit lang so bleiben. Es gibt nicht viele*

*Menschen, zu denen wir sprechen. Die Seele eines Pferdes offen-
bart sich nicht jedem. In dir steckt Magie. Denke immer daran.*

»Dann bin ich also verdammt?«, flüsterte Wasja bestürzt.

*Ich kenne das Wort »verdammt« nicht. Du bist. Und weil du
bist, kannst du entscheiden, wohin du gehst: in den Frieden, in
die Vergessenheit oder in eine Feuergrube. Doch egal was du
wählst, es wird deine Entscheidung sein.*

Es folgte eine Pause. Wasjas Augen schmerzten, und ihre Sicht
begann zu verschwimmen. An den Rändern ihres Gesichtsfeldes
flackerten bereits wieder die Bäume auf und der Schnee.

Auf dem Tisch steht Met, sagte die Stute, als sie Wasjas Verunsicherung bemerkte. *Trink davon und ruh dich aus. Wenn du
aufwachst, gibt es Essen.*

Wasja hatte seit ihrer Flucht nichts mehr zu sich genommen,
woran ihr leerer Magen sie nun mit aller Macht erinnerte. Neben
dem Ofen befand sich ein Tisch, dunkel vom Alter und mit üp-
pigen Schnitzereien verziert. In die silberne Kanne, die darauf
stand, waren Blumenmuster graviert. Der Becher daneben war
aus gehämmertem Silber gemacht und mit feuerroten Edelsteinen
besetzt. Wasja vergaß ihren Hunger. Sie nahm den Becher und
hielt ihn ins Licht. Er war wunderschön. Sie warf der Stute einen
fragenden Blick zu.

Er mag Dinge, antwortete sie. *Auch wenn ich es nicht verstehe.
Und er macht gerne Geschenke.*

In der Kanne war tatsächlich Met, dünn, aber kräftigend und
irgendwie durchdringend. Wie Sonne im Winter. Wasja trank und
wurde sofort schläfrig. Ihre Lider wurden so schwer, dass sie den
Becher gerade noch absetzen konnte. Sie verneigte sich schweigend vor der Stute und sank zurück in das Bett.

Den ganzen Tag lang fegte ein Sturm über Nord-Rus hinweg. Die Landbevölkerung verkroch sich in ihre Häuser und verbarrikadierte die Türen. Selbst in Großfürst Dmitris Moskauer Palast flackerten und spuckten die Kaminfeuer. Die Alten und die Kranken wussten, dass ihre Zeit gekommen war. Sie schlüpften mit dem heulenden Wind davon, und die Lebenden bekreuzigten sich, als der Schatten über sie hinwegzog. Erst bei Einbruch der Nacht beruhigte sich der Himmel wieder und versprach baldigen Schnee. Ein Lächeln trat auf die Gesichter derer, die dem Ruf widerstanden hatten. Denn sie wussten, sie würden weiterleben.

Ein Mann mit dunklem Haar trat zwischen zwei Bäumen hindurch und hob den Blick zum wolkenumtosten Himmel. Seine Augen schimmerten in einem unirdischen Blau, als er die dunkler werdenden Schatten betrachtete. Obwohl er sich weit im Süden befand, wo der Winter allmählich dem Frühling wich, trug er eine bestickte Pelzrobe. Der Boden zu seinen Füßen war von Schneeglöckchen übersät.

Ein Lied drang durch die heraufziehende Nacht heran, fein und weich. Morosko wandte sich in die Richtung, aus der es kam, und schmeckte die dunkle Seite des Zaubers, den er gewirkt hatte. Das Lied erinnerte ihn an Schmerz und lange Stunden voller Trauer. Er hatte diesen Schmerz seit tausend Jahren nicht mehr gefühlt – gar nicht fühlen können.

Er ging weiter, bis er vor dem Baum stand, in dem die Nachtigall sang. »Wirst du mich begleiten, meine Kleine?«, fragte er.

Der Vogel hüpfte auf einen der unteren Äste und neigte das braune Köpfchen.

»Leben, wie deine Brüder und Schwestern gelebt haben?«, fuhr Morosko fort. »Ich habe eine Gefährtin für dich.«

Die Nachtigall trillerte leise.

»Sie ist großherzig und kühn. Nur mit ihr wirst du zu deiner wahren Stärke gelangen.«

Die Nachtigall breitete tschilpend die Flügel aus.

»Ja, der Tod wartet, aber auch Freude und Ruhm. Willst du lieber hierbleiben und bis in alle Ewigkeit singen?«

Das Vögelchen zögerte noch kurz, dann schwang es sich mit einem lauten Ruf in die Luft. Morosko schaute ihm hinterher, während sich ringsum neuerlicher Wind erhob. »Folge mir«, sagte er leise.

Bei seiner Rückkehr schlief Wasja immer noch. Die Stute stand in der Nähe des Ofens und döste.

»Was denkst du?«, fragte Morosko leise.

Das Pferd wollte gerade etwas erwidern, doch ein Wiehern und Hufeklappern kam ihm zuvor. Ein kastanienbrauner Hengst mit einem Stern zwischen den Augen polterte herein. Schnaubend und stampfend schüttelte er sich den Schnee von seinen schwarz gesprenkelten Beinen.

Die Stute drehte die Ohren nach hinten und legte sie an. *Ich denke,* erwiderte sie, *dass mein Sohn an einen Ort gekommen ist, an den er nicht gehört.*

Der Hengst war groß und prächtig wie ein ausgewachsener Hirschbock, doch in seinem Wesen lag immer noch etwas von einem tollpatschigen Fohlen. Er beäugte seine Mutter vorsichtig. *Ich habe gehört, eine Kriegerin ist hier.*

Die Stute schlug mit dem Schweif. *Wer hat dir das gesagt?*

»Ich«, warf Morosko ein. »Ich habe ihn hergebracht.«

Die Stute schaute ihn mit aufgestellten Ohren an. Ihre Nüstern bebten. *Für sie?*

»Wie du sehr gut weißt, brauche ich das Mädchen«, erklärte er mit einem strengen Blick. »Wenn sie so närrisch ist, nachts durch den Wald des Bären zu streifen, braucht sie einen Gefährten.«

Er wollte noch mehr sagen, doch ein Rumsen schnitt ihm das Wort ab: Wasja war aufgewacht und auf den Boden geplumpst. Sie kam einfach nicht zurecht mit diesem Bett, das sich anfühlte und benahm wie ein Schneehaufen.

Der Hengst stellte die Ohren auf und fuhr tänzelnd herum. Sein Fell schimmerte dunkel im Feuerschein. Wasja schlief noch halb und rieb sich ihre nun noch stärker schmerzende Schulter. Als sie aufblickte, fand sie sich Nasenspitze an Nasenspitze mit dem prächtigen Jungtier wieder und erstarrte.

»Sei gegrüßt«, sagte sie.

Sei ebenso gegrüßt, erwiderte der Hengst erfreut. *Du wirst auf mir reiten.*

Wasja rappelte sich hoch. Ihre Wange pochte, und sie musste sich konzentrieren, um nur den Hengst zu sehen, nicht die weißen Flecken, die wie Federn um ihn herumtanzten. Trotzdem war sie weit besser gelaunt als nach ihrem ersten Erwachen. Als das Bild vor ihren Augen sich gefestigt hatte, faltete sie die Hände über dem Kopf und betrachtete etwas skeptisch den Rücken des Tieres. »Es wäre mir eine Ehre, auf dir zu reiten«, begann sie höflich.

Morosko bemerkte den eigenartigen Unterton in ihrer Stimme und wartete angespannt.

»Aber vielleicht nicht jetzt gleich. Zuerst bräuchte ich etwas mehr Kleider.« Wasja blickte sich um, doch ihr Umhang, die Stiefel und die Fäustlinge waren nirgends zu sehen. Sie trug nur ihr zerknittertes Unterkleid am Leib, außerdem Dunjas Amulett, das kalt auf ihrem Brustbein lag. Ihr Zopf hatte sich während des Schlafes gelöst und hing als dicker, rötlichschwarzer Vorhang bis zu ihren Hüften. Wasja wischte sich die

Haare aus dem Gesicht und schritt mit hocherhobenem Kinn zum Ofen.

Dort standen auch die weiße Stute und der Frostdämon. Wasja war erstaunt, mit welch ähnlichem Ausdruck die beiden sie musterten: der Dämon mit zusammengekniffenen Augen, die Stute mit aufgestellten Ohren. Der Hengst blies Wasja seinen warmen Atem ins Haar und folgte ihr so dicht, dass er mit der Schnauze gegen ihre Schulter stieß. Ohne nachzudenken, legte sie ihm eine Hand auf den Hals. Seine Ohren zuckten erfreut, und Wasja lächelte.

Zwischen den beiden großen Pferden blieb erstaunlich viel Platz vor dem Ofen. Wasja runzelte die Stirn. Bei ihrem ersten Aufwachen hatte das Haus viel kleiner gewirkt.

Auf dem Tisch standen zwei Silberbecher und ein schlanker Wasserkrug. Ein Geruch von warmem Honig hing in der Luft. Neben einem Teller voll frischer Kräuter lag ein Laib Schwarzbrot; er duftete nach Roggen und Anis. Am einen Ende stand eine Schale mit Birnen, am anderen eine mit Äpfeln, und in der Mitte ein Korb voll weißer Blumen mit demütig nach unten geneigten Köpfen. Podsnezhniki. Schneeglöckchen.

Wasja blieb wie angewurzelt stehen.

»Solche hast du doch gesucht, oder?«, fragte Morosko.

»Ich hätte nicht gedacht, dass ich welche finden würde!«

»Dann hast du wohl Glück gehabt.«

Wasja starrte die Blumen an und erwiderte nichts.

»Komm und iss«, sagte Morosko. »Wir reden später.«

Wasja öffnete den Mund, um zu widersprechen, doch ihr leerer Magen war stärker. Sie schluckte ihre Neugier hinunter und setzte sich. Morosko nahm ihr gegenüber Platz und lehnte sich an die Schulter seiner Stute. Als Wasja nichts anrührte, erklärte er: »Es ist nicht giftig.«

»Wahrscheinlich nicht«, erwiderte Wasja unsicher.

Morosko brach ein Stück von dem Brot ab und hielt es dem Hengst hin, der sogleich herzhaft hineinbiss. »Komm«, sagte der Dämon, »sonst frisst er dir alles weg.«

Wasja nahm einen Apfel und biss vorsichtig hinein. Eine eiskalte Süße kitzelte ihre Zunge. Sie nahm das Brot. Noch bevor sie wusste, wie ihr geschah, war der Laib halb aufgegessen und ihr Bauch voll. Wasja lehnte sich zurück und fütterte die beiden Pferde mit Obst und Brotstückchen, nur Morosko rührte nichts an. Als Wasja fertig war, schenkte er den Met ein. Sie trank aus dem fein verzierten Becher und genoss den Geschmack nach kühlem Sonnenschein und Winterblumen.

Moroskos Becher sah genauso aus wie ihrer, mit dem einzigen Unterschied, dass die unterhalb des Randes eingelegten Edelsteine blau waren. Wasja trank und schwieg, bis ihr Durst gelöscht war, dann setzte sie endlich den Becher ab und schaute dem Dämon in die Augen.

Welche Kraft, dachte Morosko ein wenig beunruhigt, als er in dieses tiefe Grün blickte. *Der alte Tschernomor würde sie sofort erkennen. Aber sie ist noch so jung.*

»Und was jetzt?«, fragte Wasja.

»Das hängt von dir ab, Wasilisa Petrowna.«

»Ich muss nach Hause«, erklärte sie. »Meine Familie schwebt in großer Gefahr.«

»Du bist noch nicht wieder gesund«, entgegnete Morosko. »Dein Zustand ist schlimmer, als du denkst. Du wirst bleiben, bis alles verheilt ist. Deiner Familie wird inzwischen kein Leid geschehen.« Etwas milder fügte er hinzu: »Du wirst im Morgengrauen des Tages nach deiner Flucht heimkehren, das verspreche ich dir.«

Wasja verfiel wieder in Schweigen. Sie war so erschöpft, dass sie nicht einmal widersprechen konnte. Ihr Blick wanderte zu den Schneeglöckchen. »Warum hast du sie mir mitgebracht?«

»Du standest vor der Wahl, deiner Stiefmutter diese Blumen zu bringen oder ins Kloster zu gehen.«

Sie nickte.

»Nun, hier hast du sie. Nun kannst du tun, was du willst.«

Sie streckte den Zeigefinger und fuhr vorsichtig über die seidig-zarten Blüten. »Woher hast du sie?«

»Vom Rand meines Reichs.«

»Und wo ist das?«

»Wo der Schnee schmilzt.«

»Das ist kein Ort.«

»Nein? Es ist vieles. Genau wie du und ich nicht eins sind, sondern vieles, wie mein Haus vieles ist, ja selbst das Pferd, dessen Schnauze du gerade streichelst. Die Blumen sind hier. Du kannst zufrieden sein.«

Die grünen Augen wandten sich ihm zu, nicht zaghaft diesmal, sondern rebellisch. »Ich mag keine halben Antworten.«

»Dann hör auf, halbe Fragen zu stellen«, erwiderte der Dämon mit einem überraschenden Lächeln.

Wasja errötete, und der Hengst presste seine Schnauze in ihren Schoß. Als er mit seinen Lippen sanft an ihren Fingerkuppen knabberte, zuckte sie zusammen.

»Ah«, machte Morosko. »Ich vergaß. Tut es weh?«

»Nur ein bisschen«, antwortete Wasja und schaute weg.

Der Dämon ging um den Tisch herum und kniete sich vor sie, sodass sie Angesicht zu Angesicht waren. »Darf ich?«

Wasja schluckte. Morosko nahm ihr Kinn zwischen die Finger und drehte ihr Gesicht zur Seite. An der Stelle, wo er im Wald Wasjas Wange berührt hatte, hatten sich schwarze Male gebildet.

Dann untersuchte er ihre Hände und die erfrorenen Zehen.

»Nicht bewegen«, sagte er.

»Warum sollte ich ...«, begann Wasja, da umklammerte Morosko ihren Kiefer. Plötzlich waren seine Finger heiß, unglaublich heiß. Wasja wartete jeden Moment darauf, dass ihr der Geruch von verbranntem Fleisch in die Nase stieg. Sie versuchte sich loszumachen, da packte Morosko sie mit der anderen Hand am Hinterkopf und grub die Finger in ihr Haar.

Wasja saß fest wie in einem Schraubstock. Ihr Atem wurde immer flacher, ein Krächzen kam aus ihrer Kehle. Die glühend heißen Finger wanderten weiter zu ihrem Hals, und das Brennen wurde stärker. Wasja war so entsetzt, dass sie nicht einmal schreien konnte. Gerade als sie glaubte, den Schmerz nicht länger ertragen zu können, war es vorüber.

Sie ließ ihren Kopf gegen die Flanke des Hengstes sinken. Er blies Wasja zärtlich an.

»Vergib mir«, sagte Morosko. Sein Körper verströmte eine klirrende Kälte, und Wasja merkte, wie sie zitterte. Sie fasste sich an die Wange. Die Haut darauf war wieder warm und glatt. Unversehrt.

»Es tut nicht mehr weh«, sagte sie mit so ruhiger Stimme, wie sie konnte.

»Manches kann ich heilen, aber ich kann es nicht sanft tun.«

Wasja betrachtete ihre Zehen und die erfrorenen Finger. »Immer noch besser als amputieren.«

»Wie du willst.«

Als Morosko ihre Füße berührte, konnte sie die Tränen nicht mehr zurückhalten.

»Gibst du mir jetzt deine Hände?«, fragte er.

Wasja zögerte. Ihre Fingerkuppen waren schwarz, um die eine Handfläche war ein Stück Leinen gewickelt als Schutz für die

Wunde, die sie seit der Nacht hatte, in der die tote Agafja in Konstantins Zimmer geklettert war. Die Erinnerung an den Schmerz rollte über sie hinweg wie Donner.

Morosko wartete nicht länger auf eine Antwort, und Wasja brauchte all ihre Kraft, um einen Schmerzensschrei zu unterdrücken, als Gefühl und Wärme in ihre Finger zurückkehrten.

Dann nahm er die andere Hand und wickelte das Leinen auf.

»Diese Wunde hast du mir beigebracht«, sagte sie, um sich abzulenken. »In der Nacht, als der Upyr kam.«

»Ganz recht.«

»Warum?«

»Damit du mich siehst«, antwortete er. »Damit du dich erinnerst.«

»Ich habe dich auch vorher schon gesehen. Und ich habe nichts vergessen.«

Morosko schien voll und ganz auf seine Aufgabe konzentriert, doch Wasja sah, wie sich seine Mundwinkel zu einem bittersüßen Lächeln nach oben bogen. »Aber du hast gezweifelt. Du hättest nicht mehr an deine Kräfte geglaubt, nachdem ich fort war. Einst war ich Gast in den Häusern der Menschen, doch jetzt bin ich nur noch ein Schatten.«

»Wer ist der einäugige Mann?«

»Mein Bruder«, antwortete der Dämon knapp. »Mein Feind. Doch das ist eine lange Geschichte. Zu lange für den heutigen Abend.« Er legte den Leinenverband beiseite, und Wasja kämpfte den Drang nieder, eine Faust zu machen.

»Diese Wunde wird schwieriger zu heilen sein als deine Erfrierungen«, erklärte Morosko.

»Ich habe sie immer wieder aufgemacht«, erwiderte Wasja. »Ich hatte das Gefühl, das hilft mir, das Haus zu beschützen.«

»Hat es auch. Es liegt Kraft in deinem Blut.« Er berührte die

Wunde, und Wasja zuckte zusammen. »Wenn auch wenig, denn du bist noch sehr jung. Ich kann diese Wunde heilen, aber es wird eine Narbe zurückbleiben.«

»Tu es«, flüsterte Wasja. Ein Zittern stahl sich in ihre Stimme.

»Wie du wünschst.« Morosko hob eine Handvoll Schnee vom Boden auf, und Wasja verlor einen Moment die Orientierung: Sie sah wieder den Fichtenhain, sah Schnee, blau in der Abenddämmerung und rot vom Feuerschein. Dann kehrte das Haus zurück, und Morosko drückte den Schnee auf ihre Wunde. All ihre Muskeln krampften, als der Schmerz über sie kam, schlimmer als je zuvor. Sie biss die Zähne zusammen, um nicht zu schreien, und schaffte es irgendwie stillzuhalten. Der Schmerz wurde immer stärker, bis sie einen Schluchzer nicht mehr zurückhalten konnte.

Dann war es vorbei. Morosko ließ ihre Hand los, und Wasja wäre vom Stuhl gefallen, hätte das Pferd nicht direkt neben ihr gestanden. Sie sank gegen seine warme Flanke und hielt sich an seiner Mähne fest. Der Hengst schwang den Kopf herum und nahm ihre zitternden Finger zwischen die Lippen.

Wasja richtete sich auf und öffnete die Augen. Die Wunde war verschwunden. Übrig war nur noch ein kalter, blasser Fleck in der Mitte ihrer Handfläche, rund wie ein Kreis. Wasja hielt die Stelle in den Feuerschein. Sie schimmerte, als befände sich eine Münze aus Eis unter ihrer Haut. Nein, das bildete sie sich nur ein.

»Danke«, keuchte Wasja und presste die Hände in den Schoß, damit Morosko nicht sah, wie sehr sie zitterten.

Der Dämon stand auf. »Du wirst wieder gesund«, sagte er. »Jetzt ruh dich aus. Du bist mein Gast. Und was deine Fragen betrifft – du wirst die Antworten bekommen. Alles zu seiner Zeit.«

Wasja nickte und schaute immer noch ihre Hand an. Als sie wieder aufblickte, war Morosko nicht mehr da.

24

Ich habe deinen Herzenswunsch gesehen

»Findet sie!«, bellte Konstantin. »Holt sie zurück!«
Doch die Männer weigerten sich, den Wald zu be-
treten. Sie folgten Wasja bis zum Rand, dann blieben sie stehen,
murmelten etwas von Wölfen und Dämonen, der bitteren Kälte.
»Gott wird über sie richten, Batjuschka«, sagte Timofejs Vater;
Oleg nickte.

Konstantin zögerte. Die Finsternis zwischen den Bäumen schien
absolut und undurchdringlich. Er saß in der Klemme. »Wie ihr
meint, meine Söhne«, sagte er spitz. »Gott wird sie richten. Gott
sei mit euch.« Er machte das Kreuzzeichen.

Die beiden Männer trotteten durchs Dorf davon, steckten die
Köpfe zusammen und tuschelten, während Konstantin in seine
kalte, nackte Zelle zurückkehrte. Der Haferbrei vom Frühstück
lag ihm schwer im Magen. Er entzündete eine Kerze vor der
Muttergottes. Hunderte Schatten flackerten wütend über die
Wände.

»Nichtsnutziger Diener«, knurrte die Stimme. »Warum ist die
Hexe frei? Ich habe dir gesagt, dass ich sie haben will. Dass sie ins
Kloster muss. Ich bin verärgert, mein Diener. Sehr verärgert.«

Konstantin sank auf die Knie und presste die Stirn auf den Boden. »Wir haben unser Bestes getan«, flehte er. »Sie ist ein Dämon.«

»Dieser Dämon ist nun bei meinem Bruder, und wenn er klug genug ist, ihre Kraft zu erkennen ...« Die Kerze flackerte. Konstantin hielt sich ganz still. »Dein Bruder?«, flüsterte er. »Aber du ...« Die Kerze ging aus, um ihn herum war nur noch atmende Dunkelheit. »Wer bist du?«

Lange herrschte Stille, dann lachte die Stimme. Konstantin war nicht sicher, ob er es gehört hatte. Vielleicht hatte er es auch gesehen – im Zittern der Schatten an der Wand.

»Der Sturmbringer«, hauchte die Stimme mit einer gewissen Befriedigung. »Bei diesem Namen hast du mich einst gerufen. Aber vor langer Zeit nannten mich die Menschen den Bären – Medwed.«

»Du bist der Teufel!«, zischte Konstantin und ballte die Fäuste.

Die Schatten lachten. »Wie du meinst. Aber welcher Unterschied besteht zwischen mir und dem, den du Gott nennst? Auch ich ergötze mich an Taten, die in meinem Namen vollbracht werden. Ich kann dir Ruhm geben, wenn du meinen Willen erfüllst.«

»Du ...«, stammelte Konstantin. »Ich habe geglaubt ...« Er hatte sich für auserwählt gehalten, über die anderen erhaben. Doch er war nur ein bedauernswerter Narr, der einem Dämon gehorchte.

Wasja ... Seine Kehle schnürte sich zu. Irgendwo in seiner Seele sah er ein stolzes Mädchen, das im Sonnenschein über eine Wiese ritt, auf seinem Stuhl vor dem Ofen saß und mit seinem Bruder lachte. »Sie wird sterben.« Er presste sich die Fäuste auf die Augen. »Und ich habe es zu verantworten, in deinen Diensten.«

Niemand darf es je erfahren, dachte Konstantin, noch während er die Worte aussprach.

»Sie hätte in ein Kloster gehen sollen. Oder zu mir kommen«, erwiderte die Stimme sachlich und mit nur einem Anflug von Zorn. »Doch jetzt ist sie bei meinem Bruder. Beim Tod und doch nicht tot.«

»Beim Tod?«, flüsterte Konstantin. »Aber nicht tot?« Er wollte, dass sie starb. Er wollte, dass sie lebte. Er wünschte, er würde selbst sterben. Wenn die Stimme weiter zu ihm sprach, würde er den Verstand verlieren.

Die Stille dehnte sich aus, und als Konstantin es nicht mehr ertragen konnte, sagte die Stimme: »Was wünschst du dir am meisten, Konstantin Nikonowitsch?«

»Nichts«, antwortete er. »Ich will gar nichts. Verschwinde.«

»Du benimmst dich wie ein hysterisches Weib«, erwiderte die Stimme säuerlich. Dann wurde sie sanfter. »Es spielt keine Rolle. Ich weiß, was du willst.« Dann fügte sie lachend hinzu: »Möchtest du deine Seele reinwaschen, Mann Gottes? Möchtest du das arme Mädchen zurück? Nun, wisse, dass ich sie dem Tod entreißen kann.«

»Es ist besser, wenn sie stirbt und diese Welt verlässt«, krächzte Konstantin.

»Das Leben, das ihr noch bleibt, wird voller Qualen sein. Ich kann sie retten, ich allein.«

»Dann beweis es«, sagte der Priester. »Bring sie zurück.«

Die Schatten schnaubten. »Nicht so hastig, Mann Gottes.«

»Was willst du?« Konstantin erstickte beinahe an den Worten.

Die Stimme wurde voller. »Oh, Konstantin Nikonowitsch, wie schön es ist, wenn die Kinder der Menschen mich nach meinem Willen fragen.«

»Was? Sag es!«, bellte Konstantin. *Wie soll ich je auf den Weg des Gerechten zurückfinden, solange diese Stimme zu mir spricht? Wenn er sie zurückbringt, werde ich wieder rein sein.*

»Eine Kleinigkeit«, antwortete der Dämon. »Nur eine Kleinigkeit. Ein Leben für ein Leben. Du möchtest die kleine Hexe wiederhaben, also brauche ich eine andere. Bring mir eine, dann gebe ich dir deine. Und dann werde ich dich verlassen.«

»Was soll das bedeuten?«

»Bring im Morgengrauen eine Hexe in den Wald, an die Grenze, zu der Eiche. Du wirst den Ort erkennen, wenn du ihn siehst.«

»Und was wird« – Konstantins Stimme war kaum mehr als ein Hauch – »was wird mit dieser Hexe geschehen, die ich dir bringe?«

»Sie wird zumindest nicht *sterben*«, antwortete die Stimme und lachte. »Was nützt mir ein Tod? Der Tod ist mein Bruder. Ich hasse ihn.«

»Aber Wasja ist die einzige Hexe hier.«

»Eine Hexe muss *sehen*, Mann Gottes. Ist es nur die kleine Maid, die sieht?«

Konstantin blieb stumm. Vor seinem inneren Auge sah er eine plumpe Gestalt, die vor der Ikonenwand kniete und mit ihren feuchten Fingern seine Hand umklammerte. *Batjuschka, ich sehe Dämonen. Überall. Immer.*

»Denk darüber nach, Konstantin Nikonowitsch«, sagte die Stimme. »Ich muss sie vor Sonnenaufgang haben.«

»Aber wie finde ich dich?« Die Worte waren leiser als Schneefall, ein Sterblicher hätte sie nicht gehört. Aber der Schatten hörte sie.

»Geh in den Wald«, zischte die Dunkelheit. »Halte nach Schneeglöckchen Ausschau. Dann wirst du es wissen. Gib mir eine Hexe, und bekomm deine zurück. Gib mir eine Hexe, und sei frei.«

25

Der Vogel, der eine Maid liebte

Wasja erwachte und spürte die Sonne auf ihrem Gesicht. Sie öffnete die Augen und sah eine mit hellblauer Farbe bemalte Decke – nein, die Himmelskuppel. Ihre Sinne strauchelten, und Wasja schloss die Augen. Sie konnte sich nicht erinnern – und dann tat sie es doch. *Ich bin in einem Haus in einem Fichtenhain.* Als sie ein behaartes Kinn an ihrer Wange spürte, öffnete sie die Augen wieder und fand sich ein weiteres Mal Nasenspitze an Nasenspitze mit dem kastanienbraunen Hengst.

Du schläfst zu viel, sagte das Pferd.

»Ich dachte, du wärst nur ein Traum«, erwiderte Wasja erstaunt. Sie hatte nicht mehr gewusst, wie groß das Pferd in ihrem Traum gewesen war; das Feuer in seinen dunklen Augen hatte sie ebenfalls vergessen. Sie schob die Schnauze des Hengstes weg und setzte sich auf.

Normalerweise bin ich echt, erklärte das Pferd.

Binnen eines Wimpernschlags kehrte die gesamte vergangene Nacht zurück: Schneeglöckchen im Winter, Brot und Äpfel, Met, stark und schwer auf ihrer Zunge. Lange weiße Finger auf ihrem

Gesicht. Schmerz. Wasja zog ruckartig ihre Hand unter der Decke hervor. In der Mitte der Handfläche war ein heller Fleck. »Das habe ich also auch nicht geträumt«, murmelte sie.

Der Hengst musterte sie ein wenig besorgt. *Gehe ruhig davon aus, dass alles um dich herum echt ist,* erklärte er, als spreche er mit einer Schwachsinnigen. *Wenn du träumst, dann sage ich es dir.*

Wasja lachte. »Abgemacht. Dann bin ich jetzt wohl wach.« Sie schlüpfte aus dem Bett – mit weniger Schmerzen als die vorigen Male. Ihr Kopf wurde allmählich klarer. Bis auf das Prasseln des Feuers lag das Haus still wie ein Wald zur Mittagszeit. Auf dem Herdstein stand ein kleiner dampfender Topf. Von plötzlichem Hunger überfallen, ging Wasja mit schnellen Schritten zum Ofen und entdeckte das Paradies: Haferbrei, Milch, Honig. Sie aß, und der Hengst wartete.

»Wie heißt du?«, fragte sie, als sie fertig war.

Der Hengst leckte gerade die Reste aus Wasjas Schüssel. Er drehte ihr ein Ohr zu, bevor er antwortete. *Ich werde Solowej genannt.*

Wasja lächelte. »Nachtigall. Ein kleiner Name für ein so großes Pferd. Wie hast du ihn bekommen?«

Ich wurde in der Dämmerung geboren, erwiderte er düster. *Oder vielleicht bin ich auch geschlüpft. Ich weiß es nicht mehr, es ist schon so lange her. Manchmal laufe ich, und manchmal erinnere ich mich wieder, wie man fliegt. Daher mein Name.*

Wasja blinzelte ihn an. »Aber du bist kein Vogel.«

Du weißt ja nicht mal selbst, was du bist. Wie kannst du da wissen, was ich bin?, gab das Pferd zurück. *Ich heiße Nachtigall. Spielt es eine Rolle, weshalb?*

Wasja hatte keine Antwort darauf. Solowej leckte die letzten

Krümel Haferbrei auf und hob den Kopf. Er war das schönste Pferd, das sie je gesehen hatte. Mysch, Buran, Ogon, sie alle waren wie Spatzen im Vergleich zu diesem Falken. »Gestern Abend«, begann sie zögernd, »gestern Abend hast du gesagt, du würdest mich auf dir reiten lassen.«

Solowej wieherte, seine Hufe schlugen klappernd gegen die Dielen. *Meine Mutter meinte, ich soll geduldig sein. Normalerweise bin ich das nicht. Komm und reite. Es ist noch nie jemand auf mir geritten.*

Plötzlich kamen Wasja Zweifel. Nichtsdestotrotz flocht sie ihren Zopf, zog Jacke, Umhang, Fäustlinge und Stiefel an, die sie neben dem Ofen entdeckt hatte, und folgte dem Pferd hinaus in den gleißend hellen Tag. Draußen lag hoher Schnee. Sie beäugte Solowejs hohen Rücken mit einer gewissen Skepsis und schüttelte die Beine aus. Ihre Knie fühlten sich weich an wie Wasser. Der stolze Hengst stand erwartungsvoll vor ihr, ein Pferd wie aus einem Märchen.

»Ich glaube«, begann sie, »ich werde einen Baumstumpf brauchen.«

Solowej legte die Ohren an. *Einen Baumstumpf?*

»Einen Baumstumpf«, wiederholte Wasja entschlossen und ging los, bis sie einen passenden gefunden hatte. Der Stamm lag abgebrochen daneben.

Solowej trottete hinter ihr her. Ihm schienen ebenfalls Zweifel zu kommen, was seine Reiterin betraf. Mit leicht gequälter Miene ging er vor dem Stumpf in Position, und Wasja sprang elegant auf.

Solowejs Rückenmuskeln wurden bretthart, und er riss den Kopf hoch. Wasja war schon öfter auf jungen Pferden geritten und hatte mit etwas in der Art gerechnet; sie wartete still.

Schließlich schnaubte Solowej. *Also gut. Wenigstens bist du leicht.* Dann ging er los, aber nicht geradeaus, sondern seitwärts mit abgehackten, unrhythmischen Schritten. Alle paar Sekunden drehte er ungläubig den Kopf und schaute das Mädchen auf seinem Rücken an.

Sie ritten den ganzen Tag.

»Nein«, sagte Wasja zum zehnten Mal. Ihre Flucht durch den verschneiten Wald hatte sie mehr Kraft gekostet, als ihr bewusst gewesen war. Die Nachwirkungen machten eine schwierige Aufgabe noch schwieriger. »Lass deinen Kopf unten, und setze deinen Rücken ein. Im Moment fühlt es sich an, als würde ich auf einem Baumstamm reiten. Einem sehr langen und sehr rutschigen.«

Der Hengst drehte den Kopf und funkelte sie an. *Ich weiß, wie man läuft.*

»Aber nicht, wie man einen Menschen trägt«, gab Wasja zurück. »Das ist etwas anderes.«

Du fühlst dich komisch an, beschwerte sich Solowej.

»Kann ich mir gut vorstellen«, erwiderte sie. »Du musst mich nicht tragen, wenn du nicht willst.«

Der Hengst blieb stumm und schüttelte seine schwarze Mähne. Dann – *Ich werde dich schon tragen. Meine Mutter sagt, mit der Zeit wird es einfacher.* Er klang nicht überzeugt. *Gut, genug davon. Wollen wir mal sehen, was wir so anstellen können.* Dann preschte er los.

Wasja brachte ruckartig ihr Gewicht nach vorn und schlang die Beine um Solowejs Bauch. Als der Hengst im Zickzack zwischen den Bäumen hindurchjagte, merkte sie, wie sie vor Freude laut schrie. Solowej bewegte sich geschmeidig wie eine Raubkatze und machte kaum mehr Lärm. Die Geschwindigkeit verschmolz Pferd und Reiter miteinander. Der Hengst fegte dahin wie ein reißender Strom, und die weiße Welt ringsum gehörte ihnen.

»Wir müssen umkehren«, sagte Wasja irgendwann schnaufend. Sie war feuerrot im Gesicht, keuchte und lachte zugleich. Solowej fiel in Trab, den Kopf hoch erhoben und die roten Nüstern gebläht. Er tänzelte und bockte vor schierer Begeisterung. Wasja hielt sich nach Leibeskräften fest und hoffte, er würde sie nicht abwerfen. »Ich bin müde.«

Der Hengst drehte enttäuscht ein Ohr in ihre Richtung. Solowej war kaum außer Atem. Er wendete seufzend, und in überraschend kurzer Zeit waren sie wieder bei dem Fichtenhain. Wasja ließ sich von Solowejs Rücken gleiten. Ein Schmerz durchzuckte ihre Beine, als sie den Boden berührte, dann sank sie stöhnend in den Schnee. Ihre frisch verheilten Zehen fühlten sich taub an, und der stundenlange Ausritt hatte ihre Erschöpfung nicht gerade besser gemacht.

»Wo ist das Haus?«, fragte sie und rappelte sich mit zusammengebissenen Zähnen wieder hoch. Der ausklingende Tag hüllte den Wald in funkelndes Violett. Wasja sah nur Fichten um sich herum.

Wenn du es suchst, findest du es nicht, antwortete Solowej. *Du musst ein kleines bisschen zur Seite schauen.*

Wasja tat, wie ihr geheißen, und sah am Rande ihres Gesichtsfeldes etwas aufblitzen. Es war die Hütte. Solowej trat neben sie. Wasja schämte sich, dass sie sich auf seine warme Schulter stützen musste, als sie losgingen. Schließlich schob er sie mit der Schnauze durch die Tür.

Morosko war nicht zurückgekehrt. Auf dem prasselnden Herd stand etwas zu essen, von unsichtbaren Händen aufgetragen, daneben ein Kelch mit einem würzigen, heißen Getränk. Wasja trocknete Solowej mit einem Stück Stoff ab, bürstete sein Fell und kämmte seine lange Mähne. Er war noch nie gestriegelt worden.

Lass den Unfug, murrte er. *Du bist müde. Es macht nicht den geringsten Unterschied, ob mein Fell gebürstet ist oder nicht.* Dennoch wirkte er erfreut, als sie ganz besondere Aufmerksamkeit auf seinen langen Schweif verwendete. Als Wasja fertig war, strich er mit der Schnauze über ihre Wange. Danach ließ er sie während des gesamten Essens nicht mehr aus den Augen, als habe er den Verdacht, sie halte etwas zurück.

»Woher kommst du?«, fragte Wasja, als sie nicht mehr konnte und den gefräßigen Hengst mit Brotstückchen fütterte. »Wo bist du als Fohlen zur Welt gekommen?«

Solowej antwortete nicht. Stattdessen streckte er den Hals und biss mit seinen gelben Zähnen herzhaft in einen Apfel.

»Wer ist dein Vater?«, beharrte Wasja.

Wieder Stille. Solowej schnappte sich den Rest des Brotes und tänzelte kauend davon.

Wasja stieß einen Seufzer aus und gab auf.

Die nächsten drei Tage ritten sie täglich aus. Jedes Mal trug der Hengst sie leichter, und Wasja kam allmählich wieder zu Kräften.

Als sie am Abend des dritten Tages zum Haus zurückkehrten, warteten Morosko und seine weiße Stute bereits auf sie. Wasja schleppte sich über die Türschwelle, stolz, dass sie diesmal ohne Solowejs Hilfe zurechtkam. Als sie die beiden erblickte, blieb sie wie angewurzelt stehen.

Die Stute stand beim Ofen und leckte gemächlich an einem Salzklumpen. Morosko saß auf der anderen Seite des Herdes. Wasja legte ihren Umhang ab und kam näher. Solowej schritt auffordernd zu seinem angestammten Platz und wartete. Für ein Pferd, das nie gestriegelt worden war, hatte er sich schnell daran gewöhnt.

»Guten Abend, Wasilisa Petrowna«, sagte Morosko.

»Guten Abend«, erwiderte sie und sah überrascht das Messer in der Hand des Frostdämons. Er bearbeitete einen Block aus fein gemasertem Holz damit, eine Blume nahm allmählich unter seinen geschickten Fingern Gestalt an. Morosko legte das Messer weg und ließ den Blick seiner blauen Augen über Wasja wandern. Sie fragte sich, was er sah.

»Haben meine Diener dich gut behandelt?«, fragte er.

»Ja, sehr. Ich danke dir für deine Gastfreundschaft.«

»Gern geschehen.«

Wasja machte sich daran, Solowej zu striegeln. Morosko schwieg, doch sie spürte, wie er sie beobachtete. Sie rieb den Hengst ab und kämmte die Knoten aus seiner Mähne. Nachdem sie sich das Gesicht gewaschen hatte und das Essen aufgetragen war, fiel sie über alles her wie eine junge Wölfin. Der Tisch bog sich beinahe unter dem Gewicht all der Köstlichkeiten: fremdartige Früchte und Nüsse mit Stacheln, Käse, Brot und Quark. Als sie sich endlich zurücklehnte und in normalem Tempo weiteraß, bemerkte sie Moroskos amüsierten Blick. »Ich hatte Hunger«, sagte sie entschuldigend. »Zu Hause essen wir nicht so gut.«

»Das glaube ich gern«, erwiderte er. »Du hast ausgesehen wie ein Gespenst.«

»Habe ich?«, fragte sie etwas verstimmt.

»Mehr oder weniger.«

Wasja ließ das auf sich beruhen. Die Scheite im Ofen sanken in sich zusammen, und das Licht im Raum veränderte sich von golden zu rot. »Wohin gehst du, wenn du nicht hier bist?«, fragte sie.

»Wohin ich will. Es ist Winter in der Welt der Menschen.«

»Schläfst du nie?«

Er schüttelte den Kopf. »Nicht so, wie du es verstehen würdest. Nein.«

Wasjas Blick sprang unwillkürlich zu dem großen Bett hinüber, zu dem schwarzen Rahmen und den wie zu einer Schneeverwehung aufgetürmten Decken. Sie traute sich nicht zu fragen, doch Morosko erriet ihre Gedanken.

Er hob süffisant eine Augenbraue, Wasja lief feuerrot an und nahm einen langen Schluck aus ihrem Becher, damit er ihr Gesicht nicht sah. Als sie ihn wieder absetzte, lachte der Dämon.

»Es muss dir nicht peinlich sein, Wasilisa Petrowna«, erklärte er. »Dieses Bett haben meine Diener eigens für dich gemacht.«

»Und du ...«, begann Wasja. Sie wurde noch röter. »Du hast noch nie mit einer ...«

Er nahm sein Messer wieder zur Hand und arbeitete weiter an der Holzblume. Ein Span fiel zu Boden. »Oft, als die Welt noch jung war«, antwortete er leise. »Sie brachten mir Jungfrauen und ließen sie im Schnee zurück.«

Wasja erschauerte.

»Manche starben. Manche waren stur oder auch tapfer – sie starben nicht.«

»Was ist mit ihnen passiert?«

»Sie kehrten mit einem Schatz nach Hause zurück«, antwortete Morosko trocken. »Hast du nie die Geschichten gehört?«

Wasja war immer noch rot, sie öffnete den Mund und schloss ihn wieder. Dutzende Fragen tanzten in ihrem Kopf. »Warum?«, brachte sie schließlich heraus. »Warum hast du mir das Leben gerettet?«

»Weil es mir so gefiel«, erwiderte der Dämon, ohne sie dabei anzusehen. Seine Schnitzarbeit war fertig. Er legte das Messer weg, nahm ein Stück Glas – oder Eis – zur Hand und begann, das Holz damit zu glätten.

Wasjas Finger verirrten sich zu ihrem Gesicht. Sie befühlte die Stelle, die unter seinen Fingern erfroren war. »Wirklich?«

Morosko antwortete nicht. Stattdessen blickte er auf.

Wasja schluckte. »Warum hast du mich zuerst gerettet und dann versucht, mich zu töten?«

»Die Tapferen überleben, die Feigen sterben im Schnee«, antwortete er. »Ich musste wissen, zu welcher Gruppe du gehörst.« Er legte die Blume weg und streckte den Arm aus. Seine langen Finger fuhren über die verheilten Erfrierungen auf Wasjas Wange und dem Kinn. Als sein Daumen ihren Mund berührte, begann ihr Herz zu flattern. »Blut ist das eine, das zweite Gesicht das andere. Aber Mut – Mut ist das Seltenste und Wertvollste von allen, Wasilisa Petrowna.«

Alles Blut in Wasjas Körper schien sich unter ihrer Haut zu sammeln, bis sie jeden Lufthauch im Raum spüren konnte.

»Du stellst zu viele Fragen«, sagte Morosko plötzlich und zog seine Hand weg.

Wasja blinzelte ihn verdutzt an, ihre großen Augen glänzten im Feuerschein. »Es war eine grausame Probe.«

»Du hast noch einen langen Weg vor dir«, entgegnete der Dämon. »Wenn du nicht den Mut hast, ihn zu gehen, ist es besser – weit besser –, du stirbst friedlich im Schnee. Vielleicht habe ich dir einen Gefallen getan.«

»Es war nicht friedlich, und es war auch kein Gefallen«, widersprach sie. »Du hast mir wehgetan.«

Er schüttelte den Kopf und polierte wieder seine Schnitzarbeit. »Das hat es nur, weil du dich gewehrt hast. Es muss nicht wehtun.«

Wasja drehte sich weg und lehnte sich gegen Solowej. Es folgte eine lange Stille.

Dann sagte er sehr, sehr leise: »Vergib mir, Wasja. Hab keine Angst.«

Sie schaute ihm direkt in die Augen. »Habe ich nicht.«

Gegen Ende des fünften Ausritts sagte Wasja zu ihrem Hengst: »Heute Abend werde ich deine Mähne flechten.«

Solowej machte nicht gerade einen Satz in die Luft, aber Wasja spürte, wie seine Muskeln hart wurden.

Sie braucht nicht geflochten zu werden, widersprach er und schüttelte die fragliche Mähne. Sie glänzte wie das Haar einer Prinzessin und reichte ihm bis weit über den Hals – wunderschön, aber unpraktisch.

»Es wird dir gefallen«, redete Wasja ihm gut zu. »Wäre es nicht angenehmer, wenn sie dir nicht ständig in die Augen hängt?«

Nein, sagte Solowej sehr entschlossen.

Wasja versuchte es noch einmal. »Du wirst aussehen wie der König aller Pferde. Dein Hals ist so wunderschön, es ist eine Schande, ihn unter dieser Mähne zu verstecken.«

Solowej schüttelte ungehalten das Haupt. Eigentlich war es unter seiner Würde, sich mit Äußerlichkeiten abzugeben, doch er war auch ein wenig eitel. Wie alle Hengste.

Wasja spürte, wie sein Entschluss wankte. Sie beugte sich seufzend nach vorn und kuschelte sich an seinen Rücken. »Bitte.«

Na gut, sagte das Pferd.

Am selben Abend, sie hatte Solowej eben erst abgerieben und gestriegelt, schob Wasja sich einen Schemel zurecht und widmete sich der Mähne. Um die Gefühle des sensiblen Hengstes nicht zu verletzen, nahm sie von ihrem ursprünglichem Plan Abstand, Locken und Zöpfchen hineinzuflechten. Stattdessen fasste sie die Haare zu einer langen, samtigen Wurst entlang des Mähnenkamms zusammen, sodass sein Hals noch majestätischer wirkte als zuvor. Wasja war entzückt. Als sie heimlich ein paar der noch nicht verwelkten Schneeglöckchen aus dem Korb nahm und versuchte, sie mit hineinzuflechten, stellte Solowej die Ohren auf.

Was tust du da?

»Ich füge nur ein paar Blumen hinzu«, antwortete sie unschuldig.

Solowej stampfte. *Keine Blumen.*

Wasja rang kurz mit sich selbst, dann legte sie die Blumen seufzend zurück.

Als keine einzige Strähne mehr lose herabhing, trat Wasja einen Schritt zurück. Der Zopf betonte Solowejs muskulösen Hals und den schön geformten Kopf. Derart ermutigt, schob sie den Schemel zu seinem Hinterteil und machte sich an den Schweif.

Der Hengst stöhnte verzweifelt. *Meinen Schweif auch noch?*

»Wenn ich fertig bin, bist du das schönste Pferd der Welt«, versprach Wasja.

Solowej drehte den Kopf von einer Seite auf die andere in dem erfolglosen Versuch, ihr dabei zuzusehen. Er schien die Vor- und Nachteile der Fellpflege neu abzuwägen. Wasja beachtete ihn nicht und summte vor sich hin. Mit den kürzeren Haaren direkt an seinem Steiß fing sie an.

Ein kalter Windstoß ließ die Wandteppiche auffliegen, und das Feuer im Ofen flackerte.

Solowej stellte die Ohren auf, und Wasja fuhr herum. Morosko kam herein, gefolgt von seiner weißen Stute. Ihr Fell dampfte.

Solowej schnippte seinen Schweif aus Wasjas Griff und begrüßte Morosko mit einem Nicken. Seine Mutter ignorierte er. Die Stute drehte die Ohren in Richtung seiner geflochtenen Mähne.

»Guten Abend, Wasilisa Petrowna«, sagte Morosko.

»Guten Abend«, erwiderte sie.

Der Frostdämon streifte seinen blauen Mantel ab. Er hatte ihn kaum losgelassen, da löste sich der Stoff in eine Puderwolke auf. Er zog die Stiefel aus, die sogleich zerkrümelten und einen nassen Fleck auf dem Boden hinterließen. Dann ging er barfuß zum Ofen. Die Stute folgte ihm. Morosko nahm eine Handvoll Stroh und begann, sie damit abzureiben. Noch bevor Wasja sich versah, hatte sich das Stroh in eine Schweinshaarbürste verwandelt. Die Stute legte die Ohren an und öffnete die Lippen ein Stück vor Vergnügen.

Wasja ging fasziniert näher heran. »Hast *du* das gerade mit dem Stroh gemacht? War das Magie?«

»Wie du siehst.« Morosko striegelte weiter.

»Kannst du es mir beibringen?« Sie stellte sich neben ihn und beäugte neugierig die Bürste.

»Du hältst zu sehr an den Dingen fest, wie sie sind«, begann Morosko und striegelte den Widerrist seines Pferdes. Er hielt kurz inne und blickte nach unten. »Wenn du den Dingen erlaubst, das zu sein, was für deine Zwecke am besten passt, werden sie dazu.«

Wasja war verwirrt und erwiderte nichts. Solowej wollte nicht länger außen vor sein und schnaubte. Also nahm sie ebenfalls etwas Stroh zur Hand und fuhr damit über seinen Hals. Doch so sehr Wasja sich auch bemühte, es blieb Stroh.

»*Verwandeln* funktioniert nicht«, erklärte Morosko, als er ihre erfolglosen Bemühungen sah. »Erlaube dem Stroh einfach, eine Bürste zu sein.«

Wasja starrte mürrisch Solowejs Flanke an. »Verstehe ich nicht.«

»Dinge verändern sich nicht, Wasja. Sie sind, oder sie sind nicht. Magie bedeutet zu vergessen, dass etwas je etwas anderes war als das, was du dir wünschst.«

»Ich verstehe immer noch nicht.«

»Das bedeutet nicht, dass du es nicht lernen kannst.«

»Ich glaube, du hältst mich zum Narren.«

»Ganz wie du meinst«, erwiderte Morosko, doch er lächelte dabei.

Am Abend, als das Essen verzehrt war und das Feuer herunterbrannte, sagte Wasja: »Du hast mir eine Geschichte versprochen.«

Morosko nahm einen langen Schluck, bevor er antwortete. »Welche Geschichte, Wasilisa Petrowna? Ich kenne viele.«

»Du weißt, welche: die Geschichte von deinem Bruder, deinem Feind.«

»Ja, ich habe sie dir versprochen«, sagte der Dämon zögernd.

»Zweimal habe ich die Eiche schon gesehen und viermal den Einäugigen«, sprach Wasja weiter. »Und ich habe Tote gesehen, die sich aus dem Grab erheben. Glaubst du, ich möchte irgendeine andere Geschichte hören als genau diese?«

»Dann trink, Wasilisa Petrowna. Und hör zu.« Er goss ihr Met ein, und Wasja trank. Mit dem Wein floss seine Stimme in ihre Adern. Morosko sah älter aus, fremder, als wäre er weit weg. »Ich bin der Tod. Jetzt wie zu Anbeginn«, begann er langsam. »Vor langer Zeit wurde ich aus den Gedanken der Menschen geboren, aber nicht ich allein. Als ich zum ersten Mal die Sterne erblickte, stand mein Bruder neben mir. Er ist mein Zwilling und erblickte sie genauso zum ersten Mal wie ich.«

Die leisen, kristallklaren Worte tropften in Wasjas Geist. Sie sah einen Himmel voller Feuerräder in Formen, die sie noch nie gesehen hatte, eine verschneite Ebene, darüber einen schneidend kalten Horizont, Blau über Schwarz.

»Ich hatte das Gesicht eines Menschen«, fuhr Morosko fort, »mein Bruder das eines Bären, denn die Menschen fürchten Bären. Das ist seine Aufgabe: Mein Bruder macht den Menschen Angst. Er labt sich daran und isst sich satt, dann schläft er, bis ihn erneut hungert. Am meisten liebt er das Chaos – Krieg und Seuchen und Brände in der Nacht. Doch dann, vor langer, langer Zeit, habe ich ihn gebannt. Ich bin der Tod und der Wächter über die Ordnung der Dinge. Ich sehe alles, das wird und vergeht.«

»Aber wenn du ihn gebannt hast ...?«

»Ich habe meinen Bruder gebannt«, sprach Morosko weiter, ohne die Stimme zu heben. »Ich bin sein Aufseher, sein Wärter, sein Kerkermeister. Manchmal schläft er, und manchmal wacht er. Schließlich ist er ein Bär. Doch nun ist er erwacht und stärker denn je. So stark, dass er bald ausbrechen wird. Er kann den Wald nicht verlassen, noch nicht. Doch hat er bereits den Schatten der alten Eiche verlassen, was er seit hundert Generationen nicht mehr getan hat. Deine Leute wurden furchtsam, sie wandten sich von den Geistern ab, nun sind ihre Häuser schutzlos. Schon jetzt stillt er seinen Hunger an euch. Er tötet in der Nacht und lässt die Toten wandeln.«

Wasja schwieg lange und versuchte, das Gehörte zu begreifen. »Wie kann man ihn besiegen?«

»Durch Tücke manchmal«, antwortete Morosko. »Vor langer Zeit besiegte ich ihn durch Stärke, doch damals haben andere mir geholfen. Jetzt bin ich allein, und ich bin schwächer geworden.« Es folgte eine kurze Pause. »Aber er ist noch nicht frei. Um all seine Fesseln abzuschütteln, braucht er Leben – mehrere – und die Angst derer, die er tötet. Das Leben von Menschen, die ihn sehen können, ist für ihn am wertvollsten. Hätte er dich in jener Nacht bekommen, wäre er jetzt schon frei, und wenn sich ihm alle Mächte dieser Welt entgegenstellten.«

»Aber kann man ihn nicht wieder bannen?«, fragte Wasja mit einem Anflug von Ungeduld.

Morosko lächelte verhalten. »Ich habe noch eine letzte List.«

Bildete Wasja es sich nur ein, oder hatte er sie eben angeschaut? Das Amulett wog schwer auf ihrer Brust.

»Zur Wintersonnwende, wenn meine Kraft am größten ist, werde ich ihn bannen.«

»Ich helfe dir.«

»Kannst du das?«, fragte Morosko amüsiert. »Ein Mädchen, noch ein Kind, eine Uneingeweihte und ein Halbblut? Du kennst die Überlieferungen nicht, weißt nichts über Schlachten und Magie. Wie willst du mir helfen, Wasilisa Petrowna?«

»Ich habe den Domowoi am Leben erhalten«, protestierte sie. »Ich habe die Upyry von unserem Herd ferngehalten.«

»Beeindruckend«, erwiderte Morosko. »Ein Upyr, der noch grün hinter den Ohren war, getötet bei Tageslicht. Ein ausgemergelter kleiner Domowoi, der sich mit letzter Kraft an sein Leben klammert, und ein Mädchen, das wie eine Närrin hinaus in die verschneite Nacht flieht.«

Wasja schluckte. »Ich habe ein Amulett«, sagte sie. »Mein Kindermädchen hat es mir gegeben. Von meinem Vater. Es hat mir geholfen, als die Upyry kamen. Vielleicht hilft es mir auch beim nächsten Mal.« Sie zog das Kettchen unter ihrer Tunika hervor. Der Saphir fühlte sich kalt und schwer an in ihrer Hand. Als sie ihn im Feuerschein hin und her drehte, blitzte der silbrig-blaue Edelstein auf und verwandelte sich für einen Moment in einen sechszackigen Stern.

Spielten Wasjas Augen ihr einen Streich, oder sah Morosko tatsächlich noch blasser aus? Er presste die Lippen zusammen, seine Augen waren tief und farblos wie Wasser.

»Ein kleines Amulett«, begann er. »Ein alter, zerbrechlicher Schutzzauber für ein junges Mädchen. Eine dürftige Waffe gegen den Bären«, sagte er, doch er ließ den Anhänger nicht aus den Augen.

Wasja bemerkte es nicht. Sie ließ die Kette los und beugte sich nach vorn. »Mein ganzes Leben lang schon höre ich andere zu mir sagen *komm*, oder *geh*. Sie sagen mir, wie mein Leben auszusehen hat und wie ich sterben soll. Ich soll einem Mann dienen und seine Zuchtstute sein oder mich hinter Mauern verstecken und mein Leben einem kalten, stummen Gott widmen. Ich würde direkt in den Schlund der Hölle gehen, solange es nur meine eigene Entscheidung ist, nicht die der anderen. Eher sterbe ich noch heute im Wald, als hundert Jahre so zu leben, wie es über mich verfügt wurde. Bitte, *bitte* lass mich dir helfen.«

Einen kurzen Moment lang schien Morosko zu schwanken.

»Hast du mich nicht gehört?«, sagte er schließlich. »Wenn der Bär dich bekommt, ist er frei, und ich kann nichts dagegen tun. Besser, du hältst dich von ihm fern. Du bist nur eine Maid. Geh zurück nach Hause, wo du in Sicherheit bist. So kannst du mir helfen. Es ist das Beste so. Trage immer dein Amulett, und geh nicht ins Kloster.«

Wasja sah den bitteren Zug um seinen Mund nicht, als er weitersprach. »Du wirst einen Mann finden, dafür sorge ich, und ich werde dir eine fürstliche Mitgift geben, genau wie die Geschichten es verlangen. Gefällt dir das? Goldringe und Ketten, die prunkvollste Aussteuer in ganz Rus?«

Wasja stand so ruckartig auf, dass ihr Schemel krachend umfiel.

Sie hatte keine Worte mehr. Sie rannte einfach hinaus in die Nacht, barfuß und ohne Kopfbedeckung. Solowej warf Morosko einen bösen Blick zu und folgte ihr.

Es wurde still im Haus, nur der Ofen knisterte.

Das war unklug, sagte die Stute.

»Tue ich ihr unrecht?«, fragte Morosko. »Zu Hause ist sie besser dran. Ihr Bruder wird sie beschützen, und der Bär wird gebannt. Sie wird heiraten und ein Leben in Sicherheit verbringen. Sie muss ihre Kette tragen, sie muss lange leben und sich erinnern. Ich lasse nicht zu, dass sie sich in Gefahr begibt. Du weißt, was auf dem Spiel steht.«

Damit verleugnest du, was sie ist. Sie wird verwelken.

»Sie ist noch jung. Sie wird sich daran gewöhnen.«

Die Stute sagte nichts.

Wasja wusste nicht, wie lange sie geritten war. Solowej war ihr in den Schnee gefolgt, und sie war blind auf seinen Rücken geklettert. Sie wäre bis in alle Ewigkeit geritten, doch irgendwann brachte der Hengst sie zu dem Fichtenhain zurück. Moroskos Haus tauchte flackernd am Rand ihres Gesichtsfeldes auf.

Solowej schüttelte seine Mähne. *Steig ab. Drinnen brennt ein Feuer. Du frierst, du bist erschöpft, und du hast Angst.*

»Ich habe keine Angst!«, widersprach Wasja, aber sie gehorchte. Als ihre Füße den Boden berührten, zuckte sie zusammen. Sie humpelte zwischen den Fichten hindurch und schleppte sich stolpernd über die Türschwelle. Die Flammen in dem vertrauten Ofen züngelten hoch. Wasja streifte ihre nassen Überkleider ab; die stummen Diener, die sie sogleich fortbrachten, bemerkte sie nicht. Sie schleppte sich zum Ofen und sank in ihren Stuhl. Morosko und die weiße Stute waren fort.

Schließlich trank sie einen Becher Met und döste mit kalten Zehen vor dem Ofen ein.

Das Feuer brannte herunter, doch Wasja schlief weiter. Als die Nacht am dunkelsten war, träumte sie.

Sie war in Konstantins Zelle. Die Luft roch nach Erde und Blut, ein Ungeheuer stand über den zappelnden Priester gebeugt. Als es den Kopf hob, sah Wasja die Lippen und das Kinn – sie waren voller Blut. Wasja hob die Hand, um es zu bannen. Das Ding kreischte auf, sprang durchs Fenster und verschwand.

Wasja kniete sich neben das Bett und zog die zerrissenen Decken zur Seite. Doch das Gesicht, das sie zwischen den Händen hielt, war nicht das des Priesters. Aljoschas Augen starrten sie an, grau und tot.

Sie hörte ein Knurren und fuhr herum. Der Upyr war zurückgekehrt. Es war Dunja. Sie grub die skelettierten Fingerspitzen in den Fensterrahmen und zog sich daran hoch. Ihr Mund war ein dunkles Loch. Dunja, die einst ihre Mutter gewesen war. Und dann verschmolzen die Schatten in Konstantins Zelle zu einem einzigen. Es war ein einäugiger Schatten, er lachte. »Weine nur«, *sagte er.* »Deine Angst ist köstlich.«

Die Ikonen in der Ecke wurden lebendig und kreischten vergnügt. Der Schatten öffnete den Mund und war plötzlich kein Schatten mehr, sondern ein Bär – ein Bär mit hungrigen Zähnen. Er spuckte eine Flamme, die Wand fing Feuer, dann das ganze Haus. Wasja hörte, wie Irina schrie.

Ein grinsendes Gesicht schimmerte zwischen den Flammen hindurch, mit blauen Stellen darauf und einem gähnenden Loch, wo eines der Augen hätte sein sollen. »Komm«, *sagte das Gesicht.* »Dann kannst du bei ihnen sein und wirst ewig leben.« *Neben der Erscheinung standen Aljoscha und Irina. Sie winkten Wasja zu sich in die Flammen.*

Wasja spürte einen Schlag im Gesicht, doch sie reagierte nicht. *Sie streckte die Hand aus.* »Aljoscha«, *stammelte sie.* »Ljoschka!«

Dann ein stechender Schmerz, noch stärker als der zuvor. Sie wurde aus ihrem Traum gerissen und stieß einen Laut aus, halb Schluchzer und halb Schrei. Solowej stieß sie ängstlich mit der Schnauze an; er hatte sie in den Oberarm gebissen. Wasja grub die Finger in seine warme Mähne. Ihre Hände fühlten sich an wie Eisklumpen, und ihre Zähne klapperten. Sie presste das Gesicht gegen seinen Hals. Schreie hallten durch ihren Kopf, und ein Lachen. *Komm, oder du wirst sie nie wiedersehen.*

Sie fühlte einen eisigen Windstoß auf der Haut.

»Verschwinde, du Ochse«, sagte eine andere Stimme.

Solowej wieherte entrüstet, und im nächsten Moment spürte Wasja zwei kalte Hände auf ihrem Gesicht. Sie versuchte zu erkennen, wem sie gehörten, doch sie sah nur das brennende Haus ihres Vaters und den Einäugigen, der sie zu sich rief.

Vergiss ihn, sagte der Einäugige. *Komm her.*

Morosko gab ihr eine Ohrfeige. »Wasja. Wasilisa Petrowna, *sieh mich an.*«

Es war, als müsse sie sich über eine weite Ebene schleppen, doch irgendwann sah sie ihn. Aber nicht sein Haus, nur die Fichten, Schnee, Pferde und den Nachthimmel. Die Luft in ihrer Lunge war eisig kalt. Wasja versuchte, ihren abgehackten Atem zu beruhigen.

Morosko zischte etwas, das sie nicht verstand, dann sagte er: »Hier. Trink.«

Wasja schmeckte Met auf ihren Lippen und roch den Honig. Sie schluckte, hustete und trank. Als sie den Kopf hob, war der

Becher leer, und ihr Atem ging wieder ruhiger. Sie sah das Haus um sich herum, auch wenn es an den Rändern zu flackern schien. Solowej streckte ihr das mächtige Haupt entgegen und knabberte an ihrem Haar, dem Gesicht.

Wasja lachte matt. »Mir fehlt nichts«, sagte sie, da verwandelte sich ihr Lachen in Tränen. Ihre Schultern begannen zu beben, und sie bedeckte ihr Gesicht.

Morosko musterte sie mit zusammengekniffenen Augen. Sie spürte seine kalten Hände immer noch; die Wange, auf die er sie geschlagen hatte, pochte.

Schließlich ließen ihre Tränen nach. »Ich hatte einen Albtraum«, sagte sie, ohne ihn anzusehen. Frierend und beschämt saß sie in sich zusammengesunken auf ihrem Stuhl, ihr Gesicht war nass.

»Du brauchst dich nicht zu schämen«, sagte Morosko. »Es war mehr als nur ein Albtraum. Es war mein Fehler.«

Wasja zitterte weiter; Morosko seufzte ungeduldig. »Komm her, Wasja.«

Als sie zögerte, fügte er hinzu: »Ich tue dir nicht weh, Kind. Es wird dich beruhigen. Komm her.«

Wasja richtete sich verwirrt auf, und Morosko legte ihr einen Umhang über die Schultern. Sie wusste nicht, wo er ihn herhatte – wahrscheinlich hatte er ihn einfach aus der leeren Luft gezaubert. Er hob sie auf die Arme und setzte sich mit ihr auf die Ofenbank. Er war ganz sanft. Sein Atem war der Winterwind, doch seine Haut war warm, und Wasja konnte seinen Herzschlag spüren. Sie wollte aufspringen und ihn mit all ihrem Stolz anfunkeln, doch ihr war kalt, sie hatte Angst und ihr Herz raste. Sie legte ungelenk den Kopf an seine Schulter, und Morosko fuhr ihr durch die losen Haarsträhnen.

Ganz langsam hörte ihr Zittern auf. »Es geht mir wieder gut«, sagte sie nach einer Weile. Ihre Stimme bebte immer noch ein wenig. »Was meinst du damit, dass es dein Fehler war?«

Sie spürte sein Lachen eher, als dass sie es hörte. »Medwed ist der Meister der Albträume. Zorn und Furcht sind ihm Speis und Trank, mit ihnen ergreift er Besitz von den Menschen. Vergib mir, Wasja.«

Wasja blieb stumm.

Dann sagte er: »Erzähl mir deinen Traum.«

Sie tat es. Als Wasja fertig war, zitterte sie wieder. Morosko hielt sie fest und schwieg.

»Du hattest recht«, sagte sie schließlich. »Was weiß ich schon über alte Magie und alte Rivalitäten oder sonst irgendetwas? Aber ich muss nach Hause. Ich kann meine Familie beschützen, zumindest eine Zeit lang. Vater und Aljoscha werden mir glauben, wenn ich es ihnen erkläre.«

Das Bild von ihrem toten Bruder kehrte zurück.

»Wie du willst«, erwiderte Morosko. Wasja starrte zu Boden und sah sein grimmiges Gesicht nicht.

»Darf ich Solowej mitnehmen?«, fragte sie vorsichtig. »Wenn er mitkommen will?«

Solowej senkte den Kopf und schaute sie an. *Wo du hingehst, gehe auch ich hin.*

»Danke«, flüsterte Wasja und strich ihm über seine Nase.

»Morgen brichst du auf«, sagte Morosko. »Schlaf jetzt.«

»Warum?«, entgegnete Wasja und blickte ihn an. »Wenn ich in meinen Träumen wieder den Bären sehe, werde ich bestimmt kein Auge zumachen.«

Morosko lächelte betrübt. »Diesmal bin ich bei dir. Wäre ich hier gewesen, hätte Medwed niemals gewagt, mein Haus zu betreten. Nicht einmal in deinem Traum.«

»Woher wusstest du, dass ich träume?«, fragte Wasja. »Wie konntest du rechtzeitig zurück sein?«

Der Dämon hob eine Augenbraue. »Ich wusste es. Und ich war rechtzeitig wieder hier, weil nichts und niemand unter den Sternen schneller läuft als meine weiße Stute.«

Wasja öffnete den Mund zu einer weiteren Frage, da rollte die Erschöpfung über sie hinweg wie eine Welle. Von einer plötzlichen Furcht gepackt, zwang sie sich, wach zu bleiben. »Nein«, flüsterte sie. »Ich könnte es nicht noch einmal ertragen.«

»Er wird nicht zurückkommen«, entgegnete Morosko mit ruhiger Stimme, sein Mund ganz dicht an ihrem Ohr. In diesem Moment spürte Wasja, wie alt er war, spürte seine Kraft. »Alles wird gut.«

»Geh nicht«, flüsterte sie.

Ein Ausdruck, den sie nicht deuten konnte, huschte über sein Gesicht. »Ich bleibe bei dir«, sagte er, und dann spielte es keine Rolle mehr: Der Schlaf trug sie fort wie eine dunkle Welle, umspülte sie und strömte durch sie hindurch. Wasjas Lider schlossen sich flackernd.

»Der Tod ist Schlafes Bruder«, sagte Morosko leise. »Und ich gebiete über beide.«

Als sie aufwachte, war er immer noch da, genau wie er versprochen hatte. Wasja kroch aus dem Bett und ging zum Ofen. Morosko saß ganz still und starrte in die Flammen. Es war, als hätte er sich die ganze Nacht nicht bewegt. Wenn sie genau hinschaute, sah sie den Wald um ihn herum, Morosko ein tiefes, weißes Schweigen in der Mitte. Sie ließ sich auf ihren Stuhl sinken, und Morosko blickte sie an, als kehre er wieder in die Welt der Lebenden zurück.

»Wo bist du gestern gewesen?«, fragte sie. »Wo warst du, als der Bär wusste, dass du nicht hier bist?«

»Hier und da«, antwortete er. »Ich habe dir Geschenke mitgebracht.«

Neben dem Ofen lag ein Stapel eingewickelter Dinge. Als sie kurz in die Richtung schaute, hob Morosko auffordernd eine Augenbraue, und Wasja war noch Kind genug, um sich sogleich mit pochendem Herzen über das erste Bündel herzumachen. Darin befanden sich ein grünes Kleid mit scharlachroten Säumen und ein mit Zobelpelz gefütterter Umhang. Stiefel aus Filz und Fell, mit purpurnen Perlen verziert. Schmuck für ihr Haar und Juwelenringe für ihre Finger. Es waren viele, und sie fühlten sich schwer an, als Wasja sie zwischen den Fingern hin und her drehte. Sie sah Satteltaschen aus dickem Leder voller Gold und Silber. Sie sah ein mit Silberfäden durchwirktes Tuch und noch ein anderes, ebenso prächtiges, aus einem Material, das sie nicht kannte.

Wasja ließ den Blick über all die Schätze schweifen. *Ich bin das Mädchen aus der Geschichte. Und das ist meine königliche Mitgift. Jetzt wird er mich zurück zu meinem Vater bringen, überhäuft mit Geschenken.*

Sie dachte an die Berührung seiner Finger in der letzten Nacht, an die kurzen, zarten Momente zwischen ihnen.

Nein, das hatte nichts zu bedeuten. So geht die Geschichte nicht. Ich bin das Mädchen aus dem Märchen, und er ist der böse Frostdämon. Die Maid verlässt den Wald, heiratet einen schönen Mann und vergisst alle Magie.

Aber woher kam dieser plötzliche Schmerz? Wasja legte das Tuch weg.

»Ist das meine Mitgift?« Sie sprach ganz leise und wusste nicht, was er wohl in ihrem Gesicht sah.

»Du wirst eine brauchen«, antwortete Morosko.

»Nicht von dir«, flüsterte sie. Wasja sah, wie er erschrak. »Ich werde meiner Stiefmutter die Schneeglöckchen bringen, und Solowej wird mich nach Lesnaja Semlja begleiten, wenn er möchte. Sonst will ich nichts von dir haben, Morosko.«

»Nichts?«, wiederholte er; dieses eine Mal klang seine Stimme wie die eines Menschen.

Wasja taumelte rückwärts, stolperte über all die Geschenke, die zu ihren Füßen ausgebreitet lagen. »Nichts!« Sie wusste, dass sie weinte, und versuchte, ihre Stimme zu beruhigen. »Banne deinen Bruder und rette uns. Ich gehe jetzt nach Hause.«

Ihr Umhang hing neben dem Ofen. Sie zog ihre Stiefel an und nahm den Korb mit den Schneeglöckchen. Ein Teil von ihr wollte, dass Morosko sie zurückhielt, aber er tat es nicht.

»Bei Tagesanbruch wirst du dein Dorf erreichen«, sagte er, dann stand er auf. »Glaub an mich, Wasja. Vergiss mich nicht.«

Doch Wasja war schon fort und hörte ihn nicht mehr.

26

Wo der Schnee schmilzt

Sie ist ohnehin nur eine bejammernswerte Närrin, sagte sich Konstantin Nikonowitsch. *Er hat versprochen, sie nicht zu töten. Ich muss ihn dazu bringen, mich zu verlassen. Niemand darf es je erfahren.*

Ein grauer Himmel, an dem sich rot die Sonne erhob. *Wo ist diese Grenze, von der er gesprochen hat? Im Wald. Schneeglöckchen. Die alte Eiche im Morgengrauen.*

Konstantin schlich in Annas Schlafkammer und berührte sie an der Schulter. Irina schlief direkt neben ihr, doch sie rührte sich nicht. Er presste eine Hand auf Annas Mund und erstickte ihren Schrei. »Kommt mit. Gott ruft uns.« Er hielt sie mit seinem Blick fest, während Anna reglos verharrte, die Augen weit aufgerissen. Konstantin küsste sie auf die Stirn. »Kommt.«

Anna starrte ihn an, ihre Augen plötzlich feucht von Tränen.

»Ja«, sagte sie.

Sie folgte ihm wie ein Hund. Konstantin hatte sich darauf vorbereitet, ihr alle möglichen Narreteien einzuflüstern, doch ein einziger Blick hatte genügt. Es war dunkel, doch im Osten wurde der Himmel bereits heller. Und es war kalt. Er legte Anna seinen

Mantel über die Schultern und führte sie vom Haus weg. Sie war seit Monaten nicht mehr im Freien gewesen, nicht einmal bei Tage, nun lief sie bereitwillig hinter ihm her. Lediglich ihr rasselnder Atem wurde etwas schneller, als sie das Tor passierten.

Kurz nachdem sie den Wald betreten hatten, standen sie vor einer alten Eiche. Konstantin hatte den Baum noch nie zuvor gesehen. Es war tiefster Winter, alles war von Schnee und Eis bedeckt, der Boden hart wie Eisen und der Fluss eine Platte aus blauem Marmor. Doch unter der Eiche war der Schnee geschmolzen und ...

Konstantin trat näher. Der Boden war von Schneeglöckchen übersät.

Anna umklammerte seinen Arm. »Vater«, flüsterte sie. »Oh Vater, wie ist das möglich? Es ist Winter, viel zu früh für Schneeglöckchen.«

»Das Tauwetter«, erwiderte Konstantin. Er war erschöpft, ihm war übel, und er wusste, dass es stimmte. »Kommt, Anna.«

Sie ließ ihre Hand zwischen seine Finger gleiten. Sie fühlte sich an wie die eines Kindes. Im allmählich stärker werdenden Licht sah er die schwarzen Lücken zwischen ihren Zähnen. Er trat näher an den Baum und den Blütenteppich heran. Näher und noch näher.

Plötzlich fanden sie sich auf einer Lichtung wieder, auf der keiner von ihnen je gewesen war. Die Eiche ragte allein in der Mitte auf, die hellen Blumen zwischen den uralten Wurzeln ausgebreitet. Der Himmel war weiß, der Boden feucht und weich. Matsch.

»Gut gemacht«, sagte die Stimme. Sie schien aus der Luft zu kommen, vom Fluss. Anna schnappte entsetzt nach Luft. Konstantin glaubte, einen Schatten auf dem Schnee zu erkennen, viel zu groß, lang gestreckt und zuckend, das schwärzeste Schwarz, das er je gesehen hatte. Doch Anna starrte nicht den Schatten an, sondern etwas dahinter. Sie streckte zitternd den Arm und deutete, dann schrie sie. Schrie und schrie.

Konstantin folgte ihrer Blickrichtung, konnte aber nichts Besonderes entdecken.

Annas Schreie zerrissen die Luft, der Schatten schien sich zu rekeln wie ein Hund unter der streichelnden Hand seines Herrn. Das Licht wurde schwächer, stumpfer.

»Gut gemacht, mein Diener«, sagte der Schatten. »Sie ist genau, was ich brauche. Sie kann mich sehen, und sie hat Angst. Schrei nur, Wedma, schrei.«

Konstantin fühlte sich leer und seltsam ruhig. Annas Fingernägel gruben sich in seinen Ärmel. Er schob sie von sich weg. »Nun halte dein Versprechen. Verlass mich. Schicke das Mädchen zurück.«

Der Schatten erstarrte wie ein Wildschwein, das in der Ferne einen Jäger hört. »Kehre nach Hause zurück, Mann Gottes«, erwiderte er. »Das Mädchen wird zu dir kommen. Ich schwöre es.«

Annas Entsetzensschreie wurden noch lauter. Sie warf sich zu Boden und küsste Konstantins Stiefel, schlang die Arme um seine Unterschenkel. »Batjuschka«, wimmerte sie. »Batjuschka! Nicht, bitte. Verlasst mich nicht, ich flehe Euch an. Verlasst mich nicht! Das ist ein Teufel. Er ist der Teufel!«

Konstantin spürte nur noch Erschöpfung und Abscheu. »So sei es«, sagte er zu dem Schatten.

Er schüttelte Annas Hände ab. »Ich rate Euch zu beten.«

Anna schluchzte heftiger denn je.

»Ich gehe jetzt«, sagte er zu dem Schatten. »Ich werde warten. Halte dein Wort.«

27

Der Winterbär

Im ersten Licht eines klaren Wintermorgens kehrte Wasja nach Lesnaja Semlja zurück. Solowej trug sie zu einem Teil der Palisade, der sich ganz in der Nähe des Hauses befand. Als sie sich auf seinen Rücken stellte, konnte sie beinahe auf die andere Seite sehen. *Ich warte auf dich, Wasja,* sagte der Hengst. *Wenn du mich brauchst, musst du nur rufen.*

Wasja legte ihm eine Hand auf den Hals, dann sprang sie über die Palisade und landete auf der anderen Seite im Schnee.

Sie fand Aljoscha allein in der Winterküche vor. Er trug Mantel, Stiefel und Waffen und ging ruhelos auf und ab. Als er sie sah, blieb er wie vom Donner gerührt stehen. Einen Moment lang starrten Bruder und Schwester einander an.

Dann war Aljoscha mit zwei schnellen Schritten bei ihr. Er packte Wasja und drückte sie an sich. »Bei Gott, hast du mir einen Schrecken eingejagt«, flüsterte er in ihren Scheitel. »Ich dachte, du bist tot. Diese verfluchte Anna Iwanowna und die Upyry … Sobald es hell ist, wollte ich dich suchen gehen. Was ist passiert? Du … ist dir gar nicht kalt?« Er schob sie ein Stückchen von sich weg. »Du siehst verändert aus.«

Wasja dachte an das Haus im Fichtenhain, an das gute Essen, die Ruhe und die Wärme. Sie dachte an ihre stundenlangen Ausritte, und sie dachte an Morosko, wie er sie am Vorabend im Feuerschein angeblickt hatte. »Vielleicht habe ich mich ja verändert.« Sie ließ die Blumen fallen.

Aljoscha blinzelte. »Wo …?«, stammelte er. »Wie …?«

Wasja lächelte geheimnisvoll. »Ein Geschenk«, antwortete sie. Aljoscha ging in die Hocke und hob einen der zarten Stängel auf. »Es wird nichts nützen, Wasja«, sagte er, als er sich wieder gefangen hatte. »Anna wird ihr Versprechen nicht halten. Die Dörfler sind schon jetzt voller Angst. Wenn sie hiervon erfahren …«

»Dann erzählen wir es ihnen eben nicht. Ich habe meinen Teil der Abmachung erfüllt, das genügt«, entgegnete sie mit fester Stimme. »Zur Sonnenwende werden die Toten wieder still in ihren Gräbern liegen. Vater wird zurückkehren, und du und ich werden ihn zur Vernunft bringen. Bis dahin beschützen wir das Haus.«

Sie drehte sich zum Ofen.

In diesem Moment kam Irina hereingeplatzt. Sie stieß einen Schrei aus. »Wasotschka! Du bist wieder da. Ich hatte solche Angst!« Sie warf ihr die Arme um den Hals, und Wasja streichelte ihr Haar, da machte Irina sich plötzlich los. »Wo ist Mutter? Sie war nicht im Bett, dabei schläft sie sonst immer so lange. Ich dachte, sie wäre in der Küche.«

Wasja spürte, wie ein kalter Finger sie am Nacken berührte, doch es stand niemand hinter ihr. »Vielleicht in der Kirche, mein kleines Vögelchen«, sagte sie. »Ich gehe mal nachsehen. Schau, ich habe dir Blumen mitgebracht.«

Irina hob die Schneeglöckchen auf und presste sie an die Lippen. »So früh! Haben wir schon Frühling, Wasotschka?«

»Nein«, erwiderte sie. »Die hier sind nur ein Versprechen. Verstecke sie gut. Ich muss jetzt deine Mutter suchen.«

Es war niemand in der Kirche außer Vater Konstantin. Wasja ging leise auf ihn zu. Die Ikonen schienen sie zu beobachten.

»Du«, sagte der Priester, ohne von der Ikonenwand aufzublicken. »Er hat sein Versprechen gehalten.«

Wasja ging um Konstantin herum und stellte sich zwischen ihn und die Ikonen. Seine Augen waren eingesunken, kleine Flammen züngelten darin. »Ich habe alles für dich gegeben, Wasilisa Petrowna«, murmelte er.

»Nicht alles«, widersprach sie. »Euer Stolz ist immer noch da, genauso wie Eure Illusionen. Wo ist meine Stiefmutter, Batjuschka?«

»Nein, ich gab alles.« Seine Stimme wurde lauter. Beinahe, als spreche er gegen seinen Willen. »Ich dachte, die Stimme käme von Gott, aber dem war nicht so. Ich war allein mit meiner Sünde, mit meiner Begierde nach dir. Ich habe auf den Teufel gehört, um mich deiner zu entledigen, und jetzt wird meine Seele nie wieder rein sein.«

»Batjuschka, von welchem Teufel sprecht Ihr?«

»Von der Stimme in der Dunkelheit«, antwortete Konstantin. »Dem Sturmbringer, dem Schatten auf dem Schnee. Aber er hat mir versichert...« Er vergrub das Gesicht in den Händen. Seine Schultern bebten.

Wasja kniete sich vor ihn und zog seine Hände weg. »Wo ist Anna Iwanowna?«

»Im Wald«, antwortete der Priester und schaute sie erstaunt an, genau wie Aljoscha. Wasja fragte sich, welche Veränderung das Haus im Wald in ihr bewirkt haben mochte. »Bei dem Schatten. Dem Preis für meine Sünden.«

»In diesem Wald«, begann Wasja vorsichtig, »habt Ihr da eine große Eiche gesehen, dunkel und knorrig?«

»Du kennst die Stelle?«, flüsterte Konstantin. »Natürlich ... es ist ein Dämonenhort.« Dann zuckte er zusammen.

Alle Farbe war aus Wasjas Gesicht gewichen.

»Was ist, Mädchen?«, fragte er mit einem Anflug seiner alten Überheblichkeit. »Du wirst doch nicht um diese verrückte Alte trauern? Sie wollte, dass du stirbst.«

Doch Wasja war schon auf dem Weg zurück zum Haus. Die Tür schlug krachend hinter ihr zu.

Ihr war eingefallen, wie Anna den Domowoi mit tellergroßen Augen angestarrt hatte. *Am wertvollsten sind für ihn die Leben derer, die ihn sehen können.*

Der Bär hatte seine Hexe, und es dämmerte. Schon jetzt kräuselte sich Rauch über den Kaminen.

Wasja steckte zwei Finger in den Mund und stieß einen schrillen Pfiff aus. Der Pfiff zerriss die Morgenluft wie schwirrende Tatarenpfeile, die Dörfler strömten aus ihren Häusern. »Wasja!«, riefen sie, »Wasilisa Petrowna!« Dann kam Solowej über die Palisade gesprungen und die Rufe verstummten. Er galoppierte auf Wasja zu, und sie sprang auf, ohne dass der Hengst sein Tempo verlangsamte. Wasja hörte die Dörfler erstaunt aufkeuchen.

Sie ritten zum Dwor. Die Pferde im Stall wieherten, Aljoscha stürmte aus dem Haus, das blanke Schwert in der Hand, Irina kam zögernd hinterher. Beide blieben abrupt stehen und starrten Solowej an.

»Ljoschka, komm mit«, sagte Wasja. »Jetzt! Wir haben keine Zeit.«

Aljoschas Blick sprang zwischen seiner Schwester und dem kastanienbraunen Hengst hin und her. Er schaute Irina an, dann die Dörfler.

»Wirst du ihn auch tragen?«, fragte Wasja an Solowej gewandt.

Ja. Wenn du mich darum bittest, antwortete er. *Aber wohin willst du?*

»Zu der Eiche. Zur Lichtung des Bären. So schnell du kannst.« Aljoscha sprang wortlos hinter ihr auf, Solowej warf den Kopf hoch wie ein Streitross vor der Schlacht. *Alleine kannst du nichts ausrichten. Morosko ist fort. Er sagte, er muss bis zur Sonnenwende warten.*

»Ich kann nicht?«, entgegnete Wasja. »Ich *werde*. Beeil dich.«

Anna Iwanowna hatte keine Stimme mehr. Ihre Kehle war trocken und rau. Sie versuchte, weiter zu schreien, doch es kam nur ein klägliches Krächzen über ihre Lippen. Der Einäugige saß neben ihr und lächelte. »Oh, meine Liebe«, sagte er. »Brülle noch einmal für mich. Es ist so schön. Deine Seele reift mit jedem Schrei.«

Er beugte sich zu ihr herunter. Im einen Moment sah sie einen Mann mit knotigen blauen Narben auf dem Gesicht, im nächsten einen grinsenden einäugigen Bären, dessen Schultern das Himmelsgewölbe zu sprengen schienen. Und dann war er gar nichts mehr: ein Sturm, ein Wind, ein Waldbrand im Sommer. Ein Schatten. Sie drehte sich weg und würgte, versuchte, auf die Beine zu kommen, doch das Monster grinste sie an, und alle Kraft wich aus ihren Gliedern. So lag sie da und atmete die stinkende Luft.

»Du bist herrlich«, sagte das Monster und beugte sich geifernd näher heran, strich über ihren Körper. Zusammengekauert zu seinen Füßen war noch eine Kreatur, klein und in ein weißes Tuch gehüllt. Ihr Gesicht war so eingefallen, dass es kaum noch zu erkennen war. Anna sah nur zwei eng beieinanderstehende Augen, hohle Schläfen und einen riesigen Mund. Die Kreatur saß da, den Kopf zwischen den Knien, und schaute Anna mit hungrigen Augen an.

»Dunja«, schluchzte sie. Es war das Kindermädchen, bekleidet mit dem Tuch, in dem sie beerdigt worden war. »Dunja, bitte.«

Doch Dunja blieb stumm. Lautlos öffnete sie den dunklen Mund.

»Stirb«, sagte Medwed mit entrückter Zärtlichkeit und stand auf. »Stirb und lebe ewig.«

Der Upyr sprang. Anna hob abwehrend die Arme, doch sie hatte keine Kraft mehr.

Da schallte von der anderen Seite der Lichtung ein durchdringendes Wiehern herüber.

Während Solowej dahinpreschte, erklärte Wasja ihrem Bruder, dass ihre Stiefmutter in den Fängen eines Ungeheuers war, und wenn es sie tötete, würde es den ganzen Landstrich mit Angst und Schrecken überziehen.

»Wasja«, fragte Aljoscha, nachdem er das Gesagte verdaut hatte. »*Wo warst du?*«

»Beim Winterkönig, als sein Gast«, antwortete sie.

»Hättest du nicht mit einem Schatz zurückkommen müssen?«, hakte er sofort nach, und Wasja lachte.

Der Tag brach an. Ein eigenartiger Geruch, warm und ranzig, hing zwischen den Bäumen. Solowej galoppierte weiter, die Ohren nach vorne gedreht. Er war ein Pferd für die Kinder von Göttern, doch Wasja hatte nie kämpfen gelernt; sie hatte nicht einmal eine Waffe.

Du darfst keine Angst haben, sagte Solowej, und Wasja streichelte seinen glänzenden Hals.

Vor ihnen ragte die Eiche auf; Wasja spürte die Anspannung, die Aljoscha überkam. Sie preschten an dem Baum vorbei und fanden sich auf einer Lichtung wieder, auf der keiner von ihnen je zuvor gewesen war. Der Himmel über ihnen war weiß und die Luft so warm, dass Wasja zu schwitzen begann.

Solowej stieg und stieß einen Schlachtruf aus. Aljoscha umklammerte Wasjas Hüfte noch fester. Ein Stück voraus kauerte ein weißes Etwas auf dem schlammigen Boden, vor ihm eine röchelnde Frau. Um die beiden herum breitete sich eine Blutlache aus.

Und dahinter stand, abwartend und grinsend, der Bär. Er war kein ausgemergelter Bettler mit vernarbtem Gesicht mehr. Zum ersten Mal sah Wasja ihn in seiner wahren Gestalt. Er war größer als jeder Bär, den sie je gesehen hatte. Sein zottiges Fell hatte die Farbe von Flechten, seine Lippen glänzten schwarz. Er knurrte. Der Anflug eines Grinsens trat auf sein Gesicht, als er sie erblickte. Die rote Zunge blitzte auf.

»Gleich zwei!«, rief er. »Umso besser. Ich dachte, mein Bruder hätte dich bereits, Mädchen. Anscheinend war er zu dumm, dich zu behalten.«

Aus dem Augenwinkel sah Wasja eine weiße Stute auf die Lichtung traben.

»Aber nein, da ist er ja«, sagte der Bär mit harter Stimme. »Sei gegrüßt, Bruder. Bist du hier, um mich zu verabschieden?«

Morosko warf Wasja einen flammenden Blick zu, und sie spürte, wie ein Feuer in ihr aufloderte: Kraft und Freiheit. Sie spürte Solowej, spürte die wilden Augen des Frostdämons und sie spürte das Ungeheuer. Wasja lachte und warf den Kopf in den Nacken. Das Amulett auf ihrem Brustbein brannte.

»Nun gut«, sagte der Wind mit Moroskos Stimme; sie klang gequält. »Ich habe alles versucht, um dich herauszuhalten.«

Die Luft bewegte sich, schnell und kühn riss der Wind ein Loch in die Wolke über ihren Köpfen, dahinter sah Wasja ein

Fleckchen blauen Morgenhimmels. Morosko sprach noch immer, weich und klar, doch sie verstand die Worte nicht. Sein Blick war auf etwas gerichtet, das Wasja nicht sehen konnte. Der Wind wurde stärker.

»Glaubst du, du kannst mir Angst machen, Karatschun?«, höhnte Medwed.

»Ich kann dir Zeit verschaffen, Wasja«, flüsterte der Wind ihr zu. »Aber ich weiß nicht, wie viel. Ich bin noch zu schwach. Zur Wintersonnwende wäre ich stärker gewesen.«

»Ich konnte nicht mehr warten. Er hat meine Stiefmutter«, erwiderte sie. »Ich hatte es vergessen, aber sie hat das Zweite Gesicht wie ich.«

Da tauchten noch weitere Geschöpfe am Rand der Lichtung auf: eine nackte Frau mit langem, nassem Haar und ein altes Männlein mit Baumrinde als Haut. Wasja sah den Wodianoj, den Flusskönig, mit seinen großen Fischaugen. Der Polewik war gekommen, der Bolotnik und noch andere – es waren Dutzende. Geschöpfe, die aussahen wie Raben, und welche in der Gestalt von Felsen, Pilzen oder Schneehaufen. Viele davon bewegten sich in Wasjas Richtung und sammelten sich um Solowej, die anderen um die weiße Stute.

Aljoscha schnappte überrascht nach Luft. »Ich kann sie sehen«, keuchte er.

Der Bär stieß ein Brüllen wie aus tausend Kehlen aus, da machten einige der Geister kehrt und scharten sich um ihn: der Bolotnik, das verschlagene Sumpfwesen, und – Wasja spürte, wie ihr Herz einen Schlag lang aussetzte – die Rusalka. Eine wilde, lüsterne Leere trat in ihr fremdartiges, schönes Gesicht. Mit entschlossener Miene schlugen die Geister sich auf die Seite ihrer Herren. *Winterkönig. Medwed. Wir kommen.*

Wasja spürte, wie sie alle in Erwartung der Schlacht bebten, sie hörte ihre Stimmen, und ihr Blut kochte.

Die weiße Stute trat vor, Solowej stieg und scharrte mit den Hufen.

»Vorwärts«, sagte der Wind. »Deine Stiefmutter darf nicht sterben. Sag deinem Bruder, dass sein Schwert gegen Tote nichts ausrichten kann. Und ... stirb nicht.«

Wasja verlagerte ihr Gewicht, und Solowej preschte los. Der Bär brüllte, dann brach Chaos auf der Lichtung aus. Die Rusalka stürzte sich auf den Wodianoj, ihren Vater, und grub die Zähne in seine schuppige Schulter. Der Leshy war bereits verwundet, Harz troff aus einem tiefen Schnitt in seinem Rumpf.

Solowej galoppierte bis zu der Blutlache und kam schlitternd zum Stehen. Der Upyr hob den Kopf und zischte den Hengst an. Anna lag reglos und mit fahlem Gesicht unter ihm, ihre Kleider voller Matsch. Dunjas Mund war blutverschmiert, Tränen liefen ihr über die Wangen.

Annas Hals war aufgerissen, sie stieß einen lang gezogenen, gurgelnden Seufzer aus. Der Bär brüllte triumphierend, und Dunja duckte sich wie eine Katze zum Sprung.

Wasja fing ihren Blick auf und hielt ihn fest, dann ließ sie sich von Solowejs Rücken gleiten. *Nicht, Wasja*, sagte der Hengst. *Steig wieder auf.*

»Ljoschka«, sagte sie, ohne Dunja aus den Augen zu lassen. »Kämpfe du mit den anderen. Solowej wird mich beschützen.«

Aljoscha sprang ab. »Als ob ich dich im Stich lassen würde«, sagte er, da begannen einige der Geschöpfe sie zu umkreisen. Aljoscha brüllte einen Schlachtruf und schwang sein Schwert. Solowej senkte den Kopf wie ein Bulle kurz vor dem Angriff.

»Dunja«, flüsterte Wasja, »Dunjaschka.«

Sie hörte, wie ihr Bruder schnaubend den Kampf aufnahm, hörte einen Wolf heulen und den Schrei einer Frau, Wasja und Dunja still im Zentrum. Solowej legte die Ohren an. *Dieses Geschöpf kennt dich nicht mehr.*

»Und ob sie das tut. Ich weiß, dass sie mich erkennt.« Auf dem Gesicht des Upyr rangen Entsetzen und Hunger miteinander. »Dunja«, sagte Wasja noch einmal. »Du brauchst dich nicht zu fürchten. Ich weiß, dir ist kalt und du hast Angst. Erinnerst du dich an mich?«

Der Upyr keuchte, das Licht der Hölle flammte in seinen Augen. Wasja zog ihr Gürtelmesser und legte die Klinge auf die Innenseite ihres Handgelenks. Die Haut gab nicht sofort nach, als sie schnitt, doch dann sprudelte das Blut nur so.

»Wasja!«, brüllte Aljoscha, aber sie hörte nicht auf ihn. Sie ging einen Schritt auf den Upyr zu, Schnee und Matsch verfärbten sich rot von ihrem Blut. Solowej richtete sich auf und schlug mit den Vorderhufen.

Wasja streckte ihren blutenden Arm aus. »Hier, Dunjaschka. Du hast doch Hunger. Du hast mir so oft zu essen gegeben, weißt du noch?«

Dann blieb ihr keine Zeit mehr zum Nachdenken. Wie ein gieriges Kind packte das Geschöpf ihren Arm, presste den Mund auf das Handgelenk und trank.

Wasja hielt still und versuchte verzweifelt, bei Bewusstsein zu bleiben. Die Kreatur wimmerte immer lauter, bis sie plötzlich Wasjas Hand wegstieß und nach hinten taumelte. Wasja war schwindelig, schwarze Blumen tanzten an den Rändern ihres Gesichtsfelds, doch Solowej stand hinter ihr und stützte sie mit seiner Schnauze.

Die Wunde auf ihrem Handgelenk war so tief, dass Wasja bis auf den Knochen sehen konnte. Sie biss die Zähne zusammen, riss ein Stück Stoff von ihrem Hemd und wickelte es um die Blutung.

Sie hörte Aljoschas Schwert durch die Luft pfeifen, hörte, wie das Kampfgetümmel lauter wurde und das Pfeifen verschlang. Der Upyr schaute sie an, Nase, Kinn und die Wangen voller Blut. Der Wald schien den Atem anzuhalten.

»Marina...«, stammelte der Vampir mit Dunjas Stimme, und das Höllenfeuer in ihren Augen verlosch. Ein Wutschrei löste sich aus der Kehle des Bären. »Endlich habe ich dich wieder. Es ist so lange her.«

»Dunja«, sagte Wasja. »Ich bin so froh, dich zu sehen.«

»Marina... Maruschka, wo bin ich? Mir ist kalt. Ich hatte solche Angst.«

»Es ist gut«, erwiderte Wasja und kämpfte mit den Tränen. »Alles wird gut.« Sie schlang die Arme um das nach Verwesung stinkende Ding. »Du brauchst keine Angst mehr zu haben.«

Ein weiteres Brüllen hallte über die Lichtung, und Dunja zuckte zusammen.

»Ganz ruhig«, sagte Wasja wie zu einem Kind. »Sieh nicht hin.«

Plötzlich stand Morosko neben ihr. Sein Atem ging schnell, und sein Blick war so wild wie der ihres Hengstes. »Du bist eine Wahnsinnige und eine Närrin, Wasilisa Petrowna«, sagte er, riss den Stofffetzen ab, nahm eine Handvoll Schnee und presste ihn auf den Schnitt auf Wasjas Handgelenk. Der Schnee gefror, und die Blutung versiegte. Als Morosko seine Hand wegzog, war der Schnitt von einer dünnen Eisschicht überzogen.

»Wie läuft die Schlacht?«, fragte sie.

»Die Geister halten sich wacker«, antwortete Morosko grimmig.

»Aber nicht mehr lange. Deine Stiefmutter ist tot, und mein Bann ist gebrochen. Der Bär ist frei.«

Die Kämpfe auf der Lichtung wurden immer verzweifelter. Neben dem Bären wirkten die Waldgeister wie Kinder. Er war gewachsen und beinahe so groß wie die Bäume ringsum. Er packte den Polewik mit seinen mächtigen Kiefern und schleuderte ihn durch die Luft. Die Rusalka sah jauchzend zu. Dann warf er das zottige Haupt in den Nacken. »Frei!«, brüllte er mit einem Knurren und einem Lachen.

Er packte den Leshy, und Wasja hörte ein Splittern wie von frisch geschlagenem Holz. »Warum hilfst du ihnen nicht?«, fuhr sie den Frostdämon an. »Warum bist du überhaupt schon wieder hier?«

Morosko schaute sie mit schmalen Augen an und erwiderte nichts. Einen kurzen, lächerlichen Moment lang überlegte Wasja, ob er gekommen war, um sie vor dem sicheren Tod zu retten.

Die weiße Stute legte die Schnauze auf Dunjas eingesunkene Wange, und Dunja flüsterte: »Ich kenne dich. Wie schön du bist.« Dann erblickte sie Morosko. Ein neuerlicher Anflug von Furcht trat in ihre Augen. »Und dich kenne ich auch.«

»Schon bald werde ich wieder unsichtbar für dich sein, so hoffe ich, Awdotja Mikhailowna«, erwiderte Morosko mit sanfter Stimme.

»Nimm sie mit«, warf Wasja hastig ein. »Lass sie sterben und ihre Furcht vergessen. Es bleibt nicht mehr viel Zeit.«

Wasja hatte recht: Dunjas Augen verwandelten sich bereits wieder.

»Und was wird aus dir, wenn ich sie fortbringe?«, fragte Morosko.

Wasja dachte daran, es allein mit dem Bären aufzunehmen. Ihr Entschluss schwankte. »Wie lange wirst du fortbleiben?«

»Einen Augenblick oder eine Stunde, niemand weiß es.«
Der Bär brüllte, und Dunja erzitterte. »Ich muss zu ihm«, flüsterte sie. »Ich muss, Maruschka ... *Bitte*.«

»Es wäre besser ...«, begann Morosko, doch Wasja schnitt ihm das Wort ab.

»Nein«, sagte sie entschlossen. »Nimm sie mit. *Bitte*. Sie war wie eine Mutter für mich.« Sie umklammerte Moroskos Hände. »Deine Stute hat mir gesagt, dass du gerne Geschenke machst. Dann tue es, Morosko, für mich. Ich flehe dich an.«

Es folgte eine lange Stille. Moroskos Blick wanderte zu der Schlacht, dann zurück zu Wasja. Einen Wimpernschlag lang verharrte er auf den Bäumen. Wasja folgte seiner Blickrichtung, sah aber nichts.

Da lächelte Morosko plötzlich. »Wie du meinst«, sagte er und küsste sie, schnell und leidenschaftlich.

Wasja schaute ihn mit weit aufgerissenen Augen an.

»Du musst durchhalten, solange du kannst. Sei tapfer«, sagte Morosko und trat zurück. »Komm, Awdotja Mikhailowna.« Im nächsten Moment saß er auf seinem Pferd, Dunja hinter ihm. Zu Wasjas Füßen lag nur noch eine verschrumpelte, leere Hülle.

»Leb wohl«, flüsterte sie und kämpfte den Drang nieder, Morosko zurückzurufen.

Die weiße Stute jagte davon, und Wasja nahm einen tiefen Atemzug. Der Bär hatte die letzten Angreifer abgeschüttelt. Er war jetzt wieder in der Gestalt eines Menschen, eines sehr großen Menschen mit starken, grausamen Händen. Er lachte.

»Gut gemacht«, sagte er. »Ich versuche auch immer, ihn loszuwerden. Er hat ein kaltes Herz, Dewuschka, aber *ich* bin das Feuer. Ich kann dich wärmen. Komm her, kleine Wedma, und lebe ewig.«

Er winkte sie zu sich. Seine Augen zerrten an ihr. Seine Kraft pulsierte über die Lichtung, und die verwundeten Geister schreckten zurück.

Wasjas Atem begann zu flattern, doch Solowej war an ihrer Seite. Sie spürte seinen sehnigen Hals unter ihrer Hand und kletterte auf seinen Rücken. »Lieber sterbe ich tausend Tode«, erwiderte sie.

Der Einäugige zog die vernarbten Lippen zurück und ließ Wasja seine langen Zähne sehen. »Dann komm«, sagte er kalt. »Sklavin oder Dienerin, die Wahl liegt bei dir, aber du gehörst mir.« Mit jedem Wort wurde er größer, und plötzlich war er wieder ein Bär mit einem Maul so groß, als könnte er die ganze Welt verschlingen. Er grinste. »Oh, du hast Angst. Am Ende haben sie immer Angst, aber die Angst der Mutigen ist das Beste!«

Wasja glaubte, ihr rasender Herzschlag würde ihren Brustkorb sprengen, da sagte sie mit leiser, erstickter Stimme: »Ich sehe die Geister des Waldes, aber wo ist der Domowoi, der Bannik, der Wasila? Kommt, ihr Kinder unserer Häuser, denn unsere Not ist groß.« Sie riss die Eisschicht von ihrem Handgelenk und ließ ihr Blut erneut strömen. Das Amulett an ihrem Hals gleißte.

Einen Augenblick herrschte Stille auf der Lichtung, dann wurde sie von Aljoschas surrendem Schwert und dem Ächzen der Geister, die noch kämpfen konnten, gebrochen. Wasja sah ihren Bruder von drei Geschöpfen des Bären umringt. Sein Blick war konzentriert, Blut glänzte auf seinem Schwertarm und seiner Wange.

»Kommt zu mir, jetzt«, sagte Wasja verzweifelt. »Bei meiner Liebe zu euch und eurer Liebe zu mir. Bei dem Blut, das ich vergossen habe, und dem Brot, das ich euch gab.«

Die Stille hielt an. Der Bär scharrte mit seinen mächtigen Pranken.

»Und jetzt verzweifelst du«, höhnte er. »Nur die Verzweiflung ist noch süßer als Angst.« Seine Zunge schnellte vor wie die einer Schlange, als koste er die Luft.

Närrin, dachte Wasja. *Die Hausgeister sind an ihr Heim gebunden. Sie können nicht herkommen!* Sie schmeckte Blut in ihrem Mund, bitter und salzig.

»Wir können wenigstens meinen Bruder retten«, sagte sie zu Solowej. Der Hengst wieherte kampflustig, da ließ der Bär seine Pranke vorschnellen, so überraschend, dass Solowej gerade noch ausweichen konnte.

Der Bär holte schon zum nächsten Schlag aus, da kamen sie plötzlich: alle Domowoi, alle Badehaus- und alle Stallgeister aus ganz Lesnaja Semlja ergossen sich auf die Lichtung. Solowej wusste kaum noch, wo er seine Hufe hinsetzen sollte, so viele waren es. Der Wasila sprang auf seinen Rücken, neben ihm stand der kleine Domowoi aus Wasjas Haus, ein glühendes Stück Kohle in der rußverschmierten Hand.

Zum ersten Mal sah der Bär verunsichert aus. »Das ist unmöglich«, stammelte er. »Sie verlassen ihre Heime nicht.«

Die Hausgeister stießen die eigenartigsten Schlachtrufe aus, und Solowej scharrte mit den Hufen. Doch dann begann Wasjas Herz heftiger zu pochen denn je: Die Rusalka hatte Aljoscha zu Boden gerissen. Sein Schwert flog durch die Luft, während er reglos auf dem Rücken lag und wie verzaubert in das Gesicht der nackten Frau über ihm starrte.

Wasja sah, wie die Rusalka ihm die Finger um den Hals legte.

Der Bär lachte. »Bleibt, wo ihr seid, alle! Sonst stirbt er.«

»Erinnere dich!«, rief Wasja der Rusalka verzweifelt zu. »Ich habe dir Blumen gebracht und mein Blut vergossen. Erinnere dich!«

Die Rusalka hielt inne. Das Wasser rann aus ihrem Haar, und ihr Griff um Aljoschas Hals lockerte sich.

Aljoscha stieß sie von sich herunter, doch der Bär war zu nahe.

»Vorwärts!«, rief Wasja ihrem Hengst und ihrer gesamten zerlumpten Geisterheer zu. »Vorwärts – er ist mein Bruder!«

In diesem Moment schallte ein Zornesschrei zwischen den Bäumen hervor. Wasja blickte auf und sah ihren Vater mit erhobenem Schwert am Rand der Lichtung stehen.

Das Biest war zweimal, dreimal so groß wie ein normaler Bär. Es hatte nur ein Auge, die andere Seite seines Schädels war eine einzige knotige Narbe. Das gesunde Auge glomm in der Farbe eines fahlen Schattens auf Schnee. Er war auch nicht schläfrig, wie ein normaler Bär es gewesen wäre, sondern hellwach vor Hunger und abgrundtiefer Bosheit.

Vor dem Bären war Wasja auf einem braunen Hengst, klein wie eine Zwergin. Aljoscha, sein Sohn, lag beinahe zu Füßen der Bestie, das große Maul kam immer näher …

Pjotr stieß ein Brüllen aus, einen Schrei voller Liebe und Zorn.

Der Kopf des Bären schwang herum. »So viele Besucher«, sagte er. »Tausend Menschenleben lang Stille, und dann bricht die ganze Welt über mich herein. Nun, mir soll's recht sein. Aber eins nach dem andern. Zuerst den Jungen.«

In diesem Moment sprang eine nackte Frau mit grünlicher Haut und nass schimmerndem Haar auf den Rücken des Bären. Mit einem Kreischen grub sie Zähne und Fingernägel in sein Fleisch. Wasja rief ein Kommando, und der Hengst griff an, schlug mit den Vorderhufen auf die Bestie ein. Mit ihnen stürmte eine ganze Horde eigenartiger Kreaturen vor, groß und dünn, klein und bärtig, Männer und Frauen. Alle zusammen stürzten sie sich auf den

Bären und heulten mit ihren eigenartigen hohen Stimmen. Der Bär taumelte unter dem Ansturm zurück.

Wasja sprang von ihrem Pferd, packte Aljoscha und zog ihn fort. Pjotr hörte, wie sie schluchzte. »Ljoschka«, wimmerte sie, »Ljoschka.« Der Hengst schlug noch einmal mit den Vorderhufen aus und stellte sich schützend vor die beiden. Aljoscha blinzelte benommen. »Steh auf, Ljoschka«, flehte Wasja. »Bitte, bitte.« Der Bär schüttelte sich und schleuderte die meisten seiner Angreifer von sich, dann schlug er mit der Pranke aus. Der Hengst konnte gerade noch ausweichen, die nackte Frau stürzte in den Schnee, Wasser spritzte aus ihrem Haar. Wasja warf sich über ihren halb bewusstlosen Bruder. Riesige Zähne schnappten nach ihrem ungeschützten Rücken.

Pjotr konnte sich nicht erinnern, gerannt zu sein, doch plötzlich stand er keuchend zwischen seinen Kindern und der Bestie. Bis auf sein pochendes Herz war er vollkommen ruhig. Er hielt sein Breitschwert mit beiden Händen hoch erhoben, und Wasja starrte ihn an wie eine Erscheinung. Er sah, wie ihre Lippen sich bewegten. *Vater.*

Der Bär hielt inne. »Verschwinde«, knurrte er und streckte eine Pranke in seine Richtung.

Pjotr drückte sie mit dem Schwert beiseite und rührte sich nicht von der Stelle. »Mein Leben ist nichts«, sagte er. »Ich habe keine Angst.«

Der Bär öffnete das Maul zu einem Brüllen, Wasja zuckte zusammen, doch Pjotr wich immer noch nicht.

»Geh zur Seite«, sagte der Bär. »Ich hole mir die Kinder der alten Hexe.«

Pjotr machte einen Schritt auf ihn zu. »Ich kenne keine Hexen. Dies sind meine Kinder.«

Der Bär ließ sein Gebiss einen Fingerbreit vor Pjotrs Gesicht zuschnappen, doch Pjotr blieb, wo er war. »Fort mit dir«, sagte er. »Du bist ein Nichts, nur eine Geschichte. Du hast in meinen Ländereien nichts zu suchen.«

»Diese Wälder gehören jetzt mir«, schnaubte der Bär, doch sein Auge blinzelte verunsichert.

»Welchen Preis verlangst du?«, fragte Pjotr. »Ich kenne die alten Geschichten – alles hat seinen Preis.«

»Wie du willst. Gib mir deine Tochter, dann verschone ich dein Land.«

Pjotr schaute zu Wasja hinüber. Ihre Blicke begegneten sich kurz, und er sah, wie sie schluckte. »Sie ist meine Tochter, die Letztgeborene meiner verstorbenen Marina. Ein Mann schachert nicht mit dem Leben eines anderen. Schon gar nicht mit dem seines eigenen Kindes.«

Einen Moment lang herrschte absolute Stille.

Pjotr ließ sein Schwert fallen. »Nimm meines.«

»Nein!«, schrie Wasja. »Nein, Vater! Nicht!«

Der Bär kniff sein gesundes Auge zusammen und zögerte.

Da stürzte Pjotr plötzlich vor und warf sich gegen die Brust des Ungeheuers. Aus purem Instinkt schlug der Bär ihn zur Seite, Wasja hörte ein entsetzliches *Krachen*, Pjotr wurde durch die Luft geschleudert wie eine Puppe und blieb mit dem Gesicht nach unten im Schnee liegen.

Der Bär stürzte brüllend hinterher, und Wasja rannte los. Alle Furcht war wie weggeblasen. Sie schrie vor Wut, und der Bär fuhr herum.

Wasja sprang auf Solowejs Rücken, dann griffen sie an. Sie weinte, wusste nicht einmal mehr, dass sie gar keine Waffe hatte.

Das Amulett auf ihrem Brustbein brannte kalt und pochte wie ein zweites Herz.

Der Bär grinste breit; seine Zunge hing zwischen den langen Zähnen hervor wie die eines Hundes. »O ja«, sagte er, »komm her, kleine Wedma, komm zu mir, meine Hexe. Du bist noch nicht stark genug für mich und wirst es auch nie sein. Komm, dann schicke ich dich zu deinem Vater.«

Doch noch während er sprach, schrumpfte er und verwandelte sich zurück in einen Menschen, einen kleinen, buckligen Bettler mit nur einem tränenden Auge.

Eine weiße Silhouette tauchte neben Solowej auf und legte ihm die Hand auf den Hals. Solowej hob den Kopf und verlangsamte sein Tempo.

»Nein!«, schrie Wasja. »Nein, Solowej, nicht stehen bleiben.« Sie sah, wie der Einäugige sich im Schnee wand und krümmte, dann spürte sie Moroskos Hand auf der ihren.

»Genug, Wasja«, sagte er. »Er ist gebannt. Es ist vorbei.«

Sie starrte den Einäugigen verwirrt an. »Wie?«

»Durch die Kraft, die euch Menschen innewohnt«, antwortete Morosko mit einer eigenartigen Befriedigung in der Stimme. »Wir, die wir ewig leben, wissen weder, was wahrer Mut ist, noch lieben wir genug, um unser Leben für einen anderen zu geben. Aber dein Vater konnte es. Durch sein Opfer ist der Bär gebannt. Pjotr Wladimirowitsch ist so gestorben, wie er es sich gewünscht hätte. Es ist vorbei.«

»Nein«, keuchte Wasja und zog ihre Hand weg. »Nein …«

Sie sprang von Solowejs Rücken. Medwed zuckte murrend zusammen, doch Wasja hatte ihn schon vergessen. Sie rannte zu ihrem Vater. Aljoscha war bereits dort und schob Pjotrs zerfetzten Umhang zur Seite. Der Hieb hatte ihm die Rippen eingedrückt, zwischen seinen Lippen quollen Blutblasen hervor. Wasja legte ihre Hände auf die Wunde. Sie spürte die Wärme, die in ihren Fingern aufflammte. Ihre Tränen fielen auf Pjotrs geschlossene Augen. Ein Hauch von Farbe kehrte auf seine graue Haut zurück, und seine Lider öffneten sich. Als sein Blick auf Wasja fiel, wurden seine Augen heller.

»Marina«, röchelte er. »Marina.«

Er seufzte, atmete aus und nicht wieder ein.

»Nein«, stammelte Wasja. »*Nein.*« Sie grub die Finger in Pjotrs lebloses Fleisch. Sein Brustkorb blähte sich wie ein Blasebalg, doch sein Blick blieb leer. Wasja schmeckte Blut in ihrem Mund. Sie hatte sich die Lippe aufgebissen, kämpfte gegen den Tod an, als wäre es ihr eigener, als könnte sie …

Lange, kalte Finger schlangen sich um ihre Hände. Wasja versuchte, sich loszureißen, die Wärme in ihren Händen zu halten, doch es gelang ihr nicht.

Moroskos Stimme strich in einem eisigen Luftzug über ihre Wange. »Hör auf, Wasja. Er hat es so gewollt, du kannst es nicht rückgängig machen.«

»O doch, kann ich«, zischte sie erstickt. »Ich sollte an seiner Stelle liegen. Lass mich los!«

Die kalten Finger verschwanden, und Wasja wirbelte herum. Morosko ragte über ihr auf, sein Gesicht blass, grausam gleichmütig und mit nur einem Hauch von Güte. »Es ist zu spät«, sagte er, und der Wind nahm die Worte auf: *Zu spät, zu spät.*

Dann schwang er sich auf seine Stute. Vor ihm saß bereits jemand.

»Nein«, stammelte Wasja und sprang auf. »Warte – *Vater!*« Doch die Stute war bereits in der Dunkelheit zwischen den Bäumen verschwunden.

Die Stille kam plötzlich und unentrinnbar. Der Einäugige schlich durch das Unterholz davon, und die Geister verschwanden in den Wald. Im Vorbeigehen legte die Rusalka Wasja eine tropfende Hand auf die Schulter. »Danke, Wasilisa Petrowna«, sagte sie.

Wasja erwiderte nichts.

Solowej stupste sie sanft an, doch Wasja reagierte nicht. Sie starrte ins Nichts und hielt die Hand ihres Vaters, spürte, wie sie immer kälter wurde.

»Schau«, flüsterte Aljoscha heiser und mit feuchten Augen. »Die Schneeglöckchen verwelken.«

Es stimmte. Die warme, kränklich-süße Luft hatte sich abgekühlt. Ein Wind kam auf, und die Blumen vertrockneten auf dem harten Boden. Die Wintersonnenwende war noch nicht gekommen, ihre Stunde noch weit weg. Es gab keine Lichtung mehr und kein matschiges Fleckchen Erde unter dem grauen Himmel. Nur eine große, alte Eiche mit knotigen Ästen. Das Dorf war wieder zu sehen, nur einen Steinwurf entfernt. Der Tag war angebrochen, und es war bitterkalt.

»Gebannt«, sagte Wasja. »Vater hat das Ungeheuer gebannt.« Sie griff mit steifen Fingern nach einer der verwelkenden Blumen.

»Wie konnte er so plötzlich auftauchen?«, sagte Aljoscha in dankbarem Erstaunen. »Er sah aus ... als wüsste er genau, was er tun musste. Als wüsste er genau, wie und warum. Durch Gottes Gnade ist er jetzt bei Mutter.« Er beschrieb das Kreuzzeichen über dem Leichnam seines Vaters, dann ging er zu Anna und tat das Gleiche.

Nur Wasja bewegte sich nicht, und sie sagte auch nichts mehr.

Sie legte ihrem Vater die Blume in die Hand, dann presste sie den Kopf auf seine Brust und begann leise zu weinen.

28

Am Ende und am Anfang

Sie hielten die ganze Nacht Totenwache für Pjotr Wladimirowitsch und seine Gattin. Die beiden wurden gemeinsam beerdigt, Pjotr zwischen seiner ersten Frau und seiner zweiten. Die Dörfler trauerten, aber sie verzweifelten nicht. Das Gespenst von Tod und Vernichtung war aus ihren Häusern und von ihren Feldern verbannt. Nicht einmal die tropfnassen Ruinen im zur Hälfte niedergebrannten Dorf konnten sie schrecken. Die Luft war kalt, und die Sonne ließ den Schnee glitzern wie Diamanten.

Wasja stand in Mantel und Kapuze bei ihrer Familie und ertrug das Getuschel. *Sie war verschwunden, und dann ist sie auf einem geflügelten Pferd zurückgekehrt. Eigentlich müsste sie tot sein. Hexe.* Sie dachte daran, wie das Seil ihre Handgelenke berührt hatte, an Olegs kalten Blick – ein Mann, den sie seit Kindesbeinen kannte –, und traf eine Entscheidung.

Als alle gegangen waren, stand sie allein in der Dämmerung am Grab ihres Vaters. Sie fühlte sich alt, entschlossen und müde.

»Hörst du mich, Morosko?«, fragte sie.

»Ja«, kam die Antwort, und plötzlich stand er neben ihr.

413

Sie sah eine gewisse Vorsicht in Moroskos Gesicht und lachte, halb schluchzte sie. »Hast du Angst, ich könnte meinen Vater wiederhaben wollen?«

»Als ich noch unter den Menschen wandelte, haben die Lebenden mich angeschrien«, erwiderte Morosko tonlos. »Sie haben meine Hand umklammert und sich an der Mähne meines Pferdes festgehalten, Mütter flehten mich an, sie mitzunehmen, nachdem ich ihre Kinder geholt hatte.«

»Keine Angst, ich habe genug von Toten, die aus ihren Gräbern steigen.« Die Worte sollten kalt und gleichgültig klingen, doch Wasjas Stimme zitterte.

»Das glaube ich dir«, erwiderte Morosko. Die Skepsis war aus seinem Blick verschwunden. »Ich werde mich an seinen Mut erinnern, Wasja. Und an deinen.«

Ihre Lippen zuckten. »Für immer? Auch noch, wenn ich wie mein Vater kalt in der Erde liege?«

Morosko erwiderte nichts und blickte sie eine Weile stumm an. »Was ist dein Wunsch, Wasilisa Petrowna?«

»Warum musste mein Vater sterben?«, fragte sie hastig. »Wir brauchen ihn. Wenn schon jemand sterben musste, dann hätte es mich treffen sollen.«

»Es war sein Wille«, antwortete Morosko. »Und sein Privileg. Er ist für dich gestorben. Er wollte es nicht anders.«

Wasja schüttelt den Kopf und ging ruhelos im Kreis. »Woher hat er es überhaupt gewusst? Er kam zur Lichtung und *wusste* es. Wie hat er uns überhaupt gefunden?«

Morosko zögerte, dann sagte er langsam: »Er kam vor den anderen zurück. Du und Aljoscha wart nicht im Haus, also hat er sich auf die Suche gemacht. Diese Lichtung ist verzaubert, Wasja. Die Eiche tut alles, um den Bären gefangen zu halten. Sie weiß besser als ich, was zu tun ist, und hat deinen Vater hergelockt.«

Wasja schwieg lange. Schließlich schaute sie ihn mit zusammengekniffenen Augen an. »Ich muss etwas erledigen«, sagte sie mit einem Nicken. »Und dabei brauche ich deine Hilfe.«

Alles ist schiefgegangen, dachte Konstantin. Pjotr Wladimirowitsch war tot, vor den Toren seines eigenen Dorfes von einem wilden Tier getötet. Anna Iwanowna, erzählten sich die Leute, war in einem Anfall von Wahnsinn in den Wald gelaufen. *Genau so war es,* sagte er sich. *Alle wussten, dass sie eine Närrin und eine Verrückte war.* Trotzdem sah er ihr verzweifeltes, blutleeres Gesicht immer noch vor sich. Es schwebte vor ihm wie eine Erscheinung.

Als er die Totenmesse für Pjotr Wladimirowitsch las, wusste er kaum, was er sagte, beim Leichenschmaus kaum, was er tat.

Bei Anbruch der Nacht kam ein Klopfen von seiner Tür.

Konstantin öffnete und taumelte keuchend zurück. Vor ihm stand Wasja, ihr Gesicht wie gemeißelt im Schein der Kerzen. Sie sah so schön aus, blass und entrückt, anmutig und voller Sorge. *Sie ist mein. Gott hat sie zu mir zurückgeschickt. Dies ist seine Vergebung.*

»Wasja«, sagte er und streckte die Hand nach ihr.

Doch sie war nicht allein. Als sie eintrat, schälte sich eine verhüllte Gestalt aus der Dunkelheit neben ihr. Eine Kapuze hüllte ihr blasses Gesicht in tiefe Schatten. Ihre Hände waren lang und dünn.

»Wer ist das?«

»Ich bin zurückgekehrt«, erwiderte Wasja, »aber nicht allein, wie Ihr seht.«

Konstantin konnte die Augen des Fremden nicht sehen, nur seine Finger, knochig wie die eines Skeletts. Er leckte sich über die Lippen. »Wer ist das, Mädchen?«

Wasja lächelte. »Der Tod. Er hat mich gerettet. Oder vielleicht auch nicht, vielleicht bin ich ja ein Geist. Ich fühle mich wie einer.«

»Du hast den Verstand verloren«, sagte Konstantin. »Wer bist du, Fremder?«

Der Fremde sagte nichts.

»Ob lebendig oder tot, ich bin hier, um Euch zu sagen, dass Ihr Lesnaja Semlja verlassen müsst«, fuhr Wasja fort. »Kehrt nach Moskau zurück oder noch Wladimir, nach Zargrad, oder fahrt zur Hölle, aber wenn die Schneeglöckchen blühen, müsst Ihr fort sein.«

»Meine Aufgabe ...«

»... ist erledigt«, schnitt Wasja ihm das Wort ab. Sie trat einen Schritt näher, und der Mann mit der Kapuze schien größer zu werden. Sein Gesicht wurde zu einem Totenschädel, zwei blaue Feuer brannten in den Augenhöhlen. »Ihr werdet uns verlassen, Konstantin Nikonowitsch, oder sterben. Und Euer Tod wird kein leichter sein.«

»Das werde ich nicht.« Etwas stieß ihn gegen die Wand in seinem Rücken. Seine Kiefer schlugen krachend aufeinander.

»O doch«, sagte Wasja und kam so nahe, dass sie sich beinahe berührten. Konstantin sah den Schwung ihrer Wangen, den unerbittlichen Ausdruck in ihren Augen. »Sonst werden wir dafür sorgen, dass Euch noch vor dem Ende der gleiche Wahnsinn befällt wie meine Stiefmutter.«

»Dämonen ...«, keuchte Konstantin. Kalter Schweiß trat ihm auf die Stirn.

»Ja.« Wasja lächelte wie die Tochter des Leibhaftigen. Die Gestalt – der Schädel – neben ihr lächelte ebenfalls.

Dann waren sie fort.

Konstantin sank auf die Knie und hob flehend die Hände. »Komm zurück«, flehte er die Schatten in seiner Kammer an und lauschte. Seine Hände zitterten. »Komm zurück. Du hast mich erhoben, doch sie verschmäht mich immer noch. Komm zurück.« Er glaubte, ein Flackern in der Dunkelheit zu sehen, doch es kam keine Antwort.

»Ich glaube, er wird gehorchen«, sagte Wasja.

»Sehr wahrscheinlich«, erwiderte Morosko und lachte. »Ich habe so etwas noch nie auf Geheiß eines anderen getan.«

»Aus eigenem Antrieb dafür umso öfter, nehme ich an«, entgegnete Wasja.

»Ich? Ich bin nur eine Geschichte.«

Jetzt war es Wasja, die lachte. Wenn auch nicht lange. »Danke«, sagte sie.

Morosko neigte das Haupt, die Nacht schien sich nach ihm zu strecken, dann stand Wasja allein in der Dunkelheit.

Der gesamte Haushalt war bereits zu Bett gegangen, nur Irina und Aljoscha saßen noch in der Küche. Wasja glitt herein wie ein Schatten. Irina weinte in Aljoschas Armen. Wasja ließ sich wortlos neben ihnen auf die Ofenbank sinken und schlang die Arme um beide.

Eine Zeit lang sprach niemand ein Wort.

»Ich kann nicht hierbleiben«, begann Wasja leise.

Aljoscha blickte sie an, die Augen müde von der Schlacht und leer vor Trauer. »Denkst du immer noch an das Kloster? Das brauchst du nicht. Anna Iwanowna ist tot und Vater auch. Ich bin sein Erbe, das Land gehört jetzt mir. Ich werde mich um dich kümmern.«

»Die Menschen hier müssen dich respektieren, Ljoschka«, entgegnete sie. »Das tun sie nicht, solange du deine verrückte Schwester beherbergst. Du weißt, dass sie mir die Schuld an allem geben. Ich bin eine Hexe. Der Priester hat es gesagt.«

»Mach dir deshalb keine Sorgen«, erwiderte Aljoscha. »Außerdem kannst du nirgendwo hin.«

»Warum nicht?« Ein sanftes Leuchten wie von einem Feuer trat auf Wasjas Gesicht und glättete ihre Kummerfalten. »Solowej trägt mich bis ans Ende der Welt, wenn ich ihn darum bitte. Ich werde durch die Lande ziehen, Aljoscha, und niemandes Braut sein. Weder Gottes noch die eines Menschen. Ich werde Kiew sehen und Sarai und Zargrad, und ich werde die Sonne über dem Meer sehen.«

Aljoscha starrte sie an. »Du bist tatsächlich verrückt, Wasja.«

Sie lachte, Tränen verschleierten ihre Sicht. »Und wie«, sagte sie. »Aber ich werde frei sein. Zweifelst du etwa an mir, Aljoscha? Ich habe meiner Stiefmutter Schneeglöckchen gebracht, als ich eigentlich im Wald hätte sterben müssen. Vater ist tot. Niemand kann mich mehr aufhalten. Sag mir ehrlich, was gibt es hier schon für mich außer Mauern und Käfige? Ich will frei sein, der Preis dafür ist mir egal.«

Irina klammerte sich an ihr fest. »Geh nicht, Wasja, bitte. Ich werde immer brav sein, ich verspreche es.«

»Sieh mich an, Irinka. Du *bist* brav. Du bist das anständigste kleine Mädchen, das ich kenne. Viel besser, als ich es bin. Aber, kleine Schwester, du hältst mich nicht für eine Hexe. Andere schon.«

»Das ist wahr«, gestand Aljoscha. Er hatte die Blicke der Dörfler gesehen und ihr Getuschel während der Beerdigung gehört.

Wasja blieb stumm.

»Unartiges Ding«, sagte Aljoscha eher traurig als im Zorn. »Kannst du nicht einfach zufrieden sein? Mit der Zeit werden die Leute vergessen, was passiert ist, und was du einen Käfig nennst, ist nun mal das Los der Frauen.«

»Aber nicht meines«, entgegnete Wasja. »Ich liebe dich, Ljoschka, ich liebe euch beide. Aber ich kann nicht bleiben.«

Irina begann zu schluchzen und umklammerte Wasja noch fester.

»Weine nicht, Irinka«, flüsterte Aljoscha und schaute dabei Wasja an. »Sie wird zurückkommen. Wirst du doch, oder?«

Sie nickte knapp. »Eines Tages. Das schwöre ich.«

»Ist es nicht zu kalt? Wirst du nicht hungern unterwegs?«

Wasja dachte an das Haus im Wald und all die Dinge, die dort auf sie warteten – Juwelen, nicht als Aussteuer, sondern zum Eintauschen, ein Mantel gegen die Kälte und dicke Stiefel ... Alles, was sie für ihre Reise brauchte. »Nein«, antwortete sie. »Das glaube ich nicht.«

Aljoscha nickte zögernd. Wasjas Augen leuchteten vor Entschlossenheit wie ein Waldbrand.

»Vergiss uns nicht, Wasja. Hier.« Er griff unter sein Hemd und zog ein Lederbändchen mit einem abgegriffenen Anhänger daran hervor. Der Anhänger war aus Holz geschnitzt und stellte einen Vogel mit ausgebreiteten Flügeln dar. Er reichte ihn Wasja.

»Vater hat ihn für Mutter gemacht«, sagte er. »Trag ihn, kleine Schwester, und erinnere dich.«

Wasjas Finger schlossen sich fest um den Anhänger, dann küsste sie ihre Geschwister. »Ich schwöre es.«

»Geh«, sagte Aljoscha. »Bevor ich dich noch festbinde.« Auch seine Augen waren feucht.

Wasja stand auf. Als sie den Fuß auf die Schwelle setzte, hörte sie noch einmal die Stimme ihres Bruders. »Geh mit Gott, kleine Schwester.«

Selbst als die Tür hinter ihr ins Schloss gefallen war, hörte sie noch Irinas Schluchzer.

Solowej wartete gleich hinter der Palisade auf sie. »Komm«, sagte Wasja. »Trägst du mich bis ans Ende der Welt, wenn die Straße uns dorthin führen sollte?« Sie weinte.

Solowej wischte ihre Tränen mit der Schnauze weg. Seine Nüstern blähten sich in der abendlichen Brise. *Überallhin, Wasja. Die Welt ist groß, und die Straßen führen überallhin.*

Sie sprang auf Solowejs Rücken, dann jagten sie davon, lautlos und schnell wie ein Nachtvogel.

Schon bald sah Wasja einen verschneiten Fichtenhain. Ein goldener Flammenschein drang zwischen den Bäumen hervor.

Eine Tür schwang auf. »Komm herein, Wasja«, sagte Morosko. »Es ist kalt.«

Anmerkung der Autorin

Kennern der russischen Geschichte möchte ich gerne mitteilen, dass ich mein Bestes getan habe, dieser nicht sonderlich gut dokumentierten Zeit gerecht zu werden. Wo ich mir Freiheiten herausgenommen habe – beispielsweise, indem ich Prinz Wladimir Andrejewitsch älter machte als Dmitri Iwanowitsch (in Wahrheit war es umgekehrt) und ihn mit einer jungen Frau namens Olga Petrowna verheiratete –, geschah dies aus rein dramaturgischen Gründen. Ich hoffe, meine Leser werden es mir verzeihen.

Glossar

BABA JAGA: Eine alte Hexe, die in vielen russischen Märchen vorkommt. Sie fliegt in einem Mörser, den sie mit dem Stößel steuert. Ihre Fußspuren verwischt sie mit einem Reisigbesen. Ihre Hütte steht auf Hühnerbeinen und dreht sich beständig um die eigene Achse.

BANNIK: Wörtlich »Badehausbewohner«, in der russischen Folklore der Schutzgeist eines Badehauses.

BASTSCHUHE: Leichte Schuhe aus den Fasern der inneren Baumrinde. Einfach herzustellen, aber nicht sehr haltbar. Auch Lapti genannt.

BATJUSCHKA: Wörtlich »Väterchen«, respektvolle Anrede für orthodoxe Priester.

BOGATYR: Heldenhafter slawischer Krieger, einem fahrenden Ritter vergleichbar.

BOLOTNIK: Sumpfbewohner, Sumpfdämon.

BOJAR: Mitglied des Kiewer und später Moskauer Hochadels. Nur der Knez, oder Fürst, steht über einem Bojaren.

BUJAN: Sagenumwobene Meeresinsel aus der slawischen Mythologie, die auftaucht und wieder verschwindet.

DEWOTSCHKA: Kleines Mädchen.

DEWUSCHKA: Junge Frau, Maid.

DOTSCHKA: Tochter.

DOMOWOI: In der russischen Folklore der Wächter eines Haushalts, Hausgeist.

DURAK: Idiot, weibliche Form: Dura.

DWOR: Hof, Vorgarten.

DWORNIK: Wächter des Dwor, oder Hofes, in der russischen Folklore. Im modernen Sprachgebrauch auch der Hausmeister.

GOSPODIN: Respektvolle Anrede für einen Mann, formeller als das einfache »Herr«. Dem englischen »Lord« vergleichbar.

GOSUDAR: Eine Anrede, vergleichbar zu »Euer Majestät«.

GROSSFÜRST (VELIKIY KNYAZ): Im russischen Mittelalter Titel des Herrschers über eine große Stadt wie Moskau, Twer oder Smolensk. Der Titel »Zar« wurde erst mit der Krönung Iwans des Schrecklichen im Jahr 1547 gebräuchlich.

GUSLE: Mittelalterliches Streichinstrument.

HEILIGER NARR: Ein Jurodiwy, oder Narr in Christo, ist jemand, der seinen Besitz und alles Weltliche hinter sich lässt und in vollkommener Askese lebt. Ihr Wahnsinn (ob echt oder gespielt) galt als von Gott inspiriert. Oft sprachen sie Dinge aus, die niemand sonst zu äußern wagte.

IKONOSTASE: Mit Ikonen geschmückte Wand, die in orthodoxen Kirchen den Altarraum vom Kirchenschiff trennt.

ISBA: Kleine Bauernhütte, oft mit Schnitzereien verziert. Die Mehrzahl lautet Isby.

KASCHA: Brei aus Buchweizen, Weizen, Roggen, Hirse oder Gerste.

KOKOSCHNIK: Russische Kopfbedeckung. Kokoschniki unterscheiden sich je nach Region und Epoche stark. Generell wird mit dem Wort die geschlossene Kopfbedeckung verheirateter Frauen bezeichnet. Der Kokoschnik einer unverheirateten Frau ist an der Rückseite offen. Kokoschniki waren dem Adel vorbehalten, bürgerliche Frauen trugen ein Kopftuch.

KREML: Russische Bezeichnung für Zitadelle. Im heutigen Sprachgebrauch ist damit meist die mit Abstand berühmteste von allen gemeint: der Moskauer Kreml.

KWAS: Aus Roggenbrot hergestelltes Gärgetränk.

LESHY: Waldgeist aus der slawischen Mythologie, Beschützer der Bäume und Tiere. Wird auch Lesowik genannt.

LESNAJA SEMLJA: Wörtlich »Land des Waldes«.

KLEINER BRUDER: Deutsche Form des russischen Kosenamens *bratyuska*. Kann sowohl für jüngere als auch für ältere Geschwister verwendet werden.

KLEINE SCHWESTER: Deutsche Form des russischen Kosenamens *sestryonka*. Kann sowohl für jüngere als auch für ältere Geschwister verwendet werden.

MET: Honigwein, der aus einer Mischung aus Honig und Wasser hergestellt wird.

METROPOLIT: Hoher Würdenträger der orthodoxen Kirche. Im Mittelalter war der Metropolit der Kirche von Rus die höchste religiöse Autorität in ganz Russland und wurde vom ökumenischen Patriarchen ernannt.

MYSCH: Maus.

ÖKUMENISCHER PATRIARCH: Oberhaupt der orthodoxen Kirche mit Sitz in Konstantinopel, dem heutigen Istanbul.

OGON: Feuer.

PODSNEZHNIKI: Schneeglöckchen.

PJOS: Hund, Köter.

RUS: Das Volk der Rus stammte ursprünglich aus Skandinavien.

Im 9. Jahrhundert traten sie auf Einladung slawischer und finnischer Stämme als Ordnungsmacht in deren Siedlungsgebieten auf und gründeten das Herrschergeschlecht der Rurik. Ihr Herrschaftsgebiet umfasste schließlich einen großen Teil der heutigen Ukraine, Weißrusslands und des europäischen Russland. Auch das Gebiet und die dort lebenden Menschen wurden schließlich Rus genannt. Das Wort findet sich auch heute noch in Namen wie Russland oder Belarus (Weißrussland).

RUSALKA: Wassernymphe, einem Sukkubus ähnlich.

RUSSISCHER OFEN: Der sogenannte *pech* ist ein großer, gemauerter Ofen, der im 15. Jahrhundert weite Verbreitung fand und zum Kochen und Heizen verwendet wurde. Die Wärme wurde über Rohre und Schächte im Haus verteilt, im Winter schlief oft die gesamte Familie auf dem Ofen.

RUSSLAND: Im 13. Jahrhundert gab es noch kein politisch geeintes Russland. Die Rus lebten unter der Herrschaft rivalisierender Fürsten, die ihrerseits mongolischen Herrschern unterstanden. Die Bezeichnung Russland wurde erst im 17. Jahrhundert gebräuchlich, im mittelalterlichen Kontext spricht man vom »Land der Rus« oder schlicht »Rus«.

RUSSISCH: Die Adjektive *russkiy* und *rossiyskiy* werden beide mit »russisch« ins Deutsche übersetzt. Mit *russkiy* sind das russische Volk und die Kultur gemeint, *rossiyskiy* hingegen bezieht sich ausschließlich auf den heutigen russischen Staat. Wenn im Roman »russisch« steht, ist von Ersterem die Rede.

SARAFAN: Ein Kleid mit Schulterträgern, das über einer langärmeligen Bluse getragen wird. Streng genommen etablierte sich der Sarafan erst im frühen 15. Jahrhundert, der Roman spielt etwas früher. Das Kleid kommt trotzdem vor, weil es für heutige westliche Leserinnen und Leser »russisch-märchenhafte« Atmosphäre schafft.

SOLOWEJ: Nachtigall.

STARIK: Alter Mann.

SYNOK: Liebevolle Verkleinerungsform von Syn (Sohn).

UPYR: Vampir; die Mehrzahl lautet Upyry.

WASILA: Beschützer von Stall und Vieh.

WEDMA: *Vyed'ma*, Hexe, Wahrsagerin.

WERST: Entfernungseinheit, entspricht in etwa einem Kilometer.

WODIANOJ: Männlicher, oft bösartiger Wassergeist.

ZAR: Das Wort »Zar« kommt vom lateinischen »Caesar«, der Bezeichnung der römischen und später byzantinischen Kaiser. Im Roman ist mit Zar stets der byzantinische Kaiser in Konstantinopel gemeint (oder Zargrad, was wörtlich »Zarenstadt« bedeutet«), nicht der römische. Iwan IV., auch Iwan der Schreckliche genannt, war der erste russische Großfürst, der sich zum Zaren aller Russen ausrief – beinahe zweihundert Jahre später, als die Handlung von *Der Bär und die Nachtigall* angesiedelt ist. Die russischen Herrscher verstanden sich als Erben Roms: Nachdem Konstantinopel 1453 an die Ottomanen gefallen war, betrachteten sie Moskau als das »Dritte Rom« und das spirituelle Zentrum der Orthodoxen Kirche.

ZARGRAD: Die »Zarenstadt« Konstantinopel (vgl. oben).

Danksagung

Seinen ersten Roman zu schreiben ist in etwa wie ein Angriff auf eine Windmühle, von der man nicht weiß, ob sie sich als Riese herausstellen wird oder nicht. Ich bin all den Menschen, die während der langen, verrückten Attacke Sancho Pansa gespielt haben, unendlich dankbar.

Mit anderen Worten: Danke, dass ihr an mich geglaubt habt. Es war ein wilder Ritt.

Dad und Beth, danke für eure Dienste als Erstleser, für die vielen köstlichen Abendessen und dafür, dass ihr bereit wart, eine Verrückte auf eurem Dachboden zu beherbergen. An Mom, die die fiktive Schaufel im Auge behalten hat, die niemandem sonst (mich selbst eingeschlossen) aufgefallen ist. Carol Dawson fürs Lesen, Wertschätzen und Helfen, lange bevor jemand außer meinen Eltern es getan hat. Abhay Morrissey, die mich an die Sonne geschleppt hat, wenn ich kurz davor war, vor meinem Laptop Wurzeln zu schlagen. Chris Johnson für Filme, R. J. Adler für Lieder, und beiden für schlechte Veganer-Witze. Phyl Cast für hervorragende Schokolade und Insider-Infos über das Verlagswesen. Kaitlin Maxfield, die meine Papierstapel so lange mit sich herumgeschleppt hat, bis sie endlich so etwas wie einen ersten Entwurf in den Händen hielt. Erin Haywood für viele Stunden voller erstaunlicher Ideen – sollte ich je wieder festhängen, rufe ich sie an. Robin Rice, die bei »Good Part« geweint und mein gebeuteltes Selbstvertrauen wiederaufgerichtet hat. Ein Dank an Tatiana Smorodinskaya, Sergei Davydov und das gesamte Russisch-Department am Middlebury College für eine hervorragende Ausbildung, die ich hoffentlich nicht vollkommen entehrt habe. Carl Sieber, Konstantin, Anton und all den anderen bei Carbon 12 Creative für die schönste Website, die man nur haben kann. Deverie Fernandez, die sogar im Regen Fotos gemacht hat. Chris Archer für die Fotos bei Sonnenschein und die vielen Überstunden als Photoshop-Experte. Paula Hartman für ihre aufmunternden Worte am Anfang, die mir über einige schwierige Stellen hinweggeholfen haben. Ann Dubinet für hervorragendes Abendessen und spätnächtlichen Rat. An alle bei Random House, angefangen bei der genialen Lektorin Jennifer Hershey mit ihrem Talent für einfache Ideen, die ein Manuskript unglaublich aufwerten. Ein Dank auch an Anne Speyer, Vincent La Scala und Emily DeHuff. An meinen hervorragenden Agenten, Paul Lucas, der mich zurück aufs Spielfeld geschleppt hat, als ich schon aufgeben wollte, und so lange am Ball blieb, bis sich sein Vertrauen als begründet herausstellte. Ich kann ihnen nicht oft genug danken. Danke auch an Dorothy Vincent, Brenna English-Loeb, Michael Steger und alle anderen bei Janklow & Nesbit.

Ihnen und euch allen bin ich dankbarer, als ich in Worte fassen kann.

Christoph Marzi

Lycidas – Die Uralte Metropole

Christoph Marzis großer Bestseller
in exklusiver Neuauflage

978-3-453-32012-3

Leseprobe unter **www.heyne.de**

HEYNE ‹